水属性の魔法使い

第一部
中央諸国編
III

久宝忠 著

TOブックス

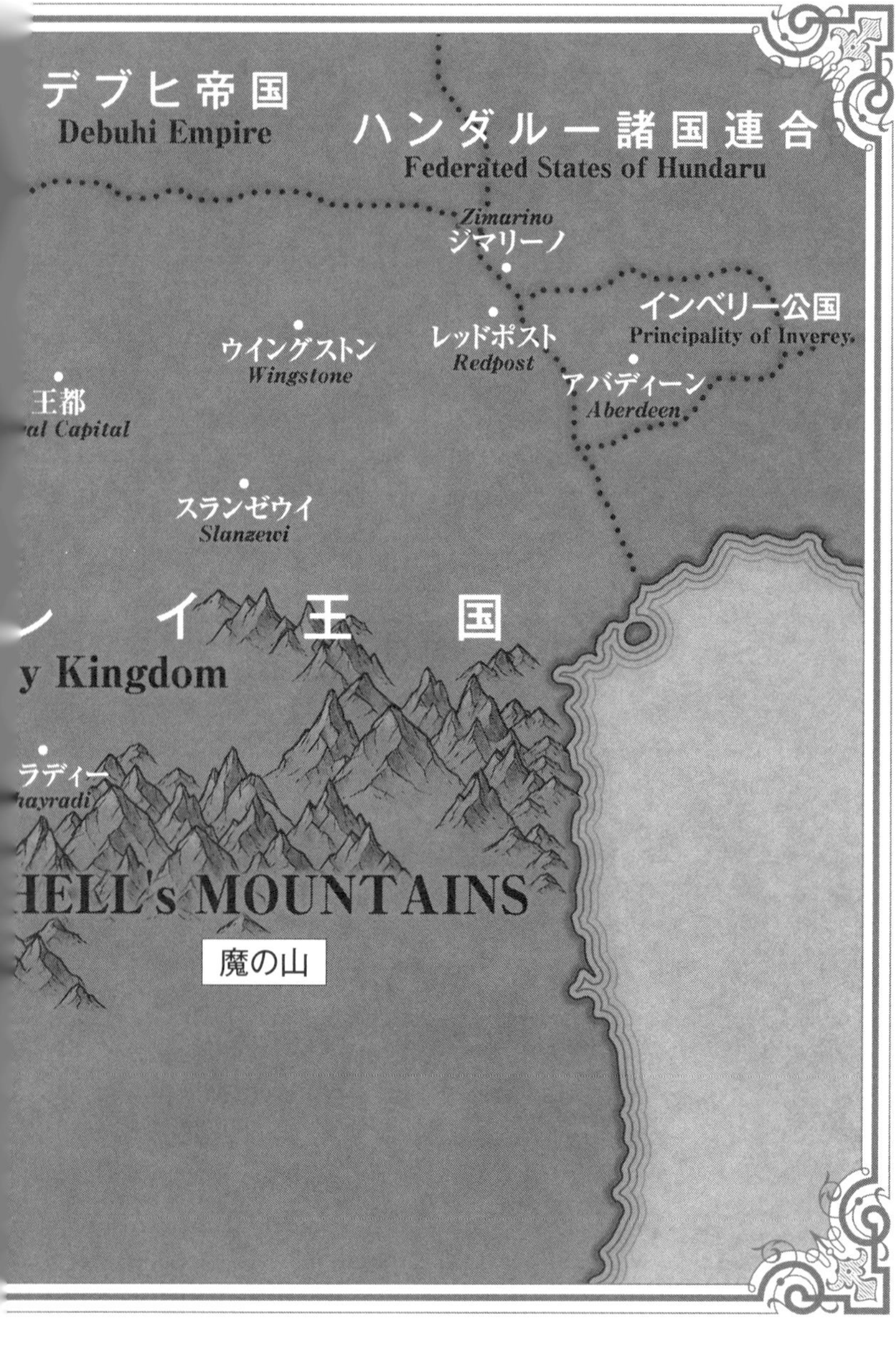

デブヒ帝国
Debuhi Empire
ハンダルー諸国連合
Federated States of Hundaru
Zimarino
ジマリーノ
インベリー公国
Principality of Inverey
ウイングストン
Wingstone
レッドポスト
Redpost
アバディーン
Aberdeen
王都
al Capital
スランゼウイ
Slanzewi
ン イ 王 国
y Kingdom
ラディー
nayradi
HELL's MOUNTAINS
魔の山

•帝都
Imperial Capi
中央諸国
CENTRAL COUNTRIES
ナ イ ト
Kn
トワイライトランド
Twilightland
アクレ
Acret
ルン
Lung
ウィットナッシュ
Whitnash

Characters/登場人物紹介

赤き剣

【アベル】

B級冒険者。剣士。
パーティー『赤き剣』のリーダー。26歳。
何か秘密があるようだが……？

【リン】

B級冒険者。風属性の魔法使い。
『赤き剣』メンバー。ちびっ子。

【リーヒャ】

B級冒険者。神官。『赤き剣』メンバー。
鈴を転がすような美声の持ち主。

【ウォーレン】

B級冒険者。盾使い。『赤き剣』メンバー。
無口で、2mを超える巨漢。

・ナイトレイ王国・

【三《み》原《はら》涼《りょう》】

主人公。D級冒険者。水属性の魔法使い。
転生時に水属性魔法の才能と
不老の能力を与えられる。永遠の19歳。
好きなものはお笑いとコーヒー。

十号室

【ニルス】

E級冒険者。剣士。
ギルド宿舎の十号室メンバー。20歳。
やんちゃだが仲間思い。

【エト】

E級冒険者。神官。十号室メンバー。19歳。
体力のなさが弱点。

【アモン】

F級冒険者。剣士。十号室メンバー。16歳。
十号室の常識人枠。

・デブヒ帝国・

【オスカー】

火属性の魔法使い。
「爆炎の魔法使い」の二つ名で有名。
ミカエル曰く涼の前に
立ちはだかることになるらしいが……？
外伝「火属性の魔法使い」の主人公。

【フィオナ・ルビーン・ボルネミッサ】

デブヒ帝国第十一皇女。皇帝魔法師団団長。
末子として現皇帝に溺愛されている。
オスカーとは並々ならぬ絆があるようで……？

所属不明

【レオノール】

悪魔。とてつもなく強い。
戦闘狂で、涼との戦闘がお気に召した様子。

【デュラハン】

水の妖精王。涼の剣の師匠。
涼がお気に入りで、剣とローブを贈っている。

【ミカエル】

地球における天使に近い存在。
涼の転生時の説明役。

冒険者ギルド

【ヒュー・マクグラス】

ルンの冒険者ギルドのマスター。
身長 195cm で強面。

【ニーナ】

ルンの冒険者ギルドの受付嬢。
ルンの冒険者にとってのアイドル的存在。

スイッチバック

【ラー】

C 級冒険者。剣士。
パーティ『スイッチバック』リーダー。

風

【セーラ】

エルフの B 級冒険者。
パーティ『風』唯一のメンバーで、
風の魔法使いかつ超絶技巧の剣士。
年齢は秘密。

第一部　中央諸国編Ⅲ

イラスト――めばる
デザイン――伊波光司+ベイブリッジ・スタジオ

第一部　中央諸国編Ⅲ

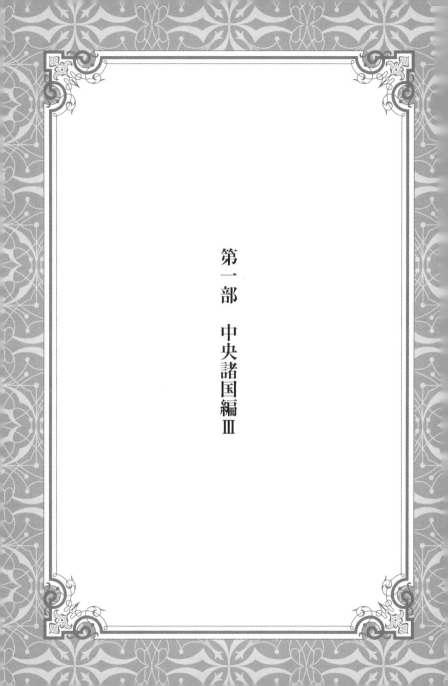

プロローグ

「あ～、このダイニングセットも捨てがたいですが……やっぱり、こっちのソファーもいいですよね～。このスタンドも興味がありますが……どうしましょう……。そうですね、やっぱりソファーかな。うん、こっちのソファーをお願いします」

「はい、ありがとうございます」

涼が言うと、柔らかな雰囲気のお兄さんが、にこやかな笑顔を浮かべて頭を下げた。品物が上質なお店は、店員さんの接客も上質なのだ。

涼の後ろでは、アベルが値札を見て、頬をひくひくさせているが、そのことには誰も気付かなかった……。


ルンの街の北側。最北には領主館や大きな屋敷が並ぶこの辺りは、高級店が軒を連ねる、いわゆる上流階級の人々が足を運ぶ一帯だ。

涼のような者は足を踏み入れたこともない……というわけではない。なぜなら、領主館ではセーラと模擬戦を行っているから、この辺りはよく通る。

うん、まあ、通り抜けるだけなのだが……。

だが、だからこそ、上質な家具を取り扱っているお店を知っていた。

「アベル、本当に良かったのですか？　引っ越し祝いで家具を買ってもらっちゃったりして」

「お、おう、それくらいはな。リョウには世話になっているし、家具の一つや二つ、どうってことない……」

アベルの顔が少しだけ強張っているのは、仕方のないことなのだ。「好きな店でいいぞ」と言ったばかりに……まさか、涼があんな高級店を知っていて、あんな高級ソファーを選ぶのは……想定外だった。

当初、予想していた金額より、一桁高くなるなんて……。

「でも、良いものが買えました。さすがに、五十万フロリンのソファーなんて、自分じゃなかなか買わないですからね」

そう、五十万フロリンのソファー……日本円に換算すると百万円ほどだろうか……けっこうな高級ソファーなのは間違いない。

「そ、そうだな……良かったな」

アベルにとっては想定以上の出費であったが、涼が喜んでいるのを見て、まあいいかと思ってもいた。せっかくの贈り物、貰った相手が喜んでくれるのが一番だ。

二人は高級家具店を出て、南に向かっていた。特に目的地があるわけではないが、この街の北側地域には、他に用はない。高級店ばかりなため、お財布に優しい地域とは決して言えないし……。

「そうですね、素晴らしいものを買ってもらいましたし、『カフェ・ド・ショコラ』のケーキセットくらいは奢りますよ」

涼の珍しい提案によって、二人の行き先は決定された。

「さっきのソファーは、店が運んでくれるんだろ？」

「ええ。明日の午後、届けてくれるそうです。午前中に、家のお掃除をしておかないといけません」

「いや、まだ引っ越して一カ月なら、たいして汚れていないだろうが……」

気合を入れて掃除宣言をする涼に、そこまでやらなくてもとつっこむアベル。

「アベルは宿住まいだから、そんなことを言うのです。放っておいても、宿の人が掃除をしてくれるから。一人暮らしをしたら、そうはいかないんですよ」

涼は、人差し指を立ててそれを横に振りながら、チッチッチとかやっている。

「まあ……綺麗にしておくのはいいことだな」

「そうですそうです」

「ああ、そうだ。いちおうリョウに伝えておくことがあった」

「なんですか？　ハッ、まさか、今さら、実はお金がないからさっきのソファーは自腹でとか言うんじゃ……」

「そんなわけあるか！　こう見えてもB級冒険者だぞ。それなりの蓄《たくわ》えはあるわ！」

「う～ん、じゃあ、なんですか？　お金以外のことで、アベルが真面目な話をするなんて想像できないんですが……」

「リョウの中での俺のイメージって、どうなっているんだよ」

「もちろん、守銭奴《しゅせんど》剣士！」

「……さっきのソファー、返品するか」

「ごめんなさいごめんなさい、アベルは素晴らしい人です。アベルは善人剣士です！」

「……」

二人の会話は、なかなか進まない……。

アベルは一つ大きなため息をついて、言葉を続けた。

「まあ、いい。話というのは、あれだ。以前、俺たちが関わった、外国からの諜報《ちょうほう》に関するやつだ」

「外国からの諜報？　ああ……二回、関わりましたよね。一回目のが、アベル帰還感謝祭に来なかった四人を、暗がりで打ち倒しました。二回目のが、やはりアベル帰還感謝祭に来なかったらしい集団の家を、衛兵の人たちと襲撃しました」

「間違ってはいないんだが……その言い方は、もの凄い誤解を招くと思うんだ……」

「事実は何よりも説得力があるのです。ルンの街の実力者アベル……いや、陰の実力者アベル……逆らう者は闇から闇へ葬られる、恐ろしい男の可能性があります」

「ねーよ！」

やはり、二人の会話は、なかなか進まない……。

アベルは再び大きなため息をついて、言葉を続けた。

「その、一回目の四人な。結局、脱獄したらしい」

「なんと！　けっこうな手練《てだ》れだったんですね」

「まあ、一斉に打ちかかってきて、リョウの氷の壁に弾かれ、その瞬間、氷の槍をくらって……何もできずに沈められたからな。手練れかどうかも分からんわな」

「でも、後の方の、家を襲撃した時に逃げ出した人たちよりは……なんというか、近接戦は強そうでしたよ？」

涼は腕を組んで、ちょっと偉そうに論評している。

「そうか？　あれだけで分かるか？」

「ほら、打ちかかってきた時も、完全に四人同時だったじゃないですか？　多分、ああいう街中とか暗がりとか、そういうところでの戦闘というか、闇討ちとい

うか……そんなのに慣れている人たちだと思うんです。その系統の訓練を受けた人たち」

「ああ……それはあるかもしれん。脱獄される前に取り調べをした専門官がいるらしいんだが、軍などで正規の暗殺訓練を受けた者である可能性を、指摘したそうだ」

「なんですか……正規の暗殺訓練って……」

アベルの説明に、涼は小さく首を振りながら答えた。

「いるんだよ、そんな奴らが。あまり知られていないが、帝国にな」

アベルも小さく首を振りながら言う。

「帝国？　連合じゃなくて？」

「ああ、帝国だ。捕まえた四人は、連合所属のギルドカードを持っていたが、多分それは偽装だ」

「そこまでするんですか……」

「そこまでするんだ。おそらくあいつらは、帝国第二十軍。開けた平地での戦闘ではなく、市街地、建物内、山岳地帯、あるいは森林など、障害物の多い地形での戦闘に特化した、帝国軍の切札とも呼ばれる連中だ。表の切札が爆炎の魔法使いがいる皇帝魔法師団なら、裏の切札が帝国第二十軍。通称、影軍」

「なんという、中二病的ネーミング」

アベルの最後の一言に、目を見開いて驚く涼。部隊の名前に、そんなネーミング……だが、少し考えて、驚く必要はないことに気付いた。

なんと言っても、国の名前に『デブヒ』などと付ける人たちなのだから。

「デブヒ帝国は、どこまでいってもデブヒ帝国なのですね……」

涼の呟きはアベルにも聞こえたが、アベルは何も言わなかった。

ただ、小さく首を振っただけであった……。

◆

街の北側から、『カフェ・ド・ショコラ』のある南側に向かっていた二人が、衛兵詰所の前を通ったのは、多分偶然だ。少なくとも、ケーキセットを奢るのがやっぱり嫌になった涼の陰謀ではない。

衛兵詰所入口から、衛兵たちが出かけようとしていたのも偶然であり、その指揮官が、以前の捕り物時の指揮官ニムル隊長であったのも……多分、偶然だ。

偶然が三つ重なったのも……偶然……のはずだ。

「アベル、いいところに！」

「ニムル？　なんか、物々しいな。まさか、また捜索とか捕り物とかじゃ……」

「よく分かったな。それこそ、さっき、黄金の波亭に使いを出したところだったんだ」

ニムル隊長は笑いながらそう言った。そして、アベルの傍らにいた水属性の魔法使いにも気付いた。

「おお、そっちにいるのは、リョウだったよな。この前は、すまなかった。とんでもない奴に出くわしてしまって……」

青い目の男との遭遇戦で、ニムル隊長は部下を一人失った。それはさすがに悲しい記憶だったらしく、今度は顔をしかめて、その遭遇戦に巻き込まれた涼に謝った。もちろん、あの遭遇戦のすぐ後にも謝ってもらったので、涼はなんとも思っていない。

「いえ……」

衛兵隊から、かなり多めの報奨金も貰ったし。

「どうだろうか二人とも。また、捕り物に協力してくれないか？　もちろん報酬ははずむぞ」

こうして、涼とアベルは、二度目の捕り物に協力することになった……。

◆

涼とアベルを含めた衛兵二十人は、東門に近い食堂跡を取り囲んだ。

「十人、全員います」

偵察隊の報告に頷くニムル隊長。

「我々は正面から行く。ジッタ、四人連れて裏へ回れ。アベルとリョウも裏に回って、逃げる奴がいたら捕まえてくれ。怪我させるのは構わんが、殺さないようにしてくれるとありがたい」

ニムル隊長の言葉に頷くアベル。

涼は呟いた。

「どこかで見た光景です……これがデジャビュ……」

涼たちが裏に回って一分後、表の入口から破壊音が聞こえた。突入が開始されたのだ。

屋内で飛び交う怒号、そして剣戟《けんげき》の音。

この後、涼の想像した通りなら、起きることは……。

裏口から、三人飛び出してきた。衛兵隊ではない。となれば……。

「うおっ」

氷の床で、滑って転んだ。転んだ三人を気絶させ、衛兵隊が拘束していく。

次の瞬間。

二階の窓が割れ、そこからも一人の男が飛び出してきた。

「〈アイシクルランス〉」

飛び出してきた男の足に氷の槍を当て、バランスを崩させる。

男は頭から地面に落ち、涼の前で気絶した。涼は、躊躇《ちゅうちょ》した。拘束するための紐は持たされている。持たされているが……。

パリン。

別の窓から、さらに一人が飛び出してきた。そして、東門の方へ走って逃げる。

「追います！」

衛兵隊のジッタはそう叫ぶと、追いかけ始めた。

「おい、待て！　くそ、俺も追う」

アベルが駆けだそうとする。

「アベル！」

涼が鋭い声で叫んだ。めったにないことだ。

その声は、アベルの耳にも当然聞こえ……アベルも思い出していた。前回、こんな状況で追った後、どうなったかを。誰がいたかを。

「リョウも来てくれ！」

アベルの言葉に涼は頷き、目の前に落ちて気絶している男は放置することにした。残った衛兵隊の誰かが拘束してくれるだろう。

それよりも……。

涼とアベルは駆けだした。

前回と違い、曲がり角はすぐだ。そこを曲がると……衛兵隊のジッタが、男を取り押さえていた。

それはいい。その光景はいい。

だが、それだけでは済まなかった。

ジッタたちの先に……一人たたずむ人物が。紫色の髪、青く輝く目の……女性。

「あら？」

その女性が、そう呟くのが聞こえた気がした。角から出てきた涼とアベルを認識して、声を発したように思える。

涼もアベルも、初めて会ったはずの女性。そう、会った記憶はない。会った記憶はないが、誰なのか分かる気がする……より正確に言えば、誰と同類なのかは、分かる気がする。

アベルは剣に手をかけてはいないが、紫の髪の女性がいることを認識している。

涼も、すでに〈パッシブソナー〉で周囲の状況を探っている。

「他には、いません。つまり、あの時の男は近くにはいない……」

涼が囁《ささや》き、アベルは頷いた。

そう、紫色の髪、青く輝く目……以前、同じような状況で、男と対峙《たいじ》した。戦闘も行った。けっこうな強敵であった。

「アベルさん、捕まえたので運ぶのを手伝ってください！」

ジッタが呼びかけ、アベルはジッタの方を向いた。

涼も、思わずジッタの方を向いた。

向いてしまった。そう、向いてしまったのだ……。

すぐに我に返り、視線を正面に戻したが遅かった。

青い目の女性は、もう消えた後であった。

涼が小さくため息をつく。そのため息で、アベルも正面を見て、女性が消えたことに気付いた。

「さっき……いたよな？」

「ええ、いました」

「見間違いじゃや、ないよな？」

「ええ、見間違いじゃないです」

アベルの問いに、涼は自信をもって答えた。

視覚なら、幻を見た可能性もあるだろう。だが、〈パッシブソナー〉でも、女性の存在は感知した。であるなら、幻ではない。

「それにしても……こんな、うちのすぐ近所に、あんな恐ろしい人たちがいるなんて、怖いですね。いったいアベルは、何をやっているのでしょうか」

「なんで俺なんだよ」

「B級冒険者なんですから、あんな怖い人たちはちゃんと排除してくれないと困りますよ。高給取りなんだし」

「リョウからは、給料貰ってないだろうが！」

涼の抗議に、反論するアベル。

誰しもが平和を望んでいるはずなのに……世界は色々と難しい。

涼は、世界平和の難しさを、しみじみと感じるのであった。

◆

「まったく……もう一度ルンの街に行けって言われたから来たけど……やっぱり『異常値』が出るじゃない。ここはダメってことよね。それにしても……」

紫の髪と青い目を持つその女性は、馬車の中で呟いた。

「あの二人……あの時の、剣士と魔法使いよね？　まあ、ルンの街に住んでるんだろうけど、こんな短い滞在でまた会うなんて……。認識阻害の魔法式を展開していたから、幻だと思うはずだけど……。そうなのよ、認識阻害を展開しているんだから！　ユリウスは『見られたから殺すしかなかった』とか言ってたけど。ほんっと意味が分からないわ。でも、ユリウスが一緒にいなくてよかった。いたら絶対、戦ってたよね……。ユリウス、王国東部に行ったらしいけど一人で大丈夫かしら……すぐ、力で解決しようとするから……これだから男ってのは困るのよ」

そこで、一つ大きなため息をついて続けた。

「ルンも終わったし、追いかけた方がいいのかな……悩むな」

勇者の訪問

デブヒ帝国帝都マルクドルフは、未明から降り始めた雪により、うっすらと白に染まっている。

中央諸国随一と言われる巨大経済圏の中心である帝都の通りではあるが、人通りは決して多くなかった。

帝国全体の景気の悪化を象徴しているかのように。

帝都中央を南北に貫く大通り、その行き着く先は、帝国全ての中心、帝城。

帝城の主、皇帝ルパート六世は、執政ハンス・キルヒホフ伯爵から一つの報告を受けていた。

「勇者が到着しただと？」

「はい。先ほど帝城に御着きになり、約定《やくじょう》に基づき、陛下への謁見《えっけん》を願い出ております」

ルパート六世は、明らかに嫌そうな顔を見せながら聞き返し、執政ハンスは、理解はしますがやむを得ません、という顔で答える。

「国境を越えたという報告が以前あったな。一週間前か。ということは、どこにも寄らず、帝都まで一直線にやってきたということか」

「そうなります。明確な、なんらかの目的があるのでしょうが……謁見を願い出ているだけで、目的の方は不明です」

やはりルパートの顔は、嫌そうだ。勇者など、面倒ごとを持ち込む存在以外の何物でもない、ルパートはそう思っているのだ。

「その、約定とかいうのはなんだ？　俺は、勇者との間に約定があるなど、聞いたこともないのだが……」

「私も分かりませんでしたので、帝城図書館の司書長チューラン殿に調べてもらいました。約三百年前、まだ王国であった時代の国王カール十二世陛下が、勇者にお墨付きを与えられたとの記録がございました」

「三百年……大昔だな。内容は？」

「いつの時代においても勇者に協力する、と」

それを聞いて、ルパート六世は大きくため息をついた。

「まったく、面倒な。まあ謁見という形での協力はしてやろう。その先の協力は、勇者とやらが求める内容次第だがな」

◆

略式の謁見ということで、本来なら居並ぶ廷臣たちは、今回ほとんどいない。階《きざはし》の下には、勇者ローマンを筆頭に、残りのパーティーメンバー六人が片膝をつき、皇帝ルパート六世から声がかかるのを待っている。

「勇者ローマン殿と仲間の方々、面《おもて》をあげられよ」

執政ハンス・キルヒホフ伯爵がそう声をかけると、勇者パーティーの面々は、不躾《ぶしつけ》にならぬよう顔をあげた。

「勇者ローマン、ならびに仲間たち、大儀である」

ルパート六世が声をかける。

「もったいなきお言葉」

それに対して、勇者パーティー最年長の聖職者グラハムが答えた。

パーティーリーダーは、勇者ローマンなのであるが、未だ十九歳と、経験が決して豊富ではないため、最年長のグラハムが、対外面で折衝役《せっしょうやく》となることが多かった。

「この謁見は略式ゆえ、硬くなる必要はない。勇者ローマン殿一行が、我が帝国を訪れていただいたのは大変名誉なことであるが、その理由をお尋ねしてよいかな」

皇帝ルパート六世は、内心の嫌悪などおくびにも出さず、むしろ丁寧に問うた。

「私は、爆炎の魔法使いと名高きオスカー・ルスカ殿に、ぜひ一手ご指南いただきたいと思いまして、帝都を訪れました」

勇者ローマンは、その両目で力強くルパート六世を見据えながら答えた。

国によっては、あるいは権力者によっては、これは大変不敬な行為と言える。そのためパーティーメンバーは、ハラハラしながらローマンを見守っている。

「ふむ、オスカーとの模擬戦か」

ルパートにとっては、相当に意外な申し出であった。なぜ勇者が、オスカーと戦いたがる？

「オスカー・ルスカ殿と言えば、冒険者としても非常に高名な方です。それゆえ、まず冒険者ギルドを訪れたのですが、既に軍籍に入られていらっしゃるため、ギルドに来ることはないと言われました。それゆえ、皇帝陛下のご寛恕《かんじょ》におすがりしようと、こうして失礼を顧みず登城した次第にございます」

聖職者グラハムが、謁見を願い出た理由を説明した。

ルパート六世はハンスの方を見て問う。

「ハンス、オスカーはどうしておる？」

「オスカー殿は、魔法演習場に詰めておられます」

ハンスの予想通りの答えを聞き、ルパートは考える。

（演習場にいるのは、いつものこと。とはいえ……師団の指導は全部フィオナたちに任せ、自分は第四魔法演習場にこもったままとか。ウィットナッシュの件、相当に応《こた》えたと見える……。あの状況で、フィオナを無事に守り通したのだからよくやった方なのであろうが、納得できずと。まあ、これでまた強くなるであろう。善《よ》き哉《かな》善《よ》き哉《かな》……。そう考えると、強くなったオスカーの力試しとして、この勇者たちは使えるか？）

「よかろう、勇者ローマン殿の希望をかなえよう。演習場への訪問を許可する。とはいえ、演習場は帝都からも少し離れておるため、今夜は城でゆるりとされ、明日出立なさるがよろしかろう。馬車を用意し送らせよう」

「皇帝陛下のご厚意に感謝いたします」

勇者ローマンは、深々と頭を下げた。

◆

「勇者が来る？」

皇帝魔法師団長フィオナ・ルビーン・ボルネミッサは、副官マリーに聞き返した。

「はい。帝城より連絡がございました。こちらが連絡文です」

そういうと、副官マリーはフィオナに連絡文を渡した。フィオナは三度、読み返す。

「お父様は、何を考えておいでになるのか。この演習場に外国の者が入る許可を与えたのもそうだが、師匠との模擬戦も許可とは……。ユルゲン、師匠はいつも通りなのだろう？」

「はい。副長は今日も、いつも通り、第四演習場に一人でこもられています」

フィオナの問いに、副長オスカーの副官ユルゲンが答えた。

昨日今日のことではなく、ウィットナッシュから戻ってから毎日だ。とうに一カ月を超えている。オスカーは、朝食は共に摂り、朝の報告はフィオナに直接行うが、その後は一人で第四演習場にこもる。

もちろん、師団長たるフィオナが許可しているため問題はない。師団員への指導や演習も、フィオナを中心に副官のマリー、ユルゲンと、各中隊長が中心となって行い、オスカーがいなくとも支障はない。そういうシステムが構築されている。

「まあ師匠は仕方ない。時々あることだから」

付き合いの長いフィオナは知っている。オスカーは、負ける、あるいは大きな失敗をした後に、そういう行動をとることを。

自分の魔法の力が足りないと痛感した時に、オスカーは一人でこもる。

（負けた屈辱を思い出し、怒りに身を震わせるのだと、師匠は以前言っていた。何度も何度もその光景を思い出し、脳に焼き付け、自らを焼き尽くす炎をイメージする。それによって、強くなると。実際に、あの過程を経た後の師匠は、私でも分かるくらいに強くなる……特に魔法の威力と生成スピードの向上が、異常なほどに。私にもやってみろと言われたが、全然変わらなかった……正直、全く理解不能なのだが……師匠だけができることなのか？　そうではなく、何か……魔法の深奥に類する何かが、そこにあるような気がしてならないのだが……。師匠が出てきたら、いつかじっくり聞いてみよう）

ここ最近は、オスカーが魔法に関することで追い込まれることなど無かったために、フィオナですら久しぶりに目にする光景。半年前から召集された師団員はもちろん、二人の副官となって一年半のマリー、二年以上ではあるユルゲンも、オスカーのこの行動は初めて見るものであり、戸惑っていた。

「時々あるのですか……」

オスカー付きの副官であるユルゲンは呟く。とはいえ、どうしようもないため、深く考えないようにしている。

「明日の昼過ぎに、勇者一行が着くらしい。師匠が相手をするかどうかは分からないが、師団員が模擬戦をしてもいいだろう。そういう趣向と、彼らが泊まる場所を手配しておいてくれ」

「かしこまりました」

副官マリーが一礼して、とりあえず勇者を迎えるミーティングは終了したのであった。

◆

帝都から演習場に向かう馬車の中には、勇者ローマンとそのパーティーメンバー、合計七人がゆったりと座っていた。

「これほどまでに巨大な馬車、見たことがありません」

「十頭立てとか、相当な訓練をこなした馬でなければ、難しいでしょうね」

口々に馬車を褒めている。だが、その中に一人だけ、面倒くさそうな顔をしている男性がいた。

「なあローマン、マジで行くのか？　中央諸国の魔法のレベルなんて、ものすげー低いんだぞ？　俺やアリシアの足元にも及ばないぐらいに。行くだけ無駄だって」

そう言うのは、火属性魔法使いのゴードン。年齢は二十三歳、傲慢《ごうまん》な物言いであるが、それだけの実績を、西方諸国で、冒険者として積み上げてきていた。

中央諸国の魔法使いに対する低い評価は、西方諸国、あるいは東方諸国の魔法使いたちの中では、ここ半世紀以上、常識となっている。

「ええ。ぜひ指南いただきたいと思っています」

勇者ローマンの中で、軽くあしらわれた悪魔レオノールの記憶が、重くのしかかる。

「あの、レオノールだっけ？　あいつが言ってたのが本当だとはいえないだろう？　お前の一万倍強いとか……そんな人間がいてたまるかよ。西方諸国の強い奴は、確かにだいたい知っているし、その中でお前と互角ならともかく、圧倒するような奴はいない。それは事実だ。だから中央諸国に行く、まあ分からんではないが……それでも、その強い奴は、魔法使いじゃないと思うぞ？」

「ですがゴードン、中央諸国で、今、最も有名な冒険者、あるいは強い冒険者と言えば、真っ先に名前が挙がるのが爆炎の魔法使いです。もしかしたら、求めている人とは違うのかもしれませんが、強くなるなんらかの手がかりにはなると思うんです。僕のわがままです。もう少しだけつきあってください」

そういうと、勇者ローマンは深々と頭を下げた。

こうやって正面から来られると、もう誰も抵抗はできない。ローマン以外の勇者パーティー六人は、皆そのことを嫌と言うほど経験していた。

「はぁ……」

ゴードンは深く、本当に深くため息をついて言った。

「分かったよ……まあ、好きにしろ」

ローマンが下げた頭の髪を、手でくしゃくしゃにして、ゴードンはローマンの希望を受け入れた。

「はい。ありがとうございます」

ローマンは、にっこり微笑んだ。

この笑顔が、勇者パーティーの面々を繋ぎとめているという自覚は、まだローマンにはなかった。

◆

朝、帝都を出立し、途中で昼食休憩を挟んで勇者一行が第四魔法演習場に着いたのは、午後二時過ぎであった。

彼らを帝都から護衛してきた近衛騎士団は、一行の馬車が演習場の敷地に入ると、何も言わずにさっさと引き返していく。勇者一行は知らないのだが、魔法演習場は特別に許可された者以外の立ち入りは厳しく制限され、入れば、問答無用で魔法砲撃されるという噂すらある場所なのだ。

もちろんそれは、ただの噂だ。

ただ、そんなこともあり得る……魔法演習場は、部外者にそう思わせる雰囲気を放つ場所であるのも、また事実であった……。

勇者ローマンが馬車のドアを開けて降りると、そこには三人の男女が立っていた。

「勇者ローマン殿、ようこそ魔法演習場へおいでくださいました。私は、帝国皇帝魔法師団長フィオナ・ルビーン・ボルネミッサです。ローマン殿ならびに、ご一行の方々を歓迎いたします」

そういうと、フィオナは胸に手を当てて帝国式の敬礼をした。

「お、お出迎え感謝いたします」

ローマンは、なんとか、それだけ言うことができた。

フィオナを見る目がぼぉーっとしていることに、斥候であるモーリスは気付いていた。そして、肘で折衝役の聖職者グラハムの脇腹をつついて囁く。

「グラハム、ローマンが」

それだけで、グラハムには通じたようだ。

「私、折衝役を承《うけたまわ》っております、グラハムと申します。皇女殿下、直々のお出迎え感謝いたします」

グラハムがローマンの横に立ち、挨拶を行う。

「え……皇女様だったの？」

そんな呟きが、グラハムの後ろから聞こえる。声からして、風属性魔法使いのアリシアであろう。グラハムは心の中でため息をつきながらも、表情には揺らぎを見せない。

「ご挨拶痛み入る。ここは宮廷ではなく、軍の演習場。以降は、かしこまった口上も口調も必要ない。私の後ろにいるのが、副官のマリーとユルゲン。皆さんのお世話をさせていただく。とは言っても演習場ゆえ、不便なことは多かろうと思うが、それは先に謝罪しておく」

口調を変えて、フィオナはそう言い、後ろにいるマリーとユルゲンを紹介した。

「もちろんです。爆炎の魔法使い殿への指南は、こちらから頼み込んでのこと。不自由などお気になさらぬように。して……その、オスカー殿は？」

「うむ。オスカー副長は、別メニュー調整中なのだ。明日の朝には、私の下に報告に来るであろう。その時に、皆の来訪を伝えることになる。オスカーとの手合わせは、今しばらくお待ちいただけるかな、勇者殿」

最後に急に振られて、勇者ローマンはうろたえた。

「は、はい。どうぞお気になさらずに」

「そうか。ローマン殿の寛容な言葉、ありがたく思う」

こうしてフィオナは、オスカーが遅れることへの言質を取ることに成功した。

（ローマン……まだまだ若いですね）

この場で、そのことに気付いたのはグラハムだけで、心の中でため息をつくのであった。

「皆さまも、半日馬車に揺られて、疲れておいでだろう。別館の方に部屋を用意してあるゆえ、休まれるがよろしかろう。マリーに案内させる」

「皇女殿下、お待ちください」

フィオナの申し出を遮ったのは、勇者ローマンであった。

「ローマン殿、何かな？」

「可能であれば、演習を見せていただけないでしょうか？」

「ほぉ……」

ローマンの申し出に、少しだけ目を細めるフィオナ。

「皇帝陛下が許可されたのは、オスカーとの模擬戦だと聞いているのだが……。師団の演習を見る許可も、与えられているのかな？」

「あ……いえ……」

ローマンは思わず俯いた。確かに、皇帝ルパート六世が許可したのはオスカーとの模擬戦だ。

「恐れながら……。皇帝陛下は、我々が演習場へ入ることを許可されました。それはとりもなおさず、演習の見学を許された、と解釈して我々は参りました」

割って入ったのはグラハムであった。

もちろん、そこまで深くパーティー内で話し合いはしていないが、ここまで来て演習は見られない、というのも現実問題として困る。しかも目的のオスカーは、いつ模擬戦をできるか分からないとくれば、時間を潰すのも簡単ではなくなる。

「ふむ……。ではこうしよう。そちらの代表とこちらの代表とで、魔法戦を行い、納得できる内容であれば演習をお見せする。演習を見せるに値する者たちである、と師団員たちに示してもらえないだろうか。どうかな勇者殿？」

フィオナは、再び勇者ローマンに話を振る。

グラハムが折衝役であると伝えはしたものの、勇者パーティーである以上、勇者ローマンが中心であるのは紛れもない事実。そして、ローマンは経験不足と、フィオナの美しさに、かなりふわふわと心が浮ついた状態……。

(この皇女様は、ローマンの経験の無さを徹底的に衝いてくる。なんて厄介な)

グラハムは、今日、何度目かのため息を心の中で吐いた。

だが、ローマンが答えるより早く、グラハムが割り込むより早く、別の人物が勝手に答えてしまった。

「その話乗った。俺が出る」

勇者一行の火属性魔法使い、ゴードンだ。

(劣等な中央諸国の魔法使いに馬鹿にされてたまるか。圧倒的な力を見せつけて、この皇女様をぎゃふんと言わせてやる)

ゴードンは自信満々であった。こうなると、もう止めようがない。

「そちらの魔法使い殿が代表と。承った。では、このまま演習場の中に行きましょう」

フィオナはにっこり微笑むと、先頭に立って歩き出した。

完全にフィオナのペースに乗せられて進む勇者一行。

だが、ペースに乗せられていることに気付いているのは、グラハムだけ。それどころか、他の者たちの中には、面白そうにしている者すらいる。

それがいっそう、グラハムの感情を苛立たせた。

(ローマンだけじゃなくてゴードンもか！　だいたい、なんでそんな魔法戦をしなきゃならない？　師団員たちに示す？　論理が破綻《はたん》しているだろうが！　だが……もう何を言っても、今更遅い……。勇者パーティーとしての、手の内の多くをさらすことになりそうだ)

グラハムは、全てはローマンが強くなるために仕方のないことだと腹をくくった。

◆

「うちの代表は……そうですね、クリムト、あなたを代表にします。魔法模擬戦です」

「はい！」

フィオナに指名されたのは、第二中隊に所属する、二十歳の年若い青年であった。

「ゴードン殿は火属性の魔法使いとのこと。うちのクリムトも火属性の魔法使いです。お互いに学ぶものがあると思います。あと……グラハム殿は回復系ですね、うちにも優秀な回復役がおりますので……二人とも、即死以外なら助かるでしょう」

ゴードンとクリムト、それと立ち合い以外は、全員観客席からの観覧。

二人は二十メートルほどの距離を置いて、対峙した。

「立ち合いは、私、ユルゲン・バルテルが行います。死に至る攻撃は不可。降参、気絶、戦闘継続不可能と立ち合いが判断した場合には、試合終了とします。ゴードン殿、準備はよろしいでしょうか」

「ああ」

ユルゲンの問いかけにゴードンはぶっきらぼうに答える。

「クリムト、準備はいいですか」

「はい。お願いします」

クリムトは、頷きながら返事をする。

「それでは、試合開始！」

先に仕掛けたのは、勇者パーティーのゴードン。


「〈ファイアーボール〉」

元々、中央諸国の魔法使いなど、相手にならないと思っているのだ。先制してさっさと終わらせるに限る。

だが……。

「〈ファイアーボール〉」

ゴードンが放った〈ファイアーボール〉に、クリムトは〈ファイアーボール〉を当てて消滅させたのだ。

「ふん、詠唱無しくらいはできるか。だが、これならどうだ。〈ファイアーボール〉〈ファイアーボール〉〈ファイアーボール〉」

ゴードンは、〈ファイアーボール〉を三連射した。

だが、やはり……。

「〈ファイアーボール〉〈ファイアーボール〉〈ファイアーボール〉」

同じように、クリムトも〈ファイアーボール〉の三連射で迎え撃つ。

「この……！　〈ファイアージャベリン〉〈ファイアージャベリン〉」

ゴードンは、貫通力の高い〈ファイアージャベリン〉の二連射。

それに対しても……。

「〈ファイアージャベリン〉〈ファイアージャベリン〉」

クリムトも〈ファイアージャベリン〉の二連射で対抗する。

ここで、ゴードンがキレた。

「もういい！　後のことなど知るか！　〈ブレイドラング……〉」

「〈ファイアーボール〉」

ゴードンがトリガーワードを唱え終える前に、クリムトが〈ファイアーボール〉を放つ。

「〈魔法障壁〉」

大技を中断して、〈魔法障壁〉を展開しての〈ファイアーボール〉迎撃。

詠唱無しで、トリガーワードさえ唱えれば発動できるとはいえ、大技のトリガーワードであれば、発動までにそれなりの時間がかかる。〈ファイアーボール〉なら一秒で生成・発射が終わるが、大技なら生成・発射に三秒必要、という具合に。

それでも長い詠唱を唱えるのに比べれば、ほとんど気にならない程度の時間なのであるが……クリムトは、その短い時間に〈ファイアーボール〉を放つことで、大技の生成を妨害してくる。

ゴードンが大技を放とうとすれば〈ファイアーボール〉で邪魔され、〈ファイアーボール〉など生成スピードの速い魔法には、同じような魔法で迎撃され……ゴードンからすれば、全く想定していない状況に陥っていた。

（なんであいつは、俺の魔法に合わせられるんだ？　俺が魔法を生成し始めてから対処しているはずなのに……あいつの魔法生成スピードが俺より速い……？　ふざけるな！　中央諸国の魔法使いなんて、長ったらしい詠唱に、貧弱な威力の魔法しか使えないのが常識だろうが！　それなのに、詠唱無しの上、俺以上の速さで魔法生成だと？　そんなの認められるか！）

だが現実は、ゴードンの全ての魔法が、迎撃か妨害をされてしまう状況にあった。

ゴードンは心の中で焦っていたが、それはクリムトも同じだった。

いや、むしろクリムトの方が、かなり焦っていた。

それは、経験不足が理由だ。

師団に入って半年。まともに魔法が使えるようになったのは、師団に入ってからだ。魔法そのものの扱いは、師団における血を吐くような訓練によって、息をするようにスムーズに行えるようになっていたが、対人戦闘の経験は決して多いとは言えないのだ。

もちろん、師団の訓練では対人戦闘が主であるのだが、それはやはり訓練でしかない。

今回のゴードンのように、殺してしまっても仕方ない、くらいの勢いで向かってくる師団員はさすがにいない……副長を除いて。

師団は、結成して半年ではあるが、実際の戦場経験もあるし、魔物討伐も何回も行っている。クリムトも、魔物討伐には従軍した。

だが、戦場は……その前の訓練時に怪我を負い、その際に血を流しすぎた。怪我そのものは〈エクストラヒール〉ですぐに治ったが、流した血の回復は多少の時間がかかり、参戦できなかった。

つまり、他の師団員に比べて、命を危険にさらした経験が少ない。

クリムトもそれは自覚しており、なんとかしたいと思っていたが、師団が戦場に出ることは決して多くない。実際それ以降、クリムトが属する第二中隊は、一度も大規模な戦闘には派遣されていない。

経験が足りないクリムトとしては、半ば膠着《こうちゃく》した現状を、どう打破すればいいのか、全く分からなかった。

これ以上、手数を増やすことはできない。

魔法の生成スピードは、互角。

大技を使われると、多分負けてしまうし、場合によっては死んでしまうかもしれない……ならば大技だけは絶対に使わせてはいけない。

クリムトは、意を決し一歩を踏み出した。

魔法を放ちながら、一歩、また一歩とゴードンの方に歩き始めた。

（な、何を考えていやがるんだ、こいつ。なんで近付いてくる？　生成スピードは自分の方が上だから、それで勝負しようとでもいうのか？　ふざけやがって！）

ゴードンの心の声だ。

全くの誤解であり、大技を発動する余裕を与えたくないがために、クリムトは距離を詰めようとしているだけなのだが……。

「〈ファイアーボール〉〈ファイアーボール〉〈ファイアーボール〉〈ファイアーボール〉〈ファイアーボール〉……」

クリムトは、完全に、〈ファイアーボール〉一本に絞っていた。ゴードンに向かって〈ファイアーボール〉を放ち、一歩ずつ近付く。

彼我の距離は、すでに十メートルを切っている。

その時、突然二人の間の地面が爆《は》ぜ、土煙が舞った。

「え？」

クリムトは声を出しつつも、とっさに地面に身を伏せる。

その瞬間、クリムトがいた場所を炎の槍が通過した。

慌てて身を起こすクリムトであったが、遅かった。

目の前には、炎の槍を持った鬼の形相のゴードンが立ち、クリムトに炎の槍を振り下ろすところであった。

「それまで！」

立ち合いであるユルゲンの、鋭い制止の言葉が飛ぶ。

「勝者、ゴードン殿」

クリムトは命を救われた。

ゼーハーと息を乱しながらも、なんとか観客席にいる勇者パーティーの下へ戻るゴードン。

そのゴードンと入れ替わりに、観客席から演習場に降りたのは、師団長フィオナであった。

「クリムト、ご苦労」

負けたまま動けなかったクリムトに、フィオナは小さく声をかけた。

「殿下、ご期待にそえず、申し訳ありませんでした」

クリムトは慌てて立ち上がると、負けたことを詫びた。

せっかくフィオナが自分を師団代表として指名してくれたのに、あえなく負けてしまったことが悔しかった。

「よい。ゴードン殿を見てみろ」

「は？」

クリムトはフィオナに言われて、観客席に戻ったゴードンを見る。だが、特段何かがあるようにも見えず、フィオナの意図が理解できない。

「ゴードン殿は、もうバテバテだ。だがクリムト、お前はまだ戦えるであろう？」

「はい。もう一戦、このままやれます！」

「戦場では、生き残ることが最も大事だ。そのためには、最後まで戦い続ける力が必要。戦場の魔法使いにとって一番大切なことは、その力だ。それこそが、魔法使いの継戦能力。そしてお前は、継戦能力において、勇者パーティーの魔法使いよりも上であることを示した。よくやった」

フィオナは、クリムトを褒めた。

「あ、ありがとうございます！」

「あと必要なのは経験だ。これからも、じっくり経験を積むように」

そう言うと、フィオナは観客席に戻っていった。それを追うように、クリムトも観客席の第二中隊へと戻る。

褒めて伸ばす。それがフィオナの指導法。

そもそも、フィオナがクリムトを選んだ理由は……。

フィオナにとっては、勝ち負けはどうでもよかった。どちらが勝とうが負けようが、これから先、やることに変わりはないのだから。そうであるなら、少しでも師団員のためになる戦闘がいいであろう。クリムトは真剣勝負の経験が足りない。ならばここで経験を積ませよう。

それが、クリムトが選ばれた理由。そして、クリムトは真剣勝負を経験できた。

フィオナは満足の笑みを浮かべるのであった。


ゴードン対クリムトの模擬戦後。

結局、勇者パーティーの風属性魔法使いアリシア、土属性魔法使いベルロック、最後にはなんと勇者ローマンまでが、一対一の模擬戦を行った。

ローマンの相手は、騎士の家系で、子供の頃から剣を嗜《たしな》んできた第一中隊長エミール・フィッシャーであったのだが……さすがに、全く相手にならなかったが……。

◆

翌朝、勇者パーティー一行は、準備された別館で朝食。

フィオナたち三人は、演習場内の食堂で朝食を食べた後、師団長室で報告会を開いていた。

そう、三人だ。

いつもなら、第四演習場にこもっている副長オスカーも、朝食と朝の報告には訪れるのであるが、今朝は姿を見せなかった。

「殿下、副長の件、いかがいたしましょうか」

さすがに、心配な様子を顔に浮かべながら、副官ユルゲンがフィオナに尋ねる。

「うむ、何もせずに放っておけ」

「よ、よろしいので？」

「今日あたり出てくるだろう。その前兆だ」

フィオナは、オスカーが気持ちの整理に、ようやく目処が付いたのであろうことを理解し、微笑みながら答えた。

「師匠が出てくるというのならば……午前中に団体戦を申し込むか。師匠が出てくるのがまだ先になりそうなら、いつでもよかったのだが……今日、明日にも出てきそうなら早い方がいい」

「副長が出てきたら、ローマン殿が副長しか見なくなるからですか？」

「うむ。我々が、ローマン殿に相手をしてもらえなくなる。それはもったいないであろう？」

マリーの確認に、フィオナは笑って答えた。

(副長復帰の目処が立ったから、殿下に笑顔が戻ってきた)

マリーは心の中で喜んだ。

◆

「本日は団体戦をしてはどうか、ということでしたが？」

勇者パーティーの折衝役、聖職者グラハムがフィオナに確認した。

変な言質を取られないように、勇者ローマンは数歩下がったところで他のメンバーと待っている。

（グラハム殿も苦労の多いことだ）

その苦労を強いているフィオナ自身が、心の中で笑いながら思った。

「七対七でどうでしょうか。そちらのパーティー並みの戦力を七人揃えるのが、簡単ではないというのは理解していますが、勇者パーティーとの試合など、こちらとしては一生に一度もない経験。ぜひ、お願いしたい」

「いえ、そちらの師団が優秀な人材を抱えているというのは、昨日の模擬戦で、我々も理解しております」

昨日の模擬戦は、魔法戦でゴードン、アリシア、ベルロックという、火、風、土が戦い、勇者側が全勝したものの、師団側もかなり善戦した内容であった。

火属性魔法使いのゴードンなどは、自分だけではなく、アリシア、ベルロックも決して楽勝でなかったのを見て、完全に認識を改めていた。

それほど、差のない試合だったのだ。

もちろん、対勇者戦は除く。


「分かりました。七体七の模擬戦、お受けいたします」

そう言うとグラハムはフィオナに一礼し、後ろに下がっていたパーティーメンバーを呼び寄せた。

「ありがたい。さて、問題はうちのメンバーだな。昨日はずっと立ち合いをしていて、不満そうであったユルゲンをメンバーに入れよう。立ち合いが別の者になるが、グラハム殿、よろしいか？」

（来たか！）

フィオナの提案を聞いて、グラハムは思った。これは、本気で勝ちにきていると。

（副官というからには、戦闘能力が全く無くて調整に長けた人材か、逆に一般の師団員を圧倒する力を持った者かの、どちらかだと思っていましたが、後者……。これは厄介そうだ……こちらにはローマンがいる以上、万が一はないでしょうが……）

「はい。もちろん構いません」

立ち合いの変更を受け入れるグラハム。

「ユルゲン、マリー、第二中隊長ニン、第三中隊長シュトック、第四中隊長エルザ、それと次席治癒師マーマ。立ち合いは、昨日ローマン殿と戦った第一中隊長エミール。うむ、こんな感じのメンバーだな」

「殿下、横から失礼いたします。師団側のメンバーは六人しかいないのですが……」

恐る恐るといった感じで、フィオナに問いかける副官マリー。

「もちろん私も出るから、それで七人だ」

「ああ、やっぱり……」

予想通りの答えにうな垂れるマリー。副官マリーとしては、フィオナには安全な場所にいてもらいたいのだが……。

「隊の回復に次席のマーマは貰ったが、主席治癒師のフィンと救護小隊は全員待機している。余程のことが起きても対応できる。心配するな」

そう言うと、フィオナはマリーに、にっこり微笑んだ。

「ルールは、昨日とほぼ同じです。死に至る攻撃は不可。降参、気絶、七人全員が戦闘継続不可能と立ち合いが判断した場合に、試合終了とします」

四十メートルの距離を取って、勇者パーティーとフィオナパーティーが向かい合う。

「開幕から全力砲撃。勇者パーティーを本気にさせろ」

フィオナは、自パーティーにむかって囁いた。

そこに、立ち合いである第一中隊長エミールの声が響き渡る。

「それでは、試合開始！」


「〈ライトジャベリン〉」

「〈ファイアージャベリン〉」

「〈ソニックブレード〉」

「〈ファイアーレイ〉」

「〈風一色〉」

「〈石槍殺間〉」

「〈天地崩落〉」

皇帝魔法師団の中でも、最精鋭七人による全力の魔法砲撃。

全力展開された演習場の魔法障壁が、一部弾け飛ぶ。

轟音が辺りをつんざき、光が奔り、砂煙が一帯を覆った……。

「あの……死なせるような攻撃は禁止……」

立ち合いの、第一中隊長エミールの言葉は、誰にも届かない……。

「団長……〈天地崩落〉を放ったぞ……」

「マリーさんもユルゲンさんも、全力だ……」

「死んだだろ、これ」

観客席に陣取る師団員たちが、驚きながら囁きをかわす。

勇者パーティーの状況は確認できない。しばらくして、吹き上がった砂塵が落ち着き、ようやく周りから確認できるようになると……。

「無傷……」

観客席の、誰の口から呟かれた言葉であったろうか……だが、多くの師団員が抱いた感想も同じものであった。驚愕。

マリーの〈風一色〉、ユルゲンの〈石槍殺間〉、そしてフィオナの〈天地崩落〉。いずれも、対集団攻撃魔法としては、帝国最強の一角。それを受けて無傷とは……にわかには信じられない。

だが、それはあくまで観客席に座る師団員の話。演習場にいるフィオナパーティーのメンバーは、当然という顔をしていた。

「〈魔法障壁〉は破りましたが、勇者の聖剣を突き破れませんでしたか」

呟いたのは、副官ユルゲンであった。

勇者パーティーの先頭には、聖剣を構えたローマンが立っていた。

「むぅ……〈魔法障壁〉が、ほとんど耐えられずに消滅しました」

「生成した土壁も、役に立たんかったわい」

「風の防壁も、あっちの風属性の範囲攻撃に撫でられただけで消えた……」

聖職者グラハム、土属性のベルロック、風属性のアリシアがぼやく。

「つまり、ローマンが聖剣で打ち払わなければ、さっきの一撃で全員やられてたってのか！」

「いや、ゴードン、あんたも〈魔法障壁〉展開しなさいよ」

ゴードンの怒りに満ちた声に、斥候のモーリスがつっこんだ。

「みんな！」

勇者ローマンの声が響き渡る。

「手加減無しの本気でいく」

そのローマンの言葉に、パーティー全員が頷く。

「いきます！〈パーティーヘイスト〉〈エンチャントウインド〉」

それまで、一言もしゃべらなかったアッシュカーンがトリガーワードを唱えると、勇者パーティー全員が風に包まれ、勇者ローマンの聖剣と斥候モーリスのダガーが、緑に輝いた。

ヘイストとは、体のあらゆる動きが速くなる、という説明が一番近いであろうか。武器を振るう動き、攻撃をよける動き、防御する動き、あるいは足の運び……それら全てが、風属性魔法によって速くなる。中央諸国には無い魔法だ。

「殿下、彼女はエンチャンターです。勇者パーティー全員のスピードが上がります」

「！」

第四中隊長エルザの言葉に驚くフィオナパーティーの面々。

戦闘において常に冷静、それを信条とするフィオナですら、例外ではなかった。だが、極力、表情には出さない。

「中央諸国にはいない魔法職だな。来るぞ！」

フィオナの言葉と同時に、先ほどのお返しとばかりに、勇者パーティーからの魔法砲撃が、フィオナパーティーに降り注ぐ。

同時に、勇者ローマン、斥候モーリス、そして先ほどエンチャントをかけた風属性魔法使いのアッシュカーンが白兵戦を挑みに突っ込む。

迎え撃つのは、モーリスに対してマリー、アッシュカーンに対してユルゲン。

そして、勇者ローマンに対しては、フィオナであった。

「皇女様がローマンの相手かよ……」

思わず、そんな言葉を口からこぼしたのはゴードンだ。さすがに無理だろ……ゴードンはそう言葉を続けようとして……続けることができなかった。

パーティーのちょうど中間でぶつかったローマンとフィオナは、激しい剣戟を繰り広げる。

ローマンは剣士だ。

しかも勇者だ。

さらに、今はヘイストによってスピードも向上している。

だが、そんなローマンに対して、フィオナは一歩も引かずに打ち合っている。

そもそも、普通は勇者と剣を打ち合うということ自体が、滅多に起きない現象だ。

勇者ローマンが持つ聖剣アスタルト。これと打ち合うと、普通の剣は、ただの一合で砕け散る。

だが、フィオナが持つ剣も、尋常な剣ではなかった。


帝室が誇る二つの魔剣のうちの一振り、宝剣レイヴン。

一振りの中に、風と火という二つの属性を宿すと言われる、神話級の剣。

遠い昔、神々が協力して作り上げたという伝説を持つ、漆黒の剣。

代々、皇帝が佩《は》いた剣。

だが、現皇帝のルパート六世は、フィオナに持たせた。

見た目、男性が持つよりも女性が持つ方が映える、細剣に近いというのもあったのかもしれない。だが、かつてルパートは、周りの者に語ったことがある、宝剣レイヴンがフィオナを気に入ったからだと。

それ以上の説明はなく、皇帝であるルパートに強く言える者もおらず、以来、フィオナが持ち続けている。

宝剣レイヴン。

フィオナが十歳の時に下賜されて八年、そのほとんどを共に生きてきた、ある意味相棒。その相棒は、人生の中でも滅多に戦うことのないレベルの相手を前にして、潜在能力の全てを解放していた。

宝剣レイヴンがその身に宿す風属性により、剣速を含めたフィオナの動きそのものの速度が上がる。まさに疑似ヘイスト状態。

さらに、フィオナ自身の持つ火属性魔法使いとしての資質を、火属性も同時に宿すレイヴンが底上げする。それは、剣戟の合間に攻撃魔法を放つという、想像はできても現実には不可能なことを可能にしてしまう。

息を吐くように魔法を放つ……いや、それ以上にスムーズに、フィオナからローマンに向かって〈ファイアージャベリン〉や〈ピアッシングファイア〉が放たれる。

ローマンにしてみれば、たまったものではない。

単純に、フィオナの手数が増えているのだ。正確には、受けずにかわさなければならない攻撃が増えているということだ。

普通は、剣戟の最中に魔法を放とうとすれば、どうしてもわずかな隙が生じる。

そのため、相手が同等以上のレベルであれば魔法を放てず、相手が劣るレベルであればわざわざ魔法を放つ必要などなく……。結局、剣戟の最中に魔法を放つという現象自体が、発生することがなくなる。

（だが……皇女殿下は、それを行っている）

激しい剣戟を繰り広げながら、勇者ローマンは目を見張っていた。剣で戦いながら、非常にスムーズに魔法が放たれる。

剣戟を重ねながら、ローマンは嫌でも気付かされた。この戦闘スタイルは、閃きやその場の思い付きでなされたものではなく、これまでの長い間の訓練で築き上げ、練り上げられてきたものだと。

普段の訓練から、剣と魔法の同時攻撃を訓練しているのだと。

フィオナ自身は、四歳になる時から剣を学んできた。十人いる姉たちは、誰一人そんなことはしなかったのだが、フィオナがどうしてもと言って、父である皇帝ルパート六世にお願いした結果なのだ。

なぜ剣の練習をしたいと言い始めたのか？　ルパー

トが腰に差していた剣を見初めたからである。

「このレイヴンか？　フィオナが一生懸命に剣を練習して、きちんと振れるようになったら貸してあげよう」

ルパートがその時に言ったのは、半分冗談であったが、半分は本気であった。

一生の相棒との出会いというものは、時として運命的なものだ。ルパートは、もしかしたらこれがそうなのかもしれないと、すでに、その時点で感じていた。

そして六年後……フィオナ十歳の誕生日の日、宝剣レイヴンはフィオナの相棒となった。

それはフィオナが、最も大切にする人に出会う、一週間前の出来事であった。

四歳の時から鍛え上げ、十歳からはレイヴンと共に鍛え上げてきたフィオナの剣術。その全力を知る者は、師団の中でも、師匠たるオスカーだけ。

だが、今日、その全力が師団員の前で示された。

「すげぇ……」

声にならない声が観客席を支配する。

皇帝魔法師団は、もちろん全員が魔法使いだ。だが、魔法使いだからと言って近接戦ができないわけではない。

魔力が切れたらそれでおしまい。

敵に近付かれたらそれでおしまい。

そんな脆弱《ぜいじゃく》な集団で、いいわけがない。

魔法戦が強いのは当然として、近接戦も強くなければならない。それが、戦場に立つ皇帝魔法師団員に求められる姿だ。

その先頭に立つ師団長フィオナ。

師団員も、フィオナが剣も強いというのは知っていたが、これほどまでとは思っていなかった。

◆

中央において、ローマンとフィオナの剣戟が繰り広げられている間、副官マリーも斥候モーリスと近接戦を展開していた。

だがそれは、ある種、異様な近接戦であった。

勇者パーティーのモーリスは斥候だ。

二本のダガーを両手に持ち、その身のこなしの軽さで戦う。そのため、比較的正面から当たるよりも、相手の横や背後に回り込んで斬りつける攻撃が主流になるのだが……。

副官マリーを相手に、彼女は背後に回り込むことができなかった。

いや、正確には、回り込もうとするのだが、簡単に対応されてしまう。

それは決して、副官マリーのスピードが速いから、というわけではない。もちろん、普通の剣士に比べれば速いが、勇者パーティーで斥候を張っているモーリスに比べれば遅い。

だが、回り込めない。

なぜなら、マリーの周りには、常にダウンバースト、強力な下降気流が存在していたからだ。

風属性魔法使いのマリーの、一対一の戦い方はとても珍しい。自分の周りに、ほぼ無意識のうちに、強力なダウンバーストを発生させ、相手の動きを阻害しながら戦う。

風速五十メートルの風が吹き荒れる台風の中では、人は思うように歩くことはできないであろう？　マリーの周囲では、そんな風が、常に上方から地面に向けて吹きつけている。

身のこなしが軽いとか重いとか関係なしに、まともに動くことすらできないのだ。

そしてこれは、身のこなしの軽さを信条とする斥候モーリスにとっては、最悪の相手とも言えた。

(これはまずいよね。よりにもよって私の相手が、こんなのとか。運がない……。いや、まさかそこまで計算して、この人を私に当ててきた？　綺麗な顔してあの皇女様、なんてえげつない)

斥候モーリスは、一か所に止まらず動くことによって、相手の狙いが定まらないようにしつつ、攻略法を考える。

シュッ。

カラン。

投げナイフを投げてみたが、やはりこの忌々しい風に払い落とされる。

(これ……どうやって倒せばいいの……。近付けないわ、投げナイフも届かないわ……とりあえず私自身が倒されないように、他の人が援軍に来るのを待っていればいいかな？）

そもそも、モーリスは斥候だ。

冒険においても、戦闘力は期待されないし、回復役のグラハムと共に、死なないことが役割、そんな面もある。

もちろん、勇者パーティーの一員として、その辺の斥候などは足元にも及ばないレベルの戦闘力を持ってはいるが、パーティーの他の面々に比べればやはり強いとはいえないのだ。

（完全に手詰まり……）

モーリスは、小さくため息をついた。


近接戦は三か所で発生している。

中央の、勇者ローマン対フィオナ。

勇者パーティーから見て左方の、斥候モーリス対マリー。

そして右方での、エンチャンターであるアッシュカーン対ユルゲン。

『エンチャンター』という職種は、中央諸国には無い。

そもそも、どういうものなのか。

魔法によって、仲間の体や武器に、「一時的に」属性や、特性を付加することを、エンチャントと言う。

それを専門に行う魔法職が、エンチャンターである。

なぜ、中央諸国には無いのか？　理由は簡単。エンチャントの魔法詠唱が無いからだ。

涼やセーラ、あるいは皇帝魔法師団の面々は、詠唱無しでの魔法生成を行っているが、これは中央諸国の魔法使いたちの中では、例外的な存在だ。実際、同じ帝国軍に所属する魔法使いであっても、皇帝魔法師団は詠唱を行わないが、第一から第八までの帝国魔法軍は、全員詠唱を行う。

皇帝魔法師団が詠唱無しでの魔法発動を常としているのは、ひとえにフィオナとオスカーの考えによる。

詠唱を行えば、初心者でも楽に魔法を発動することができる。それによって発動される魔法の威力は、誰が唱えてもほぼ一定となる。だが、詠唱する時間が必要になるため、発動までに時間がかかる。これは、戦闘においては致命的だと言える。

　威力、または速度で相手を上回る……結局のところ、魔法戦とはそこを追求するものだ。だからこそ、強力で生成速度の速い魔法を放つために、詠唱無しで戦えるように、二人は師団を鍛えた。

　さて、そういうわけで、魔法詠唱が無いため、エンチャントは中央諸国には存在しない。

　ユルゲンも、今回、初めて見た。

（殿下とエルザは、グラハム殿が棒術あたりで接近戦に出てくる可能性があると言っていたが、まさかの風属性魔法使いのアッシュカーン殿とは。しかも彼女はエンチャンター……。なるほど、珍しい経験が積めそうだ）

　ユルゲンが相対したアッシュカーンは、その身にへイストをかけてスピードを上げ、手甲と足甲をつけての肉弾戦というスタイルだ。

　およそ魔法使いらしからぬ戦闘スタイルであるが、きっと「あなたに言われたくない」とユルゲンは言われてしまうであろう。

　ユルゲンは、正統派の剣術でそれを迎え撃っているのだから。

　ユルゲン・バルテルは、バルテル伯爵家の次男である。伯爵家の家督は、八歳年上の兄が継ぐことになっていたが、代々、優秀な武人を輩出した家門の常として、幼少の頃より武芸全般を鍛えられていた。そのため、小さい頃から漠然と、十八歳になれば帝国騎士団に入るだろうと思っていた。

　実際に、幼少期から、剣の腕もかなりのものとなっていた。十五歳で、伯爵家剣術指南役の家庭教師を倒すようになり、十六歳で、父である当主すらも敵わなくなるほどに。

　十八歳で成人した時、ユルゲンの周囲において剣で上回るのは、八歳年上の兄しかいなかった。当時兄は、帝国騎士の中でも最高クラスの者だけが選ばれる、皇帝十二騎士に名を連ねていたのだ。

　皇帝十二騎士の兄といい勝負をする。しかもまだ成人したばかり。

そんな人材に、皇帝ルパート六世が目をつけないはずがなかった。詳細な周辺調査とヒアリングの結果、年齢も近いフィオナとオスカーの力となるであろう、ルパートはそう判断した。

そうしてユルゲンは、オスカーの下に預けられて半年の訓練期間で色々と鍛えられ、オスカーの副官としてフィオナ護衛の任に就いた。

それは、フィオナが、皇帝魔法師団の師団長に任命されるより、二年以上前……。


ユルゲンが使用している剣は、演習場備え付けの刃を潰した普通の鉄剣だ。

もちろん、この模擬戦では、自分が普段使用している武具を使っても構わない。だからこそ、フィオナは宝剣レイヴンを使用しているし、勇者ローマンは、聖剣アスタルトを振るっている。

だが、ユルゲンは、寸止めが苦手なことを自覚しているため、もしそのまま当ててしまっても、相手を殺さないで済むように、刃を潰した剣を使うことにした。

上司であるオスカーが聞けば、「おい、凄い自信だな」と嫌みを言われそうだが、苦手なものは苦手なのだ、仕方がない。仕方がないからと言って、殺してしまっては大いにまずいわけであるし。

ユルゲンに選択肢は無かった。

基本的にアッシュカーンが攻め、ユルゲンが受けるという形で、二人の戦闘は続いている。

アッシュカーンの体術はかなりのものであるが、ユルゲンからすれば、つけ込む隙はあるように見える。

あとは、そのタイミングだ。タイミングをしくじれば、全てが無駄になる。それはどんなものでも同じ。

ユルゲンは、アッシュカーンの攻撃をさばきながら、ただ、そのタイミングを慎重に計るのであった。


聖職者グラハムは、心の中で苦虫を噛み潰していた。

(まさか、これほどとは。近接戦がこれほど強い魔法部隊など、西方諸国には無かっ……いや、ほとんど無かった。斥候のモーリスが決定力にならないのは仕方ないでしょうが、アッシュカーンまで突破できないとは。いやいや、それどころか、ローマンと互角に打ち合うとか……あの皇女様はどうなっているんですか。実は彼女は、魔法使いじゃなくて剣士……とか？　まあ指揮官ですから、あり得ないとは言えないですが。いや、そういえば剣戟の最中にも、魔法を放っているから、やはり魔法使い……。よもやローマンが負けるとは思いませんが、あらゆる場所が膠着状態とは……）

グラハムにとっても、現状は初めての経験であった。

（やはり私が前線に出るべきだったでしょうか……しかし、回復役がいきなり前線に出て、もしも倒されてしまうと、いろいろ問題が……。ですがこの状況では、そうも言っていられません。加勢すべきでしょう。どこに加勢すべきか。さすがに、ローマンと皇女様の剣戟に飛び込むのは無理です。二人の武器が武器ですから、何もできないうちに細切れになりそうです。かと言って、モーリスに強風を吹かして、近接戦になっているのかどうか微妙なところに行くのも……あの風をかいくぐるいい方法は思いつきません。となると消去法で、アッシュカーンと副官ユルゲン殿のところですか……）

グラハムが散々迷っている間に、事態は動いた。

アッシュカーンは気付いていた。戦闘開始直後にかけた〈パーティーヘイスト〉が、時間が経ったために効果が切れていることに。

〈パーティーヘイスト〉は、アッシュカーンの周囲半径五メートル以内にいる味方に、ヘイスト効果を与える魔法だ。一度かければ、半径五メートルより外に出ても、一定時間、ヘイスト状態が持続する。

現状、アッシュカーンの五メートル以内に味方はいない。

砲撃戦を展開している魔法攻撃職には、今更不要であろう。

皇女様と戦っているローマンにはかけたいのだが、近付くのは無謀すぎる。

暴風の前に何もできていなさそうなモーリスは、多分ヘイストがあってもあまり関係ない。

そうなると、必要なのは自分だけだ。

だが、目の前の剣士は……そう、もはやとても魔法使いとは思えない、驚くべき剣士。かの爆炎の魔法使いの副官だという男であるが、油断も隙もあったものではない。

その剣士は、何かを狙っている。

そんな雰囲気がある。

何を狙っているのかは分からないが、相手の目の動きから、アッシュカーンはそう感じていた。

（どこかで、自分へのヘイストをかけ直したいけど……それが隙に見えれば、その瞬間に魔法を放ってくるか……飛び道具を使ってくるか……分からないけど頭の片隅に置いておきましょう）

しばらくして、おあつらえ向きの状況が生じた。

ユルゲンがバックステップした瞬間、ほんのわずかだが足を滑らせたのだ。

（ここ！）

それに合わせてアッシュカーンも大きく後方に飛び退いて距離を取り、地面に着く前にヘイストをかける。

「〈ヘイスト〉」

「〈泥濘《でいねい》〉」

そのタイミングに合わせて、ユルゲンも魔法を放つ。

アッシュカーンの予想通り。

空中でヘイストをかけて着地すれば、すぐに反撃ができる。そう思っていた。だが、土属性の魔法使いであるユルゲンが放った魔法は、攻撃魔法ではなく……。

ズボッ。

着地した瞬間、地面が泥になっていた。そのまま、アッシュカーンの両足は、膝上まで泥に埋まった。

「なっ……」

こうなると、簡単には抜け出せない。

当然、この状況を作り出したユルゲンがアッシュカーンの目の前に迫り、剣を首筋に突き付ける。

「……負けました」

アッシュカーンは負けを認めた。

グラハムが加勢に行こうとした瞬間に、アッシュカーンが泥に捕まって敗北。

「ばかな……」

　グラハムは、加勢に行こうとしていたために、その瞬間を全て見ていた。

　アッシュカーンが大きく後方に飛び、着地する直前、ユルゲンの足元から高速の線が走り、アッシュカーンの着地点で小さく弾けた。

　そして、そこに小さな泥地が発生したのだ。

（爆炎の魔法使いの副官ユルゲン殿……やはり、魔法においても一流……。しかし、これで均衡が崩れてしまいました……しかもこちらの悪い方に。こうなると……賭けになりますが、仕方ないでしょう）

「みなさん、モーリスの相手、マリーさんから潰します」

「それは構わないが、どう狙う？　そして、こっちに砲撃してくる相手の遠距離攻撃魔法はどうする？」

　ゴードンがグラハムに確認する。

「相手の砲撃は私が受けます。マリーさんへの狙いは、上方からです。強烈な下降気流でモーリスの動きを阻害していますが、上方からなら風の影響を受けにくいでしょう。いいですか？　三、二、一、今です！」

「〈ファイアージャベリン〉」

「〈エアバスター〉」

「〈石礫〉」

　火属性のゴードン、風属性のアリシア、土属性のベルロックの一斉砲撃が天井からマリーに襲い掛かる。

　同時に、フィオナパーティー後衛陣から、今まで以上の砲撃がグラハムらに放たれる。

「〈絶対聖域〉」

　グラハムが唱えたのは、高位の聖職者のみが使用できる絶対魔法防御。中央諸国の高位神官が使う〈聖域方陣〉の西方諸国版と言えよう。

　その効果は、〈聖域方陣〉同様、全ての魔法攻撃を防ぐ。〈絶対聖域〉の外からの魔法はもちろん、中からの魔法も防ぐため、三人の砲撃の後に生成したのだ。

　そして三人の魔法砲撃を受けたマリーは……倒れていた。戦闘続行不能。

　副官ユルゲンは、一瞬の判断の遅さを悔やんでいた。

　相対したエンチャンターを降参させ、ようやく一人多い状態に。それを活かして、一気に攻勢に出ようとした矢先、今度はマリーが倒され……再び同数になってしまった。

倒されたマリーは、戦闘不能と判断され、救護小隊に演習場の外縁に運ばれていった。主席治癒師フィンの様子からして、命に別状は無さそうだ。

(油断しすぎだぞマリー……それにしても、これは困った。マリーの風魔法は、模擬戦でも使い勝手がいいのだが、私の土魔法は……下手すると相手に刺さるかもらなあ……。使いにくいんだが、仕方ないか)

未だ勇者パーティーは方針が定まっていないようだ。攻勢をかけるなら、早い方がいい。

そう判断すると、ユルゲンは、青い彩光弾ならぬ彩砂弾を三つ打ち上げた。

火属性魔法使いのフィオナやオスカーは、指揮用にそのまま彩光弾を打ち上げるが、ユルゲンは土属性の魔法使いだ。そのため、光を青く反射する破裂砂を打ち上げる。

青三つ。

意味は、攻撃しつつ最大戦速で前進。

ユルゲンの号令の下、フィオナパーティーの後衛陣は動き出す。そして、走りながら勇者パーティー後衛に向かって魔法攻撃。

ユルゲン率いるフィオナパーティーの意図は明確であった。

ローマンとフィオナ以外による、近接戦での決着。

それに対して、勇者パーティー後衛が採った戦術は、土属性魔法の泥地生成による遅滞戦術。つまり時間稼ぎ。近付いてくる、フィオナパーティー後衛に対して、泥地を生成して進軍速度を遅らせる。

(なんのための時間稼ぎだ?)

ユルゲンにはその意図が読めなかった。

フィオナパーティーは、中央で戦闘中のローマンとフィオナを迂回して、上方から見た場合に右から、つまり時計と反対回りに、勇者パーティー後衛に迫っている。途中で、ユルゲンはそれに合流する予定だ。

そんな状況下で、なんのための時間稼ぎか？

(まさか、殿下と勇者の戦闘の終了を待って、というわけではあるまい……まだ均衡は崩れていない。ならば、一体……)

ユルゲンは、フィオナとローマンの戦闘を見て、まだ続きそうだと確認した。

そして、ふと視線はその先へと延びる……。

そこは、マリーと相手の斥候が戦っていた場所……もちろん誰もいない。

「誰もいない!?」

マリーは当然運ばれていないのだが、相手の斥候は?

「しまった!」

ユルゲンの口から吐かれたのと、フィオナパーティー後衛の後方で混乱が生じたのは、同時であった。

勇者パーティーの斥候モーリスが、動き出したフィオナパーティー後衛の更に後方に回り込み、そこから襲い掛かったのだ。

◆

フィオナパーティー後衛は、混乱の極にあった。

最後尾にいた第二中隊長ニンが、首に手刀を入れられて、意識を刈り取られて戦闘不能に。他のメンバーが、何が起きているのか理解する前に、続けて次席治癒師マーマも倒された。

この辺りは、斥候たるモーリスの面目躍如《めんぼくやくじょ》と言ったところであろう。

正面からの戦闘力は、確かに勇者パーティーの中では低い方であるが、こういった後方攪乱《かくらん》、暗殺、あるいは死角からの敵無力化は、モーリスの最も得意とするところであった。

しかもこの間にも、勇者パーティー土属性魔法使いベルロックによる、泥地生成の遅滞戦術は続いている。斥候であり、足場の悪い場所での戦闘も苦としないモーリスはともかく、フィオナパーティーの面々にとっては、驚くほど戦力を削られる。

ベルロックの泥地生成以外の攻撃魔法は、合流した副官ユルゲンの土壁によって防がれているが、事態は悪化の一途を辿っていた。

足元は泥地。さらに畳みかけるように、斥候モーリスは煙幕を張った。足元を気にしながら、煙の中で斥候と戦う……まさに、悪夢以外の何物でもない。

「これは、もう……」

ユルゲンが呟いた時、立ち合いの第一中隊長エミールの声が響き渡った。

「そこまで！　試合終了。勝者は勇者パーティー」

声の方を見ると、中央で戦っていたフィオナが、エミールに降参を告げたところであった。

「殿下、申し訳ありませんでした。私が、もう少し早く相手の意図に気付いていれば……」

「いや、ローマン殿との戦闘にかかりきりになって、周りを見る余裕が無くなっていた。指揮官失格だな」

そういうと、フィオナは笑った。

「皆にも苦労をかけた。そういえば、マリーが運ばれていったみたいだが……」

「回復のフィンの表情からして、問題は無さそうでした。……殿下？」

ユルゲンがフィオナを見ると、フィオナの視線が観客席の一番上に止まっている。

「師匠……」

その視線の先には、皇帝魔法師団副長オスカー・ルスカの姿があった。


オスカーが、観客席の最上段から一歩ずつ降りるにしたがって、師団員たちが立ち上がり敬礼する。

その光景は、事情を全く知らない勇者ローマンとそのパーティーたちにも、降りてくる者が尋常の者ではないことを教えていた。

ゆっくりと、だが遅すぎず、しかして速すぎず。

二百人近い師団員全員の敬礼を受けながら、オスカーはフィオナの前に着き、おもむろに片膝をついて礼を施した。

「殿下。オスカー・ルスカ、ただいま帰参いたしました」

「よく戻った」

ただそれだけの会話であったが、二人の間には他の者には窺《うかが》い知れない、濃密な思いのやり取りがなされていた。

だが、この場は公の場。私的な会話は、後ほどすればよい。

「副長に知らせておくことがある。こちら、勇者ローマン殿とパーティーが、昨日より投宿されている。皇帝陛下は、お主とローマン殿の模擬戦の許可を出された」

「お初にお目にかかります。ローマンです」

フィオナの紹介に、ローマンが答えた。

「デブヒ帝国皇帝魔法師団副長を拝命しております、オスカー・ルスカです。しかし、勇者殿とは……。今代の勇者は、西方諸国にいらっしゃると聞いたのですが、なにゆえこの中央諸国へ？」

「オスカー殿に、ぜひ一手ご指南いただくためです」

ローマンの両眼は、オスカーを正面からとらえた。

一切のぶれなく、全く揺るがず、真っすぐに。

「ふむ……。しかし、私には、勇者殿と戦う理由がありません。また、長らく任を空けておりましたため、やるべきことが溜まっております。それゆえ、模擬戦はまたの機会に」

オスカーはローマンを正面から見据えながら、戦闘を断った。

絶句するローマン。

「お待ちください」

二の句が継げなくなった勇者ローマンに代わって、聖職者グラハムが言葉を差し挟んだ。

「オスカー殿。私は、本パーティーの折衝役を仰せつかっております、グラハムと申します。失礼ですが、皇帝ルパート六世陛下は、オスカー殿とローマンとの模擬戦の許可を出されました。ここで、それを拒否なさるのは、いかがなものかと思いますが」

「皇帝陛下はあくまで許可されただけであって、戦えと命令されたわけではありますまい。とはいえ、なぜ相手が私でなければならないのか、そこに、しかとした理由があるのであれば、戦うのもやぶさかではありません。ローマン殿、いかがか？」

（こいつも、ローマンから言質を取ろうとするか！）

昨日、フィオナがやったことを副長のオスカーにもやられ、グラハムは心の中で何十匹目かの苦虫を噛み潰していた。

だが、それが必ずしも悪いことばかりではないことを、この後グラハムは知ることになる。

勇者ローマンは、訥々《とつとつ》と語り始めた。

「お恥ずかしい話ながら、私は、先日完敗いたしました。それも……不意打ちやだまし討ちと言ったものではなく、数に物を言わせた戦闘でもなく……一騎打ちで。しかも、私は仲間たちから……様々な強化魔法をかけてもらったにもかかわらずです。その相手は魔法使いだったのですが……剣士である私の剣は、かすることすら……かないませんでした。その敗北から、私はもっと自分を鍛えたいと思い、中央諸国で強者と名高い、爆炎の魔法使い殿の元を訪れました」

勇者ローマンを下した者が、魔法使いであったというくだりで、オスカーは小さく反応した。オスカーの脳裏には、水属性の、ある魔法使いの姿が浮かんでいた。

「その、相手の魔法使いについて、詳しく聞きたいのですが？」

「もちろんです。一手ご指南いただいた後なら、いくらでも」

オスカーの問いに、勇者ローマンは笑顔で答えた。

その答えに驚いたのは聖職者グラハムだ。

（まさかローマンに、こんな返しができるとは……）

ローマンに条件を付けられ、オスカーはほんの僅かだけ、口角を上げて答えた。

「いいでしょう。とはいえ、そちらは先ほど戦闘されたばかりですから、昼食後、一時に」

「ありがとうございます！」

◆

そして一時。

昼食と休憩を終え、再び演習場。

勇者パーティー七人と、フィオナ、オスカーそして副官ユルゲンがアリーナにいた。

演習場脇に待機している救護小隊を除くと、他は全員観客席だ。

「立ち合いは、私、ユルゲン・バルテルが行います。死に至る攻撃は不可。降参、気絶、戦闘継続不可能と立ち合いが判断した場合に試合終了とします」

「では、私は観客席から見させてもらおう」

そういうと、フィオナは観客席の方に歩いていく。

「では我々も……」

そうグラハムは言い、勇者を除く勇者パーティーの面々が観客席に歩いていこうとした。だが、そこに……。

「いや、あなた方は戦わないとダメでしょう」

オスカーが言い放った。

「は？」

調子の外れた声で聞き返したのは、火属性魔法使いのゴードンだ。

「七人で勇者パーティーなのでしょう？　ならば全員で戦わないと、意味が無いでしょう」

「いや、あんた、自分で言ってること、分かってる？」

ゴードンが噛みつくように言い返す。

「ゴードン、言葉に気をつけなさい」

グラハムはたしなめ、そして言葉を続ける。

「ですがオスカー殿。ゴードンの言うことももっともです。七対一では、いくら爆炎の魔法使いと雖《いえど》も、まともな試合にはならないかと」

「先ほどの七対七、途中から拝見させていただきましたが、皆さんの実力があの程度なら、どちらにしろ、まともな試合にはならないでしょう」

オスカーは肩をすくめながら、口をへの字にして言い放った。

当然、勇者パーティーの一部から怒気が吹き上がる。

「副長さん、ちょ～煽《あお》ってるよ」

「団体戦の開幕砲撃といい、この師団の人って煽り上手よね」

斥候モーリスと風魔法使いアリシアが、男たちに聞こえないように囁き合っている。二人の会話が聞こえたエンチャンターのアッシュカーンも、無言のまま何度も頷いた。

「おもしれぇ！　やってやろうじゃねえか！　ローマン、俺が最初に出る。手を出すなよ！」

「七人でも難しいと言っているのに、一人では話にならないかと……」

ゴードンが叫び、それに対してオスカーは冷たく返す。

「うるせぇ！　それは俺らが決めることだ。おい、立ち合い、早く始めろ」

「はぁ……。副長もわざわざ煽らなくてもいいのに……。まあいいです。では、お互い位置についてください」

　立ち合いのユルゲンは深く、深くため息をつきながらお互いを開始位置に誘導する。

「それぞれ準備はよろしいですね」

　オスカーは演習場備え付けの、刃の潰された剣を右手に持ち、対するゴードンは魔法使いの杖を構えている。

「では、試合開始」

「死ね！　〈ブレイドラングトライデント〉」

　ゴードンが唱えると、杖の先から三本の炎が渦を巻きながらオスカーに向かう。これは、ゴードンが持つ対個人用最強呪文。

　開始直後に最強攻撃。

　何もさせずに倒すつもりであった。というより、城壁にすら穴を開ける炎の渦、普通の魔法使い相手であれば即死だ。

　だが……オスカーは普通の魔法使いではなかった。

　自分に迫る炎の渦を、右手に持った剣で、無造作に横から払う。それだけで、炎の渦は消滅した。

「馬鹿な！　ありえるか！」

　叫んだのは、もちろんゴードン。

「この程度……児戯に等しい。〈炎塊〉」

「ぐはっ」

　気付けば、ゴードンのみぞおちに、人の拳大の炎の塊がぶち当たり、ゴードンはたまらず悶絶した。

「今、一体何が……」

　聖職者グラハムが呟く。

　ゴードンの腹にめり込んだ炎の塊は、すでに消えている。間違いなく、なんらかの魔法なのだろうが……グラハムの目には、魔法の発生も、その軌道も、全く見えなかったのだ。

「なんだろうと、あんなの、貰いたくないです……」

　風魔法のアリシアが、グラハムの後ろに隠れながら呟いた。

「みんな！　僕に、強化魔法を」

勇者ローマンの声に、パーティー一行は我に返った。

「〈パーティーヘイスト〉〈エンチャントウインド〉」

「〈聖なる鎧〉」

「〈風の守り〉」

エンチャンターのアッシュカーンによる〈エンチャント〉で、光属性のグラハム、風属性のアリシアと、それぞれの属性でローマンが強化される。

エンチャンターを通して、魔法属性による強化がなされる……それも〈エンチャント〉の特性の一つ。

「なるほど、それが〈エンチャント〉か。確かに中央諸国には無いな」

オスカーは焦ることなく、ローマンたちがやることを見ている。その余裕は、ローマンに、否が応でも悪魔レオノールを思い出させた。

ローマンは、数回、強く首を振ってレオノールの記憶を頭から追い払う。

「行きます！」

そう言ってローマンは突っ込んだ。


大きく振りかぶった聖剣アスタルトを、袈裟懸けに、オスカーの肩口に振り降ろす。

カキン。

硬い金属に当たったかのような音を出し、アスタルトは大きく弾かれた。

「え？」

思わず、ローマンの口から驚きの声が出る。

「どうしました勇者殿。剣士である以上、相手に剣が届かねば勝てませんよ」

オスカーが再び煽る。

それに反応するかのように、ローマンが聖剣アスタルトを再び構えて……。

斬る。斬る。斬る。

カキン。カキン。カキン。

だが、全ての斬撃が、オスカーの表面を覆う何かに弾かれる。

「なぜ……」

ローマンは思わず呻いた。

「なにあれ、なにあれ、なんなのあれー！」

ローマンの全ての斬撃が、オスカーの体の表面で弾かれる様は、勇者パーティーからもはっきりと見えていた。

勇者ローマンの剣はただの剣ではない。

西方諸国に生まれた代々の勇者に受け継がれてきた、聖剣アスタルトだ。

その聖剣の斬撃が、剣や鎧、あるいは盾などによらずして弾かれている。斥候モーリスでなくとも驚くであろう。

「あれは、〈魔法障壁〉と〈物理障壁〉を重ね合わせた、〈障壁〉……」

風魔法使いのアリシアがモーリスに対して説明した。

「〈物理障壁〉って……剣とか矢とかの物理攻撃を防ぐ魔法よね。でもあれって、簡単に割れちゃうじゃん。矢くらいしか防げないでしょ。近接戦だと、もう、今どき使う人なんていないんでしょ？」

「簡単に割れます。およそ実用的ではないので、近接戦で見ることなど、ほとんどないですね。もしかしたら、中央諸国の〈物理障壁〉は硬いという可能性も……」

モーリスの確認に、頷いて肯定するアリシアだが……。

「でも、立ち合いの副官くんも、ちょ～驚きの表情で副長さんを見てるから……」

「ええ。中央諸国だから硬い、というわけではなさそう。あの副長、オスカー殿の〈障壁〉が異常なだけみたい」

二人の隣では、無言のままエンチャンターのアッシュカーンが、食い入るように戦闘を見つめている。

「でも、剣が弾かれるってことは、ローマン勝てないんじゃない？　それって卑怯じゃない？　副長さん、渋くてイケメンで雰囲気あるけど、ローマン勝てなくない？」

「うん、モーリスがあの系統の人が好きなのは知ってるけど、他国の重要人物だから手を出さないでね。そもそも〈物理障壁〉って、〈魔法障壁〉と比べても、おそろしく魔力消費が激しいのよ。使われなくなった

理由は、それもあるの。だから、物理と魔法を重ね合わせたあの〈障壁〉も、そんなに長くは続かないと思うのだけど……」

「剣士対魔法使いの模擬戦ということで、魔法使いにしかできない技を使ってみました。お気に召しましたか」

オスカーは、ほんの僅かに口角を上げて、ローマンに言い放った。

「これは一体……」

「ただの〈魔法障壁〉と〈物理障壁〉を合わせたものです。無属性魔法なので、魔法使いなら、誰でも生成できるやつですよ」

「それにしては硬すぎる」

オスカーの、たいしたことは無いという説明に、呆然と答えるローマン。

ローマンも、〈魔法障壁〉、〈物理障壁〉、どちらも知ってはいる。だが、これほど硬い〈障壁〉など、聞いたことも無い。

「私の〈障壁〉を破れないようでは、魔王の〈障壁〉は破れないのではないですか？　勇者ともあろう者が、そんなことではダメでしょう？」

この期に及んでも、さらに挑発するオスカー。

「くっ」

悔しそうに顔をしかめる勇者ローマン。

だが、数瞬後、表情が一変した。腹をくくったのだ。

「突き刺してしまったら、すいません」

そう言い放ち、ローマンは自分が持てる全ての気力と魔力を、聖剣アスタルトに込め始めた。

「そういうのは、突き破ってから考えればいいことです」

表情を変えることなく待ち構えるオスカー。

「いきます！」

ローマンは一気に距離を縮めると、渾身の突きを放った。

カキッン。

オスカーの〈障壁〉にヒビが入った。だが、破ることはできなかった。

しかも、瞬時にヒビが修復され、元に戻る。

「馬鹿な……」

ローマンの口から思わず言葉が漏れた。全力で突きを放ったために体を支えることができず、片膝をつく。

その首筋に、ゆっくりとオスカーは持っていた剣を当てた。

「そこまで！　勝者、オスカー副長」

その瞬間、立ち合いのユルゲンの声が演習場に響き渡った。そして師団員たちの割れんばかりの歓声がこだまする。

昨日からの連敗……いかな勇者パーティーが相手とはいえ、やはり師団員の心には思うところがあったのであろう。

初の勝利をもたらした副長オスカーを見る師団員たちの目には、信仰とすら言える光がともっている者すらいた。

「ローマン殿、あなたは若い。まだまだ強くなれます。頑張ってください」

「オスカー殿、勉強になりました。本物の魔法使いの前では何もできないということを、改めて知りました。ありがとうございました」

勇者ローマンは、心の底から感謝した。

「そうでした。以前ローマン殿が完敗したという魔法使いについて、聞かせていただけますか？」

「もちろんです！　その者はレオノールと名乗る、女性？　いや多分、人間ではないのでしょうが、初めて見る種族でした。今日は、オスカー殿の〈障壁〉で私の剣は全て防がれましたが、レオノールは私の剣を全て避けきりました。それも余裕で」

ローマンは、レオノールとの戦闘を思い浮かべながらオスカーに話して聞かせた。

「レオノール……知らない人の名でした。覚えておきましょう」

ふむ、と言いながらオスカーは一つ頷いて話を打ち切ろうとした。

「あの、オスカー殿。オスカー殿が最初に思い浮かべていた魔法使いは、いったいどなたなのでしょうか？　もし差し支えなければ教えていただけないでしょうか」

「……ナイトレイ王国にいる水属性の魔法使いです。奴とはいろいろありましてね。これ以上言うつもりはありません。あしからず」

そういうと、オスカーは観客席から降りてきたフィオナの元へと歩いていくのであった。

ウイングストンの赤き剣

ナイトレイ王国において、Ｂ級冒険者は、超一流の冒険者だ。

それは純粋な戦闘力はもちろん、領主たち、ひいては王室からも、信頼するに足る者たちであると認識されている。そのため、各地の領主たちから指名依頼を受け、国のあちこちへ行くことがある。

ルン所属のＢ級パーティー『赤き剣』も、ルン辺境伯直々の指名依頼によって、東部最大の街ウイングストンに向かっていた。

パーティーリーダーであり剣士のアベル。

絶対防御すら展開できると言われる神官のリーヒャ。『不倒』の二つ名を持ち、王国でも屈指と名高い盾使いウォーレン。

そして、十八歳にして宮廷魔法使いクラスと噂される風属性魔法使いリン。

『赤き剣』を構成する四人は、数ある王国冒険者パーティーの中でも、間違いなくその頂点の一つと言える。

とはいえ、全てにおいて頂点というわけではない。

例えば、どうしても魔法使いは、前衛職である剣士や盾使いに比べて、持久力には劣る……。

「ルンからウイングストンは、遠すぎるよ～」

風属性の魔法使いリンは、疲れていた。もしかしたら、ちびっ子ということもあって、一歩の大きさが小さいことも、疲労の上昇に関係しているのかもしれない。

……あくまで、可能性の話であるが。

「リン、もう少しだから。このペースなら、夕方には到着できるわ。着いたら、お風呂に入りたいわね。アベル、絶対、お風呂のある宿にしてね」

神官リーヒャも、前衛の二人に比べれば、かなり疲れている。それでもリンほどではないことから考えて、やはりちびっ子のリンは一歩が小さく、その結果、歩数が多くなるから疲労の上昇が激しいという可能性は……。

（可能性はあるのかもしれん）

アベルはそう考えたが、賢明にも口から出すことはなかった。

だが、その瞬間、慄然とした。その思考が、どこかの水属性の魔法使いの思考に似ていることに、気付いたからだ。いつの間にか、自分の考え方が毒されたのかもしれない……小さく頭を振って、その恐ろしい可能性を振り払った。

口から出た言葉は、その思考には関係のないものだ。

「分かっているリーヒャ。宿はいつもの『天の雫』がいいだろう。あそこなら、好きなだけ風呂に入れるだろう？」

「いいわね！　さすがアベル、分かってるわね」

アベルの言葉に、嬉しそうに同意するリーヒャ。

盾使いウォーレンも、無言のまま嬉しそうに頷いて同意する。

「あそこなら、ご飯も美味しいしね……頑張るよ……」

疲労の極にあるリンも、『天の雫』の美味しいご飯を思い描いて、力強く歩き始めた。

希望は、人に力を与える。

そんな四人がウイングストンに到着し、無事に『天の雫』に宿を取れたのは、夕方六時前であった。

翌朝。

「朝食も最高だったね！」

移動途中の疲労に苛まれた様子など、何かの間違いであるかのように、リンは声を弾ませた。その喜びの声に、無言のままウォーレンが頷く。

健啖家のちびっ子リンと、比較的少食の巨漢ウォーレン。食べる量は、絶対に逆だろうというほどに違いがある……。普通より少し多めのアベルやリーヒャであるが……相対的に見て、冒険者はけっこう食べる。

そこに、男女も職業も関係ない。

体が資本である以上、しっかり食べてしっかり休む。
それは大切なことだ。

そんな、しっかり食べてしっかり休んだ四人が向かったのは、ウイングストン政庁であった。

ここウイングストンは、シュールズベリー公爵領の中心都市であり、領都である。

王都から、東部国境の街レッドポストに至る第二街道は、王国でも最も交通量の多い道の一つであるが、その第二街道沿いで最も大きな街がウイングストンであり、王国東部最大の街でもある。

『赤き剣』が請け負った依頼は、ルン辺境伯からシュールズベリー公爵への書状の配送。それも、公爵に直接手渡すことを厳命されている。そのため、最終的には公爵邸に上がらねばならないのだが、いきなり行っても会ってもらえないことの方が多い。

それは、王国でも貴重なB級パーティーであり、ルン辺境伯直々の身分証明書を持っていてもだ。

王室にも連なる血筋であるシュールズベリー公爵家ともなれば、当主に直接会うのにも技術が必要になる……世界は単純ではない……。

その技術の一つが、政庁の訪問。

政庁は、文字通り、行政の中心であり最前線。官僚や官吏たちが詰めており、一般の街の住人たちも、必要がある場合は訪れたりする。

そういった一般の人たちに対しては、多くの場合、上から目線なのであるが、ルン辺境伯直々の証明書と書状を携えた人間に対しては……。

「す、すぐに公爵邸に取り次ぎますので、こちらでお待ちください！」

政庁幹部はそう言って四人を応接室に通すと、大慌てで関係各所に連絡を取り始めた。隣室である、この応接室にまで、その声が聞こえてくる……。

四人はお澄まし顔で、出されたお茶を飲んでいる。実際、この先、四人が積極的に動くべきことは何もない。調整がついたら案内役について公爵邸に上がり、シュールズベリー公爵に直接書状を渡すだけ。

それでおしまい。

そう、いつも通りなら、決して難しい仕事ではなかった……。

待たされること三十分。

「お待たせいたしました。これから公爵邸の方に移動していただきます。ただ、領主様は、日課の朝駆けに出かけておいでですので、あちらでも、しばらくお待ちいただくことになると思うのですが……」

先ほどの政庁幹部が、申し訳なさそうに言う。ルン辺境伯直々の身分証明書と書状を携えた者たち……冒険者ではあるが、そんなことは関係ない……粗相があれば、あとで自分のクビが飛ぶ。

有力領主直々の身分証明書というのは、ないがしろにしてはならないものなのだ。

「ああ、大丈夫だ。ありがとう」

鷹揚《おうよう》に頷くアベル。

現シュールズベリー公爵コンラッドの趣味が騎乗で、毎日午前中は、わずかな供を連れて馬を駆けているのは知っていた。

手渡すべき書状も、厳密にいつまでにという期限が設けられているものではない。

それほどに緊急かつ重要なものの場合は、騎士団を動かして届けさせる……ルン辺境伯はそういう人物だ。逆に言うと、今回の書状は、ある程度重要なものではあるが、騎士団を動かして届けるほどのものではないし、期限を厳密に設ける必要性もないということだ。

アベルは、全く焦っていなかった。

「ありがとうございます。では、公爵邸の方へご案内させていただきます」

政庁幹部が促し、四人は公爵邸へと向かうのであった。

政庁と公爵邸は、敷地の上では隣接している。

公爵邸の敷地は驚くほど広い。そこにいる人物たちの安全のために、政庁と公爵邸の間には衛兵が配置され、誰もが行き来できるわけではない。

もちろん、四人のことは政庁から話が通してあったのだろう。簡単な書類の確認がなされると、衛兵三人が先頭に立ち、残り二人の衛兵が最後尾から、公爵邸の敷地内を案内し始めた。

衛兵は、案内であり、同時に監視役でもある。

もっとも、いちいちそんなことで気分を害するような者は、『赤き剣』にはいない。

問題は、彼らがしばらく歩いて、屋敷の入口に着いた時に発生した。

「あれ？」

その呟きは、誰が発したものだったろうか……。政庁幹部か、五人の衛兵か。誰にしろ、普通でない状況であることに気付いたのだ。

「何か、慌ただしいね」

リンが囁くと、隣のリーヒャが無言のまま頷いた。

明らかに、何か想定外のことが起きて、その対応に追われている……。

四人を案内する政庁幹部も、衛兵も、何が起きているのかは理解できていない。その六人が目を合わせる……衛兵の隊長らしき人物が一つ頷いた。

「中を見てきます。しばらく、こちらでお待ちください」

隊長はそう言うと、もう一人衛兵を連れて、屋敷の中に入っていった。

五分後。隊長ともう一人は、慌てふためきながら一行の元に戻ってきた。

「大変だ！　公爵様が！」

シュールズベリー公爵コンラッドの亡骸《なきがら》が公爵邸に戻ってきたのは、それから一時間後であった。その間、『赤き剣』の四人は、屋敷の中に入らず、ずっと表で待つ羽目になった。仕方のないことだと理解してはいる。突然、主が亡くなれば、あらゆる部署が混乱するのは仕方のないことだろう。

「コンラッド様が亡くなった場合、跡継ぎってどうなるのかしら？」

神官リーヒャがアベルに問う。

「確か、息子が四人、娘が一人いたはずだ。長男アンドリュー殿から四男アーウィン殿まで……アーウィン殿はまだ九歳とかだったはずだが、まあ、跡継ぎで揉めることはないと思うんだが……」

「甘いよアベル。みんながみんな、兄弟仲がいいとは限らないんだから。この後、血で血を洗う相続争いが起きる可能性が高いわ！」

アベルの答えを、リンが腕を組んで否定した。

それが、なんとなく、どこかの水属性の魔法使いに似ていたため、アベルは素直に言った。

「最近、リンが、リョウに似てきている気がするんだが」

「なんでよ！」

アベルとリンのやり取りを苦笑しながら聞いた後、リーヒャが呟いた一言で、辺りは凍りついた。

「シュールズベリー公爵に直接渡せと厳命された書状……誰に渡せばいいのかしらね」

「あ……」

そう、シュールズベリー公爵は亡くなったのだ。新たなシュールズベリー公爵が決まるには、王室の許可を得る必要があるため、数カ月かかる。

アベルだけではなく、リンの表情も青白くなり、暗く落ち込んでいった……。

『赤き剣』の四人が通されたのは、一階の応接室であった。そして、応対してくれたのは、長男アンドリュー。

「どうもお待たせしたようで、失礼いたしました」

「いえ、お気遣いなく。それよりも、この度は……残念です」

アンドリューは、家内のごたごたで、屋敷の外で何時間も待たせたことを詫び、アベルは公爵が亡くなったことを悼《いた》んだ。

長男アンドリューは、アベルよりも若い。アベルが持っている知識によれば、今年二十二歳だったはずだ。ルン辺境伯の書状を持ってきたとはいえ、冒険者に対しても丁寧な口調、ぞんざいさの欠片もない立ち振る舞いは、非常に好感の持てるものであった。

「では、僭越ながら、シュールズベリー公爵の名代として、ルン辺境伯からの書状を受け取らせていただきます」

「はい。よろしくお願いします」

こうして、長男アンドリューに書状を渡すことにより、『赤き剣』は依頼を完了させることができた。

リンが小さく安心の吐息を吐いたのは、当然であったろう。同様に、リーヒャも。そしてウォーレンも。

四人は、受領証にアンドリューの署名を貰ってから、公爵邸を辞した。普通の依頼の場合は、受領証へのサインなど必要ないのだが、今回のような直接手渡しの場合には必要となる。しかも今回は、イレギュラーなことが起きた。

受取人の急死。

しかも、地位の相続までかなりの時間がかかる。さすがにこれほど普通と違う場合には、普通以上の手続きをしておいた方がいい。

例えば、地元の冒険者ギルドへの報告など……。

「ウイングストンの冒険者ギルドって、俺らが泊まっている『天の雫』からは、けっこう離れてるんだよな?」

「ええ。『天の雫』は東門の近くだけど、冒険者ギルドはどちらかと言うと、西門に近いわ」

アベルの問いに、リーヒャがよどみなく答える。リーヒャは、地理が得意であり、街の地図なども、一度見れば完璧に記憶してしまう。アベルには無い能力であり、冒険者としては非常に役立つ能力だと言える。高位冒険者ともなれば、様々な街を訪れるのは当たり前になるからだ。

実はリーヒャは、王都を含め、王国内の主要な街の地理をほとんど記憶している。

(ある種の天才ってやつだよな)

アベルは、常々そう思っていた。

そんなリーヒャの案内よろしくウイングストンの冒険者ギルドに到着し、一連の報告を行った『赤き剣』は、完全に解放された、晴々とした表情を四人とも浮かべていた。

もちろん、これで全ての依頼が終わったわけではない。

「次はレッドポストだな」

アベルが言うと、リーヒャが頷き、リンが小さくため息をつき、ウォーレンが優しくリンの肩を叩いた。

シュールズベリー公爵に届けたように、国境の街レッドポストにも、ルン辺境伯からの書状を届けることになっているのだ。

とはいえ……。

「このままウイングストンでもう一泊して、明日出発な」

公爵邸でトラブルがあったために、かなりの時間待たされた。そのため、すでに時刻は午後。昼食を摂らないで出立したとしても、日が出ている間に次の街まで辿り着けるかは、かなり微妙な時間だ。

それよりは、もう一泊して、明日の朝に街を出た方がいい。それなら、確実に昼の間に次の街に辿り着く。進む道は、王国の第二街道。よほどのことがない限り、街道沿いに街があり、夜営の必要などない道だ。

もちろん四人とも夜営は苦にならない。とはいえ、無理して夜営したいとも思わない。街があるのなら、きちんと宿に泊まるに限る。その方が、疲労の回復が期待できるから。

そんな四人が、遅い昼食を摂れる場所を探して西門から少し離れた通りを歩いていた。

大通りから、一本裏に入り、さらに先にある別の大通りに出るつもりで通った広場……。以前は、何か建物が建っていたのだろう。建て替えるために、更地にしたのかもしれない。

そこを通り抜けようと入った瞬間……。

アベルは見た。

広場の奥にいる男を。

「紫の髪……」

アベルの呟きは、他の三人にも聞こえた。

「どうしたの、アベル?」

リーヒャが問う。

リンも傍らで首を傾げている。

ウォーレンは、アベルの視線を追ってその方向を見るが、やはり小さく首を傾げた。

そんな三人の動きは、驚きつつも、一瞬で周囲の気配を探ったアベルの理解するところとなる。

「あいつが、見えないのか?」

アベルは、広場の奥にいる紫の髪の男から視線を外さずに、囁くように言った。幸い、他の気配はない。ルンの街で見かけた、紫の髪の女の方はいない……多分。

「誰もいない……よね？」

「ええ、見えないわ」

リンもリーヒャも囁くように答え、ウォーレンも無言のまま頷く。

「マジか……」

アベルだけが認識できるらしい。

「確か、風属性魔法と錬金術とで、認識阻害効果を発動するローブがあるよ。お師匠様とかが以前作ってた。あの手のやつだと、普通の人は認識できないけど、もの凄く感覚の鋭い人は分かるらしいから……そんな効果のアイテムを、身に付けているのかも」

リンが、あり得そうな可能性を答えた。

確かに、アベルは、常人よりは感覚は鋭い方な気がする……。

そして……。

手元の箱を操作するのに集中していたらしい紫の髪の男が、ふと顔をあげた。

そして、四人に気付く。それも、誰かがいることに気付いたのではなく……。

「お前、あの時の……」

小さいながらも、そう言った声を、アベルの耳は捉えた。

光る青い目は、やはりあの時の男。紫の髪、青い目……。

小さな声のまま、囁くように、だが、怒りに満ちた声が聞こえた。

「借りは、返す」

紫髪の男は、手に持っていた箱を懐にしまうと、すぐに唱えた。まさに問答無用。

「〈コルスカーレ〉」

鮮やかに輝く三つの炎の塊が、男から発射され、アベルを撃っ……。

「〈聖域方陣〉」

アベルの前に張られた透明な壁が、炎の塊を全て防いだ。

リーヒャによって展開された絶対魔法防御〈聖域方陣〉。全ての物理攻撃、魔法攻撃を防ぐと言われる、神の奇跡。

リーヒャは、先ほどまで、紫の髪の男のことは認識できなかったが、強力な魔法が放たれたことで認識できるようになっていた。

認識阻害は、あくまで気を逸らす程度の阻害作用であるため、一度完全に認識してしまえば、意識から再び消すのはほぼ不可能だ。

同じ理由で、リンとウォーレンも、紫の髪の男のことをはっきりと認識していた。

「ふん。剣士一人。あの時の魔法使いはいないということか。制限解除はされていないが、お前ひとりなら問題なく倒せる」

紫髪の男は言い放った。

「言ってる意味は分からんが、馬鹿にされたことだけは分かるな」

アベルはそう言うと、剣を抜き、構えてから指示を出す。

「隊形、トライアングルワン」

「はい！」

リンとリーヒャが異口同音に答え、ウォーレンが無言のまま二人の前に陣取る。

ウォーレンを三角形の頂点に、右後ろにリーヒャ、左後ろにリン。その三人でトライアングルを形成する。そして、アベルは単独で動く。

それが四人隊形のトライアングルワン。

彼らはB級パーティー。どんな敵が相手であっても、戦う術を持っている。それだけの経験を積み、実績をあげてきた。

敵が一人の場合に、この『トライアングルワン』が採用されるということは、そのただ一人の敵の攻撃力が驚くほど強力であり、そしてその敵には、基本的にアベルが一人で当たる、という意味を持つ。

あくまでウォーレンは、リーヒャとリンを守るのが役目。リーヒャとリンは、遠距離からの支援。たとえば、アベルが大きく後ろに飛んで距離を取った場合などに、攻撃魔法で敵を撃つ、みたいな……。

アベルは知っている。目の前の男の、驚くべき移動速度を。だから、仲間の身をウォーレンに任せる。ウォーレンなら、どんな相手であっても守り抜いてくれる。

そう、仲間の安全を託せれば、後顧の憂いはない。

自分は、全力で敵と戦うだけ！

そこには、なぜ戦うのか、それを避けることもできたのではないか……などという思考はすでにない。そんなことを考えることができる時点を過ぎている、というべきだろうか。

アベルも、剣士なのだ。

そして目の前の男は、化物なのだ。

アベルが認識した瞬間、すでに目の前にいた。

「チッ」

舌打ちすらしきれない。すぐに始まる剣戟。

カキンッ、カキンッ、カキンッ。

男の、理解できない飛び込みからの三連撃で、二人の戦いの幕が上がった。

バックステップで距離を取れば、魔法攻撃が来るのは、前回の戦いで分かっている。前回は、それを防いでカウンターアタックを仕掛けたが……。

今回は、距離を取らない！

男の袈裟懸けを剣で流しながら、体を半身にし重心を右足に移して、左足を後ろに引き込む。

自然と、男の左側に出る形。一気に、男の首を斬りにいく。

だが、さすがに紫髪の男。ダッキングのように上半身を前に倒して、アベルの横からの剣をかわしつつ、不自然な体勢のまま、左手一本で大きく剣を薙いだ。

バックステップしてかわすアベル。

二人の距離が離れた！

「〈ラピス〉」

男が唱えると、アベルの前に四本の石の槍が生じ……。

アベルは、一度バックステップをしたが、すぐに男に向かって突っ込んでいた。

距離を取れば魔法を放ってくる……予想通り！

剣を横薙ぐ。生成されたばかりの石の槍全てを、一薙ぎで全て消滅させる。

「馬鹿な！」

男の驚きの声。

近接戦の最中、そんな声をあげる余裕などない……

だが、思わず発してしまった声。

アベルが、男の想定を、完全に上回った証。

それでも、総崩れはしない紫髪の男。アベルの剣を、丁寧に一つ一つ受ける。

「チッ」

アベルの舌打ち。

アベルは知っている。こういう相手は強く、厄介であることを。丁寧に、一つ一つ受けていくうちに、リズムを取り戻す。簡単には崩れない。

苛烈な攻撃は脅威だ。それは、一瞬で勝敗を決することがあるから。

強靭な防御は厄介だ。それは、一瞬で勝敗を決することはないから。

そして、絶対に敗北しない。

頂点に近ければ近いほど、防御が上手い。これは剣だけの話ではなく、戦いという側面を持つ全てに関して、共通している。

いざという時には、防御に徹して、相手に隙ができるのを待てばいい。そういう方法を採ることができる……そう自分で認識しているだけで、落ち着くことができるし、選択肢が広がる。それが、危機をしのぐことにつながることも知っているのだ。

だから、防御が上手い奴は厄介だ。

戦いというものは、長引けば長引くほど、想定外の要因が絡んできて、当事者を不幸にする。それは、個人戦でも集団戦でも。

アベルたちの後方から、子供たちが近付いてきたのは偶然だったのだろう。街の中の広場だ。子供たちが遊ぶのには絶好の場所。

紫髪の男が最初にいた、広場の奥を戦場にしていれば、気付いてからも、もう少し余裕があったのかもしれない。

だが、戦場は、広場の入口付近。

最初に、子供たちが近付いてきたことに気付いたのはアベルであった。それは、目の前の男の動きだけではなく、周囲にも気を配っていたからだ。

だが、そのために、一瞬気を取られた。

その瞬間、紫髪の男がバックステップをして距離を取る。

「しまっ……」

もう遅い。

「〈ヴィネアグラッチェス〉」

男が唱えると、無数の氷のつららが生じ、アベルに向かって飛んだ。後ろには、子供たちがいて避けることのできないアベルに向かって！

「〈聖域方陣〉」

神官リーヒャによる、二度目の〈聖域方陣〉……それは、全ての氷のつららを弾き返した。

アベルですら驚くほどの、完璧なタイミング。

先に我に返ったのは、紫髪の男。


瞬間移動かのように、アベルが気付いた時には目の前におり、剣を突いた。

さらに突く、突く、突く。

アベルは必死にかわす。

さらに、男の連撃。

完全に攻守が入れ替わった。

なぜか？　それは、戦闘のリズムが崩れたから。

そう、アベルの戦闘のリズムが崩れたのだ。

アベルが怪我をしたわけでも、男の力が増したわけでも、逆にアベルの力が落ちたわけでもない。

ただ、アベルにとって想定外のことが起きたために、それまで刻まれていた戦闘のリズムが崩れただけだ。

戦闘のリズムとは何か？

スポーツなどでもあるであろう。「なんか今日は調子がいい」「何をやっても上手くいく」あるいは「体が軽い」……バイオリズムももちろん関係しているのだが……。

だが、上手くいっていても、なぜか、ある瞬間から上手くいかなくなることがある。誰しもが経験したこ

とがあるのではないだろうか？

バイオリズムでは説明のつかない、突然の悪い方向へのシフト。

そういったもの全てが、リズム。

もちろん、必ずしも一方的なものではなく、戦い合う者双方のリズムが噛み合うことが稀にある……そういう時に、いわゆる名勝負というものが生まれる。

アベルはともかく、紫髪の男は名勝負など望んでいない。

攻守入れ替わり、アベルは危機に瀕したが……踏みとどまっていた。

なぜなら、アベルは剣において超一流。当然、防御も強靭。危機に陥っても、立て直すための地力は十分にあった。

そして、準備は最初からされている。

ちらりと、トライアングルを形成する三人を見る。

すると、その中の一人が小さく頷いた。

それを確認すると、アベルは、紫髪の男の打ち込みをしっかりと剣で受けて、大きく弾き返した。同時に、大きく後方に飛ぶ。

その瞬間であった。

「〈バレットレイン〉」

戦闘開始以来、ずっと呟くように詠唱を続けていた風属性魔法使いのリンが、ついにトリガーワードを唱えると、百を超える不可視の風の弾丸が紫髪の男に向かい……着弾した。

「ぐっ……」

アベルには、僅かに、男のくぐもった声が聞こえた気がした。おそらく、二十発以上は男に当たり、穴だらけになった。

そうなった瞬間は見えた。そう、見えた。幻ではなかったはずだ。

だが……穴だらけになった次の瞬間……紫髪の男は、消えた。

「え？」

驚きの声をあげたのは、〈バレットレイン〉を放ったリン。だが、リーヒャとウォーレンも驚いたまま表情が固まっている。

「逃げられた……か」

アベルの呟きは、本当に小さな声であったが、他の三人にも聞こえた。

「逃げられた？」

問うたのはリーヒャ。

「いや、分からん……そんな気がするだけだ」

地面には、ぼろぼろになったはずの、紫髪の男が着ていた服の破片一つも残されていない。〈転移〉か何か……それに類する方法によって、消えたのではないかとアベルは考えたのだ。

もちろん、そんなことが可能なのかどうかは知らない。可能だとして、どれほどの力を持った者なら可能なのかも分からない。

ただ一つ、アベルがこれまで知っている、普通の者たちではないということだけは理解していた。

「ああいう、訳の分からん奴の相手とかしたくないんだが……」

「もう遅いでしょう」

リンとリーヒャが異口同音に呟いた……。

◆

ここは、ルンの街のはるか北方。

「シュールズベリー公爵邸に仕込んだ『種』が二つとも排除されただと？」

「はい、ランシャス将軍……」

報告をする副官アンバースの顔色は悪い。当然であろう。最優先任務の一つとして行われていたものが失敗したという報告をしているのだ。

「なぜ、そうなった？」

「シュールズベリー騎士団の副団長ならびに、財務副長官になっていたのですが、シュールズベリー公爵代行となったアンドリュー・オルティスによって、二人とも解任されました……」

「なんたること……」

報告を受けたランシャス将軍は、何度も首を振った。

そして、ふと思い当たることを言う。

「先代シュールズベリー公爵の死因だが、事故ではない可能性があるという報告があったな？」

「はい。先ほど、それについても追加報告がございました。突然、公爵の騎乗馬が暴れたということでしたが、鞍《くら》の下に陶器の破片が仕込まれていたそうです」

その報告を受けて、ランシャス将軍はふんと鼻を鳴らした。

「昔からよくある手だな。間に薄い水袋でも入れておいて、早駆けになってしばらくしてから破れれば、よりばれにくいな……」

「おっしゃる通りです」

「先代公爵は謀殺か。誰が……いや、愚問だろうな。我らでないのなら、もう一方か」

「やはり……連合ですか」

副官アンバースが問いかけ、ランシャス将軍は無言のまま頷いた。

シュールズベリー公爵といえば、王国東部の要とも言える貴族だ。理由は分からないが、連合は王国東部の治安を乱したいらしい。

「南部のルンは、新たに潜入はしたのだな？」

「はい。ですが、立て続けに連合の密偵が捕まったらしく、衛兵の見回りがかなり厳しくなっているそうです」

「まったく……連合も、もう少し上手くやってくれねば、こちらまで迷惑をこうむる」

「……」

仮想敵国の一つに対しての愚痴を言うランシャス将軍、賢明にもそれに対して無言を貫くアンバース。

「そういえば、最初に捕まったガミンガム小隊の報告が、そろそろ上がってきたのではないか」

「はい。それに関しましても、先ほど届きましたが……」

珍しく、副官アンバースにしては歯切れが悪い。

「どうせ捕まったこと自体が不快なのだ。今さら何があっても、これ以上気分を害しようがないわ」

「はい。報告いたします。ガミンガム小隊が街中に潜んでいたところ、見回りをしていたらしい二人組の者に目を付けられ、やむを得ず暗闇に誘い込んで禍根を排除することにした。誘い込み、四人同時に襲いかかったが、〈物理障壁〉に阻まれ失敗したとのことです」

「〈物理障壁〉だと？　四人同時攻撃を弾くほどの？にわかには信じられんが……。それで？」

「気付いたら衛兵詰所の牢獄だったと」

「なんだ、それは？」

アンバースの報告に、はっきりと顔をしかめて問い返すランシャス将軍。

「攻撃が失敗した理由は分かったが、小隊が打ち倒された理由は全く分からないということか？」

「はい。おっしゃる通りです」

「なんとも奇怪な……。ルンの衛兵隊には、よほどの手練れがいるのか……。いや、領騎士団かもしれんか……それならあり得るか。精鋭と名高い……騎士団付きの魔法使い辺りか……」

ランシャス将軍は独り言を呟きながら思考を進めた。

そして、一つの結論に達する。

「二小隊、追加でルンに向かわせろ。その二小隊には、騎士団付きの強力な魔法使いの身元を探らせて、早急に報告させよ。気になる」

「承知いたしました」

ランシャス将軍の命令に、一礼して副官アンバースは答えた。


「しかし、こう見ると……順調なのは、王都と西部のみか」

「はい。北部のフリットウィック公爵領は、急遽中止ということで……」

「ああ。帝城からの指示だ。我らも知らぬ何かがあるのだろう。北部はいい」

アンバースの確認に、ランシャス将軍は鷹揚に頷いた。

帝城の指示ということは、それすなわち皇帝陛下の意向なのだ。彼らが考える必要のないこと。

「西部だけは、絶対に外すな。絶対にだ。あれを抑えておかねば、最終局面で全てが瓦解《がかい》する」

「西の森……ですね」

顔をしかめたままランシャス将軍が厳命し、アンバースも強張った顔で答える。

「あれたちは、絶対に中央に関わらせてはならん。西の森を出てくるようなことがあれば、我が帝国の目論見は全てが潰える」

「はい……」

「いや……これは、俺自身が出張るべきか」

「将軍？」

ランシャス将軍の呟きに、訝しげに問うアンバース。

「そうだな、絶対になさねばならぬことなら、自分が前線に立つべきだな」

ランシャス将軍は、立ち上がって言葉を続けた。

「王国西部には、俺自ら乗り込む。アンバース、お前は帝国本土に残り、後方支援と追加戦力の投入を任せる」

「かしこまりました」

「絶対にしくじれぬぞ。我ら帝国第二十軍、影軍の名に懸けてもな」

インベリー公国へ

ニルス、エト、アモンのパーティー『十号室』の三人は、ルンの城壁外に来ていた。

「今回の仕事、予定より早く帰って来られて良かったよな」

「リョウが作ってくれた魔力ポーションのおかげで、魔力回復にかかる時間をかなり短縮できましたからね」

「このくれぇぷ、リョウさんの口にも合うといいのですが……」

涼が、錬金術の練習で作った魔力ポーションを、三人に試供品として提供し、それによって依頼が予想以上にスムーズにいったのだ。

その感謝の気持ちついでに、涼の家に行こうということになった三人。ちなみにクレープは、途中、ルンの街に新しくできた露店で、買ってきたものである。

「お、ここだな。東門からは、やっぱり近いよな」

横にだだっ広く、扉が三か所ある特徴的な家の前に着くと、ニルスがそう言った。涼の新居だ。中央の扉は両開きで、これが正面玄関。左右残りの二つは、いわば勝手口なのだが……。

「よし、右の扉から入ろう」

「なぜわざわざ、真中の扉から入るのを避けるの……」

なぜか中央の玄関から入らないで、わざわざ勝手口から入ろうとするニルス。それに軽くつっこむエト。

「俺らとリョウの仲じゃないか。初めてならともかく、もう何回目かだろ、ここに来るのも」

そういうと、ニルスは右の扉を開けた。

そこにはかなり広めのテーブルと、数脚の椅子が置かれている。その椅子には、目を疑う光景……絶世の美女が本を読んでいた。

窓から降り注ぐ光にプラチナブロンドの髪が煌《きら》めき、ほんの少し傾げた首が、この世のものとは思えない雰囲気を醸し出す。

ただそこにいるだけで、周囲の空気すら別のものに変わったかのような……。美の女神もかくやと言えるその女性が、三人の方をちらりと見た。

それまで固まっていた三人は、それを合図に意識が戻った。

「失礼しました！」

ニルスがそう叫び、扉を閉めた。

たっぷり二十秒ほど、誰も口を開かない。


ようやく口を開いたのは、やはりニルスであった。

「えっと……家を間違えたようだ」

そういうと、踵《きびす》を返そうとする。

「いやいや、合ってるから。リョウの家、ここだから」

そんな、ニルスの肩をつかんで止めたのはエト。

「びっくりするくらい、綺麗な女性がいましたね」

驚いているのだが、二人よりは冷静な言葉を紡ぐアモン。

「そ、そうだよな。あの女性、幻覚じゃないよな？」

ニルスも、自分が見たものが事実なのかどうか、扉を閉めた今となっては自信が無くなっているのだ。

「よし、もう一度だ。落ち着け俺」

誰も、ちゃんと中央の扉から入ろうとは提案しない。エトも再度は提案しない。一度失敗したら、もう一度試してみる……。十号室の三人とはそういう者たちなのだ。

「失礼します」

まるでギルドマスター執務室に入る時のような、そんな丁寧な口調で扉を開けるニルス。

だが、ノックをしないのが、やはりニルス……。

　扉を開けると、先ほどと同じ光景が広がっていた。

椅子に座り、今度は最初から三人の方を見ている絶世の美女。

　四人の誰かが口を開く前に、奥の方から声が聞こえてきた。

「う～ん、セーラ。ごめんなさい、さっきの錬金化合だけど、何度やっても上手くいかないんです。もう一回やって見せて……。ああ、ニルス、エト、アモン、いらっしゃい」

　出てきたのは家の主、涼であった。


「こちらは、B級冒険者のセーラ。セーラ、この三人は、僕の宿舎時代のルームメイト、E級……じゃない、今はD級パーティー『十号室』のニルス、エト、アモンです」

「初めまして、セーラだ。そうか、君たちが、リョウのルームメイトだった子らか」

　涼の説明に、セーラは一度大きく頷いた。

「に、ニルスです」

「エトです」

「アモンです」

　緊張しすぎて、自分の名前しか言えない三人。

　このルンの街で『セーラ』といえば、アベルやフェルプス以上の伝説と化している……。B級であることは誰もが知っているが、ギルドに来ることはほとんどないからだ。

　セーラは、ふと壁の時計を見た。

「ああ、もうこんな時間か。リョウ、私は館に戻るよ。また来る。そこな三人も、またな」

　セーラはそう言うと、颯爽《さっそう》と出ていった。

　その瞬間に、三人は金縛りが解けたかのように動き出した。

「り、リョウ、さっきの人って、あの『風のセーラ』だろ？　なんでここにいるんだ？」

「セーラさんと言えば、騎士団指南役。オーラが違う……」

「リョウさんの周りって、ホントにびっくり箱ですね」

ココココ

ニルス、エト、アモン、それぞれ表現は違うが、一様に驚いた様子だ。

「セーラには、色々教えてもらっているんですよ。さっきも錬金術を……」

涼が答えると、ニルスとエトがひそひそと会話を交わし始めた。

「セーラ、だと。呼び捨てか……」

「いつの間にそんな関係に……」

ひそひそではあるが、もちろん涼には丸聞こえだ。聞かせるためなので、当然ではあるが。

「いや、僕はアベルに対しても呼び捨てでしょうに……」

うな垂れる涼。そこにタイミングよく、アモンが手に持ってきたものを差しだした。

「そんなリョウさんに差し入れです。ルンの街に露店が出ていました」

「これは、クレープ！　懐かしいですね～。ウィットナッシュの街で食べて以来ですかね。あの時は祭りということで、別の街から来たガタイのいいおっちゃんが売ってましたよね」

涼はそういうと、一口食べた。

生クリームと、挟んであるバナーナの絶妙なマッチ。それら全てを優しく包み込むクレープ生地。完璧なるハーモニー。

「ウィットナッシュのと同じ配合……美味しいですね」

涼が満足そうに食べているのを見て、アモンも喜んだ。

「昨日から、ルンの街に出ている露店みたいです。さっき買った時は、若い女性が作っていました」

そういうと、アモンは露店の詳しい場所を涼に教えた。涼は、明日買いに行こうと、心に固く誓うのであった。

◆

涼たち四人が、クレープを頬張っている時、冒険者ギルドのギルドマスター執務室では、熱い交渉が行われていた。

「確かに素晴らしい魔石です。しかもほぼ同じ大きさの風の魔石。二個十億でどうでしょうか」

「ゲッコー殿、冗談を言ってもらっては困ります。中央諸国中探しても、おそらく、今世紀中にはもう二度とない出物ですよ？　二つで三十億。これ以上は無理ですな」

「いやマスター・マクグラス、それはあんまりというものです。ん～、分かりました。二十億！　二十億出しましょう！　これで勘弁してください」

「ゲッコー殿……口が堅く、信頼できる大商人である、あなただからこそ、私は声をかけたのです。これは、領主様も期待しておられる取引ですよ。かの、ルン辺境伯にも大きく印象付けることができる取引です。とはいえ、こちらも限界まで勉強しましょう。二十八億即決。これでどうでしょうか？」

　その後も、ギルドマスター、ヒュー・マクグラスと商人ゲッコーとの熱い交渉は続き、最終的に、風の魔石二個で二十六億フロリンという金額で決着した。

「いやあ、いい取引ができました」

「こちらこそ、お買い上げいただき、ありがとうございました」

「では、五日後に、この街を発って公国に戻りますので、護衛の件、よろしくお願いいたします」

「分かりました。冒険者を五人でしたな。お発ちになる前日に、またこちらにお越しください。顔合わせをいたしますので」

　ヒューがそういうと、二人は握手を交わし、商人ゲッコーは去っていった。


　商人ゲッコーは、インベリー公国の公室御用達《ごようたし》商人だ。

　インベリー公国は、ナイトレイ王国の南東に隣接する国。十年前に起きた『大戦』の結果、三大国の一つハンダルー諸国連合の属国状態から、正式に独立した小国。

　インベリー公国にとっては、完全独立は長年の夢であり、『大戦』によってその独立を成し遂げて以降、急速に発展していた。

　この『大戦』は、ナイトレイ王国対ハンダルー諸国連合という、中央諸国を代表する大国同士の全面戦争であった。だからこそ『大戦』と呼ばれているのだが、そこで一躍名を上げたのがヒュー・マクグラスらであったのだ。

そのため、英雄マクグラスの名は、インベリー公国内で非常に高い人気を誇り、大戦から十年が経った今でも、多くの尊敬を集めている。

そんな英雄マクグラスと、満足いく取引をできたゲッコーの顔は、自然とほころんでいた。

(あの素晴らしい魔石なら、ロリス様にもご満足いただけるでしょう。一年前に依頼された時には、さすがに難しいと思っていましたが……まさかマスター・マクグラスの手元にあるとは。そもそもあれほどの魔石がペアで存在するのが、信じられないことです。我が国の独立維持のためにも、是非とも無事に届けなければなりません)

ルンの街から公都アバディーンまで、北東の方角へ直線距離で約八百キロ。決して近くはない。それでも、ゲッコーにとっては、何度も行き来した道だ。専属の護衛隊も、子飼いの信頼できる者たちばかり。

ただ今回、ルンの街に来るまでに襲撃に遭い、二十人の護衛隊のうち五人が帰らぬ人となってしまっていた。馬車十台に護衛十五人なら、普通は問題ないのだが、今回はさすがに運ぶ物が物である。万全を期したい。

それが、ヒューに冒険者を五人雇いたいと申し出た理由であった。

◆

「何？ アベルたちもフェルプスたちもいないのか？」

「はい。『赤き剣』は、領主様の指名依頼で、東部のウイングストンからレッドポストに向かっております。また、『白の旅団』のフェルプスさんたちが戻るのも二週間後です」

ヒューの問いに、受付嬢ニーナが答えた。

ヒューは、早速ゲッコーの護衛依頼の処理をしようと考えた。だが、腕のいい、で真っ先に思い浮かべたB級パーティー二つが、どちらもいないという答え……。

「参ったな。セーラは、もちろん論外としても……」

「マスター、インベリー公国公都までの護衛依頼となると、片道二十日です。そのまま戻ってきたとしても四十日も街を空けるのは、普通のパーティーには難しい気がするのですが……」

「ああ、その通りだが……それを十分補填できるほどの金額が、今回は払われる。公国そのものからな。だから、宿の確保に、前金としてギルドが立て替えても構わん」

かなりな大盤振る舞いをしてもいいというヒューの言葉に、ニーナは驚いた。逆に言えば、公国にとって、それだけ重要な依頼だということだ。

「この依頼を受けられそうなC級パーティーは、どれくらいいる？」

「五人ちょうどとなると、いませんね。『クライスさまと仲間たち』が、本来六人パーティーですがそのうちの四人が、今ルンにいます。あとは四人パーティーの『スイッチバック』……」

「うん、クライスのところはやめておこう。『スイッチバック』というと、ラーたちか。そうだな、『スイッチバック』にしよう。だが、四人か……」

「はい。ラーさん、アベルさんを尊敬しているので、『赤き剣』同様に四人パーティーでして……」

ニーナも軽いため息をつきながら答える。

「そういうところは真似しなくていいんだが……。誰か強力なソロがいれば、空いた一名枠に入れ込みたいが……そもそもソロなんていないよな。セーラくらいか？　セーラ？　館？　魔石……」

ヒューは深く考え込み、思考の井戸の奥深くで、いいものを見つけたかのような笑顔を浮かべた。

「ちょうどいいソロがいた」


翌日。

一人暮らしの、涼の朝は早い。

まず明け方、魔法の練習から始まる。

今とりかかっているのは、ブレイクダウン突貫……の前段階。

ブレイクダウン突貫と、涼が勝手に名付けているロマン戦術を説明すると……。

『三体分身からソニックブレードを放ち、後を追う形で突撃攻撃を行う技』……ということらしい。

だが、涼は水属性の魔法使い。

まず、風属性である『ソニックブレード』は放てない。なので、これは無し。

次に、『三体分身』であるが、分身が意味不明。なので、これも無し。

となると、残るのは……突撃攻撃だが。

悪魔レオノールや、セーラが使う、瞬間移動かとも見まがう瞬時の飛び込み。これを水属性魔法でやりたいのだ。

まだギルドの宿舎にいた頃から、ランニングのついでに練習しているのだが……驚くほど難しい。その練習のために、涼の家の前の広い庭は、毎朝スケートリンクに変わる。〈アイスバーン〉によって、氷の床面になるのだ。

その上を、涼が颯爽と、〈ウォータージェット〉を噴き出して走る……それが理想。

そう、理想……。

「あ、痛っ」

「ぐうぉ」

「ぶへっ」

「あややややや」

全て涼の悲鳴。

「なんでこんなに難しいんだろう……。異世界転生ものとか、足の裏からジェットを出す程度で飛んでるのに。ゲームだって、空を飛べる靴だけでやれてるのに！」

それはフィクションだからです。

体全体での移動、それも最終的には瞬時の移動を可能にすると考えると、体の背面全体から〈ウォータージェット〉を噴き出す必要がある。足だけとか、背中だけとかでは……残りの部分がぐりんっとなって危険だから。

それは分かるのだ。難しいのは、背面のどの部分に、どれほどの推進力を割り当てるか。頭部を押す力と、背中を押す力のバランスは？　といった具合に。

現状、全て手探り。今のところの涼のアプローチとしては……。

背面全体では千二十四本の〈ウォータージェット〉を出す。

一本一本の〈ウォータージェット〉の威力は、均一のものとする。

そして、噴き出す本数を、例えば背中は三百本、右肩は二十本といった具合に、割り当ててみる。

そこから、数本ずつ噴き出す箇所を移動させたりして最適なバランスを探る……。

といった具合だ。しかし、なかなかに難しい……。

現在のところ、涼の〈ウォータージェット〉は、二百五十六本なら、瞬時に完璧にコントロールできる。倍の五百十二本なら、だいたいコントロールできるが瞬時にとまではいかない。さらに倍の千二十四本なら、コントロールできる気はするが、それなりに時間がかかる。

まあ、基本的な戦闘だけであれば、二百五十六本を瞬時に使いこなせばなんの問題もない以上、全く焦ってはいない。

ただ、憧れるだけだ。

ロマンというのは、そういうものなのだ……。

そんな、毎朝の日課的課題をこなしているうちに、街から九時の鐘が聞こえてきた。

「ああ、そろそろ出かける準備をしないと」

こうして、少しずつ少しずつ、涼は『ブレイクダウン突貫』の完成に近付いていく……はず……。

東門をくぐり、しばらく歩くと、昨日アモンから聞いたクレープ屋の前に到着した。

クレープ屋は開いている。だが、同じくらい、その隣の店が気になった。

できたばかりのお店らしい。軒先にまで弓や弩が並べられている……その光景は、どこかで見た記憶がある。

そんなことを思っていると、店の中から一人の老人が出てきて、さらに弓を並べ始めた。やはり、見たことのある人物だ。そう、ウィットナッシュで、エトが腕に装着する連射式弩を売ってくれた店主さんに似ている。

涼は、思わず声をかけた。

「あの、すいません」

「はい、いらっしゃいませ。……以前、お会いしましたね。確か、ウィットナッシュで、連射式弩をご購入いただいたパーティーの方」

驚くべきことに、店主さんは涼のことを覚えていた。一度会った人を覚えておくのは、商売上とても大切なことではあるのだが……実際には非常に難しい……。

「はい。アブラアム・ルイさんでしたよね」

「よくわしの名前を……」

涼は、店主の名前を憶えていた。なぜならそれは、地球で有名な時計師と同じ名前だったから。そう、目の前の店主は、素晴らしい弩を作るが、趣味で時計も作っていた。それも、他の追随を許さない機械式時計を。

「でも、ご店主は、ウィットナッシュでお店を開かれていたのではありませんか？」

「はい。実は、ウィットナッシュのご領主様には以前お世話になりまして……。その縁から、ずっとウィットナッシュで店を開いておったのですが、今回の園遊会の件で……」

「ああ……」

園遊会の騒動によって、ウィットナッシュの領主は改易され、別の貴族が新たな領主となったらしいと、涼も聞いていた。

「それで、昔から一度は住んでみたいと思っていた、辺境最大の街ルンに出てきたのです。本来なら、もう店を閉めてゆっくり過ごすような歳なのでしょうが……お恥ずかしい」

「いえ、夢をかなえるのに、年齢など気にする必要はないと思います。凄いです」

少し照れて、微笑みながら言うアブラアム・ルイに、涼は本心からそう言った。自分がやりたいことに取り組む……それは年齢に関係なく素晴らしく、眩しいことだと思ったのだった。

ちなみにその後、領主館から人が来て、店主アブラアム・ルイがルン辺境伯の元に向かったのだが……それは涼の与り知らぬことであった。

アブラアム・ルイの元を辞し……とはいっても、すぐ隣のクレープ屋でクレープを買って、涼は冒険者ギルドに向かって歩き始めた。

「地球だと、クレープそのものは、元々フランスのガレットだし、ルイ十三世の治世がどうのこうのというニ銃士の時代に庶民の間にはすでにあったらしいけど……このクレープは、生クリームとかバナーナとか挟んだ完全にデザートですよねぇ。この系統は、二十世紀後半の渋谷竹下通り発祥ということを考えると……転生者の気配がします……」

涼はブツブツ独り言をいいながら歩き、ギルドに着くころには、クレープはすっかり食べ尽くされていた。

「こんにちは、ニーナさん」

「リョウさん、お久しぶりです。マスターが執務室でお待ちです。ご案内いたします」

涼は、新しい家に引っ越して五カ月、ほとんどギルドには顔を出していなかった。

（確かに、お久しぶりかも……。宿舎にいた頃には、依頼を受けなくても、毎日食堂とかで会っていたわけだし）

涼は心の中で苦笑しながら、ニーナに付いていった。

ニーナがノックをし、ギルドマスター執務室の扉を開ける。

「おう、リョウ来たか。ちょっとだけ、そこに座って待っててくれ」

ヒューが書き物を終えて涼の前に座ったのは、三分後であった。

「今日来てもらったのは、お前さんにぜひ引き受けてほしい依頼があるからだ。いや待て、ここは最後まで聞いてくれ」

涼が口を挟みそうになるのを手で制し、ヒューは説明を続けた。

「商人の護衛依頼なんだが、商人が運ぶ品の一つに、リョウとアベルの、例の魔石があるんだ。しかも二個お買い上げだ」

「なるほど……。以前振り込まれた金額からしても、けっこうな値段がついたのですよね？」

「今回のはかなり凄いぞ。二個で、リョウの懐には、ざっと十桁の金額が入ることになる」

「十桁……十億超え……」

さすがにそれは、想像以上であった。

「おう。ギルドの手数料や税金の類を全部省いた後の手取りで、それだからな。まあ、取引相手の商人、そいつが国に戻るのを護衛してもらうんだが、俺の昔からの知り合いでもある。国のお抱え商人だが、その割にはまともだから、それほど変なことにはならないはずだ」

「分かりました。で、日数とかどれくらいかかるんですか？　他国へとなると、けっこう時間かかるでしょう？」

「まあな。商人の名前はゲッコー殿。目的地は、東部国境の街レッドポストを経由して、インベリー公国公都アバディーンだ。ルンの街からだと、北東に八百キロくらいか。荷馬車で片道二十日程度。基本的に、ゲッコー殿が専属で雇っている護衛隊がいるから、彼らと協力してやってくれ。うちから出す冒険者は、リョウと、ラーがリーダーを務める『スイッチバック』四人の、合計五人になる」

「ああ、ラーさん……」

アベル帰還感謝祭で、敬愛するアベルを連れて戻ってくれた涼のことをたいそう気に入り、ず～っと話していた剣士だ。その後も、ギルドや食堂で会うと話したりしたので、比較的よく知った相手といえる。

全く知らない相手ではなかったので、その点、涼はホッとしていた。

「スイッチバックの連中は、押しも押されもせぬC級冒険者だ。基本、ラーの言う通りにしておけば問題ない。国境を越えての依頼は、普通C級以上しか受けられないから、リョウはまだ、王国内しか回ったことないだろう？　今回は外国とはいえ、友好国だ。見聞を広めると思って、行ってはくれないか？」

涼は、新しい家を手に入れてから、ずっとこもりっぱなしであった……領主館と図書館と飽食亭は除く。

たまには依頼を受けて、別の街に行ってみるのもいいのかもしれない。

「分かりました。その依頼、お受けいたします」

「おお、そうか、よかった。三日後の午前十時に、ゲッコー殿と顔合わせだ。出発は、その翌日な」

◆

昨日の、商人ゲッコーとの顔合わせもつつがなく終了。今日から、公都アバディーンへの護衛が始まる。

涼は、集合時刻より早めに集合場所に到着した。五分前行動は基本です。

恰好は、デュラハンから貰ったいつものローブに、アベルに買ってもらった中でも、頑丈だけどあまり高くない服、ブーツ、そして村雨とミカエル謹製ナイフをベルトに差している。

それと、アベルと旅をした時に作った鞄を少し修正して、肩から掛けている。中には、自家製ポーションの類や、使うかもしれない塩やコショウといった、かさばらない調味料などが入っている。

東門近くの集合場所には、ゲッコーの十台の幌《ほろ》付き荷馬車と、護衛隊が揃い、出発前の点検をこなしているようであった。

「ああ、リョウさん、おはようございます。今日から、よろしくお願いします」

「ゲッコーさん、おはようございます」

そういうと、涼は頭を下げた。

商人ゲッコーは、国を代表するような大商人だ。涼のイメージだと、本店の会長席に座って指示を出しているような……。

そんな大商人みずからが、商隊を率いて国の間を行き来する。

不思議に思って、昨日ヒューに確認したら、「アバディーンとルン間だけ、特別だ。若い子たちに経験を積ませるというのもあるらしいが、ゲッコー殿にとっては、この間の行き来は趣味みたいなものらしいぞ」と……。

いろいろと変わった大商人らしい。だが、人柄は善い感じなので、涼はホッとしていた。

「いえいえ、こちらこそよろしくお願いします。かのマスター・マクグラスが、戦闘力として全幅《ぜんぷく》の信頼を置いていい、と仰っていましたからね。うちとしてもありがたいです。先に、うちの護衛隊長を紹介しておきましょう。マックス！」

　商人ゲッコーが呼ぶと、いかにも歴戦のツワモノといった雰囲気を纏《まと》った、三十代半ばの槍士がやってきた。

「マックス、こちらが護衛に加わってくださる冒険者のリョウさん。昨日話した通り、D級冒険者だけどマスター・マクグラスのお墨付きです」

「護衛隊の隊長をしているマックスだ。聞いているかもしれんが、うちは来る時に五人やられてな。その補充ということで、今回入ってもらう。主に手伝ってもらうのは、戦闘になった場合と、あとは夜の見張りかなと思っている。まあ、二十日前後は一緒に移動することになるし、いろいろあると思うが、よろしくな」

　そういうと、マックスは涼と握手をし、準備へと戻っていった。

「まあ、あんな感じですが、ここ五年、うちの護衛隊を取りまとめてくれています。大抵のことを問題なくこなす、優秀な奴ですよ」

　ゲッコーはそう言って、マックスを褒めた。

　涼としても、凄くとっつきにくい人が、護衛のトップだったらどうしようとか考えていたので、見た目、常識的な人物で安心した。

　その後、涼はゲッコーと荷物や、途中の街、街道のことなどを話した。

　ちなみに、荷物の時には『魔石』のことは全く出なかった。安全面を考えれば当然かもしれない。ギルドマスターが推薦した冒険者とはいえ、貴重な情報は、知る人が少ない方が安全性は高まる。知らせる必要が無ければ知らせたくないであろう……。

　その後、ラーたち『スイッチバック』も到着した。

『スイッチバック』は、リーダー剣士ラー、斥候スー、風属性魔法使いタン、そして神官ヌーダーの四人からなるC級パーティーだ。

　そんな『スイッチバック』も加わった一行は、ルンの街を出て、一路インベリー公国公都アバディーンに向かって出発したのであった。

涼は、ラーたちと共に、五台目と六台目の馬車の周辺に配置されていた。

ルンの東門を出て進む道は、途中まではカイラディーに向かうのと同じ街道だ。家の近くも通り、涼にとって、そこは通い慣れた道。

だが、そんな道で、一行は早馬とすれ違った。

「今の、領主館の早馬だな」

すれ違った後、ラーが言う。

「少し気になるけど、あたしらには関係ないでしょ」

軽く言ってのけたのは、『スイッチバック』の斥候スー。

年齢は二十四歳、ダークブラウンの髪を後ろで結び、黒い目はきょろきょろとよく動く愛嬌《あいきょう》のある女性だ。

年齢が確定しているのは、涼に対して言ったからだ。

「私の方がお姉さんだからね」とわざわざ言ったことから、お姉さんぶりたいのだと思われる。

だが、走り去った早馬……残念ながら関係無くはなかった。


早馬とすれ違ってから三時間後。

一行は、昼食休憩を取っていた。街にでも泊まらない限り、食事は保存食が基本となる。

護衛依頼の場合、多くは、雇う側が食事を準備することになっており、今回もゲッコーの部下たちから干し肉などが配られた。

そんな休憩を取っている時、ルンの方から馬が走ってきた。

見張りをしていた護衛隊員が、馬に乗ってきた者を連れて、ゲッコーの方に向かっていくのが涼たちからも見える。

「あれ……ルンの街の冒険者だぞ？」

「え？」

ラーの呟きに、涼は思わず反応する。当然、何かあったのだろうが……。

隊の前方では、その冒険者が手紙を出し、ゲッコーに渡していた。ゲッコーは一読し、手紙を護衛隊長のマックスに渡すと、冒険者に向かって言った。

「マスター・マクグラスに、手紙、しかと受け取りましたとお伝えください」

その答えを聞くと、冒険者は馬に乗り、ルンの方へと走り去った。

それを見送った後、ゲッコーとマックスはラーたちの方へやってきた。

「ラーさん、今の方、見覚えありますか？」

ゲッコーは、ラーに問うた。

「はい。ルンの街のＤ級冒険者、シュスナカでしたね。それが何か？」

「やはりそうですか。となると、この手紙は確かにマスター・マクグラスからの手紙で間違いなさそうですね」

ゲッコーがそう言うと、マックスが持っていた手紙をラーに渡した。

「東街道のロー大橋が崩落《ほうらく》？　これは……」

「ルンの街を出てすぐのところですれ違った早馬が、もたらした情報だそうです。我々はロー大橋を通る予定でした。ルン、ロー大橋、スランゼウイ、ハルウィル、そして国境の街レッドポストという、いわゆる東街道ですね。ですが、ロー大橋が通れないとなると……ルン、カイラディー、旧街道、スランゼウイ、ハルウィル、レッドポストになります。正直、現在の旧街道は、東街道に比べて治安に不安があります。その点を、皆さんにも意識していただきたいと思いまして」

「分かりました」

『スイッチバック』の面々と涼は、大きく頷いた。


カイラディーで一泊した一行は、いよいよ旧街道に入った。

南部にある辺境最大のルンと、王国東部第二の規模のスランゼウイを、ロー大橋経由で真っすぐ繋ぐ東街道ができて以降、旧街道を通る人の数はかなり減っていた。

それでも、かつては東部交易の中心街道の一つだっただけあり、道の広さはそれなりのものだ。

「このカイラディーから、東部第二の大きさを誇るスランゼウイまで、だいたい五日。途中、泊まれるような宿はないんだ」

ラーは、隣を歩く涼に説明する。

「この道が賑わっていた頃は、途中の村もけっこう発展して、宿場町みたいになってたらしいんだが……今はもう農村ばかりになったからな」

「世知辛い世の中ですね」

ラーの説明に、涼は小さく首を振りながら、世の無情を嘆いた。

「とはいえ、この商隊、ゲッコーさんとその部下だけで二十人、護衛隊と俺らで二十人、合計四十人の大所帯だからな。どうせ、小さな宿じゃ泊まりきれん」

ラーはそういうと、小さく肩をすくめた。

涼に比べてはるかに冒険者としての経験を積んだラーから見ても、この四十人の商隊というのは多いらしい。

「人数が多いし、護衛が多いのも見せながら移動しているから、盗賊も襲ってこないかもな」

「盗賊!」

ラーが、涼を安心させるように言うと、涼は少し大きめな声を出した。

だがそれは、決して、盗賊に襲われる恐怖からというものではなく、「異世界ものと言えば盗賊に襲われて、それを返り討ちにするのが定番だよね！」という、涼の中の勝手な異世界転生もの像に合致したからというだけだ。

もちろん、そんなことはラーには分からず、涼が大きめの声を上げたのは、盗賊の襲撃を恐れてのことだろうと解釈。落ち着かせるために言葉を続けた。

「いや、だから盗賊は襲ってこないかもなって。まあ油断は禁物だけどな」

◆

カイラディーの街を出て、二日目の朝まで、何も問題は無かった。

だが、昼食休憩に入ったところで、涼はラーに話しかけた。

「先ほどから、この商隊の様子を窺うかのように、二人ほど、距離を保ちながらついてきています」

「なに!?」

涼の報告を受けて、ラーは涼を連れて、護衛隊長マックスの元に行った。

「マックスさん、二人ほど、この商隊を監視している奴がいるらしい。リョウがそう言ってるんだが」

「盗賊の斥候かもな。リョウ、視線を動かさないで、どの辺にいるか教えてくれ」

「前方四百メートルほどの樹上、後方も同じくらいの距離の地上。それぞれ一人ずつですね」

涼は顔をマックスの方に向けたまま、掴んでいた情報を伝える。

「四百メートル……そんな遠い奴、よく分かったな」

「水属性魔法に、ちょうどいい魔法があるんです」

想像以上に離れた地点の見張りに気付いたことに、マックスは驚いた。

涼の場合、〈アクティブソナー〉を使えば、五百メートルを超える距離であっても把握することができる。だが、〈アクティブソナー〉は、相手が鋭敏であった場合、気付かれる。少なくとも、誰かが探っている、ということは相手に知られる。

実際、かつて『封廊』に取り込まれた際、最初に〈アクティブソナー〉を使ったら、悪魔レオノールは見えない距離から反撃してきた。

そういうものなのだ。

だが、今回のように、〈パッシブソナー〉と涼は便宜上名付けているが、この受動的なソナーであれば、相手に気付かれることは無い。

さて、世の中には気配とか、気配を感じるなどという言葉が存在する。

もちろん、科学的に定義されたものは、二十一世紀の地球においても存在していない。だが、存在を疑う者はほとんどいないであろう。

それは、対象が発する匂いであったり、対象がいることによって生じた空気の流れの変化であったり、あるいは対象がいることによって生じた音の伝わり方の変化であったり……そういった論理的に説明可能な、だが要素としてあまりにも極小なために、検証実験しにくいであろうものが原因なのだろうと、涼は勝手に思っている。

どちらにしても、気配を感じとる側が、何か行動を起こすわけではない。

対象が動くから、あるいはそこに存在するようになったから、生じた変化を感じ取っているのだ……きっと。

例えば、自分は先に、水の中でじっとしているとしよう。

近くの真っ平らな水面で魚が跳ねたらどうなるか。

待っていれば、魚が跳ねたことによってできた波紋は、自分の元までやってくる。

それを捕捉することによって、跳ねた魚の大きさ、波の崩壊具合から自分までの距離などを把握することができる。跳ねた魚は、自分の存在を捕捉されたのかどうかは分からないままに。

涼の〈パッシブソナー〉は、その延長線上にあるものだ。

空気中に漂う水分子、これを伝ってやってくる情報を、涼は分析する。今までなかったものが生じたことによる変化、今までいなかった者が現れたことによる変化、あるいは、そこにいた者が動いたことによる変化などを。


護衛隊長のマックスは、涼とラーに今まで通りの行動をしてくれるように頼み、護衛隊の斥候に、相手を観察させることにした。

とりあえず、役目を果たした二人は、仲間の元に戻り、昼食を摂り始めた。

「多少は、役に立てたみたいで良かったです」

「おう。かなり離れた斥候も見つけられるなんて、水属性魔法って凄いな」

涼は多少なりとも感謝されたことで安堵し、ラーは素直に涼の探索能力を称賛した。

「以前聞いたことがあるんですけど、冒険者ギルドには、僕以外の水属性魔法使いはいないんですよね？」

「ああ……。そういえば、いないな。水属性の魔法使いは、冒険者みたいな危ない仕事より、街中での仕事とか、それこそ、この商隊みたいなところで需要があるんだよ。この商隊にも、護衛隊じゃなくてゲッコー殿の部下の方に、水属性の魔法を使える人が何人かいたはずだ」

「なるほど！　商隊にいれば、水を積まなくてもいいですもんね！」

「そういうことだ」

水を飲む以外にも、手を洗ったり汚れを落としたりと、多くの場面で水は必要となる。水属性の魔法使いがいれば、旅はかなり楽なものとなるであろう。

涼が見回すと、確かに水属性魔法を使って水の補充をしているらしき、ゲッコーの部下たちが目に入った。もちろん一度も話したことなどないのだが、その光景に、一方的な親近感を覚える涼であった。


その日の夕方、商隊は夜営の準備に入った。

夜営地の中央では、四十人分の夕飯をまとめて作っている。商隊用の大釜で、スープ系の物が作られているのが、涼の所からも見えた。

「護衛依頼っていうと、三食とも、冒険者は干し肉とパンが相場だと聞いていたのですが……この商隊は違いますね」

「さすがに国を代表する商人と、その専属の護衛たちだからな。昼は干し肉とかだったが、夜は違うな。旅慣れているというか、士気を保つのが上手いというか……。長い旅における食べ物の重要性を、ゲッコー殿が理解されているのだろう」

涼の言葉に、ラーはこの商隊のトップであるゲッコーが、色々な意味で優秀であることを指摘した。

「やっぱり普通は、干し肉とパンばかりですか？」

「やっぱり普通は、干し肉とパンばかりだ」

涼の確認に、ラーは力強く頷いた。

そこへ、護衛隊長のマックスがやってきた。

「二人とも。昼の件だが、うちの斥候が確認したところ、間違いなく盗賊の斥候だそうだ。襲ってくるとしたら、今夜から明日の夜までのどこか、だと思う」

「昼間、ということもあるんですか？」

涼が思わず問うた。襲うなら夜陰に紛れてとかの方が、成功率が高いのではないかと思ったからだ。

「盗賊の方が戦力が多くて、姿を見せれば戦わずして降参するだろうと思っていれば、昼間出てくるかもしれん。そういうのを見定めるための斥候でもあるからな」

「なるほど……」

戦わずして勝つ、それこそが最上。

「とりあえず、夜襲の可能性を頭に入れといてくれ。あと、リョウの魔法は、防御が凄いと聞いたのだが、本当か？」

「そういえば、アベルさんも言ってたな。リョウに氷の壁を張られたら手も足も出ないって」

マックスの問いに、ラーが答えている。

「氷の壁か！　リョウ、ものは相談なんだが、夜襲を受けたら、真っ先にゲッコーさんのところに行ってくれないか？」

「ゲッコーさんのところ？」

「ああ。ゲッコーさんとその部下たちは、夜営ではできるだけ集まってテントを張って休んでいる。これは、もしもの時に、護衛隊が彼らを守りやすくするためなんだ。もし可能なら、彼らが集まっている所を、その氷の壁で囲んで守ってくれるとありがたいんだが。どうだろうか」

この商隊が真っ先に守るのは、ゲッコーさんとその部下。

運んでいる品物ももちろん大切ではあるが、まずは人材の保護が最優先になっているというのだ。

人材こそ宝。

まさに、商売の本質……本来は。

「もちろん大丈夫です。じゃあ、夜襲されたらゲッコーさんのところに行って、そこで氷の壁を張って皆を守りますね」

「頼む。これで俺らも、後顧の憂い無く戦える」

そういうと、マックスはいい笑顔を浮かべた。

「あと、見張り番は、昨日と同じ班分けだ」

そう告げると、護衛隊長マックスは、二人の元から去って行った。

見張りは、二十人が、一班五人の四班に分かれ、各二時間ずつだ。

「リョウは、最初だったか？」

「はい。最初の見張りです。ラーさんは三番目、でしたっけ？」

「ああ。二時から四時までとか……一番襲ってきそうだよな」

ラーは、苦笑しながらそう言った。


ゲッコー商隊の夜営地から、四キロほど離れた洞窟の入口に、男たちは集まっていた。二十二人の男たちは、見るからに盗賊……と言わないまでも、堅気《かたぎ》の仕事をしている者たちには見えない。

「護衛は二十人か……確かに、けっこうでかい隊だな」

「それだけ、稼ぎも多いということか」

「貰った情報では十五人ということだったが……」

「誤差の範囲かと」

この場を取り仕切っている男は、左目に派手な傷があるせいか、他の者を圧倒する雰囲気を纏って、口を開いた。

「まあいい。奪った品物は全て俺らの物にしていい。代わりに、恨みのある商人、ゲッコーとかいう奴を殺してくれ……変な依頼だぜ」

「とはいえ、時間、荷馬車の数の情報など、何から何まで、全てお膳立てされてますからね」

「あったりめえだ。そうじゃなきゃ、わざわざこんな旧街道くんだりまで出張ってくるかよ」

左目に傷がある男はそう言うと、目の前の酒を呷《あお》って言った。

「夜襲は、いつも通り三時だ。準備しやがれ」


深夜三時。

夜営地まですぐの距離。蠢《うごめ》く影が約二十二。

「よし、かかれ！」

左目に傷がある男が号令を下す。

一斉に、盗賊たちが夜営地に突っ込んだ。夜営地を囲んでいた陣幕を切り払い、あるいは押し倒して盗賊たちは侵入する。

だが……。

「誰もいねえ！」

「かがり火はついてるが……」

「おい、どういうことだ！」

そんな盗賊たちの声に応えるかのように、夜営地の外から矢と魔法が飛んできた。

「くっ、はめられたか！」

「罠だぁ！」

盗賊たちの叫び声が、夜営地の中を飛び交う。矢と魔法によって、半分ほどが打ち倒される盗賊たち。

「突っ込め！」

そこに、護衛隊長マックスの声が響き、商隊の護衛とラーたち冒険者が、全方位から夜営地の中心に向かって包囲を一気に縮めて、近接戦に移行した。


激しいが、ほとんど一方的な戦闘は、五分もかからずに終了。

その間、涼が行ったのは、言われた通りゲッコーとその部下合計二十人を、〈アイスウォール〉で囲って安全を確保することだけであった。

ゲッコーの部下の内で、水属性魔法を使っていた者たちが、〈アイスウォール〉を手で触ったり、甲で叩いたりしていた光景に、ちょっとだけ微笑ましいと思ったのは内緒である。

（とにかく、危険にさらされずに任務全う。よかったよかった）

涼はそう思っていた。

どうも最近、ルンの街で、涼は周りにいる人たちから戦闘狂と思われているようだと感じていた。その理由は、模擬戦などで笑顔を浮かべながら戦っているからしい……。

模擬戦の相手であるセーラからも、「リョウは楽しそうに戦うよね」と笑顔で言われたことがある……。

いや、それセーラもだから……。

決して、涼だけが戦闘狂なわけではない！

そう、声を大にして言いたい……涼の心の叫び……。


さて、一方的な戦闘であったため、護衛隊ならびに冒険者には、死者、重傷者は出ず。最後の近接戦で、かすり傷を負ったものが二人出ただけであった。

翻《ひるがえ》って盗賊側は、二十二人のうち二十人がすでに死亡していた。降参した二人も、情報を引き出すために殺されていないだけだ。

「基本的に、盗賊を捕まえたら、その場で全員殺すことになります」

商人ゲッコーは、戦闘が終了して〈アイスウォール〉を解除した涼に向かって、そう説明した。

「すぐ近くに街があればともかく、そもそもそんなところで盗賊が襲ってくるわけがないので……たいてい街から離れています。そうなると、街まで連れていくのも大変で、それまでに何が起きるか分かりません。かといって、その場で解放すれば、別の商隊が襲われる可能性が出てくる……。そのため、盗賊はその場で殺すのが、中央諸国では不文律になっているのです」

説明しながらも、ゲッコーの顔色はあまりいいとは言えなかった。

「犯罪奴隷とか、そういうのはないのですね」

「ええ。中央諸国では、人間の奴隷は完全に禁止されていますからね。亜人奴隷も、帝国以外では禁止です。殺害というのは、倫理的にもあれですが、経済的にももったいない気はします。まあ、だから奴隷にしろというのも……それはそれで、違う気もしますけどね」

経済的にもったいない……この辺りは、さすが商人なのかもしれない。

奴隷が完全禁止というのを、実は、涼は初めて知った。ついでに、帝国だと亜人奴隷がいると……。そう、亜人という言葉も初めて聞いた……エルフやドワーフは、どうなのだろう？

「帝国では、人間以外は全て亜人です。エルフもドワーフも……」

ゲッコーはなんとも言えない表情を浮かべながら、頷く。人間と意思疎通ができて、基本的に二足歩行の生物が『亜人』と定義されているらしい。そのため、例えばロンドの森の湿地帯にいたリザードマンなどは、亜人とは認められず、『魔物』なのだそうだ。

人間が作った国家であり、人間が作った法律であるため、そういうものらしい……。

涼がそんな感じでゲッコーと話していると、護衛隊長のマックスが一人の部下を連れてやってきた。

「ゲッコーさん、安全は確保されました。周囲にも、盗賊の生き残りはいません」

「そうですか、ご苦労様。それで、生き残りから何か情報は引き出せましたか？」

「それが……グン、直接報告しろ」

マックスはそういうと、後ろに連れてきていた、斥候らしき人物に命令した。

「はい。あいつら、東街道付近で活動している『東の狼』という盗賊団で。そんなやつがなんでこのタイミングで旧街道にってことで、そこを重点的に尋ねてみたんですが、幹部の方に情報が来てたらしいんです。今日、旧街道を馬車十台の商隊が通ると。しかも、しばらく東街道は通行止めになると」

そこまで聞いて、ゲッコーはひどく驚いた。

「まさか、ロー大橋が崩落したというのも、事故ではなく誰かの妨害工作？」

「ええ、可能性はありますよね」

ゲッコーの疑問を、マックスが肯定した。

「しかし……。ロー大橋は要衝《ようしょう》。かなり大規模な駐留軍が守っていたはずです。工事だけで五年以上かかりましたからね。その駐留軍の目をぐぐって崩落させた者たちがいたとしたら……相当な力を持つ勢力でしょう。しかも話の流れ的に、我々を狙っている可能性がある……？」

ゲッコーは口に出しながらも、いろいろと情報を整理しているようだ。

「残念ながら、『東の狼』の連中に、情報を流した奴らについては、捕まえた二人は知らないということでした。ただ……」

「どうしました、グン？」

言い渋るグンを、ゲッコーが促す。

「幹部からの指示では、ゲッコーさんを殺すようにという指示があったと……」

その言葉に、ゲッコー以外は驚いた。ゲッコーだけは、見た限り特に動揺も無く……。

そして、ゲッコーは冷静に言葉を紡ぐ。

「分かりました。ご苦労様でした。マックス、リョウさん、ちょっと話があります。あと、グン、ラーさんを呼んできてください」

天幕に、ラーがやって来たところで、ゲッコーは話し始めた。

「今回の襲撃ですが、裏で糸を引いている者がいます」

「偶然通りかかった商隊を襲ったわけではなく、我々を狙い撃ちした、ということですね」

ゲッコーの切り出しに、マックスが補足する。

「そうです。私の命を狙ったのは確かなようですが、それが全てかどうかも分かりません。依頼した者には、まだ他の、別の狙いがあったのかもしれません。今回はいくつも貴重な品物を運んでいますから……」

ゲッコーはそう説明し、自分のお茶を一口啜《すす》った。

「つまり、この先も襲撃があるかもしれないから、気を引き締めろってことですね。大丈夫ですよ、こう見えてもルンの街の冒険者ですから。俺らもリョウも、命のやり取りには慣れてますよ」

そう言って、ラーは大笑いした。

「いや……もしかしたら契約解除してでも離脱すると言われるのではないかと……」

ゲッコーは少し笑いながら、冗談とも本気ともつかないことを言う。

「またまたぁ、そんなことするわけないでしょう。責任もって、公都アバディーンまでの護衛依頼、完遂します。お任せください。なあ、リョウ」

「ええ、もちろんです」

ラーの振りに、涼も大きく頷いて答えた。一度受けた依頼を途中で投げ出すのは、涼も嫌だ。

「そうですか。それでは、改めてよろしくお願いします」

ゲッコーは嬉しそうに微笑むと、頭を下げたのであった。

◆

「それにしても、ロー大橋を落としてまで目的を達成しようとする奴らとか、一体何者なんだろうな」

ラーの、呟きと言うには大きすぎる声。

襲撃のあった翌日、商隊はいつも通り朝食を済ませてから移動し始めた。カイラディーの街を出て三日目だ。

「ロー大橋って、そんなに大きいんですか?」

ロー大橋という言葉自体を初めて聞いた涼は、素直にラーに質問していた。

昨晩あの後、襲撃に関係した者たちが、ロー大橋も落とした可能性があるという話を聞き、さすがにラーも驚いていたのだ。

「ああ、でかいな。幅四十メートル、長さ一キロ。計画自体は百年以上前からあって、計画されては放棄され、取り掛かっては中止され、を繰り返してきた橋だ。ようやく、十五年前に完成したんだ。それも、着工から完成まで五年以上かかったらしい」

「それはなんとも凄そうですね……。一度見てみたかったです」

幅四十メートル、長さ一キロの橋となると、かなりの大きさだ。見ることができなかった涼としては、とても残念に思う。

「報告では、一口に崩落って言ってたが、どれくらい壊れたか分からないからなあ。機会があったら、近くまで行ってみればいいんじゃないか？　橋の西岸にも東岸にも、街ができてたはずだから、観光がてらに」

ラーは、そう言ってロー大橋観光を勧めるのであった。

昼食後、涼がまったり寛いでいると、ゲッコーの部下が五人やってきた。涼の記憶が確かならば、五人とも水属性魔法を使っていた子たちだ。

「あの、リョウさん、お寛ぎのところ申し訳ないのですが……」

「はい？」

「僕らに水魔法を教えてください」

一番年長であろう青年が頭を下げ、それに合わせて残りの四人も頭を下げた。

「え？　あっ……と？」

突然の展開に、驚く涼。

「昨日、僕らはリョウさんの魔法で救われました。今回の旅は、リョウさんがいらっしゃるのでいいのですが、僕らはこの先も、旅に出ることは多いと思います。今までは、水が出せるだけで満足していましたし、実際それは長旅をする商人としては大きな武器なのでしょうけど……。自らの身を守ることができるようになればさらにいいのではないかと」

「ああ、それで……〈アイスウォール〉、昨日の氷の壁が使えるようになりたいと?」

「はい!」

五人が一斉に返事をする。

上は先ほどから話している十六歳ほどの青年から、下は多分まだ十歳くらいの男の子まで……。

「う～ん……」

教えるのは構わないのだが、涼は、他の人に魔法を教えた経験が無い。さらに、〈アイスウォール〉がどれほどの魔力を消費するのかも、よく分かっていない。涼以外の魔法使いが使ったとして、すぐに魔力切れを起こしてしまうようなことにならないのかどうか……。

さてどうしたものかと思っている時に、涼の〈パッシブソナー〉が反応した。

勢いよく立ち上がって言う。

「緊急事態だ。この件は後で!」

そう言うと、涼は辺りを見回し、マックスを見つける。

「マックスさん! 東の方から、多数の魔物が来ます!」

涼が叫ぶと、マックスは急いで涼の元に走ってくる。そして走りながら大声で問うた。

「数と距離と時間は?」

「数は百以上、距離は五百メートル、時間は一分後。〈アイスウォール〉で周囲を囲います。全員、馬車の内側へ」

夜営と違い、昼食休憩であったために、馬車十台は円陣を組むようにして固まっている。

「全員馬車の内側へ! 急げ!」

マックスの叫びと同時に、ゲッコーをはじめ、その部下たちも機敏に行動する。

三十秒足らずで、全員の移動が完了した。

「リョウ、いいぞ」

「〈アイスウォール10層パッケージ〉」

氷の壁が、馬車の外側をぐるりと囲んで生成される。それが完了するのとほぼ同時に、魔物の先頭が野営地に到達した。

ガキン。ガキン。ガキンガキンガキンガキン……。

魔物が〈アイスウォール〉にぶつかって、かなりの衝突音が発生する。それも連続で。魔物たちは、ボア系を中心にしてはいるが、かなり雑多な種類で構成されていた。

〈アイスウォール〉にぶつかった魔物も、起き上がってすぐに走り出す。東から西へ、何かに追い立てられるかのように。

そんな状況が五分ほど続き、ようやく魔物の群れは途切れた。

だが、涼の〈パッシブソナー〉は、森の中に五人の人間を捉えていた。

〈百メートルほどの所に五人……いつ現れた？〉

「リョウ？」

魔物の群れが通り過ぎても、未だに涼が〈アイスウォール〉を解除しないことを不思議に思ったマックスが問いかける。その問いを片手で制して、涼は考え続ける。

〈距離百メートル……ギリギリ届くか？　〈アイスバインド〉〉

狙い違わず、一番近くにいた不審者の手足を、氷の鞭《むち》で拘束する。だが、その瞬間、拘束した相手の生体反応が途切れた。つまり、殺されたのだ。

「なに!?」

これはさすがに、想定外であった。拘束されただけで殺される……そんな切り捨て方をするのは、尋常ではない。

しかも、それだけでは終わらなかった。

ゴオゥ。

〈アイスバインド〉で拘束したあたりから、強烈な炎が立ち上がったのだ。

「まさか!?　〈スコール〉〈氷棺〉」

〈スコール〉で猛烈な雨を降らせて消火し、〈氷棺〉で死体を囲う。

その氷の棺に対しても、残った四人が攻撃をしていたようだが、一切の攻撃が効かないと知ると、東の方へと撤収していった。

「ふぅ」

ようやく一息ついた涼は、周囲から視線を向けられていることに気付いた。

「ああ、すいません。ゲッコーさん、マックスさん、ラーさん、ちょっと説明したいので……」

涼がそういうと、三人は集まってきて、他の者は少し四人から離れた。

「何かがあったのは分かったが……」

「火が上がっていましたね」

「まあ、リョウがやることだ、心配していないがな」

マックス、ゲッコー、ラーそれぞれが、感想を述べる。

「はい。実は、先ほどの魔物の襲撃に紛れて、五人ほど接近してきていました」

「なんだと！」

「しばらく待っても潜んだままでしたので、魔法で捕らえようとしたのですが……捕らえた一人を、残った奴らがすぐに殺しました」

「な……」

涼の説明に、マックスが驚いた。裏でそんなことが起きていたとは……。

「さっきの炎はそれですか？」

ゲッコーが質問をする。

「正確には違います。殺した仲間の死体を、焼却しようとしたのだと思います。つまり、死体すら残さないような相手です」

「なるほど……徹底していますね」

自分の命が狙われているのに、ゲッコーは冷静に反応した。完全に腹をくくっている。この辺りは、さすが海千山千《うみせんやません》の大商人であろうか。

「燃やされないように、氷漬けにしました。それも攻撃していたみたいですが、無理と見て、東の方へ去って行きました」

「本当に……厄介な連中に狙われたようです」

涼の説明に、ゲッコーは苦笑しながら頭をかいた。

〈氷棺〉に入れた相手の周りには、確認に来た者を殺すための罠が仕掛けられているかもしれない。

涼のその説明で、罠発見と解除に斥候グン、それと涼、マックスの三人で、〈氷棺〉に入れた相手を見にきていた。案の定、不用意に入り込んだ者を、まとめて燃やし去るための罠が仕掛けられていたが、グンによって解除された。

「これは……なんというか、凄いな」

氷の棺に入れられた死体を見て、マックスが呟く。

「では、棺を消しますね」

涼はそういうと、〈氷棺〉を消し去る。死体の検分は、マックスとグンに任せ、涼は周囲を見て回った。

（この死体以外にも、四人が潜んでいたはずなんだけど……ほとんど枝も折れていない。わずかに、草がへこんでいるだけ。森の中での行動に、相当慣熟しているのか……それとも、別の理由か……）

もちろん涼には、いわゆるレンジャー的な知識はない。せいぜい、ネット上に転がっていた知識や、中高大の友人たちが喋っていた知識の断片があるだけだ。

そんな涼の耳に、マックスとグンの会話が聞こえてくる。

「ダメだな、見事に何も持っていない」

「身元を特定できる物はもちろん、武器も短剣だけ……何か、燃えた跡はあるが分からん」

「せいぜい、全身黒ずくめの服装ってことくらいか？」

涼は振り返り、二人が検分している遺体を見る。

（全身黒ずくめの服装？　最近どこかで見た記憶が……。ああ、ウィットナッシュだ。砂場で、ニルスたちがあの火魔法使いと戦っている時に、周りに転がっていた死体。後から聞いたら、あれって皇女様を狙ってたんだよね。あの遺体とこの遺体……似てる……かな？　まあ、悪い奴なんてみんな黒ずくめの服装だし、分かんないや）

独断と偏見で、もの凄く適当なことを考えた涼であった。

（あれ？　でもあいつら、わざわざこの遺体を燃やそうとしたんだよね？　特定されないんだったら、そこまでしなくてもよくない？）

「どうしたリョウ？」

遺体をまじまじと見ながら、何やら考えているように見える涼に、マックスは声をかける。

「いえ……あいつら、わざわざこの遺体を燃やそうとしたのは、なんでだろうなと思いまして……」

「それは残していけない何かが……体か！」

そういうと、マックスは遺体の服を脱がし始める。

「隊長、そんな趣味が……」

「馬鹿！　体に何か特徴があるんじゃないかってことだよ。グンも手伝え」

そういうと、二人は遺体の服を脱がした。

何カ所かは、燃やされた際に皮膚と服が焦げ付き、焼けただれている。だが、なんとか脱がし、見つけたのは、ちょうど心臓の位置にあるタトゥーであった。

「このタトゥーは……何だ？」

「頭が二つの鳥……？」

「それに剣が突き刺さっている……？」

マックス、グン、そして涼も見た。

（双頭の鷲《わし》、の紋章？　それを剣で突き刺す？　そんなの聞いたことない。まあ、この『ファイ』という世界について、全然知識ないんだから当然なんだけど）

しばらく三人はそのタトゥーを見ていたが、マックスがおもむろにナイフを取り出し、胸の部分を削ぎ始めた。

「た、隊長！」

突然の行動に、グンが驚いて声をあげる。

「仕方ないだろ。これしか証拠が無いんだ。森の中を、死体を運ぶわけにもいかん。ゲッコーさんなら、もしかしたらこのタトゥーを、知っているかもしれん」

そう言いながら、手を休めることなくタトゥーのある胸を削ぎ取った。

「う～ん、こんな紋章は見たことないですねぇ」

剥ぎ取ったタトゥーを見たゲッコーであったが、彼の知識の中にも該当する紋章はなかった。

「だいたい、剣が突き刺さった鳥というのが……本当に紋章なのか疑問です。とはいえ、彼らにとって何か重要な意匠であることは間違いないでしょう。これは、頭に留めておくべき重要なピースな気がします。マックス、よくやりました。リョウさんとグンも」

そういうと、ゲッコーは三人に、大金貨を一枚ずつ渡し、剥ぎ取ったタトゥーを持って自分のテントに戻って行った。

タトゥーは気になるが、どうも問題として解けそうもないので、涼は考えるのをやめて、ラーたちの元に戻った。

「リョウ、おかえり。もうすぐ出発するらしいぞ」

「分かりました。ラーさん、ご存じないですよね？」

涼は、さきほどあったことを手短に話した。

「剣の突き刺さった双頭の鷲？　なんだろうなぁ。双頭の鷲に、かなり深い恨みでも持ってるのかなあ」

ラーは首を傾げながら答えた。

「なるほど、その可能性もありますね」

そこまで考えたところで、前から声が聞こえてきた。

「出発します」

◆

商隊から五キロほど離れた森の中。五人の黒ずくめの者たちがいた。

「申し訳ありません、ナターリア様」

戻って来た四人から、報告と謝罪を受けたナターリアと呼ばれた女性は、小さく首を振っていた。

「氷の壁か……。ゲーの手足を拘束したのも、氷と言ったな」

「はい」

「やっかいな魔法使いがいるようだな。これは少々困った……。して、報告は以上か？」

その問いに、戻って来た四人の間に動揺が走る。だが、答えないわけにはいかない。

「実は……ゲーの遺体の処理に失敗いたしました」

「なに！」

初めて、声に不快さが混じった。それを聞いて、四人は怯《おび》える。

「も、もうしわけ……」

「謝罪はいい、なぜ処理に失敗した？」

四人は起きたことを答えた。

燃やしたのだが、突然土砂降りになり、火が消された。そして瞬時に、ゲーの遺体が氷漬けにされ、その氷はどんな攻撃を行っても、傷一つつかなかった。そのため、撤収してきたと。

「また氷か！　これは相当に厄介だな……」

（ロー大橋を落として合流してみれば、別動隊が遺体処理に失敗する失態。冒険者が入ったとはいえ、二十人程度の護衛なら、いくらでも方法はあると思っていたのだが……。入った冒険者の中に、なにやら厄介な水属性魔法使いがいると。これは、手を出すべきではないだろう。本部から、一度ロー大橋崩落の報告に戻れと命令が来ていたな。行き掛けの駄賃にゲッコー暗殺もと思っていたが、欲をかきすぎては全てを失うか）

「我らは、本部にロー大橋崩落の報告に戻る。その旨、本部に連絡せよ。ゲッコー暗殺は未だ行っていないと、ついでに伝えよ。向こうで、勝手に別の隊に暗殺の仕事を割り当てるであろう」

部下にそう告げると、ナターリアは呟くのであった。

「水属性の魔法使いなんて、使えないと思っていたのだが……認識を改めねばならんな」

スランゼウイ

魔物と五人の襲撃があってから二日後。

その後は何事も無く、商隊は旧街道を進み、東部第二の都市スランゼウイに到着した。ロー大橋が無事なら、東街道を通って、ルンの街から二日で到着するはずであった路程であるが、旧街道を回ったせいで、六日を費やした。

久しぶりの大きな街ということで、商隊全員が泊まれる宿がある。紅玉館というスランゼウイにおける、ゲッコー商隊の定宿である。

「久しぶりの宿です。ゆっくり休んでくださいい。ああ、一階の食堂で、好きなものを食べてくださいね。この宿での食事代は、うちの店が出しますので」

ゲッコーのその言葉を聞いて、涼と『スイッチバック』の面々は思わずガッツポーズをした。

基本的に、今回の旅は、公都アバディーンまでノンストップだ。もちろん、街では宿に泊まるのであるが、街で取引や売買を行う予定はない。今運んでいる品物を、一刻も早く公都に届けるのが最優先。

そのため、街に泊まる場合でも一泊だけであることは、最初にゲッコーから告げられている。

涼としては、初めての街がほとんどなために、観光したい気持ちもあるのだが、依頼なのだからしかたがない。

アバディーンからルンの街に戻る時に、あちこち寄ればいいだろうと割り切っていた。

だが、割り切れないC級剣士もいる。

ラーは、こっそり宿を抜け出そうとしたところを、斥候スーに見つかって連れ戻されていた。

一体どこに行こうとしていたのか……涼には知る術も無い……。

だが、ラーは後ほど、この時連れ戻されたことに感謝することになる。

◆

スランゼウイ郊外。

そこには、黒ずくめ十人の集団がいた。

「シャーフィー様、本部からの至急文です」

黒ずくめの男の一人が、一枚の手紙を恭《うやうや》しく差し出す。

「なに？　このタイミングでか？」

シャーフィーと呼ばれた男は、顔をしかめながら、至急文と呼ばれた紙を受け取り一読した。

そして小さく唸る。

「まったく。本部のアホどもが。やむを得ん。第三目標を変更する。紅玉館に宿泊中の商人ゲッコーの暗殺。方法は問わず。第三目標だった貴族街破壊は、第四目標にする。第四目標は、第一から第三で早く終わった部隊がとりかかれ。以上」

「了解しました」

彼らは、各国中枢近くにいる人間の顔は全員覚えている。ゲッコーは、インベリー公国のお抱え商人であり、民間人としては最もインベリー公に近い人物でもある。そのため、すでに顔を覚えられていた。

午前二時半。草木も眠る丑三つ時。

突然の轟音に、涼は飛び起きた。

「地震？」

だが、『ファイ』に来てから、一度も地震というものに遭遇していないことを思い出す。

とりあえず、宿の部屋着からいつもの服に着替え、二本のナイフをベルトに差し、ローブを羽織り、窓を開けて外を見る。

視線の先に、燃え上がる大きな建物が見えた。

「あれは、領主の館じゃなかったっけ？」

不穏な空気。

部屋を飛び出し、階段を駆け上がる。一階上の階に、ゲッコーとその部下、あとマックスたち護衛隊の半分が宿泊している。

涼が上の階にたどり着くと、マックスが廊下に出て指示を出していた。

「マックスさん！」

「リョウ。ゲッコーさんたちの守りを頼む」

涼は、守りにおいて、マックスから絶対の信頼を得たらしい。

一番奥の大きな部屋に、ゲッコーとその部下たちは集まっていた。すでに着替えも済ませていることを考えると、かなり素早い行動だと言えるだろう。

「ああ、リョウさん。外で、何か大変なことが起きているみたいです」

「はい。窓から、領主館が燃えているのが見えました」

「なんですと……」

涼の報告に、ゲッコーは驚いていた。

ゲッコーの部屋は、安全最優先で、窓の鎧戸が閉められているらしく、領主館の炎上は見ていないようだ。

どんな街においても、領主の館というのは、最も警備が厳重な場所だ。それが炎上とは、極めて異常な事態だと言える。

そんな話をしている時に、再び轟音が響いた。しかも、最初のよりも大きい気がする……。

轟音というより、爆発音と言うべきなのかもしれないが。

「失礼」

涼はそういうと、奥の窓の鎧戸を少しだけ開けて、外を覗く。

「ゲッコーさん、領主館の……ここから見て左手、石造りの三階建ての建物って……」

「それはおそらく、騎士団詰所や兵器庫だと思います」

ゲッコーは、不安げな顔の部下たちをなだめながら、そう答えた。他国の街のことであってもかなり細かく知っているのは、さすが情報が命の商人と言えよう。

「なんというか……燃えるというより、爆発している……」

（ミカエル（仮名）は、火薬の類はまだ一般的ではないと言っていた……けど、あれって、どう見ても誘爆とかな気が……）

「火属性魔法の〈爆炎〉みたいなやつですか？　もしかしたら、黒い粉が燃えているのかもしれません……」

「それって……」

さすがに涼でも、『火薬』という言葉を出すのははばかられた。

「この、王国東部地域でのみ作られ、このスランゼウイで保管されているもの……おっと、これは機密ですね。さすがに喋りすぎました」

そういうと、ゲッコーはにっこり微笑んだ。何のためかは分からないが、涼に聞かせるつもりで喋ったのは確かなようだ。

「商人は情報が命とはいえ、さすがですね……」

「ふふふ、商人というのは、諜報員とあまり変わりません。王国と公国が友好国、というよりほとんど同盟国に等しいからこそ、私も自由に動くことができています」

涼は、商人という仕事の複雑さを、少しだけ垣間見た気がした。

「ゲッコーさん、宿の近くでも火の手が上がりました。燃え移ると厄介です。外に避難しましょう」

マックスが飛び込んできて進言する。

とりあえず、全員、本当に大切なものだけを持って外に出ることにした。

「四十秒で支度しなさい」

ゲッコーから部下たちへの指示が飛ぶ。

そして自分も、肩掛け鞄一つだけを持っていた。それだけで準備完了らしい。貴重品は、鞄一つにまとめてあるようだ。

（十秒で支度した……まさにどこかのアニメのお頭みたいだ……）

涼は素直に感心していた。

「リョウ、ゲッコーさんの安全を最優先で頼む」

涼に近付いてきたマックスが、小声で囁く。

「ゲッコーさんに言うと、部下たちの安全を最優先で、って言うんだが、ゲッコーさんにもしものことがあったら、うちの国は立ち行かなくなる。頼んだぞ」

それだけ言うと、マックスは指示を出しに部屋を出て行った。

（やっぱり『商人』って複雑な仕事だわ……諜報員のように国から国を飛び回り……そのうえ、一人の商人の肩に、国の命運がかかっているとか……）

涼も、自分の鞄を持って、一階入り口付近の広間に降りていた。


「ゲッコーさん、皆さんを氷の壁で囲みます。壁も一緒に移動しますので、今いるくらいの集まりで移動してください」

「分かりました」

ゲッコーが代表して頷く。

「〈アイスウォール10層パッケージ〉」

十層で、さらに全方位を透明な氷の壁で覆う。十層なら、たいていの攻撃は撥ね返すだろうと涼は思っている。もちろん、悪魔レオノールほどの火力があればどうしようもないのだが……あれは例外。

一応、もの凄いとか言われている爆炎の魔法使いの攻撃だって、弾いたことはあるんだよ！

完全じゃなかったけど！

宿の外の混乱はかなり酷い。これだけ混乱していると、涼の〈パッシブソナー〉も絶対ではなくなる……人や空気が動きすぎるからだ。

そのため、絶対の安全のために〈アイスウォール〉は必要であろう。転ばぬ先の杖だ。

マックスを先頭に、護衛隊が安全を確認しながらゲッコーたちを先導する。

宿泊していた紅玉館前は広場になっており、宿泊客だけではなく、周りに住んでいる者たちも、ちらほらと避難してきていた。


ゲッコーたち一行が、そんな広場の隅に移動して落ち着いた時……。

どこからか、ゲッコーの喉に向かって、正確に、投げナイフが飛んできた。

カキンッ。

落ち着いた後も、〈アイスウォール〉は解除されていない。その〈アイスウォール〉に弾かれて、ナイフは地面に落ちた。

涼は、ナイフの飛んできた方向を見る。

建物の間の通り、その陰の中に誰かがいる。しかも……三人。

距離は二十メートル程度。これならば、確実に魔法が届く。

「〈氷棺3〉」


前回は、〈アイスバインド〉で捕まえようとしたら、口封じをされ、あまつさえ死体すら焼かれようとしたのだ。今回も同じ相手なら、同様の手を打たれる可能性がある。ならば、最初から氷の棺に入れてしまおう。

おおざっぱな涼らしい判断と行動だ……。

この時点で、マックスとその部下三名が、賊が潜んでいる陰に走る。

「うぉっ」

小さな驚きの声。

一度見たことがあるとはいえ、街角に、三つの氷漬けオブジェがあれば、誰でも驚くであろう。

マックスたちを追って、涼も通りに来ていた。

「リョウ……」

「ええ、焼かれる前に捕まえてみました」

涼はそう言いながら、大きく一回頷いた。

「とはいえ……どうしましょうか。多分、街に侵入している賊って、この三人だけじゃないですよね」

「ああ……。こいつらが失敗したとなると、別の仲間がまた襲ってくるか……。そんなところで、こいつらを調べるわけにはいかないな。他の奴が割ることができないんだったら、このまま置いておくか？　いろいろ終わってから回収ということで」

マックスも、おおざっぱなところがあるらしい。

「賊の仲間が、これを回収に来るかもしれませんしね。来たら、その人たちも捕獲しましょう」

言ってる内容と涼の笑顔は、かなりのギャップであった。

◆

「第四目標の貴族街の破壊……まあ、これくらいやっておけばいいだろう。半数くらいは殺したか。ん？　おい、第三部隊はどうした」

集合した部下が、三人足りないことに気付き、シャーフィーは傍らの第一部隊長に問いかける。

「まだ合流していません」

「はぁ？　なにやってるんだ。商人の暗殺なんて簡単だろうが……」

だが、そこまで言って、気付いた。

（さすがに三人とも戻ってきてないってのは、変だろ。三人ともやられるとか、あり得ないが……護衛隊にとんでもなく強い奴が入ったか？　ああ、くそっ。標的を、直前に入れ込むからこういうことになるんだ！　本部の馬鹿どもが……）

シャーフィーは、心の中でひとしきり悪態をつく。

だが、それによって落ち着きを取り戻していった。

「とりあえずゲッコーの周辺を見に行くぞ」

◆

「なんだ、ありゃ……」

ゲッコー一行がいる広場、そこに繋がる通路の一つに、三本の氷の四角柱が立っている。柱の中にはシャーフィーの部下たちが入れられていた。

（あんなことが人の身に可能なのか……？　火の魔法使いが、相手を体内発火で焼くことができないように、水の魔法使いも、相手を氷漬けにすることはできないと聞いた覚えがあったんだが……。何か強力なアイテムでも使ったか？　人が入ってるってことは……簡単には割れない氷だろ、あれ。置いていくわけにもいかんし……）

シャーフィーが見ている場所は、氷漬けの部下たちからは多少離れている。騒動の混乱に紛れて観察しているのだが……。

シャーフィーが悩んでいると、街の城門の方から、一際大きな歓声が聞こえてきた。

「副団長殿のお帰りか」

そう呟き、少しだけ笑うと、シャーフィーたち七人は、その場を去った。

◆

広場で待機しているゲッコー一行の下に、四十人ほどの騎士団がやってきた。

騎士の一人が、一行に話しかける。

「こちらは、スランゼウイ騎士団副団長のボールドウィン閣下だ。インベリー公国商人ゲッコーらであるな。貴殿らが、怪しい者たちを捕らえているという通報があった。以後、騎士団で取り調べるゆえ、その者たちを即刻引き渡してもらおう」

「なっ……ふざっ」

マックスが叫びそうになるのを、ゲッコーが片手を出して制する。そして……。

「そうきましたか」

ゲッコーは誰にも聞こえないほど、小さく囁くように言った。もっとも、隣にいた涼の耳には聞こえたのだが。

「これは、お役目ご苦労様です。私がゲッコーにございます。あちらの通路に捕らえてありますので、ご案内いたします。マックス、リョウさん、付いてきてください」

そういうと、ゲッコーは通路に向かって歩き出した。

〈アイスウォール10層限定解除〉〈アイスアーマー〉

涼はゲッコーに、いちおう〈アイスアーマー〉を着せてみた。

〈アイスウォール〉ほどには防御力が高くないが、投げナイフくらいならば防げるであろう。

「さ、こちらにございます」

そう言って、ゲッコーは三つの氷の柱を指し示す。

「なんだ、これは……」

先ほどの騎士と、副団長ボールドウィン、二人とも異口同音に驚きの言葉が漏れた。

「私共の護衛の一人が、氷の棺で捕らえました。どうぞお持ちください」

「う、うむ。殊勝である。協力的なその方の振る舞い、よく覚えておく」

そういうと、副団長ボールドウィンは鷹揚に頷いた。

「では、氷の棺は解除してよろしいですか？」

涼は誰ともなしに尋ねる。

「うむ」

頷いたのはボールドウィンであった。

「〈捕らえし四肢を解き放ちたまえ　氷棺解除〉」

涼は、いつもの適当詠唱を唱え、三人の〈氷棺〉を消し去った。三人は地面に崩れ落ちる。

「い、生きておるのか？」

「はい。生きておりますので、手かせなどつけた方がよろしいかと思います」

ボールドウィンの問いに、涼的には、きちんと丁寧に答えた。

手かせ、足かせをつけられた三人は、騎士団が曳いてきた護送車に乗せられた。

「して、ゲッコー殿は、いつ街を出られるのかな？」

「明日の朝には出立いたします」

ボールドウィンの問いに、ゲッコーははっきりと答える。

「さようか。三人の取り調べは、こちらで責任を持ってやっておくゆえ、道中気を付けて行かれるがよい」

「お心遣い、ありがとうございます」

そういうと、ゲッコーは深々とお辞儀をした。

そして、騎士団一行は、焼け落ちた騎士団詰め所の方に去っていった。

「ゲッコーさん、あいつら……」

「ええ、十中八九、この騒動を引き起こした者たちと繋がっているでしょうね」

「なら、なぜ！」

　ゲッコーの冷静な指摘に、マックスが激昂する。

「マックス、事の軽重を見誤ってはいけません。我々が最優先に考えることは、商会の者たちの安全です。次が商売。それ以外のものは、その後です。ボールドウィン殿に目をつけられた以上、下手なことをすれば部下たちの安全が脅かされます。昨日までならともかく、領主館のあの状況では、領主様、騎士団長殿、おそらく両方とも無事ではないでしょう。そうなると、現在、この街で最も力を持っているのは、ボールドウィン殿です。物理的な危害を加えられる前に、街を出ます」

　そういうと、ゲッコーは涼の方を向いて頭を下げた。

「リョウさんには、わざわざ捕らえてもらった証人を、許可なく引き渡して申し訳なかったと思います。ですが、部下たちの安全のためです。どうか、ご理解いただきたい」

「もちろんです。僕のことは気にしないでください。商会の者たちの安全が第一、素晴らしいと思います」

　涼はそういうと、大きく頷いた。

「ありがとうございます」

　ゲッコーは笑顔を浮かべ、再び頭を下げたのであった。

◆

　翌朝。

　火が回ることなく無事であった紅玉館で、早い朝食をとり、ゲッコー一行は日が昇る前にスランゼウイの街を出立した。

「三日後にハルウィル、さらに三日後に国境の街レッドポストに到着だな」

「順調にいけば、ですよね」

　ラーが地図を頭に浮かべながら述べ、それを受けて涼が答える。

「リョウ、不吉なこと言うなよ……」

　ラーが顔をしかめながら言った。

　昨晩、ラーは宿をこっそり抜け出すのをスーに止められたが、そのおかげで、深夜の騒動時にはゲッコー一行として行動することができ、問題になることはなかった。もし、あの時スーに捕まっていなかったら……どうなっていたか分からない。

そのため、剣士ラーは感謝の気持ちを込めて、自分の分の朝食から、斥候スーにデザートの果物を渡していた……と、『スイッチバック』の公式記録には記されているらしい。

実際は、泣く泣くスーに渡していたのだが。

「スランゼウイから、国境の街レッドポストまでは東街道の一部だ。こいつは、王国内でも重要な街道の一つだから、あんまり変なことは起きないと思うんだ……うん、きっと起きない……起きないはずだ……起きないといいなぁ」

ラーの願望が入った言葉は、終わりの方では小さくなっていった。


スランゼウイを出て一日目は、何事もなく過ぎた。

そして二日目午前。もうすぐ昼食休憩予定地、というところで、涼が突然行動した。

「ラーさん、前方から敵が来ます。マックスさんに知らせてきます」

そういうと、ラーの反応も確かめずに、涼は馬車列の一番前に走った。

先頭馬車は、御者席にゲッコーと、若い水属性の魔法を使える部下、馬車の周囲をマックスたち四人が歩きながら護衛している。

「マックスさん、前方から、スランゼウイで捕まえた三人が入った集団が来ます」

「なに!?」

「リョウさん、どういうことですか?」

マックスは驚き、ゲッコーは涼に聞き返した。

「あの三人、解放する時に、発信機……ああ、近付いてくると分かる水を、おへそに埋め込んでおいたんです。で、今それが反応して、前方からやってきます。速度は、けっこうゆっくり……そう、この商隊と同じくらいのスピードです」

「ゲッコーさん、商隊に化けているとか、そういうのかもしれないですね。よくある賊の手口です」

「ありましたね、それ。分かりました。そこの河原で休憩するように見せかけましょう。すれ違いざまよりは、対処しやすいでしょうから」

ゲッコーがそう言うと、マックスの号令の下、商隊は河原に下りていった。

ゲッコーの部下と馬車は中心に集まり、護衛隊はそれとなく周囲に座って、休憩している風を装う。

「〈アイスウォール10層パッケージ〉」

涼は、ゲッコーと部下たちの周囲に座り、何が起きてもいいように先に〈アイスウォール〉で囲っておいた。ゲッコーと部下たちも、さすがに何度も〈アイスウォール〉に囲まれる体験を繰り返したため、慣れたものである。

「近付いてくるのは、例の三人を含めて十人」

涼は、近くで指揮を執るマックスに囁く。

「了解」

マックスは細かな指示を出すために、最前線になるであろう所まで、行っては戻りを繰り返した。

◆

ゲッコー一行が河原に下りてから二十分後、例の十人と思われる一団が通りかかった。

馬車二台の御者席に四人、護衛に四人だ。

（つまり馬車の中に二人……）

涼はそう思いながら、十人から意識を外さないように……だが直視しないようにしていた。

そろそろすれ違うはず……そう思って来たら、対象が河原に下りていて機先を削がれた……そんな雰囲気を、先頭馬車の御者席に座った人物の表情から読み取れた。

もちろん、涼の想像が多分に含まれているが。

だが、チッという小さな舌打ちをしたのは確かだと思う。そして、それに続く、「しょうがねぇ」という言葉は、確かに聞こえた。

その言葉と同時に、御者席の四人が、自分たちと河原のゲッコー一行との間に、何かを投げつける。

投げつけられたものは地面を転がりながら、白い煙を吐き出した。

「毒……じゃないよな、自分らもあれだし。煙幕か！」

涼はそう判断すると、こういう場合の、いつもの魔法を発動する。

「〈スコール〉」

辺りを、瞬時に土砂降りが襲い、そしてすぐに去って行く。

雨によって、空気中を漂っていた煙は地面に叩き落され、地面を流れていった。

煙に紛れての攻撃は、一瞬にして無効に。

だが、その時にはすでに、襲撃者たちは馬車を飛び出し、河原に向かって走り出していたのだ。

◆

「なっ……。一瞬で煙が消されやがった」

驚いたのは襲撃者のリーダー、シャーフィー。

煙は、彼ら特製の、屋外ですらかなり分厚い煙幕を作り出すアイテムで、これまでにもよく利用してきた、ある意味必殺の襲撃手段だ。

それが、突然の雨によって無力化された。だが、走り出している以上、今更引くこともできない。

そうこうしているうちに、戦闘が始まっていた。

「ゲッコーは……あそこか！」

シャーフィーは、人が集まっている辺りを見て、ほとんど一瞬でゲッコーの顔を確認した。

そして、右手に持った槍をふりかぶり、全力で投げる。

カキン。

だが、投げた槍は、ゲッコーに到達する前に、見えない何かに弾かれ、音高く撥ね返された。

「〈物理障壁〉？　くそったれが」

そういうと、シャーフィーは、ゲッコーに向かって走り出した。

もちろん、それをそのまま見過ごす護衛隊ではない。ゲッコーに向かって走るシャーフィーに、横から剣を突き出す。

だが、シャーフィーは走ることを止めず、剣をかわしながら、突き出された腕を切りつけて走った。

視界の片隅に、部下が次々と倒されていくのが見える。

（何だ、この護衛の強さは。報告と全然違うだろうが！）

ゲッコー商隊は、ルンの街に到着する前に、他の部隊が何度か襲っている。それによって、五人の護衛を倒した。その際の報告書には、これほどの強さだとは書かれていなかったのだ。

シャーフィーの部下を次々に倒しているのは、マックス率いる護衛隊精鋭と、ラー率いる『スイッチバック』たち。

マックスはともかく、『スイッチバック』はルンの街からなので、報告書に記されていないのは仕方のないことであった。


そうして、ついに、シャーフィーは、ようやくゲッコーまで二十メートル弱の距離に到達した。

そこで、腰に提げていたバレーボール大の袋を右手に持ち、ずっと消えないように左手に持っていた火縄を、袋から伸びている紐に押し当て火を付ける。

「これでもくらいやがれ！」

そういうと、袋をゲッコーに向かって投げた。

たとえ〈物理障壁〉があったとしても、この特製の『爆発袋』であれば間違いなく破壊できる。

「そいつは特別製だ。死んでもらうぜ。悪く思うな」

シャーフィーは、この場から逃げることは諦め、両手をクロスさせ、爆発から顔を守る体勢をとると、『爆発袋』の行方を見守った。

『爆発袋』は狙い違わず、ゲッコーに向かって放物線を描き、先ほど槍を弾いた壁あたりにぶつか……る前に、氷が周りを囲み、そのまま見えない壁にぶつかって、地面に落ちた。

「……は？」

シャーフィーの口から、思わず間の抜けた声が漏れる。

氷漬けになった『爆発袋』は、紐、いわゆる導火線についていた火も消え、地面に転がっていた。

「氷かよ……」

シャーフィーは膝をつき、頭を抱えた。

だが、すぐに下を向いていた頭をあげ、大声を張り上げた。

「降伏する！　俺は降伏するぞ！」

そう叫ぶと、腰に差したナイフを地面に捨て、左手に持っていた火縄も捨て、両手を上げ抵抗の意思が無いことを示す。

「は？　降伏だと？」

シャーフィーに後ろから迫っていた、斥候グンが口に出す。

「ああ、降伏する。抵抗する気はない。命を助けてくれるなら、ゲッコーにとって有益な情報も提供する」

さすがにここまで言われると、どうすればいいのかグンには判断できない。

この時点で、シャーフィー以外の襲撃者は、全員死亡している。

襲撃に失敗し、一縷《いちる》の望みを託しての命乞い……あり得ないことではない。

「〈アイスウォール10層パッケージ〉」

その声と共に、シャーフィーの周りに、透明な氷の壁が生成された。

「とりあえず壁を作っておけば、その人が自爆しても被害はこちらには及びません。安心です」

もちろん、涼だ。あえて、シャーフィーにも聞こえる大きさの声で、周囲に告げた。

「はは……。氷使いは、なかなかえげつないな」

「暗殺者に言われたくはないですね」

シャーフィーの毒づきに、涼も毒を含んだ言葉を返す。

そんな二人の周りに、マックスとラーが集まってきた。

「あんたが降伏したところで、悪いが部下は全員殺しちまったぞ」

「ああ……役に立ってくれた奴らだったが仕方がない。あいつらの犠牲のおかげで、『爆発袋』を投げるところまで近付けた。まあ、一矢報いることもできなかったんだがな」

ラーが無慈悲なことを告げると、シャーフィーは首を横に振りながら答えた。

二人が話している間に、涼は地面に転がった、氷漬けの『爆発袋』を手に取って眺めていた。

（これは……爆発袋って言ってるくらいだから、爆発するんだろうなぁ……。導火線みたいなのについてた火は消したけど……やっぱり、何が起きるか分からないから、このままにしておこう）

そう考えると、氷漬けのままラーに渡した。

「え？　リョウ？」

「氷漬けにしてあるので、大丈夫です。爆発したりはしませんよ」

なぜ渡されたのか分からないまま尋ねるラーに、全然答えになっていないことを言う涼。

もちろん、二人の会話はかみ合っていない。

「そう、大丈夫です。僕を信じてください」

「それなのに、なぜ離れていく、リョウ……」

その間、マックスは何も言わずに、シャーフィーを睨みつけていた。


しばらくすると、ゲッコーが彼らの元にやって来た。

「ああ、皆さん、ご苦労様でした。傷を負った者たちは、今治療しています。幸い、死者も重傷者もいませんし、ポーションだけでなんとかなりそうです」

そういうと、ゲッコーは〈アイスウォール〉内のシャーフィーを見た。

「で、あなたが降伏した襲撃者のリーダーですね？」

「ああ、シャーフィーだ」

ゲッコーは表情を変えずにシャーフィーを見下ろし、地面に膝をついたままのシャーフィーもゲッコーの顔をしっかりと見て答えた。

「死ぬ気で向かってきたのに、最後に降伏ですか？　ちょっと信じられませんね」

ゲッコーはそのままの表情で、淡々と問う。

「まあ……そう言うよな……。だが、どう考えてもあんたを殺すのは無理だろ？　かといって、部下全員を死なせ、襲撃に失敗した俺が戻っても、責任を取らされて死ぬ以外の未来はない。任務のために死ぬのならまだ受け入れられるが、犬死を命じられて死ぬのはごめんだ」

「ふむ……」

ゲッコーは、何かを考えるかのように、その一言だけ呟いた。

そして一分後。

「まあ、いいでしょう。全面的に信用はできませんが、とりあえずその説明を受け入れるとして……」

ゲッコーはそこで言葉を一度区切ってから、さらに続けた。

「ただ、盗賊は、降伏しても、その場で殺すことになっているのですが？」

「知っている。だが俺は、盗賊ではなく、暗殺者だ。あんたが欲しいと思える情報も持っている。助けてもらえるなら、その情報を提供する用意がある」

「例えばどんな情報ですか？」

「助けてくれるなら、渡す」

少しだけゲッコーは首を傾げて続けた。

「しかし、助けるに値する情報を持っているかどうか判断できないことには、なんとも……。リョウさん、このシャーフィーさんは、やはり信用できないので氷漬けにしてください」

「はい、分かりました」

涼はそう言うと、詠唱を始めた。

「天の理《ことわり》　地の理《ことわり》　天地に満ちる万物の創造者　煌めく氷の女王よ　汝に背きし愚か者を……」

「ま、まて、ちょっと待て！」

「その棺に横たえ　永久《とわ》の眠りに……」

「待てつってんだろ！　なんでスランゼウイで破壊活動を行ったのかを言う！」

シャーフィーが叫ぶように言うと、ようやくゲッコーは涼の前に片手を出し、詠唱を止めさせた。

「三十秒以内に言ってください」

「ああ、分かった。スランゼウイの破壊は、ナイトレイ王国東部を、機能不全に陥れろという依頼のためだ」

涼を含め、全員が息をのむ。

想像以上に大きな、破壊活動の一環だった……。

「簡潔に答えたのはいいですね。ということは、ローー大橋が崩落したのも、あなたたちが行い、目的は王国東部を混乱させることですか？」

「ああ、そうだ。それと、あんたたちが知っているか分からんが、シュールズベリー公爵が死んだのも、我々が裏で行ったことだ。王国東部への工作は、まだ始まったばかりだし、数年かけて行う活動の、本当に最初に過ぎない。俺も全体像は聞いていないために、その依頼に関して言えるのはそれくらいになる」

シャーフィーが言うのを聞いていたゲッコーは、ため息を一つついた。

「シュールズベリー公爵の件は不審に思っていましたが、やはり……。まあ、その辺りはマスター・マクグラスに知らせて、恩を売っておきましょう」

囁くような小さな声で、ゲッコーは言った。

「で、他には？」

「いや、ちょっと待ってくれ。まず命の保証をしてくれ。そうすれば、他にも多くの情報を流してもいい。どうせ、もう俺には命の他には何もない」

「まあ、いいでしょう。ゲッコーの名において、あなたの命を保証しましょう。もちろん、変な行動をすれば、その瞬間にその保証は消えます。よろしいですね？」

「ああ。感謝する」

ゲッコーの言葉に、シャーフィーは安堵して頷いた。

「その……非常に言いにくいんだが、一つ頼みたいことがある」

シャーフィーは、言いにくそうに、視線をゲッコーから逸らしながら言った。

「おい、お前は交渉できる立場にはないんだぞ！」

それまでずっと黙っていたマックスが、シャーフィーを一喝する。

「いや、分かっている！　分かっているが……そうじゃなくてだな、あんたたちが俺を利用するためには、俺が生き続けなきゃいかんだろ？　俺は、このままだと死んじまうんだよ」

「なんだと!?」

声を出したのはマックスだけであったが、驚いたのは、その場にいた全員であった。

「教団……俺が所属していた組織のことを、俺らはそう呼んでいるんだが、その教団を裏切らないように、俺らには呪いみたいなものがかけられている。裏切ると死ぬ、そんな呪いが」

「で、情報が欲しければ、その呪いを解いてくれと」

「そういうことだ」

マックスの確認に、シャーフィーが頷く。

「そうは言っても、ただ呪いというだけではどうにもならんだろう。詳しく説明しろ」

「どうやって発動するのかは、俺も知らない。呪いなのか魔法なのかも、よく分からん。教団の奴は、錬金術も関わっているとは言っていた」

「錬金術!?」

シャーフィーの説明に錬金術という言葉が出て来て、涼が思わず小さな声をあげる。

最近、涼の中で、確実に趣味としての地位を確立しつつある錬金術! だからこそ、錬金術という言葉に反応したのは、当然なのかもしれない。

「俺らは、胸にタトゥーで紋章を入れている。その紋章から石の槍が生じて、胸、というか心臓を貫き、死ぬ。二度ほどその現場に遭遇したことがあるから、間違ってはいないはずだ」

シャーフィーの説明が終わっても、しばらく誰も喋らなかった。

口火を切ったのは、マックスだ。

「そのタトゥーを消す、または皮膚ごと剥ぎ取る、か」

「ま、待ってくれ! 皮膚ごと剥ぎ取るとかの場合は、すぐに高位の神官に治療してもらう態勢をとってくれよ」

「そのために降伏したと?」

「ああ……否定はしない」

斬られた傷をくっつけるのであれば、神官の〈ヒール〉で問題ない。深い傷であっても、何度か〈ヒール〉をかければ、修復される。

だが、大きくえぐり取られた皮膚と筋肉組織を、正常に回復……いわば再生させるとなると、最低でも〈エクストラヒール〉が必要となる。場合によっては、それを複数回。〈エクストラヒール〉を、複数回かけることができるほどの神官となると、かなり高位な神官でなければならない。

大都市でも一人いるかどうか……そして回復を依頼するための人脈も普通の人は持っていないうえに、喜《き》捨《しゃ》、つまり差し出す寄付の額も相当なものとなる。

下級貴族程度では、到底望むべくもないほどなのだ。

「ハルウィルには、もちろんそんな神官はいないし、国境の街レッドポストくらいか……」

「レッドポストのジャリガ神殿長様は、現在王都に戻られていますので無理ですね」

マックスの口から洩れた言葉を、ゲッコーが補足する。

「マジか……」

それを聞いて、さすがにシャーフィーは落ち込んでいるように見えた。

当然であろう。急いで除去しなければ、自分の命が危ないのだから。降伏する以外の選択肢が無かったとはいえ、タトゥーで死んでしまっては、結局いっしょだ。

ゲッコーは、「錬金術!?」と呟いた以外、ずっと無言で考え込んでいる涼の方を向いて言った。

「リョウさん、さすがに、こういう場合にちょうどいい水魔法はないですよね?」

そこまで都合のいい答えは、期待していないようだ。

「確かにちょうどいい魔法はないですが……一時的に心臓を守ると言いますか、もしかしたら上手くいく方法はあります。他に何も方法が無いなら、試してみるのも悪くはないかと……」

「あるんですか!?」

涼が言った瞬間、ゲッコーの声のトーンが一つ上がった。

それだけで、ゲッコーが、できればこの暗殺者の命を救いたいと思っていることが、涼には分かった。

元暗殺者ですら、人材として使いこなそうとする……その商人魂に感心しながら言う。

「簡単に言うと、心臓そのものを氷の膜で覆って、タトゥーから出る槍の到達を防ぐ。あるいは、タトゥーそのものを氷の膜で覆って槍が生じても心臓に到達しないようにする……」

「なるほど!」

涼の説明を、一度受け入れ、その後で何度も考えながら頷くゲッコー。

「え……っと……氷の膜って……なに……。冷たくない？　心臓止まらない？」

ただ一人、被験者たるシャーフィーだけが、理解できていなかった。

いや、もしかしたら、理解したくなかっただけなのかもしれない……。

◆

スランゼウイを出て三日目。

順調にいけば、夕方前にはハルウィルの街に到着できそうだ。

降伏したシャーフィーは、涼やラーがいる商隊中央に配置されていた。

呪いのタトゥーから守るためとはいえ、心臓の周りを氷の膜で囲まれているシャーフィー。その氷の膜の生成者である涼が近くにいたほうが、何かといいであろうという、ゲッコーの配慮によるものであった。

もちろんその配慮は、シャーフィーにとって、必ずしも良い方向にばかり働くわけではない。

例えば……。

シャーフィーは、現在、当然ながら自分の足で歩いている。だが後ろ手の状態で、足の付け根、腰の辺りから首まで氷に覆われ、少し離れたところから見ると、氷の柱に突き刺さったかのような格好になっていた。

これは主に、両手の自由を奪い、悪さができないようにするために、仕方なく涼が行った措置だ。

「なあ……リョウさんよぉ。やっぱり、この氷の拘束はなんとかならないか？　見た目もだが、腕が体にくっついた状態だから、歩く時のバランスがとりにくくって、転げそうになるんだが」

「はぁ……。それ言うの、何回目ですか？　暗殺者の手を自由にしておいたら、何をするか分からないじゃないですか。危ないでしょう？　僕も、仕方なくそうやって拘束しているんです。本当は、脚とか顔、とかうか口だって氷で覆っておきたいくらいなんですから。暗殺者なんて全身武器。しかも暗器をどこに隠しているか、分かったものじゃないですからね」

「まったくだ。そんな危険人物の横を歩かなきゃいけない俺ら……。冒険者稼業ってのも大変だぜ、まったく」

シャーフィーが愚痴り、それに対して涼がぼやき、ラーもそれにのっかる。

「いや、持ってた武器とか、全部取り上げたろ……。それに、こう、頭がかゆかったり鼻の頭をかきたくなった時とか、手が使えなくてけっこう辛いんだよ」

「まったく……」

涼は一言そう言うと、水属性魔法でシャーフィーの頭部全体を覆う氷の仮面を生成し、首までだった氷の拘束衣と繋げる。

そして、何やら、さらに細かい作業を行ってから言った。

「さあ、完成です。これで、右手の人差し指を少し動かせば、頭のてっぺんをかくことができます。左手の人差し指を少し動かせば、鼻の頭をかくこともできます。腕を固定したままでも、指先をちょっと動かすだけで、かくことができるようになりましたよ。良かったですね。感謝してくださいね」

「すげぇ……くだらねぇのに、なんかすげぇ……」

横で見ていたラーが、そのあまりと言えばあまりの光景に驚いていた。

氷の仮面に口も塞がれてしまったシャーフィーは、感謝の言葉も抗議の言葉も発することができないまま……。


夕方、一行はハルウィルの街の門に着いた。

涼も、さすがに、街に入るのにはあんまりな格好かなと思い、シャーフィーの氷の仮面を外す。

「頭や鼻がかゆくても、少しの間だけですので我慢してくださいね」

涼は優しく告げた。

「いや、そうじゃねぇだろ！　あんな氷の仮面、いらんわ！」

それなのに、なぜか激怒しているシャーフィー。

自信作だった氷の仮面であるが、シャーフィーにはお気に召してもらえなかったようだ。

「せっかく頑張ったのに……。やはりデザインに、もう少し現代アート的な特徴が必要だったでしょうか……。見るからに仮面、というのでは芸術的な面から低評価になる、それは仕方のないことなのかもしれません」

「うん、リョウ、多分そういうことではないと思うぞ」

落ち込み、反省して失敗を今後に生かそうとしている涼に対して、ラーが冷静につっこむ。

「おい、ふざけんな、リョウ。てめえ、後で覚えとけよ」

怒り心頭に発したシャーフィーが、涼を口汚くののしった。

「うん、仮面が気に入ってもらえなかったみたいなので、街にいる間は、ずっと氷の棺の中で過ごしてもらいましょう。氷のオブジェとして、街には申請すればいいと思います」

「……いや、リョウさん、すいませんでした。俺が悪かったです。それは勘弁してください」

シャーフィーは、氷漬けにされた部下三人を見たことがある。自分があの状況になるというのは、さすがに避けたかった。

しかも街中で、とか。

そのため、早々に自分の非を認めたのだった。


ゲッコーのとりなしもあって、シャーフィーは氷の拘束衣も外され、見た目はただの商隊の一員として街に入ることができた。

その際の身分も、商隊がルンの街に来る際に犠牲になった護衛五人の内の一人として入った。その時には、マックスが少しだけ複雑な表情を見せたが、特に何も言わずゲッコーの指示に従う。

それが一番いい方法であることを、マックスも頭では理解しているからだ。

ハルウィルでの、ゲッコー商隊の定宿は山水亭。

街としての商業規模は、決して大きくないハルウィルであるが、それでも、東部第二の街スランゼウイと、国境の街レッドポストとを繋ぐ街であるため、商隊や冒険者など経由する人は多く、宿泊施設はかなり充実している。

その中でも、山水亭は最上位の宿の一つとして、人気、料金共に非常に高い宿。その食堂に、三人はいた。

「そんな一流の宿に、暗殺者が泊まる……」

「そう言われて、俺はどう答えればいいんだよ……」

涼の呟きというには大きすぎる言葉に、顔をしかめながら答えるシャーフィー。

「リョウ、間違えてはいけないぞ。この暗殺者は心を入れ替えるらしいから、元暗殺者のはずだぞ」

「なるほど、さすがラーさん。心とは心臓のことですもんね。いち早く、僕らの手で心臓を抜き出して……」

「おい、こら、やめろ」

ラーがわざとらしく言い、涼が悪乗りし、シャーフィーが止める。

さすがに、涼も少しやり過ぎたかなと思い始めていた。

暗殺者というものは、これまで、数えきれない人たちを殺してきた大量殺人者だ。そんな人間を、偏見なく受け入れるというのは、実際には非常に難しい。理屈ではなく、感情の問題だからだ。

そのため、涼のように胡散臭《うさんくさ》いものを見るように、それが態度に出てしまうのも……仕方ないのかもしれない。

逆に、商人ゲッコーのように、受け入れて、人材として使いこなそうとする方が、普通ではないのだ……商人としての才覚の大きさか、人としての器の大きさか……。

そこまで考えたところで、リョウもゲッコーに倣《なら》ってみようと考えた。

目の前の暗殺者を、無条件に拒絶するのではなく……まずは、人材として使いこなす。いや、それは難しそうなので、自分の成長の糧にする……。

「うん、シャーフィー、少し僕も悪乗りが過ぎました。ごめんなさい」

「……今度は何だ？」

涼が素直に謝ったのに、シャーフィーは疑いの目で見て、問いかけてくる。それも仕方ないであろう。これまで涼が行ってきた仕打ちを考えれば……。

涼にその自覚があるかどうかは定かではないが。

「そうですね、まず、僕らの間のわだかまりを解きましょう。そのためには、信頼関係の構築が必要です」

「あ、ああ……」

涼がここまで言っても、やはりシャーフィーは訝しげな様子だ。

信頼関係を築くというのは、本当に難しいことなのだ。

「具体的に、何をするんだ？」

だが、シャーフィーの方から問いかけてきた。少なくとも対象は、信頼関係構築に無関心なわけではない。

これは、涼にとって、まさに僥倖《ぎょうこう》。

「いえ、シャーフィーが特に何かする必要はありません。ここでのシャーフィーの晩御飯代、全て僕が奢ります」

「なに？」

「なんでも好きなものを、好きなだけ注文してください。信頼関係構築の第一歩です」

「マジか……」

「……」

涼は笑顔で太っ腹な提案をし、シャーフィーは驚きながらも少し笑みがこぼれ、全てを聞いているラーは何事か言いたげに、だが何も言わずに無言を貫いている。

シャーフィーは、ふと、そんなラーの様子を見た後、何かに気付いたかのように切り出した。

「なあ、リョウ……さん」

「何ですかシャーフィー？」

「実はここの食事代って、元々、全部ゲッコー商隊持ちなんじゃねえか？」

「な、なぜばれた……」

「やっぱりか！　何が信頼関係構築の第一歩だ！　騙しやがって！」

信頼関係の構築は、とても難しいものなのだ……。

「リョウ……絶対、最初から狙ってやってたろ」

ラーはそう呟くと、小さく首を振るのであった。


そんなことはありながらも、山水亭においてシャーフィーは特に行動に制限を付けられることも無く、過ごすことができた。

ただ、部屋は三人部屋で、涼、ラーと同部屋であったが。

翌朝、一行は出発することができた。

だが、囚われの元暗殺者は、また文句を言っている。

「また、この格好かよ」

脚の付け根、腰の辺りから首まで氷に覆われ、少し離れたところから見ると、氷の柱に突き刺さったかのような格好……昨日同様の。

涼はそんな囚人の不満を聞き、少しだけその姿を眺めた後、一つ大きく頷いて提案した。

「シャーフィー、いい方法があります。転ぶ心配も無く、我々も安心でき、しかもあなたは全く疲れない」

「聞いてる限りでは、とても素晴らしく聞こえるが……」

「……」

涼の提案が聞こえたラーは、横でそう呟いた。シャーフィーは何も言わない。ただその視線は、圧倒的不信感に満ちている……。

そんな視線を無視して、涼は水属性魔法を使った。

そこに現れたのは……。

涼の魔法〈台車〉に乗り、首からつま先まで氷の拘束衣で固められて進むシャーフィーであった。

「……」

〈台車〉も全長二メートルほどあり、現代地球人が見れば、もしかしたらある種の小型戦車かと思ったかもしれない……。『ファイ』の人にとっては、自立走行する特殊な氷のオブジェ……だけど人間が入っている、何か変なもの、であろうか。

実際、街道ですれ違う人たちは、全員、一人の例外も無く、そんなシャーフィーを見ていくのだ。暗殺者として、ずっと陰の者として生きてきたシャーフィーが、そんな羞恥プレイに耐えられるわけがなかった。

「リョウさん、俺が悪かった。文句を言わずに自分で歩く。いや、歩きたい。いやいや、ぜひ歩かせてください、お願いします！」

凄く必死に、自分で歩きたいと願うシャーフィーを、不思議な面持ちで見る涼。

転ぶ心配も無く、自分で歩く必要も無いので疲れもしない。条件に、完璧な状況にしてあげたのにと。

この時、涼の頭からは羞恥という概念が抜け落ちていたのかもしれない。

「本人がそう言っているんだし、歩かせてあげたらどうだろうか」

必死に、自分の足で歩かせてくれと懇願するシャーフィーを、ラーがとりなす。

「まあ、ラーさんがそう言うなら」

そう言って、〈台車〉は解除され、氷の拘束衣も最初の通り、首から腰までとなった。

その後、シャーフィーは宣言通り、文句ひとつ言わずに歩き続けた。

◆

旅の途中。何度かとられる休憩の後半に、よく見られる光景があった。

護衛隊や冒険者ではない、ゲッコーの部下たちが、何やら魔法の練習らしきことをしているのだ。

「なあ、あれは何をやっているんだ？」

座り込んでその光景を見ていたシャーフィーは、隣に座っているラーに向かって質問した。

「ああ、彼らは、水属性魔法を使える子たちらしい。で、リョウが、氷の壁を張れるように訓練しているそうだ」

「氷の壁……」

シャーフィーは絶句した。

信じられないほどの硬さの氷の壁。

当初は〈物理障壁〉だと思っていたのだが、後から、透明な氷の壁だったと聞いた時、さすがにショックを受けた、あれ。

あれが、シャーフィーの投げた槍を弾いたために、突撃し……最終的に降伏する羽目に陥ったのだ。あの氷の壁を、この子たちも張れるようになるだと？

「いや、それは無理だろ？」

シャーフィーは首を振りながら、自分の願望も交えながら呟く。

「最初は、俺もそう思ったんだけどな。わずか数日で、形になってきている子もいるんだよ、これが。あんな氷の壁を、多くの商人が生成できるようになったら、暗殺者の商売もあがったりだな」

そういうと、ラーは、大笑いするのであった。

それを聞いて、シャーフィーは、小さく乾いた笑いをあげるのであった。

「暗殺者、引退してよかった……」

そう呟いて。

そんな二人のすぐ傍らに、ゲッコーがやって来た。

「商人は自らの身を守る、それがまず必要です。そのうえ、部下の命も守ることができれば、さらに素晴らしいでしょう？　リョウさんの氷の壁は、それを可能にします。すぐには無理でも、身に付けてほしいものです」

ゲッコーは優し気に、練習する子たちを見ながら言う。

「なあ、ゲッコーさん。優秀な商人の条件っていったいなんなんだ？」

部下を眺めるゲッコーに、シャーフィーが、突然質問をした。

「どうしました、突然」

「いや、ほら、俺もこの商会に護衛として雇ってもらったら、こんな感じで、商隊で移動するだろ？　少しは商人とか、商売とか、そういうのについて知っておきたいなと思って……」

シャーフィーはゲッコーの方を見て言った。

「やる気があるのはとてもいいですね。しかし……優秀な商人の条件……とても難しい質問です。というのは、一口に商人と言っても、いろんな人がいます。それぞれに得意分野もあれば、向いている手法も違います。ただ共通して言えるのは、真摯《しんし》に商売と向き合う、ということでしょうか」

「真摯に商売と向き合う……漠然とし過ぎだな」

シャーフィーは首を傾げながら呟く。

それに対して、ゲッコーは笑いながら言った。

「まあ、そうですね。いつも商売のこと、お客様のこと、部下たちのことを考えているかどうか、ですかね。いつも考えているかどうかを見るには、質問をしてみればいいのです。以前に考えたことのある内容であれば、即答できるでしょう？　例えば……シャーフィー、商売の基本って、何だと思いますか？」

ゲッコーは、シャーフィーに突然質問をした。

「しょ、商売の基本……なんだろう、やっぱり儲けることじゃないか？」

シャーフィーは考えながら、答える。

「なるほど。それも一つの答えです。そして、今までシャーフィーは、商人や商売を見て、そういう風に感じてきた、考えてきたということでもあるのでしょう」

「ああ、そうかもしれん……」

ゲッコーが言ったことを、シャーフィーは何度も頭の中で反芻《はんすう》した。

そこに涼が戻って来た。

ゲッコーが涼にも同じ質問をする。

「リョウさん。リョウさんは、商売の基本とは何だと思いますか?」

「リピーターの確保です」

ゲッコーの質問に即答する。

「り、リピー……?」

リピーターという意味が通じないゲッコー。

「あ、すいません……えっと、お得意様の確保です」

「なるほど。それはなぜ?」

明らかに、シャーフィーの答えに対してよりも、興味深げな表情を見せるゲッコー。

「お得意様を確保してあれば、来年、再来年とどれくらいの規模で売れるかの予測ができます。それを基に予算を組みやすくなります。経営に見通しが持てるというのは、最低限に必要なことです。しかも、いい商品、いいサービスだと認識してくださっているお得意様たちは、ご家族やお友達にも宣伝してくださいます。宣伝費をかけずに評判が広がる、しかも近しい人や仲のいい人が勧めてくれるものであれば、信用も高いでしょう。だからこそ、お得意様を確保し続け、増やし続けるために、良い品物を作り続けることは、会社……商会にとっても大切なことになると思います」

そこまで涼が一息で言うと、シャーフィーとラーは唖然とした表情で涼を見た。

「なるほど。リョウさんは、以前に、商売と真摯に向き合ったことがあるのですね」

そう言うと、ゲッコーは何度も嬉しそうに頷いた。

「リョウさん、冒険者をやめて、ぜひうちで働きませんか?」

「いえ、それはちょっと……」

◆

ハルウィルを出て三日目の夕方、ゲッコー商隊は、ようやく王国東部国境の街レッドポストに到着した。ルンの街を発って十二日目のことであった。

レッドポストは王室直轄領であり、中央から代官が派遣されている。経済規模としては東部第二の都市スランゼウイとほぼ同じ大きさ。

南東にインベリー公国と境を接し、国同士の関係の良さから、ここ十年、交易の拡大が続いている。ちなみに、北東側ではハンダルー諸国連合と境を接する。

レッドポストは、公国、連合両方に対しての国境の街であった。

ゲッコー商隊は、定宿である翠星亭に入り、受付を済ませた。

「あ、リョウがいる！」

そんな一行の後ろから、涼が聞き慣れた声が聞こえてきた。

涼が振り返ると、そこには案の定、『赤き剣』の風属性魔法使いリン、その後ろに盾使いのウォーレンがいた。

「あれ？　リンとウォーレン？　どうしてここにいるんですか？」

「もちろんお仕事だよ？」

リンが首を傾げながら答える。

「うん、そうですよね……あ、いやそうじゃなくて、二人がいるってことは、もしかしてリーヒャもこの街にいます？」

涼はあることに思い至り、リーヒャがいるかどうかを尋ねる。

「アベルじゃなくてリーヒャを聞くなんて……いくらリョウでも、リーヒャは落とせないと思うよ。アベルとリョウが、リーヒャをめぐってのバトル……私としてはあまり見たくない光景ね」

そう首を振りながらリンが言うと、その後ろでウォーレンも同じように、無言で首を横に振った。

「うん、そんなつもりは全くありません。リーヒャって、高位の神官です？」

「うん？　誰かおっきな怪我とか、部位欠損みたいなのやっちゃった？　部位欠損の完全修復は、欠損してから二十四時間以内って時間制限があるよ？　他なら、まあリーヒャならたいてい、なんとかできるかな」

リンの答えを聞くと、我が意を得たりと言わんばかりに、涼は大きく頷いた。

そして、すぐそばで二人の会話を聞いていたゲッコーの方を向く。

「ゲッコーさん、こちらはルンの街の冒険者パーティー『赤き剣』のリンとウォーレンです。リン、ウォーレン、こちら、インベリー公国の商人ゲッコーさん。護衛依頼で、僕とラーさんたちはゲッコーさんに雇われて、インベリー公国に向かっているところです」

涼がお互いを紹介する。

「Ｂ級パーティー『赤き剣』ですね、もちろん存じ上げております。ルンの街のマスター・マクグラスとは、よくお取引させていただいておりますので、この先も何かありましたらご贔屓《ひいき》ください」

ゲッコーの自己紹介に、リンとウォーレンも簡単に自己紹介した。もちろん、ウォーレンの分もリンが。

「リョウさんがお二方を紹介してくださったというのは、神官リーヒャさんの回復魔法で、シャーフィーの問題が解決するだろうということですね？」

「はい。ただ、もしゲッコーさんが、考えがあって公都についてからシャーフィーの件を処理したいというのでしたら、無理にこの街でやる必要はないとは思いますが……」

ゲッコーの問いに、涼も少し探るような目をしながら問い返す。

だが、それを聞いてゲッコーは笑った。

「いやいや、そうは考えていないですよ。早く解決できるならそれに越したことはない、と思っています。『赤き剣』にご協力いただけるなら、ぜひお願いしたいですね。もちろん、正規の報酬はご用意させていただきます」

そういうと、ゲッコーはリンとウォーレンに頭を下げた。

「私ではなんとも判断がつかないので……もう少しすると、二人が戻ってきますので、直接お尋ねください」

リンはちらりとウォーレンの方を見て、ウォーレンが頷くのを確認してから、自分には分からないと答えた。

しばらくすると、アベルとリーヒャが翠星亭に戻って来た。

早速、会議が開かれる。宿内にあるカフェ……現代日本で言うなら、ホテルラウンジと言うべき場所であろうか。そこで、会議は開かれた。

『赤き剣』の四人、涼、ゲッコー、マックス、そしてシャーフィー。

それぞれからの挨拶と、状況の説明が行われ……。

「つまり、そのシャーフィーの胸にある呪われたタトゥーを剥ぎ取る。その傷を、リーヒャに癒してほしいと」

アベルが理解した後、自分の言葉で問い直した。

このプロセスは大切だ。お互いの誤解が生じる前に、齟齬《そご》が無いか確認する。

「はい、そうです。もちろん、高位の神官に対する喜捨と同額をお支払いする用意があります」

ゲッコーは一度頷いてから答えた。

アベルは、リーヒャの方に、顔を向け、視線で問いかける。

「私は構いません。うちのパーティーも、依頼が終わって、明日ルンに向けて帰るだけでしたから。ただ、先ほど見せていただきましたけど、そのタトゥー……剝がせます？」

「ああ、俺も昔、知り合いの錬金術師に診てもらったことがあるんだが、普通のタトゥーは皮膚に墨を入れているだけだから、皮膚を剥げば完全に取れるのだが、こいつはその下にまで浸潤しているとか言われた……。つまり、肉もごっそり剥ぎ取る必要がある。だが、心臓は傷つけてはまずい、と……」

リーヒャの確認に、シャーフィーも昔言われたことを思い出しながら答えた。

ここで、その場にいる多くの者が、頭の中で実際に剥ぎ取る光景を想像している。この辺りは、冒険者だ。魔物の心臓から、日常的に魔石を抜き出していることが関係しているのであろう。

「なかなか厄介そうだな。なあ、リョウ、なんかほそい水出してただろ？　あれ、使えないのか？」

アベルが涼の方を向いて言う。おそらく〈ウォータージェット〉のことだ。

だが、涼はちょっとだけ首を傾げて問い返す。

「あれ？　僕、アベルの前で〈ウォータージェット〉使ったことありましたっけ？」

「例のダンジョンでの三体、あの水で首を斬り落としたんだろうと、後で見当がついた。見た瞬間は全く分からなかったがな。ちなみに、初めて見せてもらったのは、ゴーレムだ」

涼は、アベルに〈ウォータージェット〉で何かを斬って見せた記憶は無かったのだが、〈アブレシブジェット〉でゴーレムを切断して魔石を取り出したのを覚えていたらしい。それとダンジョン四十層で、強いデビル三体の首を一瞬で斬り落とした時のことを覚えていたらしい。

「あれは特別秘密魔法ですので、口外禁止です」

涼はそう言うと、右手の人差し指を自分の口の前に持っていって立てた。

「特別秘密魔法ってなんだよ……」

アベルは呆れている。

とはいえ、周りの者たちは、なんとかなるのかという目で涼を見ている。答える必要がありそうだ。

「ああ……えっと、残念ながらその魔法では無理です。一見、肉もスパッと切れるのですが、実際には切れた箇所の周りにも水が入り込んで、周辺の組織が損傷してしまうのです。その後、回復魔法で修復できるのか、ちょっと分からないのですよね」

ウォータージェットによる怪我というのは、現代地球においても存在していた。損傷部位とその周辺は、なかなかに特殊な破壊のされ方となるらしく、ウォータージェットマシンの製造会社が、医療関係者向けにわざわざ情報を出していたくらいなのだ。

まあ、涼自身としては、リーヒャの回復魔法が凄いなら、なんとかなりそうな気はしているのだが……部位欠損すら治すわけだし。

（もっと習熟すれば、手術に使えるようになるのかな……ウォータージェットを使ったメスあったし……。でも、今だと、リスクをさらに増やすだけだよね……）

リスクは少ない方がいい。どうしてもとなれば、最終手段として採用しようとは思っているが。

涼の水属性魔法でも難しいということが分かり、一同は再び考え込んだ。

涼は、直接的な方法には水属性魔法も使えないが、代替案を提案する。

「ナイフでえぐり取るしかないと思います。ただ、心臓手前に設置してある氷の膜の範囲を広げて、心臓とその周辺の重要な血管までカバーしましょうか。もし、タトゥーを切除する際にナイフが深く入ってしまっても、大丈夫なように」

「ああ、それがいいと思う」

涼の提案に、真っ先に賛成したのはマックスであった。

現在の流れであれば、マックスがナイフを入れて剥ぎ取るという可能性が高いと、彼自身が感じているからであろう。死体からとはいえ、以前にタトゥーを剥ぎ取ったことがあるのは、マックスだけだからだ。

「なあ、リョウさん、一つ質問があるんだが……」

シャーフィーが、言いにくそうに、わざわざ片手を挙げて質問する。

「はい？」

「俺の心臓って、氷の膜が張ってあるんだろ？　それって、冷たくないのか？」

「ああ～」

シャーフィーの疑問に、リンが思わず頷いていた。リンも同じ疑問を持っていたようだ。

「冷たかったら、シャーフィーの心臓、止まってますよ？」

「お、おう……それは分かっているんだ。確かに止まっていない。動いている。だから、不思議でな……。いちおう自分の体のことだし、教えてもらえると嬉しいなと……」

涼のもっともな回答に、シャーフィーはなんとも言えない顔をして返答する。

涼としても、きちんと説明するのにやぶさかではない。最近は、手術の前に、お医者さんがきちんと説明するのが当然となっているし。インフォームドコンセントというやつだ。

全く分からない状態で体を差し出し、切られるのは……確かに、あんまりであろう。

とはいえ、あまりに詳細な説明をしても、多分通じない。

「そもそも氷というのは、水になる際に周囲の熱を奪っていきます。だから、氷を手で持ったりすると冷たく感じるのです。ですがシャーフィーの体内に生成した氷は、魔法によって、永久に氷のままです。水になることはないので、周囲の熱を奪っていきません。それが一つ。もう一つは、そもそも、生成した氷の膜に、周りからの熱の移動を僕が禁じているから、温度の変化は起きないんですよ」

「熱の移動を禁じるとかできるの!?」

反応したのは、風属性魔法使いのリンであった。

「まあ、水関係だから、水属性の魔法使いである僕にはできます」

本当は、分子振動について話をするべきなのだろう。

氷の膜自体、つまり低温で分子振動が小さい箇所の分子振動を一定に維持し、氷の膜の周囲、つまり高温で分子振動の大きい箇所からの振動が伝わらないようにしていると。

だが、それをここで説明するのは難しすぎる。細かな質問などされたら、答えるのは無理。

なので、ざっくりと「熱の移動を禁じる」と言ってみたのだ。

「か、風関係なら、私できるようになるかな……。寒い日とか、乗り切れるようになるかな……」

リンの呟きは、涼には届かなかった。

◆

善は急げ、あるいは、とりあえずやってみようの精神で、一行は翠星亭の中にある会議室を借り、すぐに処置を行うことにした。

「いや、もう少し慎重に検討した方が……」

とか被験者シャーフィーは口にしていたのだが、ゲッコーですら……。

「早いにこしたことはありません」

そう言って、今夜中の決行を促したのだ。

宿に常備されていた、痛み止め用の全身麻酔薬を飲み、すでにシャーフィーは夢の中。リーヒャも、長い詠唱を終え、後はトリガーワードさえ唱えれば、魔法が発動する状態になっている。

それと、何に使うか分からないが、お湯も準備されている。こういう手術にはお湯が必要、という涼の怪しい医療知識によるもので、もちろん水属性魔法使いの涼が準備した。

あとは、実際に剥ぎ取るマックスの準備だけだ。

使うナイフは決まっている。魔石の剥ぎ取りに使うナイフ……まあ、死体からとはいえ、前回この呪いのタトゥーを剥ぎ取る時に使ったナイフだ。

マックスは、験を担ぐタイプの人間であった。

基本的に、この処置に関係しない、ゲッコー、アベル、リン、ウォーレンは、寝かされたシャーフィーを、少し離れた所から見ている。

ウォーレンは盾を構え、そこからリンが顔だけ出す形……。

（いや、そこで盾が必要な状況とか発生したら、僕ら無事ではすまないじゃない……）

涼はその光景を見て、心の中でぼやいた。

マックスは、シャーフィーの皮膚を引っ張ったり、筋肉を押したりして、いろいろ調べている。

その横で、涼はシャーフィーの心臓の周りの氷の膜を広げる作業に入った。心臓そのものと、その周りの血管。

漫画やアニメなどで、心臓を取り出した時に心臓についてくる大きな血管だ。

上下に貫く大静脈、ぐるりと回る大動脈、そこから出る三つの頸動脈、ぐるりと回られた左右の肺動脈、最後に四本の左右肺静脈。

とりあえずその辺りをカバーしておけば、即死はしないであろう。即死以外ならリーヒャがいるし……。

涼はそう考えて、氷の膜で囲った。

「氷の膜、準備完了です」

涼がマックスに告げる。

「分かった。ではゲッコーさん、始めます」

「はい。お願いします」

ゲッコーの許可が下りた。

一呼吸おいて、マックスのナイフがシャーフィーの胸に突き刺さる。そして、躊躇なく皮膚と肉を切り裂いていく。

だが、予定の四分の一ほどを切った時、タトゥーに変化が起きた。

タトゥーの意匠は、双頭の鷲を突き刺す剣であるが、その剣が光り出したのだ。そして、石の槍が空中に生成されていく。それは、シャーフィーの胸に突き刺さる石の槍に見えた。

「リョウ！」

「大丈夫。シャーフィーの心臓は、僕が守ります」

マックスの呼びかけに、冷静に答える涼。

タトゥーは、自分を剥ぎ取ろうとすれば、宿主を殺す機構を備えていたのだ。だが、それも考慮した氷の膜だ。

マックスのナイフが、予定の三割ほどを切り裂こうとしている。

その間に、空中に生成された石槍は、シャーフィーの胸に突き刺さってそのまま心臓めがけて進み始め、涼の氷の膜とぶつかっていた。

キリキリキリ。

氷と石のぶつかり合いのはずなのだが、金属を削り合うような音が会議室に響き渡る。

（あばら骨は、かなり砕かれてしまっていますが、仕方ない……。後で、リーヒャがなんとかしてくれることを祈りましょう）

心臓は守っているが、その外にある肋骨は、石槍の犠牲になっている。

だが、この時、それ以上の問題が発生していた。

（ん？　かなりのスピードで、しかも一直線にここに向かってくる者がいる？）

涼が、いちおう発動しておいた〈パッシブソナー〉に、反応が出たのだ。

「窓から誰か来ます！」

涼は、遠巻きに見ているゲッコーやアベルたちにも聞こえるように、大声で警告を発する。

「アベル、ゲッコーさんを守ってください。ゲッコーさんの命を狙っている者の可能性があります」

「まかせろ！」

アベルにも疑問はあったが、そんなことを問いかけている状況ではないことは、理解している。

「〈アイスウォール10層パッケージ〉」

涼は、シャーフィーの周りにいるマックス、リーヒャ、そして涼全員を〈アイスウォール〉で囲う。その瞬間、鎧戸の開け放たれた三つの窓から、何者かが飛び込んできた。

「黒ずくめ……」

飛び込んできた三人を見て、リーヒャが呟く。

三人のうち二人は、ゲッコーに向かい、残った一人がシャーフィーの方を向く。

「ゲッコーさん！」

シャーフィーの胸にナイフを突き立てているマックスが叫ぶ。

「ゲッコーさんは、アベルたちに任せておけば大丈夫。こっちはタトゥーを剥ぎ取ることに集中しましょう」

「わ、分かった」

そういうと、マックスはシャーフィーに向き直り、再びナイフを動かし始めた。


黒ずくめの賊三人は、別れはしたがとった行動は同じであった。何やら懐から握りこぶし大のものを取り出し、床にたたきつける。

だがそれは、ちょっと前にゲッコー商隊は見たことがある……。

「煙幕！」

そう、シャーフィーが商隊を襲撃した際に使った、煙幕弾。

「風よ渦巻け　我が掌の内に　〈トルネード〉」

リンが風魔法を唱える。

室内に広がりかけていた煙は、リンの魔法によって集められ、窓から外に排出された。

（さすがリン、判断が速い）

涼は素直に感心していた。涼は以前、〈スコール〉によって煙を地面に叩き落としたが、風属性魔法使いのリンは〈トルネード〉によって外に運び出す方法をとった。

正しく、そして素早い判断と行動。それが生死を分ける。

（けど、煙幕を張っての攻撃ってのは、シャーフィーもやってたけど、暗殺者の定番なのかね）

涼は心の中で苦笑した。

確かに効果的ではあるが、涼やリンのようなものがいれば、簡単にくじかれてしまう……。もちろん、プランBを用意しているだろうが……。

だが、プランBを実行させるほど、『赤き剣』は優しくない。

〈トルネード〉で煙が集められた瞬間には、アベルはすでに床を蹴って、賊の一人に斬りかかっていた。

斬りかかられた賊も、逆手に持ったダガーで一撃をなんとか防ぐ。だが、流れるような二撃目で、受けた腕を斬り飛ばされ、三撃目で袈裟懸けに斬られて息絶えた。

そしてもう一人の賊の攻撃は、盾使いウォーレンによって、ことごとく防がれていた。そうやって時間を稼がれている間に、一人目を斬り倒して後ろから迫っていたアベルに、一刀の下に首を刎《は》ねられた。

もし煙幕を張ることに成功し、そしてこの広くも無い会議室という室内空間での戦闘であったなら、彼ら暗殺者は相当な力を発揮できたのかもしれない。

だが、相手はB級パーティー『赤き剣』だ。

潜ってきた修羅場が違うと言わんばかりに、暗殺者二人を簡単に退けた。

ちなみに、ただ一人でシャーフィーの方に向かった賊は、〈アイスウォール〉に触れることも無く、氷の棺の中に閉じ込められていた……。

「もう少しだ。シャーフィー辛抱しろ」

マックスが声をかけながら、ナイフで胸を切り裂いていく。

事情を知らない者が見たら、なんとも猟奇的な光景だったろう。しかも周りには、賊二人分の死体と、氷漬けになった黒ずくめの男がいるのだ。

だが、真剣なマックスにはそんなことを考えている余裕はなかった。賊が襲って来ている間も、石の槍は心臓を目指すことを諦めていないのだから。

その石の槍とマックスの競争。

そして、ついに……。

「よし、切り取った」

「〈氷棺〉」

マックスが切り取ったのと同時に、石槍を生やしたタトゥー付きの胸肉を、涼が氷の棺で囲い込む。

「〈エクストラヒール〉」

それを確認して、リーヒャが、大きくえぐられて心臓すら見えているシャーフィーの胸に、〈エクストラヒール〉を発動する。それは、部位欠損すら修復すると言われる、回復系最上位魔法の一つ。

リーヒャは、もう一度〈エクストラヒール〉を唱える。完璧を期して。

連続して使える神官は、かなり少ないと言われる。なぜリーヒャが使えるのかは、涼は知らない。知らないが、使えるのだからそれでいいと思っている。

そして、〈エクストラヒール〉の効果は抜群で、筋肉と血管が再生されていき、最後に皮膚が生成された。

新たに生成された皮膚には、タトゥーは無くなっていた。


リーヒャが、シャーフィーの脈をとったりして、最終的に問題ないことをゲッコーに告げる。その報告を受けたゲッコーは、目に見えてホッとしていた。

「リョウ、さっきの黒ずくめの男たちが……？」

「ええ。シャーフィーが所属していた『教団』です」

アベルの質問に、涼が一つ頷いて答えた。

「暗殺を生業とする教団……」

「暗殺教団！」

リーヒャの呟きに、リンが断言する。

「そう、暗殺教団ね……。ほとんど、噂というより、伝説みたいなものだけど……」

リーヒャが考え込みながら言う。

（この世界にもあるんだ……暗殺教団）

涼は、ちょっとだけ感動していた。

地球における暗殺教団と言えば、ハサン・サッバーフ。暗殺教団の創設者であり、別名、山の長老。

多くの逸話と伝説に彩られた、もちろん実在の人物だ。一一二四年五月二十三日、後のイラン中西部アラムート城にて死去した記録が残っている。

彼の逸話の中に、ニザーム・アル＝ムルクとの関係を記したものがある。

記したのは、イルハン朝時代のペルシア人歴史家ハムドゥッラー・ムスタウフィー・カズヴィーニー。彼が『選史』の中に記している。

ハサン・サッバーフがセルジューク朝二代目君主アルプ・アルスラーンの下に仕えていた時、時の宰相がニザーム・アル＝ムルクであった。

初代君主トゥグリル・ベクによって作られたセルジューク朝は、この二代目アルプ・アルスラーンと宰相ニザーム・アル＝ムルクの時代に最大版図となり、次の三代目にかけて最盛期となる。アルプ・アルスラーンとニザーム・アル＝ムルク、この二人が優秀であったのは間違いない。

さて、ある時ハサン・サッバーフは、国全土の支出報告をまとめる仕事をアルプ・アルスラーンに命じられる。だがそれは、宰相ニザーム・アル＝ムルクが一年かかると言ったものを、四十日でやるというとても難しい仕事であった。

だが、ハサン・サッバーフはそれをやりとげた。

焦った宰相ニザーム・アル＝ムルクは、ハサン・サッバーフがアルプ・アルスラーンに報告する日の朝、報告書の中身をめちゃくちゃにした。ハサン・サッバーフは、そのために、アルプ・アルスラーンの質問に答えることができず、面目を潰される。

もちろん、そこに宰相ニザーム・アル＝ムルクは追い討ちをかける。結果、ハサン・サッバーフは宮廷を追われることになった。

その後、ハサン・サッバーフは暗殺教団を組織する。

宰相ニザーム・アル＝ムルクは、高校世界史の教科書にも出てくる有名人であり、彼が作らせたニザーミーヤ学院は、定期テストにも必ず出てくる頻出語句。

そんな有名人の宰相ニザーム・アル＝ムルクは、一〇九二年、暗殺される。

いったい誰が暗殺したのか……。

（あれ？　セルジューク朝の国章って、双頭の鷲じゃなかったっけ……？　シャーフィーのタトゥーも双頭の鷲を刺し貫く剣……これって偶然？）

双頭の鷲を紋章、あるいは国章にしていた王家や国は、歴史上に数多ある。神聖ローマ帝国にしろ、ロシアのロマノフ王朝にしろ、古代からよくある意匠だからだ。

涼のそれらの知識は、もちろん地球上での知識であるが、当然『ファイ』においても、双頭の鷲の意匠を使っている王家や国はそれなりにあるのではないかと思うのは当然であろう。

そう考えれば、偶然なのだろう……。

だが、もし、偶然でなかったとすれば……それは一つの推論を導き出すことになる。

つまり、暗殺教団には転生者が絡んでいる、という推論を。

（まあ、ここで考えてもどうしようもないよね。シャーフィーが起きたら聞いてみよう）

どうせ、カレーやカフェ、あるいはクレープなど、涼以外の転生者の存在は、涼の中ではもはや確定している。

問題は、今も生きているのか、だけであるし、生きていたからといって、正直どうということもないとも思っている。

そう、涼は、いろんなところに適当な部分が多いのだ。

眠ったままのシャーフィーは、とりあえず涼とラーの部屋に運ばれた。

リーヒャの〈エクストラヒール〉によって、傷は完全に治癒されているが、流れ出た血は回復していない。心臓が見えるほどに肉をえぐり取ったために、かなりの出血量だったのだ。重要な血管は、涼が氷の膜で保護したとはいえ、外科手術には出血がともなう……仕方のないこと。

商隊の他の者たちを警護していたラーは、ドキドキしながら待っていたらしい。

ゲッコーが「絶対にここを離れないで、彼らを守ってください」と厳命したために、騒動が起きても動けなかったのだ。

もっとも、アベルを誰よりも信用しているラーである。アベルらが暗殺者を倒したことを聞くと、「さすが、アベルさん」と、自分のことのように嬉しそうに話すのを、涼は見た。

そのアベルたちは、ゲッコーから感謝され、守ってくれたことと合わせて、謝礼をギルド口座に振り込むことを約束されていた。

涼は、その相場は知らないが、B級冒険者でしかも高位神官クラスだと、かなりの金額になるらしいということを、マックスが呟いていた。

ちなみに、〈氷棺〉に閉じ込められた賊の一人は、翌朝まで閉じ込められたままであった。

ヴォルトゥリーノ大公国

シャーフィーの胸からタトゥーを剥ぎ取った翌朝。

意識のあるまま〈氷棺〉に囚われていた賊は、マックスらによって情報を引き出されていた。

一晩氷漬けになったのが効いたのか、問われたことには素直に答えた。だが、実際のところ、得られた情報は多くは無かった。

まとめると、以下のようになる。

曰く……。

自分たちは、レッドポストに拠点を持つ部隊である。

昨晩の侵入は、タトゥーが発動したという知らせを受け、その者がタトゥーによって死んだことを確認するのが主目的。

ただし、その場に現在のところの最優先目標であるゲッコーがいたために、そちらの襲撃も同時に行った。

ゲッコー暗殺の理由は知らされていない。

王国東部地域の活動として、ロー大橋破壊、スランゼウイ襲撃後は、最優先目標がゲッコー暗殺となっている。

レッドポストに現在いるのは、自分たち三人だけだ。

他の街、どこに何人いるのかは知らされていない。

以上。

これで全てであった。

街中での襲撃ということもあり、情報を引き出した後、治安を司る守備隊に引き渡された。

「だいたい予想通りでしたね」

「ゲッコーさんの命が最優先……」

「タトゥーには、いろんな機構が組み込まれていますね」

ゲッコーの感想、マックスの決意、涼のタトゥーへの感心……ひいては錬金術への関心。


一行が朝食を食べている間、ゲッコーやマックスたち護衛隊の動きが慌ただしくなった。

食べながらも、いちおう〈パッシブソナー〉を起動していた涼は、再びの賊の襲撃などではないことは理解していた。だが、なぜ慌ただしいのかは分からない。

「なんですかね？」

「全く分からんな」

涼の問いに、予想通りの答えを返すラー。

それを見て、斥候スーが、小さく首を振ってため息をついたことに気付いたのは、同じく『スイッチバック』のメンバー、風属性魔法使いタンと、神官ヌーダーだけ。だが二人とも何も言わず、苦笑するだけであった。


「えっと……ゲッコーさん、すまねえ。俺の回復のために、出立に支障をきたして」

今日は出発しないというゲッコーの決定を聞くと、ベッドに横になったままのシャーフィーが、申し訳なさそうな顔をして言った。

「いいんです。シャーフィーの件だけではなく、他にも事情はありますから。とりあえず、ゆっくり休んでください」

ゲッコーはそう言うと、シャーフィーの寝室での護衛を担当することになった、ラーたち『スイッチバック』の四人に頷いた。それを受けて、ラーが頷き返す。

シャーフィーは、昨日襲撃された。

いちおう、レッドポストにいる暗殺教団の部隊は三人だけだという情報を得ていたが、周辺の街からの応援が来ないとも限らない。そのため、シャーフィーの警護と……いちおうの監視も兼ねて『スイッチバック』が配置されていた。

そんなシャーフィーの寝室を出たのは、ゲッコーとマックス、それと涼。

ゲッコーは、シャーフィーの体調回復以外の説明を行った。

その理由が……。

「国境封鎖？」

「ええ。しばらく、レッドポストに足止めになりそうです」

ゲッコーは歩きながら説明した。

「ご存じの通り、ここレッドポストは王国東部国境の街です。北東にハンダルー諸国連合、南東にインベリー公国という、三国の国境が交わる地。調べてみたところ、レッドポスト、インベリー公国、そして連合と、三国とも国境を閉じていることが分かりました」

「そうなると、商隊は足止めですか？」

「はい。これぱかりは仕方ありません。国を越えての商売ですと、時々あります」

涼が問うと、ゲッコーは仕方ないという表情で答えた。だが、それだけではなさそうだ。

「ただ、今回のは、ちょっといつもと事情が違うみたいなのです。先ほど、代官所に接触してみたのですが、二、三日では封鎖は解かれそうにないということで……」

ここレッドポストは王室直轄領であり、中央から派遣されている代官が統治している。その代官が詰めているのが代官所だ。

「それで、リョウさんと『赤き剣』の方々にお願いというか、新たな依頼を出したいと考えているのです」

「はい？」


翠星亭の食堂奥。

ゲッコー、護衛隊長マックス、『赤き剣』の四人、そして涼の七人がいた。

「国境が封鎖されたのですが、その理由が分かりません。理由が分からないことには、どれほどで封鎖が解除されるのかの見通しが持てません。それでは困りますので、その理由の調査、ならびに封鎖解除の見通しに関する情報が手に入るようならそれも、掴んでいただきたいというのが依頼です。もちろん、緊急かつ指名依頼並みの報酬を準備させていただきます。いかがでしょうか？」

商人ゲッコーは、『赤き剣』の四人に、そう提案した。

リーダーアベルは、リーヒャ、リン、ウォーレンを順に見て、三人とも頷くのを確認すると答えた。

「その依頼、お受けしよう」

「ありがとうございます」

ゲッコーは座ったままではあるが、丁寧に頭を下げた。

「私は、レッドポスト神殿の方に当たってみるわ。神殿長のジャリガ様は王都に行かれているらしいけど、神殿の人脈は馬鹿にならないから」

神官リーヒャは、神殿からのアプローチを試みるようだ。

「じゃあこっちは、ウォーレンと、駐留部隊に当たってみるよ。魔法団とか王国騎士団から、こっちに回されてきている人もいるはずだから、その中に知り合いがいるかもしれないしね」

リンが言い、ウォーレンも頷いた。

レッドポストは王室直轄領であるため、王国の東部駐留部隊が配置されている。駐留部隊は、王国軍務省に属しており、宮廷魔法団や王国騎士団などとの人的交流、あるいはもっと直接的に、配属転換が行われる場合もある。

二人は、その方面からのアプローチを試みるようだ。

ゲッコーは、にっこり微笑んで頷いた。おそらく、最初に予想していた通りに、三人が自分たちから動いてくれたからであろう。この辺りは、見込みを外さない、さすが百戦錬磨の大商人。

ちなみに涼も、雰囲気でうんうんと頷いている。アベルから見れば、涼があまり理解せず、適当に頷いているのはバレバレである……だが、あえて何も言わないことにした。なんとなく、この先の展開が読めたからだ。

「レッドポスト代官所の方には、もう一度、私とマックスで直接出向きます。レッドポスト内は、それで十分でしょう。あと、インベリー公国側は、我が商会の者がおりますので、逐一情報を送ってきてくれることになっています」

ゲッコーはそう言うと、一度言葉を切った後で、アベルと涼を見て言葉を続けた。

「問題は、残り一つです」

「……連合、ですね」

アベルが頷きながら答えた。

「はい。このレッドポストは、北東で、連合と境を接しています。本来は、レッドポストからインベリー公国に向かうだけですので、連合の出方は関係なかったのですが……この国境封鎖の原因が、連合にあった場合、封鎖解除となるまで、かなりの時間がかかります。連合の、その問題が解決、あるいはなんらかの目処が立たない限り、王国もインベリー公国も、国境封鎖のままにせざるを得ないからです」

「つまり、俺とリョウで連合側に潜入して、探ってこいということですね?」

ゲッコーが説明し、アベルがその先を引き継いで自ら言った。


驚いたのは涼だ。

「アベルと一緒というのは、ちょっと……」

「おい、何か文句があるのか!」

涼が愚痴り、アベルが文句を言う。

「良かった、お二人はやはり仲が良いようですね」

やり取りを見て、ゲッコーは微笑んで言い、さらに言葉を続けた。

「国境を接しているのは、ハンダルー諸国連合の中の、ヴォルトゥリーノ大公国です。探索資金は十分にお渡ししますので、よろしくお願いしますね」

◆

ナイトレイ王国、デブヒ帝国と並んで、中央諸国三大国の一つが、ハンダルー諸国連合である。王国と帝国の位置関係が南北であるとするなら、連合は王国の東、帝国の東に存在すると言っていいだろう。

だが、十年前に起きた王国と連合の全面戦争、『大戦』において連合は大敗し、いくつかの地域の王国への割譲と共に、属国として支配していた小国群の完全独立を許すことになった。

そうやって独立した国の一つが、インベリー公国だ。

そのため、インベリー公国と連合の関係性は、極めて険悪。というより、連合は隙あらばインベリー公国を併合しようと狙っている……そう、もっぱらの噂……。

そんなハンダルー諸国連合であるが、名前の通り、諸国の連合。つまり、いくつかのほぼ独立した国家が集まり、そのまとめ役として連合政府があるという形。

そんな連合を形成する諸国家の中でも、中心となる十の国家。

その中の一つが、今回、涼とアベルが潜入を依頼された、ヴォルトゥリーノ大公国であった。

潜入を依頼された後、いくつかの準備をして、二人は国境付近に潜んだ。この後、夜陰に紛れて国境を越え、大公国に潜入するのだ。

「今回潜入する街はジマリーノ。大公国、連合の国境の街だ。レッドポスト同様、交易の中心都市の一つであるために、かなり大きい」

「でも、きっとそこも、城門とか閉まっているでしょう？　国境封鎖中なのだし。アベルが単騎で突撃して騒ぎを起こしている間に、僕はこっそりと街の中に入りますね」

「なんでだよ！」

涼が完璧な陽動作戦を提案したのに、同行剣士に却下されてしまった。

「最も美しいのは自己犠牲の精神だ、と僕は聞いたことがあります」

「うん、美しいかもしれんが、それならリョウが犠牲になればいいだろう？」

「僕は魔法使いですからね。アベルのように力ずくで突破できる剣士さんに、美しい自己犠牲は譲ることに決めています」

「譲らんでいい！」

魔法使いと剣士の交渉は、見事に決裂した。

どこまで行っても、後衛の考え方と前衛の考え方は、交わらないものなのだ。

悲しい話である……。

◆

夜の帳《とばり》が辺りを包み、二人は行動を開始した。

まずは目的の街、ジマリーノを遠目に、一周する。

「やはり、全ての城門が閉まっているな」

「アベルは、その辺り、凄く真面目ですよね。しっかり見て回るのが」

「ん？　当たり前だろ？　確認するのは」

「いえ、城門が開いてるかどうかだけなら、僕の〈アクティブソナー〉を使えば、すぐに分かるので。情報を絞れば、けっこうな長距離まで届くんですよ？」

「先に言えよ！　そんな便利な魔法があるなら！」

「えぇ……。理不尽な……」

理不尽な叱責……どこの世界にもあるものらしい。

「まあ、いい。とにかく、城門は全て閉められている。今日は昼の間もずっと閉められていたそうだから……やはり普通じゃないな」

「レッドポストは、王国側の城門は開いていましたもんね。凄く厳重な見張りではありましたけど」

アベルが確認するように言い、涼がレッドポストの情報を補足した。

国境封鎖ではあっても、決して都市封鎖ではない。普通は。だが、目の前のジマリーノの状況は、ジマリーノという街自体を封鎖しているように見える。なんらかの事情によって。

「城壁、高いですね……」

「ああ。十メートル以上はあるか？　さすがは国境の街だな」

涼が言い、アベルが感心した。

国境の街ということは、ひとたび戦争となれば最前線になるという意味でもある。しかもこのジマリーノは、大国であるナイトレイ王国の、東部国境の街レッドポストに近い。

それなりの大軍に攻められることを想定しているのかもしれない。

「城壁の上、かなりのかがり火がたかれているな……」

「ええ。歩哨も歩いていています。けど……」

アベルも涼も、それぞれに城壁上を確認する。

「けど？」

「城壁の上は明るいけど、こっちの城壁の下は暗いじゃないですか？」

「まあ、そうだな」

「それだと、城壁の上から、城壁の下、見えないですよね」

明るい所にいる人は、暗い所で何が起きているかは見えない。

「まあ、そうだな。外からの動きを警戒するのであれば、城壁の下、外にもかがり火をたくな」

アベルは頷いて答えた。

そう、つまり……。

「外からの何かを警戒しているんじゃなくて、城壁の中、街の中の何かが外に出ないように警戒している？」

「その可能性は高いな。どうも、このジマリーノが、国境封鎖の原因なのかもしれないな」

涼とアベルは見合って同時に頷いた。正解を引いた可能性が高いと。


「ここでアベル、最初に戻ります」

「最初？」

「街に入るためにアベルが騒ぎを起こして……」

「だからそれは却下だ」

「むぅ……」

再び、涼の提案はアベルによって却下された。

「じゃあ、どうするんですか？　城門が閉まってるから、馬車の荷台に隠れて潜入とか、旅の楽師のふりをして潜入なんて方法も取れないんですよ？」

「いや、そもそも、そんなずさんな方法で潜入できるわけないだろ」

「アベルに馬鹿にされた……」

どこかの小説や映画のようには、簡単に潜入できはしないのだ。

涼は少しだけ城壁を見て、右手をグーに、左手をパーにして、手を打った。当然、横で見ていたアベルには何のことだか分からない。これは、古き良き時代の日本で流行した、良いアイデアが閃いた時の手技だ。

「葉を隠すなら森の中と言います」

「は？」

「そう、葉です」

「いや、すまん、ただの疑問だ……」

「……アベルがボケるなんて珍しいと思いました」

「……」

「とにかく、みんなが驚くようなことが起きれば、そっちに気を取られて、潜入しようとする僕たちには、注意が払われないと思うんです」

「一理あるな」

珍しく、涼の提案がまともな気がしたので、アベルは頷いて答えた。

「この巨大な城壁を全て、〈アブレシブジェット〉で切り刻んで崩壊させれば、大混乱になって、その隙に入れると思うんですよ」

「うん、それはやめろ」

「なぜ！」

「城壁上にいる守備兵が死ぬ」

「ああ……」

アベルの説得力ある返答に、涼は納得してしまった。

別に不殺を貫くつもりはないが、確かに必要もないのに死なせてしまうのは、可哀そうな気がする……。

「というか、リョウ」

「はい？」

「城壁を切り刻めるのか？」

「ええ、できますよ。ダンジョン四十層にだって、ダンジョンの床を切って到達したでしょう？」

アベルの疑問に、当然ですと胸を張って答える涼。

ここは、胸を張って答えてもいい場面のはずだ。

「だったら、城壁全部を切り刻む必要はなくて、城壁に穴を空けて、俺らはそこから入ればいいんじゃないか？」

「あ……」

迂闊《うかつ》であった。

「アベル、そういうのは、もっと早く言ってください！」

「いや、今初めて聞いただろうが」

理不尽な叱責は……やはり、どんな世界にもあるものなのだ。

城壁下の暗がりを利用して、涼が城壁に穴を穿ち、二人はジマリーノの街に入ることに成功したのであった。

◆

「さて、ここからどうするか」

アベルは、別に隣の水属性の魔法使いから、有用な意見が出ることを期待して呟いたわけではない。

「アベル、情報収集の基本は酒場ですよ、酒場！」

言うまでもなく、涼の怪しいロールプレイングゲーム的知識による提案だ。

古来、酒場に情報は集まる。アルコールで口が軽くなった者たちが、持っている情報をその口から吐き出すからだ。いつの時代、どんな世界でも変わらないはず……涼はそう信じている。

もちろん、それを明確に否定する理由を、アベルも持ち合わせていない。

街中は、人通りが多いというほどではない。だが、外出禁止令が出ているというわけでもなさそうだ。これなら、確かに、酒場には人がいるかもしれない。

「まあ、いいか」

そんな消極的賛成ではあったが、アベルは涼の提案を受け入れた。


酒場に到着した二人。

入口をくぐった瞬間、見事に声が止んだ。

二人を突き刺す視線は、よそ者を歓迎しないもの。あるいは訝しげな雰囲気を纏うもの。それも当然であろう。全ての城門は閉じ、街に出入りする者はいないのだ。ならば、この二人はどこから、どうやって来た？


そんな視線を完全に無視し、カウンターに向かうアベル。その様は、まさに泰然自若《たいぜんじじゃく》。

横を歩く涼は、いつものローブのフードを、頭からかぶっている。突き刺さる視線に耐えられない可能性があるから……。などと、入る前は言っていた……。

アベルが確認できるのは、涼の口元だけ。その口元は、ほんのわずかにひくひくしている。

アベルは知っている。こんな時、涼は心の中で、よからぬことを考えているということを！

正解である。

（この状況は、もう間違いないです！　ラノベの世界だけではなく、漫画や映画の世界でも絶対確実な展開。そう、僕らが注文したら、元の客たちがはやし立てるのです。「おいおい、おうちに帰ってミルクでも飲んでな！」という、あの展開です！　もしかしたら、カウンターに着く前に、足を出して僕らを転ばせようとする可能性すらあります！　ククク……素晴らしいですよ、素晴らしい雰囲気ですよ）

涼がそんなことを考えているうちに、二人はカウンターに辿り着いた。

何事もなく、辿り着いてしまった。

（あ、あれ？　転ばせようとしなかったですね。まあ、僕らが傍らを通ったお客さんたちが、お行儀のよい人たちだったのかもしれません）


カウンターに着くと、アベルが注文した。

「ビールを」

だが、何も起きない。はやし立てる声もない。

（なんという肩透かし！　ハッ、そうか、アベルがビールなんてものを頼んだからですね！　ここはやはり非アルコール系飲料に限ります）

そして、涼が注文した。

「ミルクを」

やはり、何も起きない。はやし立てる声もない。それどころか、入ってきた時以上に、静かになった気がする……。

（なぜ……）

涼は落ち込んだ。

そして、傍らのアベルを見る。そして気付いた。アベルの隙の無さに。

（アベルの強さを、酔った客たちですら認識してしまったのでしょうか……。無念です……我が策、敗れる……）

そんな落ち込んだ涼に、マスターが声をかけた。

「な、なあ、ローブの兄ちゃん。ミルクは、コップ一杯で大金貨一枚なんだが……いいのか？」

「いいですから、ジョッキでください！」

涼の適当な返事の後、さらに静かになった。

大金貨一枚も取られるような飲み物を頼む者など、普通はいない。だから静まった。

それをさらに、ジョッキでなどと言う者など、ほとんどいない。だからさらに静まった。

誰もちょっかいを出してこない理由。

アベルだけではなく、涼にも責任はあったのだ……知らぬは本人ばかりなり。


絶対確実と思っていた展開が肩透かしを食らい、何も起きずに自暴自棄となっている涼は放っておき、アベルはマスターから情報を得ようとしていた。

だが、なかなか切り出せない。それはとりもなおさず、店中が驚くほど静まり返っているからだ。

理由は明白。

（リョウが、大金貨一枚……十万フロリンもする飲み物を頼んだからだ……しかもジョッキで……）

もちろん、潜入資金は商人ゲッコーから、驚くほどの金額を渡されている。一カ月豪遊しても尽きることはないだろう。

問題はそこではない。

涼の言動が、店中の耳目を集め、自分たちの一挙手一投足が注目されてしまっている。そのため、マスターに色々聞くことができないのだ。

（これは困った……）

アベルが表情を変えずに悩んでいる横で、涼はなぜか酔っぱらっているかのように独り言を呟いている。

「ほんっとにもう、何がおうちに帰ってミルクでも飲みなですか！　誰もそんなこと言わなかったですよ……まったく、フィクションだからって、何をしてもいいわけじゃないんです！　もう少しリアリティーというものを……」

ジョッキに入ったミルク片手に、ぶつぶつとそんなことを言っている涼。

もちろん、アベルには意味が分からない。

もちろん、聞き耳を立てている客たちにも意味が分からない。

「……ああ、なんかむしゃくしゃしますね。そうだ、こういう時はパーっと派手にお金を使うのが一番なんですよね。マスター、僕が奢るので、お客さんに好きなものを振る舞ってやってください」

「え？」

「皆さん！　ここの支払いは、全部僕が持ちますので、好きなものを食べて飲んでください」

「え……」

あまりのことに、理解が追い付かない客、マスター、そしてアベル。

「全部、僕の奢りです！」

「わーっ」

その後は、飲めや歌えの大騒ぎ。

なぜかミルクで酔っ払ったようになってくだを巻いていた涼は、自分で注文したサイコロステーキを食べている。

「やっぱりストレスの発散には、お肉が一番です」

などと涼は言っているが、あえてアベルは聞かないことにした。

店中が喧騒に包まれたことによって、アベルは内容を聞かれることなく、マスターに質問できるようになった。しかも、涼が大盤振る舞いをしたことで、お店の売り上げは大幅に上がったはずだ。その連れの質問になら、簡単に答えてくれる可能性が高い。

だが、最初に聞いたのは、あまり関係のないことであった。いや、どうしても気になったので……。

「マスター、なんであんなにミルクは高いんだ？」

そう、大金貨一枚などという、街の酒場ではありえない値段……しかも、ミルクがだ。もちろんアベルも、酒場におけるミルクの値段が普通はどれほどのものかなどは、全く知らない。知らないが……少なくとも王国では、ミルクはけっこう簡単に手に入る。

傍らにいる涼が大好きな『くれぇぷ』なるものは、バナーナと、ミルクから作った生クリームを薄い生地で巻いている食べ物だ……めったに出店していないが、高級品というわけではない。

「その質問をするってことは、お客さん、王国の人だね？」

「なっ……」

マスターの指摘に、言葉を失うアベル。ミスを犯したことに気付いた。

だが……。

「ああ、いや、責めちゃいねえ。こんだけ大盤振る舞いをしてくれたお客さんだ、突然、国境や街が封鎖されて、売上がヤバいと思ってたところを、救ってもらったからな。そう、ミルクだったな。そもそも、連合、特にこの大公国のある連合南部や連合西部は、俺ら庶民はミルクをあんまり飲まないんだ。貴族くらいなんだよ、飲むのが」

「なるほど」

需要が少なければ供給は減る。供給が少なければ値段は上がる。

いつの時代、どんな世界でも共通する真理。

「いつもなら、王国のレッドポストからミルクを売りに来てくれるんだが、国境が封鎖されたろ？　一気に値段が上がっちまった」

マスターはそう言うと、小さくため息をついた。

アベルは頷いたが、もう一つ疑問がある。

「マスター、なんというか……怒らないで聞いてほしいんだが……こういう、そう、街の酒場で、その値段で売っていて……」

「売れるのか、か？　実は売れるんだ」

マスターは笑いながらそう答えると、アベルに顔を近付けて、声を潜めて言った。

「うちみたいな店にも、たまに貴族様が来るんだよ。もちろん、身分を隠してな」

「マジか……」

「しかもよく頼むのが、お客さんの連れ、ローブの兄さんが頼んでいるサイコロステーキとミルクだ」

「……その組み合わせはどうかと思うが」

「まあ、人それぞれの趣味さ。こっちは、美味そうに食ってくれれば、それで満足だ」

マスターはそう言うと大笑いした。

「あと、なんで最初から切ってある肉なんだ？　一枚肉の方が良くないか？」

「ふふふ、剣士の兄ちゃん、分かっていないな」

アベルの言葉に、マスターは意味ありげに言い、顎で涼の方を見ろと示している。

涼は右手でフォークを持ってサイコロステーキを突き刺し、左手でジョッキに入ったミルクを……。

「右手にフォーク、左手にジョッキ……」

アベルは理解した。一枚肉だと、左手をフォークに持ち替えねばならない。

「そういうことだ。酒場で肉を食うなら、あのスタイルが一番いいだろう？」

マスターは得意げに、そう言い切った。


「アベルにもフィクションにも負けません！」

涼は、お肉を食べて元気が出たようだ！

アベルとフィクションの風評被害をまき散らしながら、元気よくサイコロステーキの残りを食べ始め……すでに尽きていた。


「マスター！　サイコロステーキのお代りを！」

「はい、毎度」

涼が元気よく注文し、マスターも笑顔で注文を受けた。ちなみに、厨房では料理人がもの凄い勢いで調理をこなしている。マスターは、カウンターとフロア担当らしい。

そんな、復活した涼の元に、店の客四人がやってきた。

「ありがとうな、ローブの兄ちゃん」

「うめえ酒だぜ」

「兄ちゃんも……って高級品、飲んでるんだっけ」

「封鎖の憂さも、これで晴らせるな！」

涼が奢ってくれたことに、感謝しているらしい。

「いえいえ。ガンガン飲んで、ジャンジャン食べてください！」

涼は素敵な笑顔を浮かべてそう言った。もちろん涼のお金ではなく、商人ゲッコーのお金であるため、大盤振る舞いなのだ。

経費がバンバン使われてこそ、街の経済は回る！

とはいえ、経費である以上、お仕事もしなければならない。

「ところで……この国境封鎖って、何が原因なんですか？」

なんとも直接的な質問だが、酒場だからこれでいいのだ。みんな酔っぱらっているし、まどろっこしい質問では的を射ない。聞きたいことをズバリと聞く。これが涼流酒場質問術！

「確かあれだろ、政庁から宝玉が盗まれたとか」

「いや、俺は、大公の娘さんが駆け落ちしようとして、それを止めてるって聞いたぜ」

「そうなのか？　噂だと、伝説の人斬りが現れたからヤバいらしいと」

「いやいや、実は、ドラゴンの幼生が街に落ちたらしいぞ」

見事に、四人四様である。

つまり、街の人たちに対して発表はされていないし、街の人たちが目にするような分かりやすい何かも起きてはいないということらしい。

そんな四人の話を、アベルも横から聞いていた。とはいえ、ろくな答えは出ないだろうという表情で、小さく首を振っている。

四人は奢ってくれた礼を再び言って、去っていった。

涼は、新たに運ばれたサイコロステーキを食べながら、お代りされたミルク片手にアベルに報告する。

「ということらしいです」

「お、おう……」

アベルも横から聞いていたが……結論は出ている。

「つまり、街の人も知らないということだな」

いろいろ仕方がないとはいえ、これから先の方針を立てることができないのはまずい。時間が明確に区切られているわけではないにしても、封鎖理由が分かるのが、早いに越したことはない。

アベルが小さくため息をついた時、酒場入口の扉が開いたのが見えた。

店中が喧騒に包まれているため、入口扉の音は聞こえなかったが、人が入ってきた瞬間、客たちの声が止んだ。

先ほどの、二人が入ってきた時のように。

だが、二人の時と違うのは、またすぐに騒ぎはじめた点だろう。新たに入ってきた三人は、常連さんたちが関心を払う必要のない相手ということ。

つまり新たな常連さん。

新たな常連さん三人は、三人とも、黒地に赤い刺《し》繍《しゅう》の入ったローブを着て、頭からフードをかぶっている。だが、そのローブは、一目で上質な布で織られていることが分かる上に、刺繍もとても精緻で美しい……。

労働者階級ではない。

三人は、カウンター席に着いた。涼の隣だ。

その際、涼が食べているサイコロステーキと、ジョッキに入ったミルクを見た。瞬間、ほんの僅かに動きが止まったのを、アベルは認識した。涼は、頓着することなく、美味しそうにサイコロステーキを食べている……。

新たな常連三人のうち、真ん中の人物が注文した。


「サイコロステーキとミルクをください」

「はい、毎度」

注文した声は女性であった。それも、年若い……成人くらいか、超えても一、二歳か。

アベルは、今まで以上に様子を探る。

三人とも、おそらく女性。涼の隣は剣士。向こう側は、持っている杖から魔法使いか。真ん中の注文した女性は分からないが、おそらくその人物が、先ほどマスターが言っていた貴族。

ちなみに、注文しているのは、真ん中の女性だけだ。両脇の二人は護衛だからなのか、注文せず、辺りに気を配っている。

もちろん、他の常連たちは、この三人のことは知っているのだろう。あえて近付いてくるような者はいない。みんな、楽しく騒いで飲み食いしている。

いつも以上の騒ぎに、さすがに三人も気になったのだろう。特に真ん中の女性が、チラチラと騒いでいる方を見た。

そんな中……。

「うん、やっぱりお肉は元気が出ますね。どうしようかな～、え～っと……そうですね、迷った時は頼みなさいの格言に従いましょう。マスター、サイコロステーキのお代りをください」

「はい、毎度」

　涼は、再度お代りをした。

　その後、涼を感情の無い目で見るアベルに気付く。そして、うろたえた。

「こ、これは僕が悪いのではないのです。美味しいお肉を出す、このお店がいけないのです」

「……何も言っていないだろう？」

「嘘ですね！　アベルの目が語っています。リョウ、食べ過ぎだと」

「リョウ、食べ過ぎだ」

「くっ……卑怯なり、アベル」

　そんな、アベルの視線から逃れて、涼は反対側に座っている三人を見て言った。

「あ、今日は僕の奢りなので、好きなものを食べてくださいね」

「え……」

　にこやかに言う涼。驚く三人。

「両脇のお二人も、お代は気にしなくて大丈夫ですよ。全部、僕が持ちますから」

　涼はそう言うと、右手で握った拳で、自分の胸を叩いた。どんと任せて、という意味らしい……。だが、三人にも、アベルにも、通じていないようだ。

　そんな会話をしているうちに、三人の目の前に、サイコロステーキが出てきた。

　そう、三人の前に。

「え？　マスター？」

　涼の隣の、女性剣士が訝しげに問う。

「おう、今、そこのローブの兄ちゃんが言った通り、奢りだ。酒とかはさすがにあれだろうが、食うのはいけるだろ。護衛だって食べておかなきゃ、いざという時、力が出ないぜ」

　マスターはそう言うと、微笑んだ。

　三人同時に料理が出てきたということは、最初からそのつもりで作らせていたということだ。なかなかに粋なことをする。涼はそう思った。

「ナラ、カラ、せっかくです、いただきなさい。とても美味しいですよ」

「はい」

「かしこまりました」

真ん中の女性が言うと、ナラとカラと呼ばれた護衛二人は頷いて答えた。

そして、真ん中の女性が食べるのを確認してから、自分たちも食べる。

「美味しい……」

「なるほど、お嬢様が毎日来たがるわけだ」

そんな二人の呟きに、涼は笑顔でうんうんと頷いた。

美味こそ正義。

美味こそ至高。

人は美味に生き、美味に死すのだ。

そして、涼の元にも、お代りしたサイコロステーキが到着した。

涼の顔に広がる笑顔。


だが、ほんの一瞬、その眉根が動き、笑顔が崩れたのがアベルに見えた。本当に一瞬だけで、アベル以外であれば、おそらく気付かないであろうほどのわずかな……。

「リョウ、どうかしたか？」

「いえ、なんでもありませんよ」

アベルの問いに、涼はそう答えると、再び笑顔を広げてサイコロステーキを食べ始めた。


十分後、ゆっくりと味わいながらサイコロステーキを食べた涼。その表情に題名を付けるなら、『満足』であったろうか。

隣の三人も、食べ終わり、嬉しそうであった。

もちろん、店全体では、まだまだ喧騒が続いている。

「マスター、お会計をお願いします」

涼はそう言うと、八桁に迫ろうかという金額をカウンターに置いた。

「いや、ローブの兄ちゃん、これはさすがに多すぎだろ」

マスターは驚く。そのまま貰っておけばいいものを……マスターは善い人らしい。

「いえ、この後の、お店修復代も入っています」

「お店修復代？」

涼の説明に、首を傾げるマスター。そして、訝しげな表情になるアベル。

とりあえず、受け取ったお金を店の隠し金庫のようなものに入れるマスター。それを確認すると、涼はアベルと三人に説明した。

「実は先ほどから、このお店は魔法砲撃を受けています」

「は？」

「え？」

アベルが抜けた声で答え、真ん中の女性が理解していない声で首を傾げる。

「お店全体を〈アイスウォール〉……氷の壁で覆って守っていますし、今のところ、たいした砲撃ではないので問題ないですが……街の酒場を、外から問答無用で魔法砲撃とか、普通じゃないでしょう？　アベル、怒りませんから、何か悪いことをしたのなら正直に言いなさい」

「なんで俺なんだよ！」

涼の決めつけに、当然反発するアベル。

もちろん、涼も分かっているのだ。アベルは、街に入ってからずっと一緒であったし、悪いことをする時間はなかったはずだと。

時間があれば、悪いことをしたかもしれないが……。

「まあ、普通に考えて、そちらの三人が狙いなのでしょう」

涼は、女性三人の方を見て言う。詰問調にならないように、できる限り柔らかな表情と声音で。

どう考えても、ミルクとサイコロステーキを美味しく食べる三人よりも、問答無用で酒場を砲撃するような連中の方が、悪い奴に決まっている！

「さっき、リョウは一瞬だけ顔をしかめたよな。サイコロステーキが出てきた時だ。あの時に、敵を捉えていたのか？」

アベルは問うた。そう、二度目にお代りしたサイコロステーキが出てきた時に、おそらくアベルだから気付いた、ほんのわずかな涼の表情の変化。

「ええ、まあ。どうせ包囲されていましたし、サイコロステーキが出てきていましたし。食べてからの方がいいかなと思って。サイコロステーキの邪魔をする無粋な連中……まったく、とんでもないですよね」

涼は、ぷんぷんという擬音がぴったりな表情で言う。

ここでようやく、ずっと黙ったまま、二人のやり取りを聞いていた真ん中の女性が口を開いた。

「あの、すいません。おっしゃる通り私たち、というより、私が狙いだと思います」

そう言うと、女性はフードを外した。

肩口で揃えられた亜麻色の髪に、薄い水色の瞳。美人と可愛いの中間というか、あるいはそのハイブリッドというか……。おそらく、着る服やメイク、周りの状況によって、美しく見えたり可愛らしく見えたりする、そんな魅力的な女性。

「なるほど。外の連中は、その美貌が狙いなのですね」

「いや、リョウ、それは決めつけが過ぎるだろう。だいたい、外から魔法砲撃なんてやったら、普通、中の人間は死ぬぞ」

「誘拐が狙いではない？　なら、こちらのお嬢さんと美貌を競っている別の貴族令嬢が、殺戮部隊を派遣した可能性が高いですね」

「殺戮部隊って……どこかの教団かよ」

涼の大胆な推理は、アベルのお気に召さなかったようだ。いつの世も、先進的すぎる思考は、周囲の理解を得られないらしい。

「えっと……すいません、誤解されているみたいなのですが、私、貴族階級ではありません……」

顔を真っ赤にしながら、女性は言った。

「ほらぁ、アベルが変なことを言うから、お嬢さん、顔を真っ赤にしちゃったじゃないですか」

「俺じゃねえだろ！」

涼がアベルを非難し、アベルが反論する。

とはいえ、一応聞いておいた方がいいと、アベルは判断した。

「それで、あなた方はいったい……？」

その問いに、真ん中の女性が答える前に、護衛の剣士が誇らしげに答えた。

「我々は、義賊『暁の国境団』だ」

その一言で、店中が静まり返った。

あれだけ騒いでいた客たち全員が、黙る……。あの喧騒の中でも、聞こえたらしい。

「これがカクテルパーティー効果……」

「義賊……」

前者が涼の発言で、後者がアベルやマスター、他の客たちがほぼ異口同音に発した言葉。違いが出るのは仕方がない。世界は多様性からできているのだ。

「『暁』って、極悪商人ギランとか潰したやつだろ……」

「人身売買組織ゾッドも、『暁』がボロボロにしたって……」

「すげー懸賞金が懸かってるけど、民衆の味方だから賞金稼ぎには誰も協力しないとか……」

涼の言葉は完全に無視されている……それは仕方ないだろう。

アベルは三人の方を向いて言った。

「良く知られているらしいな」


「やるべきことをしてきただけです。ただ、この街では、まだ何もしていないのですが……。本来は、国がやらなければならないことですが、この国の中枢では賄賂が横行し……腐りきっているんです」

亜麻色の髪の女性が、はっきりと、力強く言い切った。そして、両脇の二人も頷く。

「政治がちゃんとしていないと、大変ですよね……。王国は大丈夫なのでしょうか」

「ま、まあ、王国全土は分からんが、南部は大丈夫だろう」

涼が小さな声で問うと、アベルは頷きながら答え、さらに続けた。

「ルン辺境伯は公明正大で知られ、王国中の貴族の鑑とすら言われる英邁《えいまい》な領主だ。さらに、南部最大都市アクレに都を置くハインライン侯爵も、代々有能な領主を出してきた名門だ。有能な人間を生み出す仕組みを確立するのは、組織として絶対に外せないものだからな。そこは強みだろう」

「なるほど。王国南部に住む僕らは、幸せですね！」

アベルの説明に、涼は何度も頷いた。

無能なトップなど、なんの価値もない。

だが、有能なトップなら……みんなが楽して幸せになれる！

そう考えると、この大公国領南西部の一帯は、可哀そうな気がしてくる。とはいえ、彼らを幸せにすることは、涼とアベルの役割ではない。二人の役割は、国境封鎖の原因を探ることなのだ。

「これが……国境封鎖の原因でしょうか？」

「可能性はあるな」

涼の囁きに、アベルも囁くように答える。

この義賊たちが原因なら、二人はレッドポストに戻っていい。戻っていいが……なんか釈然としない。涼はそう感じたのだが、アベルの様子も、完全に納得した感じではないようだ。

「まあ、もう少し様子を見るか」

「はい。経過観察は大切です」

アベルの提案に、涼も同意した。


二人がコソコソと話し合っていると、亜麻色の髪の女性は、再びローブをかぶった。それを見て、「ああ……」とか、残念そうな声が店の中から聞こえる。

誰しも、美しいものは好きなのだ。

そして、二人の方を向いて言った。

「そろそろ……外に打って出たいのですが」

そう言うと、護衛の二人も頷いた。一気に突破して逃走する気らしい。

「えっと、魔法とかで支援できますが？」

「いえ。これ以上ご迷惑をおかけするのは避けたいです。逃げるだけなら、問題なくいけると思いますので……」

涼の提案を、亜麻色の髪の女性は丁寧に断った。

「分かりました。お店の正面に、魔法砲撃を行う魔法使い三人、それ以外が三人。裏手に、二人が潜んでいます。遠巻きに、野次馬と思われる人たちも数十人。あと……北側のけっこう離れた地点に、五十人くらいが固まっていますね。守備隊とかそういう人たちかな？　そんな感じです」

涼の情報に驚く三人。だが、口に出したのは、そのことではなかった。

「その五十人は、おっしゃる通り、この街の守備隊でしょう。攻撃している賞金稼ぎも、無法者ではあるのですが……守備隊と結びついています」

「なるほど」

女性の説明に、頷く涼。よくある話だ……ラノベ展開的に。だから、はっきりと理解できる！

隣で、胡乱《うろん》な視線を向けるアベルのことは、無視だ無視！

「では、合図をしたら、正面の氷の壁を開けます。そのタイミングで外に出られます」

「はい、ありがとうございます」

三人は頭を下げた。

そして、マスターの方を向いて……。

「ご迷惑をおかけして申し訳ありません」

「いやいやいやいや、気にせんでくれ。俺も、あんたたち『暁』のことは好きだからな。関われたことを誇りに思ってるよ」

真ん中の女性が頭を下げて謝り、マスターは一つ大きく頷いて答えた。

それを見て、涼が言った。

「開けます！」

「それでは！」

三人は、飛び出していった。

◆

ジマリーノの街、北門近く。深夜零時を回った辺りだろうか。

建物の陰に、剣士と水属性の魔法使いが潜んで、状況の整理を行っていた。

「それにしても、あの目潰しの光魔法は凄かったですね！」

「ああ。リーヒャも使うんだが、あれは不意打ちで食らうと、マジで何も見えなくなるからな。かなりの光属性魔法の使い手じゃないと、あそこまでの光は出せないらしい……」

涼もアベルも、『暁の国境団』の三人が逃走した際の、手際の良さに感心していた。

　もちろん二人も、その後の混乱に乗じて、店を後にしたのだが。

「盗賊が、優雅にミルクを飲んでサイコロステーキを食べていたとはな……」

「アベル、盗賊ではなくて義賊です！」

　アベルの言葉を訂正する涼。右手人差し指を左右に動かして、チッチッチとかやっている。

「お、おう……。だが、義賊も盗賊の一部……」

「志が違います！」

「はい……」

　涼の圧力に、アベルは負けた。

「さっきも言いましたけど……あの『暁の国境団』が、国境封鎖の原因なのでしょうか」

「正直、足りない気がするんだよな」

　涼が問い、アベルは首を傾げながら答えた。

「足りない？」

「ああ。マスターの言い方だと、あの三人は何度も酒場に通ってきていたわけだろう？　正直、今さら国境と街とを完全に封鎖してまで追い詰めようとするか？」

「でも、昨日になって初めて、彼女らが潜んでいることを知ったとかそういう可能性も……」

「そうだな、そういう可能性はあるんだが……」

　涼がありそうな可能性を提示したが、アベルはお気に召さないようだ。

　とはいえ、こういう時のアベルの直感は、けっこう当たるということを涼は知っている。B級剣士の直感は馬鹿にしてはいけない。

「アベルは、論理的思考はともかく、直感だけは鋭いですからね」

「直感以外を馬鹿にしているのは分かる……」

　人を理解することの難しさよ……。

「もう少し、探ってみますか？　でも、さすがに深夜零時を回りましたからね……お店はだいたい閉まっているでしょう。どうします？」

「分からんが……なんとなくなんだが、街の中心の方に行ってみないか？」

　アベルの直感による提案によって、二人の行動は決まった。

　三十分後。

「アベルの意見に従った僕が馬鹿でした！」

「うるせえ！　俺だって、走りたくて走ってるんじゃねえよ！」

　追われて、走って逃げる涼とアベル。

「街が封鎖されている夜、それも深夜に、背中に剣を背負った凶悪そうな男がうろついていれば、不審に思いますよね。当然ですよね」

「悪かったな！　けど、絶対あいつら、誰かと間違っているぞ？」

「何でですか？」

「だって、最初、いたぞって叫んだだろうが」

「ああ、そう言えば……」

　普通、「いたぞ」という言葉は、何かを捜していて、それを見つけた場合に発せられる言葉だ。つまり、二人が出会う前に、彼らを追ってくる街の守備隊っぽい者たちは、何か、あるいは誰かを捜していたと思われる。

「追ってきているのは？」

「けっこう撒きましたね。鍛えていなかった人は脱落して……二人だけですね」

「そいつらを捕まえて、何を追っていたのかを聞き出すぞ」

「了解」

　アベルが方針を決め、涼が頷いて答えた。

◆

「お前の名前を言え」

　男には、その声は、くぐもって聞こえた。

「え？　何？　なんだ？　体が動かない……」

　男がそう言った瞬間、何かが起きた。

　顔への圧力は無くなり、首から上は動くようになった。首から下は相変わらず動かない……氷に閉じ込められているらしい。

　男の目の前には、剣を背負った剣士と思しき人物がいる。その向こうには、ローブに身を包んだ、おそらく魔法使いであろうか……笑みを浮かべたその顔は、この世のものとは思えないほど恐ろしい。

「な、なんでも言う、なんでも言うから、命だけは……」

その言葉に、ローブ男はニヤリと笑った。

氷漬けの男は、それを見て震えた……。

「よし、いい子だ。では、まずお前の名前と所属を言え」

「キンコだ。ジマリーノ守備隊政庁部外班に、所属している」

剣士の男が問い、氷漬けの男、キンコは素直に答えた。

その時、キンコの視界の端に何かが映った。怖くて顔は向けられないが、目だけでなんとか見てみる。はっきりとは分からないが、多分、一緒に追っていた仲間のグラーベが……頭の先まで氷漬けにされている……。さすがに生きてはいないだろう。

そう思うと、先ほど以上に体が震え始め、目の端に涙がたまった。

「では、キンコ、質問だ。お前たちは何をしていた?」

「は?」

剣士の男の問いに、キンコは間の抜けた返事をした。

それも仕方あるまい、質問の意味が分からなかったのだから。

すると、間髪を容れずに、ローブ男が氷のノコギリ……? を生み出し、振り回し始めた。あるいは、ノコギリで何かを斬っているかのような動きも入っている。

キンコは心の底から震えた。ローブ男の姿は、どう見ても正気の沙汰ではない。あんな恐ろしい男の一味に捕らえられた、自分の不幸を呪った。

「もう一度質問だ。お前たちは何をしていた?」

剣士の男は再び問うた。やはり意味が分からないが、答えなければ、あのローブ男に何をされるか知れたものではない。思いつくことを言うしかない。

「じ、自分は守備隊政庁部なので、政庁を守っていました……」

恐怖から、キンコの言葉は丁寧になっていた。そして、答えたが、剣士の男は首を傾げている。もっと、言葉を続けなければ!

「そこに、あんた……あなた方が現れて、追えと言われて追いかけました」

キンコは説明を追加した。剣士の男の表情が、訝しげな感じを深めた気がした。だが、これ以上は何を話せばいいか分からない……。キンコの目から、一筋の涙がこぼれた。

そんなキンコを尻目に、剣士の男が問う。

「お前たち、最初に、いたぞって叫んだだろ?」

今度はキンコが首を傾げた。もちろん、キンコは言った覚えがない。グラーベや、外班の仲間でもなかった。あれは……。

「あれは自分たちではなく、内班……いや、守備隊政庁部を取り仕切るロースター隊長の声だった気がします」

「ふむ……」

「ロースター隊長は、正直、評判はよくありません。様々な方面から、かなりの額の賄賂を受け取っています。以前、自分は直属の部下だったので、知っていますが……」

思わず、キンコは愚痴のようなことを言ってしまった。だが、さすがに尻すぼみになる。

「賄賂か……。その時に、告発とかしなかったのか?」

「できませんでした……怖くて。仲間には、告発した者がいましたが、政庁部ではなく城壁部に飛ばされました……せっかく実績を積み上げてきたのに……。給金は半分になったと聞いています」

キンコがそう言うと、ローブの男が、大きく見開いた目で見つめてきた。なんという視線であろうか。そして、恐ろしい顔……。『絶望』あるいは『恐怖』と題名を付けられそうな表情だ。

恐ろしさから、思わず、キンコは目を逸らした。

「まあいい。つまりお前たちは、なぜ俺たちを追うことになったのか、理由は知らないということだな?」

「はい……」

剣士の男の確認に、キンコは頷いた。「いたぞ。捕まえろ」と言われれば、反射的に捕まえようとするし、対象が逃げれば追いかける……守備隊の人間なら、全員がそうするであろう。キンコたちは、いつも通りのことをしただけなのだ。

「最後にもう一つ。お前たちは、『暁の国境団』についてどれほど知っている?」

「『暁』……というと、義賊……いえ、確かに商会などを襲撃しているので、褒められるものではないのかもしれませんが……我々守備隊が手を出せない者たち、それも住民を虐げたり、競争相手を非道な手段で潰したと言われている者たちを、標的にしていますので……正直、ありがたいかなと」

「ありがたいか……」

「そういえば、今日、この街に来ていると聞きました。我々は、守備隊の中でも政庁部ですので、『暁』の取り締まりには関わりませんが。それに、噂ですが、守備隊は悪名高い賞金稼ぎと手を組んで、捕えるとか聞きました。本気で捕らえる気があるのかどうか……」

キンコは、今までになく、熱く語った。思わず、言ってしまったのだ。

キンコが話し終えると、剣士の男はローブ男の元に行き、話し始めた。キンコの元に、その会話の断片が聞こえてくる。

「……口封じ……ばれる……仕方ない……必要な犠牲……」

「……あんまり……悪くない……協力……正義感……」

ローブ男の言葉は、どう考えても自分を殺そうとしている……それを、剣士の男が止めてくれているように聞こえる。

キンコは心の中で祈った。

(剣士の人、どうか助けてください！　お願いします！)

二人は話し終えると、剣士の男が寄って来て言った。

「なかなか有益な情報だった。それに免じて、お前と仲間の命は助けてやろう」

「仲間？」

「そこで氷漬けになっている奴だ」

「グラーベは……生きているのか？」

「ああ、生きている」

キンコの驚きの問いに、剣士の男は頷いて答えた。

その瞬間、キンコの目に、剣士は神か天使のように映った……。奥の、デビルの化身とも思えるローブ男との、驚くほどの対称性。

剣士の男が振り向くと、ローブ男は一つ頷き……キンコとグラーベを捕えていた氷が消えた。

「グラーベ！」

「キ……ンコ……」

確かに、グラーベも生きている！

そこに、声が降ってきた。

「しばらくすれば……五分ほどすれば、二人とも動けるようになります。ああ、話すのはできるようにしておいてあげましょう。大声は上げられないようにしてね。僕たちが去るまで、そこでおとなしくしている方がいいですよ」

それは、ローブ男の言葉だった。

聞いた瞬間、キンコは生唾を飲み込んだ。確かに、体は動かない。ローブ男は、こんな恐ろしいこともできるのだ……しかもそれを、わざわざ見せつけ、恐怖を煽ってくる……グラーベの表情も恐怖に満ちている。

「もちろんです。叫んだりせずに、ここで静かにしておきます」

キンコとしては、そう言うしかなかった。グラーベも、何度も頷いている。

その反応を見て、ローブ男は驚くほど凶悪な、いや狂気に満ちたと言うべきだろうか、そんな笑みを浮かべた。

そうして、剣士の男とローブ男は見合って頷くと、走り去った。

ようやく、キンコは安堵の吐息をつけた。グラーベが泣いているのが見える。それも当然であろう、ずっと氷に閉じ込められていたのだから。あのローブ男……おそらくは、水属性の魔法使いによって……。

「助かって、よかった……」

キンコは、心の底からそう思った。

◆

「いや～、あの二人はかわいそうでしたね」

「お、おう……」

涼とアベルは、守備隊の二人から離れると、再び情報の整理を行い始めた。

「尋問していたアベルの迫力が凄すぎて、キンコでしたっけ？　彼、ずっと泣いていたじゃないですか。もの凄く協力的だったのに」

「俺のせいなのか……？」

「当然です」

自信満々に答える涼。

「リョウ、後ろで何か振り回していなかったか？」

「あ、見えてました？　氷のノコギリで、首を斬るパフォーマンスをしていました。拷問チックな感じで、口を割りやすくなるかなと」

「俺じゃなくて、リョウが怖かったんじゃ……」

「いいえ、違います」

やはり自信満々に答える涼。

「どうも、怖い顔というのができないので、どうしても、笑みがこぼれたりしたはずです……拷問吏としては失格でしたね。僕には、そういうのは向いていなさそうです」

涼はそう言うと、何度も首を振った。演技に不満があったらしい。

「まあいい。守備隊政庁部を取り仕切るロースターとかいう隊長が、いたぞって言ったそうだが……」

「誰かと間違ったのでしょうか？」

「どうだろうな。さすがに、あれだけじゃ分からん」

涼の問いに、小さく首を振ってなんとも言えない表情をするアベル。判断するには、情報が少なすぎる。

「賄賂を受け取り、告発した人間を飛ばしたってのもな。上層部に手を回したんだろうが、こういう奴は厄介だな。さらに上の人間に賄賂を渡して、自分の安泰を図っているだろうし……」

「城壁部に飛ばされて、お給金が半分になったとか……聞いた時は信じられませんでした。そんなことはあってはならないことです！」

アベルは過去のなんらかの知識や経験に基づいて答えているのだろう。非常に冷静だ。翻って涼は、正義感とお金の大切さから、義憤《ぎふん》に駆られている……。

アベルも涼も、善い奴であることに変わりはないのだ。

「でも、暁の国境団の人気が、守備隊の中にまで浸透していたのはちょっと意外でしたね」

「守備隊とは言っても、さっきのキンコは、かなりまともな奴っぽかったからな。例えばロースター隊長みたいな奴だったら、また違う反応になるだろう」

「まったく……。どこの世界でも籠絡《ろうらく》する手段は、お金と異性なんですね。困ったものです」

「それになびかない奴だっているさ」

「それでなびかない人たちには、家族を人質にとって脅迫するのです！　家族に手を出されたくなければ言うことを聞いて、素直に金を受け取っておけ、とか言うのですよ。そして、金を受け取った証拠を保管しておいて、次からの脅迫に使うのです。恐ろしい話です……」

涼のありそうな話を聞いて、顔をしかめるアベル。

そして言葉を続けた。

「リョウ……詳しいな」

「僕のことを、謀略家涼と呼ぶことを許します」

「呼ばねえよ！」

ドヤ顔の涼と、拒否するアベル。

「とにかく……暁がこの街にいることを知ったのは、今日とか言っていたか」

「そうそう、ずっとサイコロステーキを食べて、ミルクを飲んでいたのに。この街の防諜とかザルですね」

「賄賂が横行しているんだからな。真面目に仕事しない奴が多いんだろ」

涼もアベルも、賄賂は好きではないらしい。

「でも、アベルがお金をくれるというのなら、いつでも受け取りますよ？」

「やらねえよ！」

涼もアベルも、賄賂は好きではないらしい……多分。

「結局、あの二人、そのまま逃がしちゃいましたけど……」

「ああ、リョウは心配していたな」

二人は、キンコから離れて話し合ったのだ。氷漬けの二人をどうするのかを。

「あのまま逃がしたら、彼ら、口封じされる可能性があるんですよね。隊長とかが、悪事がばれるのを恐れて。上には、逃亡者を追っていて仕方なかったとか、捕まえるのに必要な犠牲となってしまったのだとか報告するんじゃないかと」

「キンコとかは守備隊の人間にしてはまともではあっ

たな。そう、あんまり気持ちは乗らないが、あのままどこかに、監禁しておくのも悪くないと思ったんだよな。協力してくれる人材は貴重だし、特にキンコみたいな正義感溢れる奴は少ないだろう。命を守るためにも監禁、あるいは軟禁を」

キンコには、飛び飛びで二人の会話は聞こえていた……。そこで、涼にとっては不憫な誤解が生まれていた。

世界は、誤解に満ちているのかもしれない。

◆

ジマリーノの街の某所、『暁の国境団』の隠れ家。

黒地に赤い刺繍のあるローブを纏った三人の女性が、特殊な合図をして開けてもらった扉から入った。

「ただいま戻りました」

「おかえりなさい、フローラお頭！」

亜麻色の髪の女性が挨拶をすると、出迎えた髪を水色に染めた男が、思いっきり頭を下げて挨拶をした。

それに合わせて、他の十人ほどの男たちも……思いっきり頭を下げて挨拶をする。

「おかえりなさい、お頭！」

「ただいま、ジギバン、皆さん」

なんと言うか、どすの利いた挨拶を受けて、にこやかに挨拶を返す、フローラお頭と呼ばれた亜麻色の髪の女性。

ちなみに、その後ろに付き従う二人、魔法使いのナラは無表情で、剣士のカラは小さく首を振りながら奥の部屋に入っていった。

奥の部屋にも、別の者たちがいる。

前の部屋にいた十人ほどは、見るからに盗賊……義賊というよりも、盗賊に見える者たちであったが、奥の部屋にいる四人は、冒険者に見えると言えるだろう。実際、一人を除いて元冒険者だ。

その一人、初老の紳士が恭しく頭を下げて出迎える。

「おかえりなさいませ、フローラお嬢様」

「ただいま、ドロテオ」

そして、椅子に座っていた三人の元冒険者……女性二人、男性一人が立ち上がり、頭を下げる。

「おかえりなさいませ、フローラ様」

「ただいま、ビビアナ、タティアナ、オクタビオ」

ビビアナとタティアナは双子の女性、そして、オクタビオは二人の弟。三人とも二十代後半の、一流の冒険者……連合の冒険者ギルドには、B級で登録されていたのだから、間違いなく一流だと言える。

これが、義賊『暁の国境団』を構成する戦力であった。

一見バラバラに見えるし、出自も経験も、生きてきた過程も何もかもが違う。だが、ただ一つ、全員に共通すること。

フローラのためなら喜んで死ねる。

そこだけは、完全に一致した集団であった。


奥の広い部屋で、会議が始まった。執事ドロテオ以外、十七人全員が椅子に座り、フローラの方を向いている。ドロテオは、全員分の紅茶を淹れている。

およそ、座ってお話などには絶対に向いていなさそうな盗賊風の男たち……だが、彼らも座って、一言も聞き漏らすまいと耳を傾けるのだ。会議で発言することはめったにないが、とても真面目に参加する。


理由はただ一つ。

フローラがそう望んだから。

「我々がこのジマリーノの街に進出して二週間。ようやく襲撃が行われた」

会議の口火を切るのは、護衛剣士カラの役目だ。

「二週間……当初の予想通り、かなりかかりましたね。ジマリーノの防諜がほとんど機能していない証拠」

「ということは、やはり、守備隊はもちろん、政庁上層部まで腐りきっているということですね」

冒険者ビビアナとタティアナが分析して言い切った。

『暁の国境団』は、自分たちが発見されるまでの期間を計測することによって、その街の上層部がどれほど腐敗していて、賄賂が横行しているかを推測しているのだ。

賄賂などほとんどなく、上層部も清廉なものが多い街は、守備隊を含め、下の者たちも真面目に働くため、発見されるのが早い。そういう街は、彼女たちはさっさと出ていく。だが、賄賂が横行し、上から下まで腐敗した街は、発見されるまで一週間を軽く超える……

このジマリーノのように。

フローラを含めた三人が、夜な夜な酒場に通っていたのは、街の警備がどれほど機能しているか、ひいては腐敗の進行度合いを見極めるためだったのだ。

もちろん、フローラがサイコロステーキにはまっていたのも計算……のはずだったのだが、いつの間にか、本気でその美味しさにはまってしまったのも、また事実。

「いつもながら作戦とはいえ、見つかった時というのは冷や冷やします」

苦笑しながらそう言うのは、冒険者オクタビオ。

「特に今回は、賞金稼ぎ『ヴァンザン』の奴ら、包囲したと思ったら問答無用で魔法で攻撃したからね」

「うん、あれはびっくりしたね。さすがに、あそこまで荒々しいのは初めてじゃない？」

冒険者ビビアナとタティアナが向かい合いながら言う。

「まあ、中にいたうちらは、砲撃されているのも気付かなかったんだけどね」

剣士カラは小さく首を振りながら言う。

フローラもにっこり微笑んで頷いた。

「そう！　なんか〈魔法障壁〉で弾いてたし！」

「三人の攻撃を弾く〈魔法障壁〉とか、オクタビオでも無理じゃん？」

「当然、無理に決まっている」

冒険者三人組が興奮しながら話している。ちなみに、弟オクタビオは、剣士でありながら魔法も使える男だ。非常に優秀。

三人は、フローラたちを陰ながら見守る役目で、酒場も遠くから見ていた。賞金稼ぎたちによる攻撃が開始され、野次馬が出てきたらその中に入って、多少近くから見始めたのだが……。

「あの、魔法使いさんは、氷の壁、って言ってたかしら？」

「はい。お嬢様同様に、サイコロステーキとミルクを食べていらっしゃいました」

フローラが言い、剣士カラが微妙にずれて同意した。

「いや、氷の壁って……」

冒険者弟オクタビオが、小さく首を振っている。

「しかも、氷の壁で酒場全体を覆っているから大丈夫、って」

フローラがその時のことを思い出して、楽しそうに言う。

それを受けて、ずっと黙っていた魔法使いナラが口を開いた。

「普通無理。あれは化物」

「うん、ナラ、もう少し言葉を飾ろうか」

ナラの言葉を、剣士カラが苦笑しながらたしなめる。

だが、そんなナラの言葉で、会議室中がざわついた。

「ナラさんですら、化物とかいう魔法使い……」

「そんなとんでもねえのが、この街に？」

「いや、だが守ってくれたってことは、味方だろ？」

「今回は味方でも、ずっとそうとは限らんだろう……」

「でも、敵に回ったとして、お前戦えるか？」

そこで、誰しもが言葉に詰まる。

これまでに、いくつもの街で活動してきて、魔法使いナラの力はよく知っている。そんなナラが化物と明言する相手を向こうに回して、戦えるか？

「フローラ様のためなら戦える！」

そう言い切ったのは、盗賊風の男たちを率いるジギバンだ。

「フローラ様のためなら戦える！」

もう一度、決意を込めてジギバンは言い切った。

「おう！」

それに呼応して答える十人の部下。思いは本物だ。

「ありがとう。でも、多分大丈夫。あの人たちは敵にはならないでしょう」

フローラは、にっこりと微笑んでそう言い切った。

理由は言わない。だが、そこにいる者たちにとってはそれで十分であった。

フローラ様がそう言ったから……ただ、それだけでいい。それだけで、信じるのには十分なのだ。

「それでジギバン、この街の腐敗の中心にいるのは、やはり……」

「はい、フローラお頭。お頭の情報通り、商人エレメエヴナでした。賞金稼ぎ『ヴァンザン』の奴らを手配したのもエレメエヴナでした。それどころか……」

ここでジギバンは一度言葉を区切った。さすがに伝える内容の大きさを、再確認したのだ。

「三年前、この街の太守夫人が事故に巻き込まれて亡くなったのですが、実はその事故を仕組んだのはエレメエヴナだったという情報の確証を得ました」

さすがにその情報は誰も想像していないものだったのだろう。フローラと執事ドロテオを除く全員が、息を呑んだ。

太守夫人の謀殺など普通ではない。

もちろん、そんな情報を得られるのも普通ではないが。

「ジギバン、よく確証を得ましたね」

「へい。この街に入ってから、二週間もありましたから。当時の実行犯は、全員死んでいたんですが、お嬢様からいただいた情報通り、実行犯の一人が弟に残した手紙を確認いたしやした」

ジギバンの報告を聞いて、フローラは頷いた。

護衛剣士カラは、いつも思うのだ。

フローラお嬢様は、実は酒場などに通って腐敗の検証など、全くする必要はないのではないかと。最初から、腐敗に関する正確な情報を得ているのではないかと。酒場などに繰り出すのは趣味で、その理由付けが腐敗の検証なのではないかと。

確かに、腐敗が進んだ町は、自分たちが発見されるまでに時間がかかる……それまでの時間と、腐敗の進行度は比例するのかもしれない。否定はできないのだが……。多少の疑問があるのも事実。

もちろん、そうであったとしても、フローラへの忠誠には一片の陰りもない。

ただ、その身を危険に晒してほしくないとは思うのだ……。

「太守に目を覚ましてもらうためにも、派手にやりましょう」

フローラがにっこり笑ってそう言うと、全員が一斉に頷いた。

すでに計画は練られている。この二週間、すでに準備は完了している。

残念ながら予想通りに、ジマリーノの街の腐敗は進行していた。

その中心にいる者も分かっている。商人エレメエヴナ。

賄賂の受け渡しの方法など、具体的な方法は分かっていないが、そこは関係ないのだ。彼女たちは公的機関ではない。義賊だ。根本は、心の奥底にある正義感に従って行動する……そんな集団。

そう、それが義賊『暁の国境団』なのだから。

炎帝

ジマリーノの街のどこかの隠れ家で、明日に向かって十七人の仲間同士で一致団結していた頃、街中にいる剣士と水属性の魔法使いは、明日への希望など抱けていなかった。

「アベル、〈パッシブソナー〉で見る限り、そこら中を人が歩いていますす」

「まずいな、見回りが強化されたか」

「こんな深夜、というか、もうすぐ明け方の三時です。深夜行脚《あんぎゃ》で歩こう会とかでもない限り、守備隊の見回りが強化されたとみるべきでしょうね」

「なんだ、その歩こう会って……」

「お隣さん、ご近所さんを誘って、丑三つ時、つまり深夜の二時半に、街の中を練り歩く集団のことです。松明を持ち、上から下まで白いローブかマントを着て……白い不気味なマスクを付けていたりすると、より雰囲気が出ますね」

「……間違いなく、守備隊が集まって取り締まるな」

「その間に、僕たちは逃亡を図ることができます！」

もちろん、そんな集団はいない。

全て涼の妄想である……そんなものに出会ったら、きっと叫び声をあげ……。

シュッ。

アベルが後方に飛んだのは、完全に直感であった。ついでに、涼も後方に飛んでいる。だが、驚いていた。喋っていたとはいえ、〈パッシブソナー〉に多少意識は振っていた。

この角には、動く者はいなかったはずだ。

そう、動く者はいなかった……この、目の前に現れた赤く光る剣を持った男は、動いていなかった……涼の〈パッシブソナー〉に引っかからないほどに、止まっていた？

男が羽織る紺色のマントは、確かに闇に同化するのかもしれないが、茶髪……というより、もはやオレンジ色と言うべき髪は目立つ気がする。

だが、気になるのはそんなことよりも、男が振り抜いた剣……。

「赤く光る剣って、魔剣ですよね……」

「ああ、そうだな」

涼が囁き、アベルは答えた。自分の魔剣を構えながら。

一瞬だけ、オレンジ髪の男の目が細められた。

おそらくは、自分同様に、アベルが魔剣持ちであることを知ったから。

「魔剣持ちの賊？　分不相応だな」

オレンジ髪の男は、感情の起伏がともなわない声で、言葉を発した。

挑発しているわけではなく、心底、そう思っているだけなのかもしれない。

「不相応かどうか、試してみたらどうだ？」

アベルは、完全に挑発している。

「そうしよう」

オレンジ髪の男はそう言うと、一気に間合いを詰めて打ち下ろした。

ガキンッ。

アベルは、その打ち下ろしをはっきりと受け止める。表情を変えずに。

いかにも、「この程度か？」と言わんばかりに。

当然、打ち下ろしたオレンジ髪の男もそう受け取ったのだろう。

「殺す」

ただ一言。

だが、打ち下ろす前に一瞬だけ表情から垣間見えた、余裕というか油断というか……そんな様子は完全に消えていた。ただの一合で、魔剣持ちの賊、つまりアベルが、油断していい相手ではないと認識したのだ。

翻ってアベル。

表情を変えずにオレンジ髪の打ち下ろしを受けたが、内心は驚き焦っていた。

（待て待て待て、なんだこいつは！　とんでもなく重い剣、驚くほど鋭い剣閃、そして纏う空気の異常さ。街の守備隊じゃないのはもちろん、冒険者……とも少し違う。年齢は俺と同じくらいだろうが、潜り抜けてきた修羅場が……いや、俺もB級冒険者としてそれなりの修羅場をくぐってきたが、こいつは……そう、種類が違う。俺が冒険なら、こいつは……戦場？　あるいは暗殺？　暗殺教団らの剣ではないが……。だが、間違いない。こいつが斬ってきた人の数は、百や二百じゃきかない）

はっきり言って、これまでアベルが相手をしたことのないタイプ。

もちろん、殺人者を含めて、犯罪者と剣を交えたことはある。ルンの衛兵隊長ニムルに、助けを求められるように、よく捕り物の手伝いをするからだ。

だが、そんな者たちが相手であっても、目の前のオレンジ髪のように、纏う空気自体が違うということはない……。彼らはあくまで犯罪者であって……。

「人斬りの剣……」

そんな言葉が、アベルの耳に聞こえてきた。

涼が呟いたのだ。

（そう、人斬りか……そうだな、それがしっくりくるか。いや、止めよう。これ以上、余計なことを考えながら戦える相手じゃない）

そして、アベルは小さく短く、だが少し深い息を吐きだした。

その一息で、思考を完全に目の前の戦闘だけに集中させたのだ。まさに一流の技。

次の瞬間、二人の魔剣使いの剣戟が始まった。

突く、振り下ろす、薙ぐ、そのまま体ごと動いて相手の剣をかわす。

およそ、涼が振るう剣とは全く違う……剣理というのだろうか、思想が違うというのだろうか……。もちろん、どちらが完全な正解というわけでもないはずだ。最後に立っていた者が正しい。

それこそが、古今東西、三千世界、全てを貫く剣の真実。

「凄い……」

アベルの剣も、オレンジ髪の剣も、涼の剣とは全く違う。だが、二人の振るう剣の凄さは、涼にも理解できる。

努力と才能、そして経験。全てが融合した剣……全てを手にしていなければ到達できない境地。

おそらく、二人の頭の中には、目の前の相手しかないはずだ。

そして、それこそが、剣士にとって至高の経験であろう。

涼は見惚れた。

二人の剣士の戦いに。

涼にも分かっている。手助けして、アベルを勝たせるべきだと。

だが、それはできない。全力でぶつかる二人の邪魔をするのは……無粋というより、大いなる侮辱な気がしたのだ。


そんな気持ちになることなどほとんどない。少なくとも記憶に残る限り、そんな経験はない。

だが、間違いなくこれだけは言える。

今、目の前の戦いを止めるのは、あるいは介入するのは、間違っている。


とはいえ、深夜三時の路上。そこで、剣戟の音がしていれば、当然響く。

しかも、辺り中、守備隊が見回りをしているのだ。彼らが集まってきつつあった。

「〈アイスウォールパッケージ〉」

アベルとオレンジ髪が剣戟を繰り広げている十字路を中心に、ほぼ二十メートル四方が氷の壁で囲われた。

「これで、誰も邪魔できません」

涼は満足そうにそう言うと、再び観戦し始めた……いや、もちろん、アベルのことを心配して見ているのだ。

観戦を楽しんでいるわけでは決してない！

……ごめんなさい、嘘つきました。観戦を楽しんでいます。

涼は、二人の動きに合わせて手足がちょっとずつ動いたり、明確な言葉こそ出ていないが、「あっ」とか「くっ」とかは漏れている。

観戦しつつ、自分だったらこうする、などと考えてもいるのだ。

観る側のレベルが高ければ、一般人では想像もできない経験を得ることができる……剣戟も、観戦も、そして読書も同じことだ！

「はぁ、はぁ、はぁ……」

「くそっ……」

アベルもかなり息が上がり、オレンジ髪は悪態をついている。

「使わなければならないのは癪《しゃく》だが……」

オレンジ髪は呟き、言葉を続けた。

「モラルタ、炎帝解放」

その瞬間、オレンジ髪の魔剣がひときわ強く光り、真っ赤に染まった。

「馬鹿な……」

アベルの呟きは、涼にも聞こえた。

「死ね」

オレンジ髪の神速の横薙ぎ。だが、その剣筋にも慣れてきたアベルは自らの剣で受け……だが、赤く染まった魔剣は、アベルの剣をすり抜けた。

ザシュッ。

アベルは、超人的な反射神経でスウェーバックぎみに上半身を後ろに反らして、体が両断されるのを防いだ。だが、胸が横一文字に深く切り裂かれる。

そんなのお構いなしとばかりに、アベルは胸を反らせたところからの反動を使って、一気に剣を振り下ろす。すり抜ける剣なら受けられないだろうと。

だが……。

カキンッ。

オレンジ髪の魔剣は、赤く輝きながらアベルの打ち下ろしを受け止めた。

「くっ……」

アベルの口から思わず漏れる悔しげな言葉。そして、すぐに大きく飛び退く。

「もはや、これまでです。〈アイスウォール5層〉」

二人に降り注いだ声によって、二人は分かたれた。

ガキン、ガキン、ガキン。

二人を分けた氷の壁に向かって、何度も剣で斬りつけるオレンジ髪。

その様子を尻目に、涼はアベルの元に歩いていった。

アベルは、自分の魔剣を杖代わりに、なんとか立ち、ポーションを手に。

その視線は氷の壁の向こうのオレンジ髪を睨んでいた。

「アベル、まずはポーションを」

「ああ」

アベルはポーションを受け取って、半分を斬られた胸にかけ、残りの半分を飲み干した。

「いろいろあると思いますが、まずは逃げましょう。守備隊が集まり過ぎました」

「分かった」

涼の、あえて落ち着いた声によって、アベルの感情の高ぶりも少しだけ落ち着いたようだ。

剣を持った興奮した人間……これは、涼でも恐ろしいし。


涼が囲った二十メートル四方の氷の壁の外側には、かなりの数の守備隊が来ている。

「え～っと、これは……〈アイスウォール〉の反射率を変えて、迷路みたいにいっぱい作って……」

などと涼はあえて口に出して言っている。まだ、氷の壁の向こうにいるオレンジ髪を睨みつけている、アベルのことを思ってだ。

何を考えているのかは、涼には分からない。

分からないが……心穏やかではないだろう。それは仕方ない。負けたのだから。負ければ悔しい、それは涼も知っている……ほぼ毎日のように負けているし。

ルンの街で、セーラと模擬戦をしているがいつも負けているし……ロンドの森にいた頃にも、毎日夜、デュラハンと戦って負けていたし。

いつも負けてばかりの涼だからこそ分かる。人は、負けて強くなると！

「アベル、負けることは恥ではありません。そこから立ち上がるたびに、人は強くなるのです」

「リョウにしては、まともなことを言うな」

「涼にしてはとはなんですか、涼にしてはとは。失敬な！　僕はいつもまともなことを言ってますよ。いや、むしろ、まともなことしか言っていませんよ！」

「今の一言で台無しだ……」

「ハッ、しまった……」

この二人に、シリアスは似合わないのだろうか……。

結局、氷の壁と氷の床を大量作製して、追手を防いで、二人は逃亡した。

「また逃亡してしまいましたけど……僕らって、悪いことはしていないんですよね」

「まあ、そうなんだけどな。けど、捕まったら困る、だろ？」

「ええ。追われたら逃げ出したくなる……最初聞いた頃は全く理解できませんでしたけど、こうして実際に追われてみるとよく分かりますね。追ってくる方が悪いのです！」

「守備隊も、それが役目ではある……」

「でも納得しがたいですね。そもそも、彼らは何を、あるいは誰を追っているのでしょう。そして、どうして追わなければならなくなっているのでしょう」

「確かに、それは疑問だな」

だがアベルは、そこで何かに気付いたかのようにハッとした。そして口を開く。

「追われるべき理由はある」

「え？　何ですか」

「城壁に穴を空けて、この街に侵入したからな」

「それがばれた？」

「いや、そうじゃないだろうが……ばれたにしても、ここまで大規模な捜索をしたりはしないだろう。

「まあ、確かに、それは犯罪かもしれません。器物損壊ですね。じゃあ、僕らが追われるのは仕方ないですね」

「いや、それもまた違う。追われるべきはリョウ一人だ」

「はい？　どういうことですか？」

「城壁に穴を空けたのはリョウだからな。俺じゃない」

「アベル、なんて卑怯な……」

涼とアベルは速足で移動しながら、そんなことを話し合っている……そう、話し合いだ。決して責任のなすりつけあいではない。

先ほどのアベルとオレンジ髪の剣戟で、街中に散っていた守備隊が、かなりあの周辺に集まったらしく、今いるあたりは、逆に守備隊が少なくなっている。

集まった者たちは、〈アイスウォール〉はともかく、〈アイスバーン〉によって移動を阻害され、あの周辺にとどまったままのはずだ……可哀そうに。

「これも全てアベルが悪いのです。アベルの指示によって、僕は仕方なく氷を道路に張ったのです……」

「嘘はすぐばれるぞ。もの凄い笑顔で、ククク、永久転倒地獄を味わい続けるがいいです、とか言って氷を張ってたろうが」

「あれは、悲しい気持ちを押し殺して、自分の心をごまかすために、あえて浮かべていた笑顔の仮面だったのです」

「笑顔の仮面って……」

涼の言い訳にもなっていない言い訳を受けて、ため息をつくアベル。とはいえ、それによって逃亡に成功しているのは事実なのだ。

アベルは、涼の視線が自分の剣に注がれているのに気付いた。

「どうしたリョウ」

「さっきのオレンジ髪の魔剣、最後凄いことになっていましたよね？」

「ああ。能力解放とか魔剣発動とか、なんかいろいろ呼ばれているやつだな」

「能力解放はともかく、魔剣発動って……現代ファンタジーチックです」

「よく分からんが、まあ、いろんな魔剣があるからな」

変なことに感心する涼と、小さく首を振って答えるアベル。

「アベルの魔剣も、オレンジ髪のやつみたいに、凄い魔剣発動！　とかできるんじゃ？」

「さあ、どうだろうな……俺は知らん」

「知らんって……」

「魔剣だから、まず折れることはない。それで十分だ」

「え？　それだけ？　能力とか、くれた人に聞かなかったんですか？」

「引き継いだ時、そういう能力の話はなかったからな。有名な剣は、その特性が伝わる。帝国の宝剣レイヴン、あれも魔剣だが、剣に認められれば火属性と風属性の魔法が底上げされるんだろ。フィオナ皇女がそうらしい」

「ああ……」

「だが、前の持ち主だったルパート六世陛下は、使いこなせていなかったと聞いたことがある。多分、俺もまだこいつを使いこなせていないんだろう」

そう言うと、アベルは背負った魔剣の柄を叩いた。

アベルほどの剣士でも、認めない魔剣……。

「なんというハードルの高さ。でもでも、さっきのオレンジ髪は能力解放してましたよね？　剣の実力的には、アベルもあのオレンジ髪も、あんまり変わらないように見えましたよ」

そう、涼には二人の間に差があるようには見えなかった。二人とも、非常に高い剣の技術を持ち、超一流の剣士とはこういうものかと感心したのだ。

「技術で並んでも、潜り抜けてきた修羅場が違う」

「そうなのです？」

「ああ。あいつは、とんでもない数の人間を斬ってきた男だ」

「もしかして、アベル、さっきのオレンジ髪が誰か知っている？」

アベルの言葉から、涼はそう感じていた。

「魔剣の能力を解放する時、『モラルタ』と言っていたろう。それがあの剣の名前だ。魔剣モラルタ。持ち主は、十年前から変わっていないはずだ……炎帝の二つ名を持つ剣士、フラム・ディープロード」

「二つ名持ちということは、有名人ですか」

「その道ではな。十年前に起きた、王国と連合の『大戦』は知っているだろう？　連合の表の英雄は、現在の連合執政オーブリー卿だが、裏の英雄が炎帝フラム・ディープロードだ」

「裏の英雄……」

「噂では、千人を斬ったと言われている」

「千人斬り……あれ？　でも、さっきの人、アベルと同じくらいの年齢じゃなかったですか？　十年前って……」

「そう、俺と同じ二十六歳のはずだ。十年前は十六歳……その歳で、戦争で活躍したことになるな」

「なに、その人斬り伝説……」

どこかの漫画の主人公だろうか？

確かに、剣の達人は早熟の天才が多い。新選組一番隊組長として知られる沖田総司などはその典型で、十五歳にして天然理心流一の使い手と認識されていた。資料によっては、天然理心流だけではなく北辰一刀流の免許皆伝も得ていたとか……。

そう考えれば、十六歳で千人斬りというのも、あり得ない数字ではないのだろうが……。

「十六歳で千人も人を斬れば、心は大変な状態でしょうね……」

「普通の生活はできまいよ」

涼は心の底から憐れみ、アベルも同じ意見であった。

成人してからでも、千人も斬れば大変そうであるが……。

◆

涼は、オレンジ髪、炎帝フラム・ディープロードでの過ちを繰り返さないために、基本は〈パッシブソナー〉であるが、たまに〈アクティブソナー〉を混ぜて周囲を探っていた。

〈パッシブソナー〉は隠密性の高い情報収集手段であるが、動かないものは捉えることができない。だが〈アクティブソナー〉であれば、鋭い相手には気付かれる可能性もあるが、動かないものに対しても一定の情報を得ることができるのだ。

そうして得られた情報から……。

「アベル、ずっと動かない人がいるんです」

「浮浪者で、路上で寝ているんじゃないか？」

「その可能性はあるんですが……たまに歩くんです」

「今、ずっと動かないって……」

「それは言葉のあやです！　で、その歩き方が斥候の人っぽいんですよね」

涼が頭に思い浮かべたのは、ルンからゲッコー商隊を一緒に護衛してきた『スイッチバック』の斥候スーだ。

　歩き方というのは、人それぞれに特徴があるものだが、職業によってもかなり違う。

　剣士と、魔法使いや神官は、素人でも分かるほどに違う。

　だがそれ以上に違うのが、斥候たちだ。もちろん、普段から斥候たちは足音を立てないのだが、地面への足のつけ方はもちろん、そのリズム、さらには太腿を含めた足全体の運び方も違う。

「リョウの魔法って、歩き方の違いとかまで分かるのかよ」

「もちろんです！　日頃の研鑽《けんさん》の成果ですよ。そのわずかな情報が、生死を分かつこともありますからね。死んだ後では、もっとやっておけばよかった～など言えないのです」

「そういうところ、リョウは真面目だし尊敬するんだよな」

「いやあ、それほどでも」

　アベルは手放しで褒め、涼は照れた。

　当たり前のことをしているとはいえ、誰だって褒められれば嬉しいのだ。そして、そんなたった一言の褒め言葉が、驚くほどの成長を促すこともある。

　褒めるのが、教育の基本だ。

「まあ、とにかく、斥候っぽい感じの人です。どうします？」

「他に情報が無いからな……もし情報を持っていたら、聞いてみたいよな。そもそも、こんな時間に潜んでいる斥候……冒険者なんだとしても、封鎖された街に深夜というのは気になるな」

「同感です。あ、そろそろ射程に入りますね」

「相手は斥候だろう？　近付いたら逃げられないか……いや待て、今、射程と言ったか？」

「〈氷棺〉」

　世界にまた一つ、人が入った氷の棺ができあがったのであった……。

「うんうん、ちゃんと捕まえることができました」

涼はそう言うと、氷の棺をぺしぺしと叩いた。その出来に満足しているようだ。

「いや……いきなり氷漬けにするとか……どうかと思うんだが」

アベルはそう言うと、氷漬けにされた男を見た。

確かに、守備隊や普通の住民というより斥候に近い……というより、なんとなくだが……。

「盗人《ぬすっと》に見える……」

「アベル、そういう偏見に満ちた視線で見て、勝手なレッテルを貼るのは感心しませ……」

涼は男を見ながらそこまで言って、言葉を一度切った。

そして、再び言葉を続けた。

「なぜか僕にも、盗人に見えます」

結局、アベルの意見を肯定した。

明確に、何をもって盗人に見えるのかは分からないのだが、冒険者の斥候よりも、盗人と言われた方がしっくりくるのだ。

「でも、もしかしたら、ただそう見えるだけで、実は凄く善い人の可能性もあります」

「ああ……それは否定しないが……」

「ちょっと顔の部分の氷を取って、聞いてみましょう」

涼はそう言うと、男の首から上の〈氷棺〉を解除した。

「おい、こら、てめえらふざけんな！　今すぐここから出……」

「〈氷棺〉」

男の言葉は途切れ、再び氷の棺に頭の先まで覆われた。

「見た目通りでした……」

「そうだな……」

涼もアベルも、小さく首を振っている。

「職業差別はよくないと思うんです」

「同感だ」

「でも、どうしても盗人に見えてしまいます」

「何でだろうな。酒場で会った『暁の国境団』は、全然そう見えなかったんだが……」

「彼女たちは義賊です。志が違います！」

アベルは暁の国境団を名乗った三人を思い浮かべて首を傾げ、涼は彼女たちの志の高さを指摘する。

「そう……志か……。どんな仕事であっても、真面目に一生懸命に取り組んで、その仕事に誇りを持ってい る奴はいい顔をしている。それはある意味、志の高さなのかもな」

「アベル、良いことを言いますね。お仕事がどうこうじゃなくて、志の高さが顔に表れるということですね？　なるほど。そうなると、この男の志は……」

「あまり高くないということなのだろう……」

涼とアベルの間で、そんな結論が出た。

「とりあえず、ここで何をしていたのか聞いてみますか？」

「ああ、そうしよう」

涼が提案し、アベルが了承した。

そうして、再び、男の首から上の氷が消えた。

だが……。

「ふざけんじゃねえぞ、てめえら！　志がどうとか、お前らに言われたく……」

「〈氷棺〉」

男は、再び氷の中に閉じ込められた。

「志の低い男は、口うるさいです」

「その二つに関係性があるかは分からんが……」

「盗人のように見え、盗人のように振る舞い、盗人のように喋るものは、盗人である。そんな格言があります」

「いやリョウ、絶対、今考えただろ……」

アメリカの古いことわざを、ちょっとアレンジした涼であったが、アベルには認めてもらえなかった……。

そんな不憫な涼のことは放っておいて、アベルは言葉を継ぐ。

「めんどくさいな。この氷の中にいても、外にいる俺たちの声は聞こえるんだよな？」

「ええ、もちろんです。鼓膜は震えていないですけど、骨伝導的な感じで聞こえているはずですよ」

「うん、よく分からんが、聞こえているのなら、このままやるか」

「そうですね」

アベルがこのままで問うことを提案し、涼もそれがいいと頷いた。だが、このまま二人が言っても、志の低い男は聞く耳持たない可能性がある。

まずは、聞く耳を持たせなければ。

「さて、志の低い男さん。あなたが騒ぐようなら、ここでこのまま、永久に氷漬けにしようと思っています。今、そんなことできるわけがない、って思いましたね？　それは間違いです。そもそも、普通なら人間を氷漬けにすることすら不可能です。でも、あなたは氷漬けになっています、普通じゃないんです。ついでに言うと、このまま氷でぺしゃんこにすることも可能です」

涼はそう言うと、わざとらしく右手を上げ、ちょちょいと振った。

その瞬間、男の目に恐怖が宿った。

「今、全身が締め付けられましたね？　ちょっと氷で圧迫してみました。そんな感じで、足だけとか腕だけとか……完全に押し潰すこともできます。ええ、怖いですね～。僕も可哀そうだなと思うんですが、この悪逆無道の剣士に言われて、仕方なくやっているんです。でも、あなたがこの後、この剣士の質問に素直に答えてくれれば、潰されたりはしません。永久に氷漬けになることもありません」

そんな涼を、ジト目で見る悪逆無道な剣士アベル……。涼は、そんなアベルの方を敢えて向かない。

涼はなんとなくだが、氷の男が、聞く耳を持ったような感じになった……気がした。氷のままでやるつもりだったが、聞く耳を持って、質問にも答えてくれそうなら、頭の氷は取ってもいい気がする。

涼は、氷の男の首から上の氷を取り外した。

今回は、前二回のようには、男は罵詈雑言《ばりぞうごん》を吐いたりはしなかった。何も言わない。その表情は、恐怖に歪んでいる。

「うん、ちゃんと聞く耳を持ってくれる状態になったようですね、よかったです。では、この悪逆無……剣士の質問に答えてください」

涼がそう言うと、男は何度も頷いた。

「ああ……まあ、いい。まず、お前はなんだ？」

「な……俺？　なんだとは……いや、待て！　氷は止めてくれ！　質問の意味が分からないんだ！」

アベルの質問に、口答えしようとしていた氷の男は、涼が腕を振り上げるのを見て必死に止めた。

答えたくとも質問の意味が分からないだけらしい。

「難しい質問ではなく、はいか、いいえで答えられる質問の方が……」

「ああ、そうだな」

涼の提案に、アベルは頷いた。氷の男も頷いた。

「お前は盗人か？」

「え……あ、いや、それは……」

アベルの質問に、答えを言いよどむ氷の男。

すかさず涼が腕を上げて……。

「待ってくれ！　氷は止めてくれ！　答えるから！　お、俺は確かに、盗人だ……」

恐怖に顔をゆがめながら、男は答えた。それは、まさに罪の告白。

言った後で、男はうなだれた。

それが、完落ちした瞬間だったのかもしれない。

「それで、お前はここで何をしているんだ？」

「人を……待っている」

「誰をだ？」

「ロースター隊長」

氷の男が答えた瞬間、ほんの一瞬だけ、涼とアベルの視線が交わされた。二人とも、心の中で頷いた。

「守備隊政庁部を取り仕切る男だな」

「ああ」

アベルが言うと、男は頷いた。

少し前に捕らえた、真面目な守備隊員キンコが言っていた、賄賂をよく受け取る隊長だ。告発した部下のお給金を半分にした、許されざる所業の！

「ロースター隊長から、何を受け取る」

「え……」

アベルが一足飛びに質問すると、氷の男は答えに詰まった。

アベルの中では、ロースター隊長が政庁の中で何かを盗んで、それを男に渡そうとしているのだと当たりを付けたのだ。

「何を、受け取る？」

アベルが、あえてゆっくりと質問し、それに合わせて涼が右手を上げる。

「待て！　答えるから！　その……中身は知らんが、箱を持ってくるらしいんだ。それを受け取って、街の外で待っている人に持っていく……」

最後の方は尻すぼみになった。

おそらく、その次の質問を予想できてしまったのだろう。

すなわち……。

「街の外で待っているのは、誰だ？」

そして、予想通りの質問。

男の顔色が白くなる。

「それは……」

言いよどむ。だが、答えないわけにはいかない。それは分かっている。分かっているが、答えれば……ここから解放された後の自分の命が、危うくなる……。

「ゲッコーだ」

「うん？」

「インベリー公国御用商人のゲッコーだ」

「ほぉ……」

アベルは涼を見る。意見を交わすまでもなく、二人の考えは一致した。

「この期に及んで嘘をつくとは、盗人にしては度胸があるな」

アベルは嘲笑《あざわら》うように言う。それに合わせて、涼は右腕を上げる。

「待て！　本当だ！　信じてくれ！　お前たちは知らないかもしれないが、インベリーのゲッコーと言えば、連合の弱体化のためには手段を選ばない……な、なんだ、足が……」

氷の中で何か起きたらしい。

「どこから潰してやりましょうか……腕？　足？　左足からにしましょうか」

涼が、全く感情をこめない声で告げる。

それはさすがに、アベルですら身の毛がよだつ……。

「やめてくれ！　本当なんだ！」

「嘘ですね。なぜなら、僕らはゲッコーさんの部下だからです」

「……は？」

涼の告げた言葉に、ポカンとする氷の男。だが、それは一瞬。なぜなら、その間も左足の感覚がいつもと違うのだ。

「悪かった！　すまなかった！　俺が、いや、私が間違っていました！　ゲッコーじゃなくて、ゴンゴラドです！」

「最初から、素直にそう言えばいいのです」

涼はそう言うと、意味ありげに右手を振った。それによって、氷が元の状態に戻ったらしく、男は浅い呼吸を繰り返した。

「ゴンゴラドと言えば、連合西部で、最も力を持っている商人だよな」

アベルが言うと、男は無言のまま何度も頷いた。

「まったく……ゲッコーさんが、あなたみたいな見るからに盗人な人を使って、何かを手に入れようとするはずないでしょうが。もう少し鏡を見てから嘘をつければいいものを」

などと涼は独り言を言っている。ぷんぷんという擬音がぴったりな様子だ。アベルは涼の耳元に顔を寄せて、男に聞こえないように、かなり小さな声で囁いた。

「ゴンゴラドは、本当だと思うか？」

「本当でしょうね。多分、足が潰されるように錯覚したはずですから。そこまでされて、嘘はつかないと思うんです」

「錯覚？　本当に圧迫したんじゃないのか？」

「してないですよ。男の周りの氷だけちょっと密度を変えて、男の感覚がずれるようにしただけです。脅すだけならともかく、拷問はちょっと……」

「そ、そうか……」

涼の基準は、時々、アベルにも分からないことがある。アベルがため息をついて言った瞬間、涼の様子が変わった。

「アベル、政庁から一直線に、四人ここに近付いてきます！」

「ロースター隊長かもな。おい、お前の名前は何だ？」

「バガナだ」

男はそう答えると、再び頭の先まで氷の棺に入れられた。

◆

「よし、ここで待て」

ロースター隊長は、三人の部下に道端での待機を命じると、馬から降りた。

「いいな。何があっても来るなよ。俺が出てくるまでここで待て」

「はっ」

ロースターはそう命じると、角を曲がって暗がりの中に入っていった。

少し歩いてから、囁くような声を出す。

「バガナ。いるか?」

だが、返事が無い。

そこから七歩、さらに奥に進み……。

氷漬けにされた。

氷に閉じ込められたロースター隊長の顔は、驚いている。

「無事、確保できました。部下三人に、動きはないですね」

涼は、アベルに報告した。部下たちが待機している場所からは、角の先だし暗がりだしで、見えないであろう。

「そいつが持ってきている箱とかは分かるか?」

「ええ」

アベルが問うと、涼は答えて、何やら氷の棺の中が動き始めた。懐をまさぐり、掌よりも少し大きな箱を、氷が吐き出した。

「これですね」

涼はそれを受け取り、アベルに渡す。

「器用な氷だな……」

「日々の鍛錬の成果です」

アベルが呆れたように言い、涼は胸を張って答えた。

氷の中で、スライムか何かのように動いたのだ……いろいろ普通ではない。

アベルは留め金を外し、箱を開けた。中に入っていたのは、拳大の赤い宝玉。

「これは……」

「赤い……魔石?」

アベルが絶句し、涼が感じたままの言葉を述べる。

だが、言った後で気付いた。赤い魔石は見たことがない。というより、緑色の魔石と黄色の魔石しか見たことはない。

赤い魔石、つまり火属性の魔石は初めてだ。

「そう、これは火属性の魔石だ。極めて珍しいな」

「ああ、やっぱり珍しいんですか。今まで見たことないなと思ったんですよ」

「当然だ。火属性の魔物からしか、火属性の魔石は採れないが、そんな魔物はほとんどいない」

「え？　ああ、言われてみれば確かに……。魔物って、風属性か土属性……まあ、海の中にはいますけど」

「海中の魔物は、それこそ魔石の回収はほとんど不可能だ。倒しても海中に沈んでいくからな。もっとも、火属性の魔物は存在自体が、な」

「なるほど。森の中で火属性魔法とか放っていたら、山火事になりますね。だから、そんな魔物自体が、ほとんど存在しないと」

涼も理解できた。火属性魔法というのは、攻撃力は高いが、使い勝手が非常に悪いのだ。周囲のものまで燃やしてしまうから。

「じゃあ、この赤い魔石はいったい……」

「サラマンダーの魔石だろう」

「なんと！」

ファンタジーな物語にはよく出てくる名前、サラマンダー。

その多くは、ドラゴンの下位互換であったり、トカゲの大きなものであったり、爬虫類っぽいという以外は、物語によってけっこうバラバラな外観だ。

だが、共通しているのは、溶岩やマグマがあるような場所に住む。そして、ものによっては自らも炎を吐く……。

確かに、火属性の魔物としてはぴったり！

「でも、サラマンダーってどこにいるんですか？　僕は聞いたことがないです」

ルンの街では聞いたことがない。さらに、ミカエル(仮名)が用意していてくれた『魔物大全　初級編』にも載っていなかった。

「中央諸国にはいない」

「！」

「だから、この赤い魔石は、驚くほど貴重だ」

アベルは顔をしかめながら言う。そして、氷の男バガナの方を向いて言った。

「なぜ、お前がこんな貴重な物を運ぶ役目を担っている？」

そう、確かに不自然だ。

それほど貴重な物であるなら、こんな見るからに盗人で、しかも強いわけでもなさそうな男を介して街の外に出そうとするのは危険だ。

涼も答えを聞きたく思い、バガナの頭の氷を消した。

「それは、俺が、俺だけが、城壁の裂け目を知っていて、誰にも知られずに外に運び出せるからだ」

何となく、少しだけ胸を張って答えている……気がする。

自分の仕事に誇りを持っている……のか？　志は高いとは言えないが。犯罪行為なのであるが。

バガナの答えを受けて、アベルは少し考えてから口を開いた。

「それにしても……ゴンゴラドのような商人が、赤い魔石を欲しがる理由は何だ？」

「商人がやることなんて決まっているでしょう。手に入れて、高くで売る。高くで買い取ってくれる人に依頼されたんでしょうね」

「そうだとしてもだ。大公国の宝とも言える物だぞ？　誰が、それを盗み出してまで買い取るんだ……さすがに連合政府も介入してくるだろう」

「普通に考えれば、国外の勢力ですよね。王国とか帝国とか……」

「やはり、そうなるのか……」

涼の答えに、顔をしかめながら同意するアベル。複数の国が絡むと、何でも難しくなるものだ。

アベルは小さく首を振って、先を続けることにした。

「バガナ、だったな。お前については、だいたい分かった。ちょっと待ってろ」

アベルがそう言うと、間髪を容れずに、盗人バガナの頭の先まで氷が覆った。

次に、アベルは氷漬けのロースター隊長の方を向く。

「さて、お前が、守備隊政庁部を取り仕切る、隊長のロースターであることは分かっている。俺たちが聞きたいのはただ一つ。今回の国境封鎖は、お前のせいなのかどうかだ」

もちろんロースター隊長は答えることはできない。頭の先まで氷の中だからだ。先ほどの、盗人バガナの尋問の際に、頭の氷を外すたびにバガナが罵詈雑言を吐いていたため、今度は最初に言って聞かせるのだ。

「素直に答えれば良し。答えないと……」

アベルのその言葉に合わせて、涼が右手を上げる。

静かなものだが、氷の中は……。

ロースター隊長の顔が歪んでいる。とはいえ、実際は圧迫していない。ただ、ロースターは圧迫され、潰されるかもしれないと錯覚しているかもしれない……。それは、ある種パニックに近い状態であろう。

何も起きていないはずの盗人バガナの顔も、歪んでいる。こっちは、完全に、起きていることを想像して勝手に悲しくなっているだけだ……。

再び、涼が意味ありげに右手を上げて振る。

すると、ロースター隊長の顔の歪みは無くなった。なぜか、やはりバガナの方も……。


それを確認した後で、アベルは涼に向かって頷いた。

涼が、ロースター隊長の頭の氷を取った。

その瞬間。

「たすけろー!」

ロースター隊長が叫んだ。

待機させている三人を呼んだのだ。隊長の声を聞いて走ってくる三人。

涼とアベルは焦り……はしないで、二人ともため息をついた。

三人が角を曲がって、暗がりに飛び込んできた瞬間……。

「〈氷棺3〉」

新たに、人の入った氷の棺が三つ、生まれた。

「え……」

一人呆然とするロースター隊長。

氷の中で、やっぱり、という視線を放つ盗人バガナ。

「これは僕の失態ですね。防音壁を形成して声が届かないようにしておけば、彼ら三人が犠牲になることはなかったのに……残念です」

「いや、死んでないだろ。……死んでないよな？」

「ええ、死んでませんよ。なんとなく雰囲気を出してみただけです」

アベルはちょっとだけ不安になって確認し、涼が当然という顔で言い放った。

「防音とか、できるのか？」

「原理的には可能です。〈アイスウォール5層パッケージ〉」

涼が唱えると、いつもの氷の壁が周りを覆った。

「パッと見、いつもの氷の壁ですが、五層構造の壁と壁の間に隙間を作りました。間に空気を挟み込んだわけですね。真空にすれば完璧なのでしょうけど、とりあえず、振動が伝わりにくくなったので、叫んでもほとんど外には聞こえないと思いますよ」

「さすがだな……」

涼の説明の細かい部分はアベルには分からないが、なんか外には聞こえないらしいということは理解できた。それで十分だ。

「さて、ロースター隊長、なめた真似をしてくれたが……」

「ま、待ってくれ！　金ならやる！　欲しいだけやるから、助けてくれ！」

アベルがどすを利かせた声音で言うと、ロースターは叫んだ。

「五十億」

アベルではなく、涼が言う。

「……は？」

「五十億フロリン払うなら、考えてあげましょう」

ロースターは間の抜けた声を出し、涼は右手を差し出して、ちょうだいとやっている。

アベルは無言だ。言うべき言葉が見つからずに無言になっている。もし言ったとしたら、「無理だろ」であったろう。

「それはさすがに……無理……」

答えるロースターの言葉も、力が無い。

「自分の命を救うのに、たった五十億フロリンも出せないのですか？　自分の命こそ最も大事なものだと思うのですがね……」

「そんな大金、持ってるわけ……」

「僕は持っていますよ？」

「え……」

ドヤ顔で胸を反らして、かなり威張って言う涼。言葉を失うロースター隊長。

これぞ、金の暴力。

「じゃあ、この赤い魔石を盗んで、あなたはいくら貰うはずだったのですか？」

「……五千万」

「たった？」

涼の金と言葉の暴力に、完全にロースター隊長は打ちのめされていた。

こんな訳の分からないローブを着た魔法使いが、五十億フロリンくらい持っていると言い、自分は五千万フロリンのために危ない橋を渡っている……。

その、あまりの絶望的な違いに、ロースター隊長は心が折れ、泣きそうにすらなっている。己のみじめさを感じ、半分自棄になっているのだ……。

心を折る方法というのは、いろいろとあるものらしい。


「まあいいです。そっちの、傲岸不遜な剣士があなたに質問しますから、素直に答えてください。いいですね？」

「はい……」

本当に、心の底からロースターは打ちのめされていた。

それを見て、アベルですら、ちょっとだけ可哀そうに思った。だが、すぐに思いなおす。

キンコが告発した、これまでにロースター隊長がやってきたことを考えれば、憐れに思うべき相手ではない。

とりあえず……。

「さっき聞いたな。この国境封鎖の原因は、お前がこの赤い魔石を盗んだことが原因か？」

「半分だけ、そうです。俺は、騒動が起きるから、その時、この魔石を盗み出せと言われて盗みました……」

「騒動？　それはなんだ？」

「小型飛空艇の墜落」

「なに……」

ロースターの言葉に、さすがのアベルも絶句する。

涼も言葉を失っていた。

アベルは、小型とはいえ飛空艇が墜落し、それが街中なら、かなりの被害が出ただろうということからの絶句。

涼は、飛空艇などというものがあることを、初めて知ったために言葉を失った。

飛行船でも飛行艇でもなく、もちろん気球でもない。地球においては、飛空艇というのは架空の乗り物だ。だが、この『ファイ』においては、いや中央諸国には存在するらしい。

当然、心が躍る。

「聞いたことがある。連合の十人会議を構成する国の一つ、アドラン公国で開発されている二人、または三人乗りの空飛ぶ船。だが、実験が上手くいったという話は聞いたことがないが」

「今回も……結局は失敗。いや、仕組まれた失敗なのかもしれませんが……昨日の夜、この街に墜ちました。それが、国境封鎖の直接の原因と言っていいのかもしれません」

「だが、街の人間も、正確にはそれを知らんのだろう？　街に墜ちたなら大騒動になったはずだ」

「墜ちたのは、守備隊演習場でした……」

「なるほど。演習場なら、街への被害はほとんど出ないか。それでいて、守備隊は大混乱……政庁を守っている者たちもな。その混乱に乗じて、赤い魔石をお前が盗んだわけだ」

「はい……」

アベルの問いに、ロースター隊長は素直に答えた。完全に心が折れている。折れた拍子に、言葉も丁寧に……。

ある程度の情報は出揃った。

涼とアベルは、五個の氷の棺から少し離れて話し合いを始めた。

「ロースターは、完全に心が折れたな」

「傲岸不遜、悪逆無道な剣士アベルのせいですね。も、もちろんアベルが、そんな役を演じているだけなのは知っていますよ！　実情とはかけ離れていますもんね」

アベルの据わった目で見つめられて、少しだけ焦りながら言葉を付け足す涼。

「俺じゃなくて、リョウだろう、心を折ったのは。五十億フロリンくらい持ってる、というあの言葉だろう」

「なるほど。ただのはったりだったのに……。あの程度のはったりも見抜けないとは、隊長にしてはたるんでいますね！」

「はったりだったのか？　本当に持っているわけじゃないのか？」

「はったりですよ？　まあ、でも、ワイバーンの魔石はけっこうな値段で売れるみたいなので、いずれは五十億くらい手に入るに違いありません」

はったりにしては、アベルから見ても自信満々に見えたのだが、それはいずれ手に入るという確信があったかららしい。

やはり、金の暴力だ。

とりあえず、本題について話し合おうと、アベルは話題を変えた。

「依頼された、国境封鎖の原因は掴めた」

「そうですね。まさか飛空艇などというものがあったというのは、驚きでしたけど」

「そこかよ……」

涼が素直な感想を言い、アベルが呆れたように言う。

「当然です。アベルが教えてくれていれば、驚かずに済んだのに……味方にも情報を流さないとは、いったいどういう了見ですか？」

「いや、了見って……。そもそも、リョウにそんな質問されていないからな」

「言われなくても自分から率先してやる。リーダーに必要な資質だと思うんです」

「それは知らん……」

涼の熱弁は、アベルにあっさりかわされた。

「でも、その飛空艇開発の情報とか、一般の国民は知らないでしょう？」

涼が何気なく問いかける。だが、その目は何かを疑っているかのような……。

「そうだな、知らないだろうな」

アベルは何の気なしに答えた。

「やはり！　アベルの正体が分かりました！」

「なに？」

罠にかかった獲物を見るような目で、鋭い視線を浴びせる涼。ちょっとだけ、背中を冷や汗が流れた気がしたアベル。

「アベルは、国家中枢の情報を盗んで他国に売りさばく産業スパイですね！　そういうのを売国奴というのです！」

それまで、ちょっとだけ焦った表情であったアベルであったが、涼のあまりの回答を聞いて小さくため息をついた。

産業スパイとかいう言葉は聞いたことがないが、いつものごとく、どうせたいした言葉ではない。

「うん、いつも通り大ハズレだ」

「そんな馬鹿な……」

なぜか自信満々だったらしい涼。間違いであることを指摘されて、本気で落ち込んだ。

だが、今回はそれほどでもなかったのだろう。

五秒で復活した。


「アベルの誹謗中傷なんかには負けません！」

「やっぱり、意味が分からん」

「で、国境封鎖の原因が、飛空艇の墜落であるなら、そっちは時間が経てば勝手に解決ですよね。でも、この赤い魔石が政庁に戻らないと、やっぱり封鎖は解かれないと思うんです」

「まあ、そうだろうな」

涼が言い、アベルも同意した。

そうなると、問題は……。

「どうやって返すか……」

「ポンっと置いておいてもダメですもんね。偉い人が気付く前に、別の人が持ち去ったら大変なことになります」

具体的な返却方法に、アベルも涼も悩む。

ここを失敗すると、すべて元《もと》の木阿弥《もくあみ》……どころか、余計に悪くなる。新たに誰が盗んだのか、全く分からなくなるから。それは、さすがに避けたい。

「……直接、手渡すしかないのか？」

「……それが、一番確実ですかね」

アベルも涼も、小さくため息をついた。

一番確実ではあるが、どう考えてもトラブルが起きる。問題が発生する。何事もなく終わったりはしない……。

だが……。

「仕方ない……」

そう、仕方ない。

まさに、宇宙を統べる驚異の言葉。誰も、何者も、抗うことができない言葉なのだ。

◆

ジマリーノ政庁前は、厳戒態勢であった。

全ての守備隊が駆り出され、街中を巡視しているが、同時に、政庁周辺の警備も驚くほど厳重。

とはいえ、注意深く見れば、それは一見そう見えるだけで、駆り出された守備隊員の多くが、あくびをしたり隣と喋っていたりと、規律が緩んでいるのは誰の目にも明らかであった。

時間的にも、それは仕方のない面もあったかもしれない。

もうすぐ日が昇ろうとする時間だ。夜の間中、警備任務に就いていれば誰しも疲労はたまる……。

そんな時であった。

一人の隊員が、道路の向こうから、何かが近付いてくるのに気付いた。

だが、声は上げない。

この辺りが、規律が緩んでいる証。本来であれば、同僚に声をかけるなり、上司を呼ぶなりするのだが……。下手に声を上げてなんの関係もない場合、理不尽な叱責を受けることがある。そう考えると、声を上げるのも簡単ではないのだ。

だが、僅かに日が昇り、曙光《しょこう》が近付いてくるものを照らし出すと、声を上げないわけにはいかなかった。

照らし始めた陽の光を反射し、煌めきながら近付いてくる五つの物体。

はっきり見える距離に来る頃には、政庁周辺にいた多くの隊員が集まり、見入っていた。

自走式の荷台らしきものの上に乗っているのは……

氷の柱だろうか。

陽の光で煌めいているため、よく分からないのだが、柱の中には何かが埋まっているように見える。いったい何が埋まっているのか？

「ロースター隊長……？」

その言葉は、誰が最初に呟いたか……。だが、近付くにつれ、それが正解であることを誰もが理解しはじめていた。さらに、それに続く三台も仲間の守備隊員であると。

最後の一台だけ、よく分からない盗人のような顔の人物であるが、それはいい。

五台の氷でできた荷台は、政庁前に着くと、地面に沈み込むように消えていった。それによって、荷台の上に乗っていた氷の柱たちは、地面に置かれる。

見守る守備隊。

だが、それ以降、何も起きない。

「助け、よう……」

そんな声が出てくる。

そしてようやく、氷の柱に群がり、手に持ったナイフや、剣の柄で氷を叩き始めた。

叩き始めたのだが、しばらくすると全員の手が止まった。

「全然割れない……」

割れない五つの氷の柱を前に、守備隊は、ただ立ち尽くすことしかできなかった……。

◆

ジマリーノ政庁を預かるのは、ボニート・ベキス。

四年前、ジマリーノ太守に着任した。

元々、継ぐべき領地もほとんどない貧乏貴族の三男坊であったが、五十歳にしてようやく、ジマリーノの太守という地位に就くことができたのだ。

はっきり言って、才気煥発《さいきかんぱつ》と言えるタイプではない。

だが、地道に、着実に、淡々と仕事をこなしてきた。

このジマリーノ太守の座も、候補者たちが立て続けに不幸にあったり、逮捕されたりと、いくつもの幸運が重なって、ボニートの元に転がり出てきたものだ。

本来であれば、一生かかっても、ボニートが就くことなどなかった地位。

そんな太守に就くには、分不相応なのかもしれない。能力が足らず、やるべきことが理解できず、補佐してくれる人材がいない。

以前はいたのだ。

こんな彼でも、親身になって相談に乗り、共に歩んでくれる人材……それは、長年連れ添った妻。だが、三年前、このジマリーノの街で大きな事故が起こり、ボニートの代わりに視察していた妻は巻き込まれた。

即死であった。

そこからだ。ボニートが壊れていったのは……。

それまでは、能力が足りずとも、真面目に統治に取り組んでいた。理解できぬことが多くとも、現場に行き、住民とも対話を重ね、時間はかかりながらも問題の解決を図ってきた。

足りない部分を、努力で補ってきた。妻と共に。

だが、そんなかけがえのない存在がなくなった瞬間……ボニートの生きる希望、生きる意味も失われた。

まがりなりにも良質と言われていたジマリーノの治安は、乱れていった。

だが、ほとんど外に出ることをしなくなったボニートは、そのことに気付かない。もしかしたら気付いたとしても、なんとも思わなかったかもしれない。

彼にとっては、大切なもの全てが、なくなってしまったのだから……。

だが、それでも、心のどこか奥底に、ジマリーノ太守としての自覚はあったのかもしれない。太守らしいことを何もしなくなり、当然のように部下たちの綱紀は緩み、住民が不幸な状態になってはいても。

だからこそ、出た言葉なのだろう。

「なぜこんなことに……」

有史以来、何万回、何億回と呟かれてきた絶望の言葉。類義語は、「どうしてこうなった……」。

ジマリーノ太守ボニート・ベキスは、この二十四時間で、何度この二つの言葉を吐いただろうか。

最初は、小型飛空艇の墜落であった。

連合の中心となる十人会議を構成する国の一つ、アドラン公国で長年にわたって開発が続いている飛空艇。

その小型版が、よりにもよって、このジマリーノに墜落した。

「街に墜ちることないだろう！」報告を聞いて、思わずボニートは叫んだ。

やる気を失ってはいても、住民に、積極的に不幸になってほしいと思っているわけではない。

だから、墜ちた先が演習場であると聞いて、多少安堵した。墜落現場に、自らの足ですぐに向かった。心の奥に残る太守としての気持ちが、彼を動かした。

だが、結果的にこれが裏目に出る。

政庁に戻った彼に知らされたのは、赤い魔石が奪われたという報告であった。

その瞬間、彼の目の前は真っ暗になった。

拳大の火属性の魔石……中央諸国において、非常に貴重な物だ。だが、そんな貴重な物なら、なぜわざわざ、こんな国境の街に保管されているのか？

ボニートにしてみれば、その理由はバカバカしいものであった。

初代大公キアッフレード様が、「ジマリーノで保管しておくように」そう命じたからなのだ。もう、百年以上前の話だ。

大切な物、貴重な物であるのなら、大公家の宝物庫で保管しておけばいいものを。ボニートは、その赤い魔石を見るたびに、いつもそう思っていた。

赤い魔石は、一般公開しているものではなく、政庁の奥で大切に保管されていた。もちろん、錬金術を使って、完璧な保管がされていたはずなのだ。保管庫に立ち入ることができる人物は限られている。さらに最終鍵を開けることができるのは、もちろん太守ボニートだけ……のはずだった。

だが……。

「人が作った物である以上、完璧はあり得ません」

守備隊政庁部の隊長はそう言ったのだ。

分かっているわ、そんなことは！

小型飛空艇の墜落後、一時的に国境を封鎖した。その後、魔石の盗難によって、都市の完全封鎖も行った。

ジマリーノの国境封鎖によって、ほとんど同時に、インベリー公国、王国も国境を封鎖したらしい……これは仕方がない。

　この辺りは、三国が国境を接する、いろいろと難しい地域でもある。

　十年前の『大戦』以降、武力衝突は一度も起きていないし、それだけは起こすなと、大公家から口を酸っぱくして言われている以上、ボニートも気を付けている。

　三国のどこかが国境を封鎖したら、他の二国はほとんど条件反射的に国境を封鎖する。封鎖したうえで状況を見極め、国境を開くか封鎖を維持するか判断する……。

　それが今回、ジマリーノが発端となっただけだ。

　それ自体はたいしたことではない。

　問題は、赤い魔石が盗まれたことなのだ。

　これは、見つかるまで国境どころか都市の封鎖も継続せざるを得ない。なぜなら、封鎖を解けば魔石は二度と見つからず、ボニートは解任されてしまうから。

　いずれは、魔石が失われた件は大公家にも届き、監察が送られてくるだろう。太守の地位を追われるのは仕方ないとしても、それだけでは済まない。間違いなく死罪になる。

　そういう訳で、ボニートは疲労の極にあった。

　だからであろう、部屋に入ってすぐには、その違和感に気付かなかった。

　まさに、トボトボという足取りがぴったりな様子で歩き、部屋の中央に至ってようやく気付いた。奥のソファーに誰かが座っていることに。

　白いローブを着た男が、足を組んで座っている……。

　見た瞬間は、ボニートは声も出なかった。

　そして、声を上げようとした瞬間……。

「お静かに」

「な……」

「太守殿、お静かに」

　ローブ男が落ち着いた声で、だがどこかもったいぶった言い方、あるいは演劇調と言うべきだろうか、そんな言葉を吐いた。

「あなたが抱える問題を、解決することができます。ですから、お静かに」

「ほ、本当か……？」

明け方、政庁にある太守の部屋に忍び込む輩の言うことなど、いつもであれば、ボニートであっても聞かなかったであろう。

だが、今、彼は疲れ切り、希望は全て失われようとしている。

しかも現状、魔石が見つかりそうな気配すらない。

そもそも、どうやって盗まれたのかも、誰が盗んだのかも見当すらついていないのだから。それで見つかるわけがない。

それくらいは、ボニートでも分かる！

そんな状況で、問題を解決できますと言われれば、話だけでも聞こうかという気になるのは仕方ないであろう……。

「わ、私が抱える問題を、解決できると言ったか？」

「はい。赤い魔石が無くなったのでしょう？」

ボニートの問いに答えたローブ男の答えは、強烈であった。

まさに、ボニートを悩ませる問題。

可能なら、喉から手が出るほど欲しい答え。

このローブ男は、その答えを知っている？

「その、あなたの執務机の上、木の箱があるでしょう？　その中に入っていますよ」

ローブ男のその言葉に対する、ボニートの反応は激烈と言ってもいいものだった。

急いで執務机に回り込む。

確かに、ローブ男が言う通り、箱が置いてある……あの魔石が入りそうなほどの大きさの箱……。

ボニートは、一度、深呼吸をした。

ボニートは、もう一度、深呼吸をした。

ボニートは、さらにもう一度、深呼吸をして、ようやく箱に手をかけた。

留め金を外し、最後にもう一度、深呼吸をして、開いた。

「おぉ……」

そこに入っていたのは、まごうことなき赤い魔石。

自分を悩ませていた……。

そして、しっかりと魔石を手で掴んだ。

その時一瞬だけ、本当に一瞬だけ、ボニートは大声を上げて、人を呼ぶ誘惑に駆られた。

おそらく、望んでいた物を手に入れて、それを確実にしたいと思った……その感情によるものだろう。

だが、すぐにその気の迷いは消えた。消えた瞬間気付いた、背後の気配に。

いつ立ったのか、剣士が佇み、ボニートを見下ろしていた。

「ひっ……」

思わず、ボニートの口から漏れる声。

「その剣士は、傍若無人、悪逆無道ですから、変なことはしない方がいいですよ」

「わ、分かった……」

ローブ男が説明をし、ボニートは頷いて受け入れた。

本当に、心の底から恐ろしいと思ったのだ……。

そして、ローブ男の方を向いて問うた。

「それで……何が望みだ」

「望みが、お金でないことは分かりますよね。お金が欲しいなら、その魔石を売り払えばいいのですから。

でも、そんなつもりはない」

「ああ」

ローブ男は少し含み笑いをしながら言い、ボニートは頷いて答えた。

「我々が望むのは、まず国境封鎖の解除。それと、守備隊を含めた政庁全体の綱紀粛正」

「な……」

「なんですか？　できませんか？」

「いや……国境封鎖の解除は、ああ、すぐにでもできる。今日中にはできる。だが、綱紀粛正は……」

「そもそも、その魔石をあなたの部下が盗んだのも、売り払うためですよ。綱紀が緩み過ぎです。そのために、あなたは追い詰められたのでしょう？」

「確かに……」

「ちなみに盗んだのは、守備隊政庁部の隊長、ロースターです」

「なん……だと……」

ローブ男の言葉に、ボニートは驚いた。確かに、ロースター隊長であれば、保管庫の中に入ることはできる。もちろん、それでも、最終鍵を開けることはできないはずだが……。

「確かにロースターであれば、保管庫には自由に入れる。だが、それでも、この魔石を取るための最終鍵は私しか開けることはできない……」

「解錠番号は、一、四、一、四、二、一、三、五、六でしょう？」

「！」

ローブ男の言葉に、ボニートは完全に言葉を失った。

馬鹿なとか、なぜとかすら出てこないほどに……。

「もちろん、ロースター隊長が吐いたからです。番号は、時々変えないといけませんよ。いつ、どこで、悪い奴が見ているか分かりませんからね」

「あ、ああ……」

「その、ロースター隊長は、政庁前の道路に置いてあります。あなたが着く頃には、拘束は解かれているでしょう。彼の全ての罪の告白は、一緒にいる盗人風の男が聞いていました。彼が証人です。その魔石をロースター隊長から受け取って、街の外にいる商人ゴンゴラドに渡す役割だったそうです。ロースター隊長と引き離して、身の安全の保証と、証言すれば罪を軽くしてやるという取引を持ち掛ければ、全て喋るでしょう」

「ゴンゴラドというと、連合西部で……」

「そう、連合西部で、かなり力を持っている商人ですね。もしかしたら、この大公国だけの話ではなく、連合全体、あるいは外国も関わっているのかもしれません。まあ、その辺は分かりませんが」

ゴンゴラドという大物商人の名に驚くボニートと、それ以上は完全に他人事の雰囲気で語るローブ男。

「さて、こんなところですかね」

ローブ男はそう言うと、ソファーから立ち上がった。

「我々は、あなたを見ています。約束は果たしてくださいね。言うまでもないでしょうけど、こんな風に、簡単にあなたの部屋に入ることができるのですから……」

ローブ男は、いっそ穏やかに、そう言った。笑顔すら浮かべながら。

だが内容は恐ろしい。

命など簡単に奪える、それも誰にも気付かれることなく……そう言っているのに等しい。

「もちろんだ。今日中に国境封鎖と街の封鎖は解除する。綱紀の粛正も必ず行う」

そう言ったボニートの顔は、ある種の決意に満ちていた。

かつてのボニートを知っている者が見れば、懐かしさを感じたかもしれない。顔は未だやつれていたが、目には光が戻っていた。

「魔石の件、感謝する」

ボニートはそう言うと、心の底から頭を下げた。

それを見て、ローブ男は一つ頷き、剣士と共に部屋を出ていった。

ボニートは、執務机の引き出しを開け、中から額に入った小さな絵を出す。そこには、上品で柔和な笑顔を浮かべた女性が、描かれていた。

「カロリーナ……私が間違っていたよ……今まで、すまなかった」

絵の女性は、こう言った気がした。

「今までも、よく間違えてきたでしょう。間違えたなら正せばいい」と。

◆

「やはり、善いことをした後は気持ちがいいですね！」

朝日を浴びながら、涼は笑顔でそう言った。

「まあ、そうなんだが……」

だが、傍らを歩くアベルは何か不満そうだ。

「なんですか？　傍若無人、悪逆無道と言ったのをまだ根に持っているんですか？　アベルの器の小ささが知れるというものです」

「そんなことを根に持つわけないだろうが……今さら」

「今さらって……」

「リョウと付き合っていれば、慣れる。嫌でもな」

「なんか、凄く不満なんですが……」

この二人はこういうものだ。

「俺が思ったのは……あの太守を突き出さなくていいのかと」

「突き出す？　いちおう、太守さんは被害者ですが

「……」

「いや、まあ、魔石の件に関してはそうだが、この街の統治者としてはダメだろう？　賄賂が横行し、住民が苦しんでいるようだし」

「そうですね。もしかしたら、中央のもっと偉い所から人が来て、あの太守さんは罷免《ひめん》されるかもしれません。でも、ほら、さっき心を入れ替えたみたいで、やる気に満ちていたじゃないですか。人は誰しも失敗します。間違いを犯すこともあるでしょう。でも、大切なのは、そこから立ち直ることができるかどうかです」

「リョウは……時々まともなことを言うよな」

「失敬な！　一部では、良識家・涼と呼ばれているのですよ！」

「絶対嘘だろ」

涼の妄言を、言下に否定するアベル。

「街の政治や国の政治に関わる人が間違うと、住民が不幸になってしまうので、間違ってほしくはないのです。それはそうなのです。でも、人は間違う生き物なのです。だから、政治においても間違いが起きるのは避けられません。だからこそ、間違いに気付いたら速やかにそれを正す……それこそが、政治に携わる全ての人に求められる姿勢だと、僕は思うのですよ」

「確かにな……」

涼の言葉に、何事か深く考え込みながら答えるアベル。知り合いに、政治に携わる人間がいるのかもしれない。

「そんなことより、アベル。僕は全ての謎を解きましたよ！　そう、あえて言いましょう。全ての謎は解けたのです！」

「謎？」

涼が高らかに宣言するが、アベルの反応は鈍い。

「いや、今回の、このジマリーノの街での謎ですよ」

「国境封鎖の原因は、小型飛空艇の墜落に始まる魔石の盗難だろう？　まあ、それは分かったが、謎というほどでは……」

「アベル……。そこではないのですよ。酒場のお話です。ほら、四人のお客さんがやってきて言ってたじゃないですか？」

「ああ、そういえば……」

そう、四人の客が涼にお礼を言いに来た際に、涼は尋ねたのだ。国境が封鎖された原因を知っているかと。

四人はそれぞれ別の答えを言った。

曰く、政庁から宝玉が盗まれた。

曰く、大公の娘が駆け落ちしようとした。

曰く、伝説の人斬りが現れた。

曰く、ドラゴンの幼生が街に落ちた。

「そう、言っていたな」

アベルも思い出したらしく頷いた。

「あれは、すべて正しかったのです！　答えはあの中の一つではなく、全てが答えだったのですよ」

まるで名探偵の如き雰囲気を醸し出し……ているつもりの涼が、小さく頷きながらそんなことを言う。

「政庁から宝玉、赤い魔石が盗まれ、千人斬り炎帝フラム・ディープロードが現れ……」

「小型飛空艇が、ドラゴンの幼生と見間違われたのでしょう。確かに、街に墜ちました」

アベルも涼も、今夜の出来事を思い出していた。

「答えは、最初から示されていたのです！」


まさに、名探偵がラストの見得を切るシーンの如く、涼は両手を広げて言い切った。もちろん、推理を聞く聴衆は誰もいない。アベルという剣士が、ただ一人いるだけだ。

「いや、待てリョウ。まだ謎は解けていないぞ」

「え？」

そんな、ただ一人の聴衆アベルの否定に驚く涼。

「大公の娘の駆け落ちはどうなった？」

「そ、それは……」

推理の穴を衝かれ、うろたえる名探偵涼。

視線をあちこちさまよわせ、結局いい案は見つからなかった。

「僕らが知らないだけですよ。大公の娘さんみたいな、そんな上流階級の人の情報が、我々下々の者たちのところまで下りてくるわけないでしょう！」

これを逆ギレと言う……。

「まったく……。完璧な推理だったのに、アベルは常に否定から入りますね。そんなことでは、アベルの下では人材が育ちませんよ！」

「なぜ全く関係のないところで、俺は怒られているんだ……」

これを論点ずらしと言う……。

「さて、いちおう国境封鎖の解除は約束してもらえましたが、これからどうします？」

「そうだな。できれば、実際に解除されるのを見届けてからレッドポストに戻った方がいいと思うんだが」

「そうですね。一度この街を出ると、上手くいかなかった時にまた戻って来るとか、難しいですからね」

アベルが慎重な判断を下し、涼も同意した。

「〈パッシブソナー〉」

涼は唱えた。そして、一つ頷いて言う。

「街中に散っていたらしい守備隊の人たちの多くが、政庁に戻りつつありますね。城壁上の人たちは、まだ城壁にいますけど」

「太守が動いたのは確かなわけだな。それなら、少しは期待していいのかもな」

涼と違って、アベルは太守に対して厳しいらしい。

「あれ？」

涼が呟く。

「どうした？」

「今、東門が開けられて、二十人くらいの人が入ってきました。全員、騎乗してますね」

「街も封鎖中だったよな？」

「ええ。入ってきた後、またすぐに城門は閉められました」

「全員騎乗しているとは……誰だか気になるな」

◆

ジマリーノ政庁。

その朝、政庁前に届けられた五人が埋まった氷が融け、ロースター隊長が収監されてから、様相が一変した。

太守から出される、いくつもの命令。

それは、国境封鎖の解除発表、隣国への通達に始まり、ジマリーノ守備隊の綱紀粛正の発表まで、わざわざ街中に発表された。

普通そんな、身内の恥になるようなことは行わない。

一般の住民が知らないうちに、内部で不正の摘発を行う。

だが、ジマリーノ政庁は、あえてそれを行った。

それは、腐敗した政庁関係者を、住民からも告発してもらうためだ。近日中に、そのための機関が設けられることも公表され、住民からは喜びの声が上がった。

さらに、政庁内に残っていた良識ある者たちも、頷き喜び合った。上層部まで腐敗し、かなりの広範囲にわたって賄賂などで汚染されていたとはいえ、良識ある官吏、守備隊員がいなくなっていたわけではない。

そもそも、三年だ。

太守ボニートが絶望し、ジマリーノの政治が揺らいだのが三年前。

組織に属する人間全員が腐敗に手を染めるには、短すぎるのだ。そんな状態になるには、最低でも三十年は必要となる。四十年あれば完璧。組織に入った瞬間から、退職するまでの四十年間、常に腐敗した環境であれば、全員が腐敗する。

だが、三年では、まだ短すぎた。

良識ある者たちの多くは、サイレントマジョリティーとして、存在し続けた。

彼らが声を上げなかったのは、彼らにも家族がいたからだ。腐敗したくないとは思っても、表立って告発すれば家族が危険に晒される。ならば、せめて、黙ったままでいようと。

誰も、彼らを責めることはできない。

誰だって、家族のためなら全てをなげうつことはできるだろう？　家族のためなら、プライドを捨てるなど難しいことではない。

だが、そんな者たちも、忸怩《じくじ》たる思いは抱いていた。

それが、この朝、突然変わったのだ。サイレントマジョリティーたちは、顔を輝かせて仕事に励み……逆に、大っぴらに賄賂を受け取っていた者たちは戦々恐々となっていた。

そんな、再び走り始めたジマリーノ政庁を、騎馬の一団が訪れ、再び物語は転換する。

「ボニート様、都より首席監察官ファンキーニ子爵様が……」

「取次ぎ不要と言ったはず！」

取次ぎを押しのけて、太守執務室に五人の男が入ってきた。先頭で入ってきたのは、三十代半ば、髭を生やした中肉中背の男。着ている物は豪奢と言える。騎馬で駆けてきたためだろう、それなりに汚れている……。

ジマリーノ太守ボニート・ベキスは、書類から目を上げ、入ってきた男を訝しげに見た。

男が口を開いた。

「ジマリーノ太守ボニート・ベキス。貴殿をジマリーノ太守から解任する」

その言葉は、周囲にいた政庁の者たちの間を、驚きと共に伝わる。ただ一人、驚いていないのは、当のボニートだけだ。

ボニートは、静かに、そしてゆっくりと口を開いた。

「首席監察官殿、お役目ご苦労様です。一つお聞きしたいのですが、解任の理由は何でしょうか？」

「知れたこと！　初代大公キアッフレード様よりお預かりし火の魔石、盗まれたことは調べがついておる。しかも、それを都に報告もしないとは……太守として不適格！　即刻解任し、次期太守が決まるまで、私が執務を代行する」

「ふむ……」

ボニートは考え込んだ。

都からこのジマリーノの街まで、馬を飛ばしても一日半はかかる。火の魔石が無くなったことが分かったのが、約三十時間前。どう考えても時間が合わない。

とはいえ、それを指摘しても意味はない。

監察官は、各地の太守の監視を行う、大公家直属の役職だ。その中でも、ただ一人の首席監察官は、太守権限の停止、解任の権限すら持つ。そんな首席監察官が解任すると言っているのだ……。

だが、言うべきことは言っておかねば。

「解任するとおっしゃるのであれば致し方ございません。甘んじてお受けいたします。ただ、首席監察官殿が持っていらっしゃる情報には、誤りがございます」

「なに？」

「火の魔石は、保管庫の中にございます」

「なんだと……」

「とはいえ、盗まれたことは事実。その実行犯であった守備隊の隊長は拘束し、火の魔石も戻ってきました。それらは、全て都へ報告いたします。ちょうど書いておりましたその書類が、これです」

ボニートはそう言うと、先ほど書き上げた書類を首席監察官ファンキーニ子爵に見せた。

ファンキーニ子爵は受け取り、流し読みする。

「ふむ。では、その火の魔石を見せてもらおう」

「もちろんです。どうぞこちらへ」

ボニートは先に立ち、保管庫へ案内した。


「魔石が本物であり、それが保管されていることは確認した」

「ありがとうございます」

首席監察官ファンキーニ子爵が言い、ボニートは頭を下げて答えた。

「だが、一度盗まれたという事実は事実」

ファンキーニ子爵はねめつけるような視線でボニートを見て、冷たく言い放った。


さらに言葉を続ける。

「ジマリーノ太守の地位は剥奪せぬが、分限して、街の治安ならびに守備隊は、我が指揮下に置く」

「分限、でございますか？」

「そうだ。書記、しかと記録せよ。期限は、私が都に報告し、大公家の裁定が下りるまでだ。文句はないな」

「はい、かしこまりました。守備隊会議室で執務できるよう準備いたします。太守執務室よりも、守備隊の動きを把握しやすく、とても広い造りとなっておりますれば」

「うむ、殊勝である」

こうして、ボニートは太守の地位には留まれたが、守備隊への指揮権を失った。これは、警察権と軍事権を失ったということである。


「ボニート様……」

太守執務室に戻ると、保管庫での会話を聞いていた官吏たちが、ボニートを不安そうに見た。

「そんな顔をするな。守備隊への命令権はなくなったが、他は問題ない。街の治安は首席監察官殿に任せて、我々は、やれることをやる。まずは、国境封鎖の解除だ」

「はい！」

ボニートの迷いのない言葉に、官吏たちの顔からも迷いと不安は消えた。そして、それぞれにやるべきことを始めた。

表情は穏やかで、それでいて決意に満ちたものであるが、ボニートにも理解できない部分があった。

（なぜ首席監察官はこのタイミングでやってきて、守備隊への権限を取っていったのだ？　私が知らない何かがあるのは確かだ。探らせる必要があるな……）

ジマリーノの街が落ち着くには、まだまだ時間がかかりそうだ。


そしてこちらは、ジマリーノ政庁内守備隊会議室。

首席監察官ファンキーニ子爵は指揮官席に座り、目を閉じていた。顔をしかめながら。

周りでは、彼の直属の部下たちと守備隊員たちが、守備隊会議室を執務室として使えるように物を運び入れている。

誰も、ファンキーニ子爵には近付かない。

特に直属の部下たちは、絶対に近付かない。

要領を知らない守備隊員たちが、子爵からの指示を直接受けようとすると、すぐに腕を引っ張って離れた場所に連れていき、絶対に近寄らせなかった。驚くほど機嫌が悪いということを、部下たちは知っているのだ……。

そう、ファンキーニ子爵は、心の中で、何度も何度も悪態をついていた。

（クソッ……。何なのだこの状況は！　ゴンゴラドに頼まれたのは、魔石の回収と国境封鎖の解除だった。それも、予定通り魔石が届いたらやる必要はない、届かなかった場合だけ、ロースターとかいう隊長に接触してくれと。あくまで予備的な措置だと……。だから、太守のミスをあげつらって太守の権限を手に入れ、魔石の確保と国境封鎖の解除を行おうとしたのだ……。それがどうだ？　魔石はすでに保管庫に戻され、ロースターは捕まっているではないか。さすがの私でも、あの状態から魔石を手に入れることはできんぞ。そんなことをすれば、大公家に疑われるわ！　ならば、せめて国境封鎖を解こうと守備隊の権限を手に入れてみれば……国境封鎖は、九時に解除されることが決定していると。もう、今、九時じゃないか！　なんだ、これは？　これでは……私は、まるで、道化ではないか！）

ファンキーニ子爵は、右手で左手をギリギリと握っている。それを見て、部下たちはさらに首をすくめた……子爵の心内《こころうち》が、恐ろしい状況になっているのが分かっているからだ。

（ゴンゴラドが五億フロリン払うというから来てやったが、これでは意味がない。ああ、そうだ、さっさとこんな街は去った方がいいな。ゴンゴラドは文句を言うかもしれんが、なあに、また儲かりそうな情報をくれてやればいい。長居をして、その間に治安に関する問題が起きたりすれば、私の責任になる。そんな馬鹿馬鹿しいことはない。とりあえず今日は様子を見て、太守が問題なさそうであれば、住民の信頼回復に奔走せよとか言って、権限を返してやれば感謝するだろう……。ああ、そうだな、明日街を出るとしよう）

ようやく、ファンキーニ子爵は、握りしめていた手を弱めた。それを見て、部下たちは胸をなでおろした……。

だが、そんな平穏な時間は、長くは続かなかった。

「首席監察官閣下、大変です！」
「なんだ、騒々しい！」
「申し訳ありません。ですが……」
「なんだ？」
「報告いたします。先ほど、エレメエヴナ商会が襲撃されました」
「……は？」

◆

「お頭、これが最後の荷物です」
「ご苦労様ジギバン。では、いつも通り町の人に配って。今回は、ひと際派手にね」

フローラの言葉にジギバンは頷き、先を行く部下たちの元に走っていった。

義賊『暁の国境団』の一党だ。

トップであるフローラをはじめ、全員が、赤地に黒の刺繍の入ったマントを羽織っている。そして、お揃いの赤い仮面。

ここは、ジマリーノの街の、腐敗の中心とも呼べる商人エレメエヴナの商会。そこを、『暁の国境団』は襲撃したのだ。

それも、こんな明け方に。

そう、名前通り暁に照らされながら。

死者は出していない。義賊と自称するからには、いくつかの犯してはならないルールがある。その一つに、殺さないというのがある。

たいてい、彼女たちが襲撃する相手は、それまでに非道なことをしてきて、多くの人間を死に追いやってきている。だが、たとえそうであったとしても、彼女たちは、死人は出さない。

そして、襲撃する相手は、多くのお金があり、多額の賄賂をばらまく者。

それが、彼女らの方針であった。

腐敗と賄賂の中心となる者を襲撃する。その者が蓄財している物を奪い、住民に配る。さらに、その者の罪を満天下に明らかにする。

だいたいにおいて、これで腐敗と賄賂の中心にいた者は失脚する。

誰も、その者を好きですり寄っていたわけではなく、その者の財産にすり寄っていただけなので、財産が無くなれば、当然見向きもされなくなる。それどころか、見せしめに逮捕され、財産だけではなく、住民としての権利すら奪われることがほとんどなのだ。

しかも、彼女たちが派手に立ち回ることによって、小悪党たちは活動を抑えるようになる……目を付けられたらたまらないということだ。

つまり、中心部分を見極め、そこを叩くことで、けっこうな成果をあげてきた。

今回も同じであった。

「凄いですね、暁の国境団。鮮やかに奪い去りましたよ」

「まあ、そうなんだが……」

涼は手放しで称賛しているが、アベルは奥歯に物が挟まったような答えだ。

「アベルは、義賊を認められないのですか……」

「ああ。志の高さは、確かに認めるんだが……どうも、心の底から認める気にはならん」

この辺りは、難しいところなのだ。

弱き者、虐げられし者のために戦う……そこだけ見れば、誰もが認める素晴らしい行動だ。だが、その方法は、法の網をくぐり抜けた者を私刑にかける、なのだ。

正しいか正しくないか……それは、どこから、そして、何に焦点を当てて見るかによって変わる場合がある……。

なので、人それぞれ。

涼は、自分の心の中では、そう結論付けていた。だから、アベルが自分と同じ意見でなかったとしても、特に不満にも思わない。

みんな、いろいろあるのだ。

「僕は、アベルは冒険者になる前は、義賊だったのではないかと思っていました」

「俺が義賊？　なんでだよ」

「悪いことをした人を、容赦なく、徹底的に痛めつけるのが好きそうに見えるからです」

「いつも思うんだが、リョウの俺に対する認識って、歪んでいるよな」

「いやあ、それほどでも」

「褒めてねえよ！」

涼がなぜか照れて、アベルがつっこんだ。

「ん？」

「どうした？」

涼が何かに気付き、アベルが問う。

「いえ……八人ほど、この広場に向かってきます」

『暁の国境団』が襲撃したエレメエヴナ商会は、ジマリーノの街の中心広場に面した、商業一等地とも言うべき場所にある。その広場の一角に、『暁の国境団』と、気絶した状態で引き出されたエレメエヴナ商会の者たちがいる。

さすがにまだ明け方であり、しかもなにやら荒事が起きたことを周辺住民も察知しているのだろう、広場には、他に誰もいない。

そんな広場に向かってくる者たちがいる。涼は少しだけ首を傾げながら、言葉を続けた。

「しかもその中の一人って、確か……」

「走ってきます！」

剣士カラが気付き、声を上げて注意を促す。

まだ広場に残っている『暁の国境団』は、フローラ、護衛剣士カラ、護衛魔法使いナラ、それとB級冒険者ビビアナ、タティアナ、オクタビオの合計六人。

奪ったお金の類は、ジギバンたちが街の人に配るべくすでに出発し、執事ドロテオは街からの脱出手段を確保して別の場所にいる。

広場に向かって走ってくる八人と、フローラの間に立ちはだかったのはカラとナラ。

二人だけだが、普段ならなんの問題もないほど強力な戦力だ。街の守備隊程度であれば、十人以上いても、無傷で制圧してしまうであろう。

だが、走ってくる者たちは守備隊ではなかった。

昇る朝日の逆光であったため、正確に顔を判別できなかったのが大きかった。気付いた時には、もう遅い……。

「風よ　その意思によりて敵を……うぐっ」

「この……ぐはっ」

一気に加速した先頭を走る男が、〈エアスラッシュ〉を詠唱していたナラの腹に拳を一撃、さらに、カラの腹に剣の柄を叩きこむ。

文字通り瞬殺。

二人が倒れるのに目もくれず、再び加速した。

目指すのはフローラ。

「戻っていただきます、フローラお嬢様」

「お断りします、フラム」

「ならば、力ずくでも」

カキンッ。

音高く響く金属音。

「貴様……！」

フローラの腹に剣の柄を叩きこんで気絶させようとした炎帝フラム・ディープロード。だが、その剣の柄を防いだ者がいた。

「やあ、炎帝。また会うとは、奇遇だな」

それは、アベルであった。

炎帝とフローラの間に飛び込んで、抜いた魔剣で炎帝の剣の柄を受けたアベル。

「護衛の二人！　下がれ！」

アベルが叫び、護衛剣士カラと護衛魔法使いナラがなんとか立ち上がり、フローラの元に下がる。

「貴様……」

「貴様ばかりだな。ああ、そうか、紹介がまだだったか。俺はアベルだ。よろしくな、炎帝フラム・ディープロード」

あえて挑発するかのように言うアベル。少しでも、精神的に優位に立っておきたいという気持ちの表れだ。

まがりなりにも、アベルは一度負けている。このまま再戦となれば、どうしてもその記憶を引きずり、最初から後手を引くことになる。それは避けたい。

「邪魔をするな！」

「それはお断りする。俺は、邪魔をする」

「なっ……」

アベルの言いように、鬼の形相となっていく炎帝。

そんな炎帝を見ながら、アベルは視界の端で、変わった光景を捉えていた。

涼が『暁の国境団』の一行の所に行き、何やら受け取っている。

(仮面とマント？)

涼は受け取ると、何度も頭を下げた。

アベルは、受けていた炎帝の剣の柄を弾くと、後方に飛んだ。炎帝も、追撃をせずに後方に飛び、両者の距離が開く。

一旦、仕切り直しだ。

魔剣を構えたアベルの横に、涼が並ぶ。

『暁』のマントをローブの上から羽織り、赤い仮面もつけている。

「借りたのか。ローブの上からマントというのは……」

「仕方ありません。でもこれで、僕だというのはばれませんからね。炎帝のお連れさんたちを相手に、好きなようにやれます」

「俺は、顔を晒したままなのだが……」

「仮面ってかなり視界が狭まりますよ？　こんなのつけて近接戦とか、自殺行為だと思うんですが……」

「そ、そうだな……」

涼の、何かが少しずれた説明を、仕方なく受け入れるアベル。

「大丈夫、アベルと炎帝の戦いの邪魔は、誰にもさせませんから。今回は、アベルが死んでも止めませんからね。骨はリーヒャに届けてあげますから、安心してください！」

「いや、それは安心できない……」

そこで、涼は少しだけ声音を変えた。真剣に。

「僕は、アベルが、こんなところで死ぬ人物だとは思っていません」

「ふん。炎帝を相手にしてこんなところとか……。まあ、倒してくるさ」

涼の右拳とアベルの左拳がぶつかる。

そうして、アベル対炎帝の、二度目の戦いが幕を開けた。

「貴様……貴様のせいで、フローラ様を……」

魔剣を抜き、構えた炎帝フラム・ディープロードが、憎々しげに言葉を吐いている。

「ああ、去っていったな。残念だったな炎帝」

口調はおちゃらけているが、アベルは全く油断していない。油断できる相手ではないことは、当然知っている。

「彼女の回収に失敗したら、さすがに炎帝も怒られるのか？」

「なに？」

「彼女、ヴォルトゥリーノ大公の娘だろう？」

その瞬間、炎帝の全身が震えた。落雷でも落ちたのかというほどの……だが本人以上に、見る者の毛を逆立てる恐怖が走る。

カキンッ。

炎帝の打ち下ろしを受けるアベル。この二人の戦いは、必ず、この構図から始まるのかもしれない。

（これだけ集中しているのに、剣閃どころか体の動きすら捉えきれないとか……やっぱ化物だな、こいつ）

表情は余裕さを出しているが、心の中では、冷や汗を流しながらそんなことを考えているアベル。

もちろん、そんな一撃を、連続して繰り出すことはできない。振り絞って、振り絞って、振り絞っての一撃。だからこそ、アベルですら体の動きを捉えそこなう一撃となる。

だが、そんな一撃であっても、アベルは受けきる。一度対戦して、炎帝の剣筋を知ったからだ。だからこそ可能となった。

とはいえ、全く気の抜けない相手であることに変わりはない。

アベルは受けた剣を弾き、そのまま袈裟懸けに打ち込む。

炎帝は受けずに流し、突く。

だが、そこにはもうアベルはいない。袈裟懸けに打ち込んだ勢いのまま、体ごと移動し、炎帝の突きをよけながら、逆袈裟に切り上げる。

例えば、涼が振るう剣とは全く違う。移動しながら攻撃することによって、反撃されてもすでにその場所には自分はいない……。

アベルが修めた剣術、ヒューム流。

その初級では、足を使って出入りを多くする。それは、致命打を受けることを避け、生き残ることを主眼にしているからだ。生き残ってこそ、先に進むことができる……それは戦い全てに言えること。

初級を脱すると、一見、がらりと変わる。足を止めての打ち合いすら出てくる。ヒューム流の本質の一つに、無駄を削るというものがある。そして、無駄は、人によって違う。この中級の段階で、自分の剣、体と向き合い、無駄を削ることになる。だが打ち合いを行ったとしても、決めに行く時、あるいは相手の攻撃をかわして逆転に向かう時、その瞬間に足を使う。アベルは、特にこの技が大好きだ。

そして上級に至ると、攻防一体となる。足を使って敵の攻撃をよけつつ、よけた動きが攻撃になっている。攻撃をしつつ、攻撃で足を使うことによって、それが防御にもなっている……。言葉で言うのは簡単だが、実践するのは驚くほど難しい。なぜか？　相手の剣筋はもちろん、戦闘の推移を完璧に把握していなければ、これは成立しえないのだ。

よけた動きが攻撃に繋がる？　自分がよけた後、相手がどうなっているか読めなければ、攻撃などできない。

攻撃が防御になる？　攻撃して動いた先に相手が罠を張っていたら……一撃で倒される。

言うほど簡単ではないのだ。

しかし、アベルは、実践していた。

そうしなければ勝てる相手ではない。

だが前回の対戦と違い、炎帝の剣筋をある程度は理解できている。

どんな分野においても、一流以上になるには、学習能力の高さは必要だ。

上に行けば行くほど、相手が強くなるのは当然として、同時に、自分も研究されていく。今まで通用していた方法は対策され、自分が気付いていない弱点もあぶりだされてしまう。

そんな状況を打開するためには、自分も常に成長し続け、技を磨き続け、新たな道を見つけて進まなければならない。

なかなかに大変だ。


続く剣戟。

何十回目かの鍔迫《つばぜ》り合《あ》い。二人の力は互角、速度も互角。

物理面で上回れないのであれば、精神面で上回るのもありだ。

「彼女は、ヴォルトゥリーノ大公の娘フローラだろう？」

「貴様が知る必要のないことだ！」

アベルの問いに、鬼の形相で答える炎帝フラム・ディープロード。

どうも正解らしい。

「驚くほど強力な光属性魔法の使い手だったからな。しかも、フローラという名前で、炎帝がわざわざ連れ戻しに来る……。この大公国で真っ先に思い浮かぶのが、ヴォルトゥリーノ大公の長女で、都の神殿長でもあるフローラ・レッジェーロ・ヴィーギ。それが、彼女か」

「黙れ！」

アベルの説明に、激高する炎帝。

精神の揺れは、剣筋の揺れとなる。

怒りに任せて打ち下ろされる炎帝の剣。

アベルは体さばきでかわし、一閃、薙いだ。

それは完璧な一撃の、はずだった……。

「マジか……」

人間にそんな動きが可能なのかというほどに、信じられない速さで前にかがむ炎帝。そのまま、前方に勢いよく一回転をしてかわしたのだ。回転し終わると、周りを見ずに剣を一閃させる。

アベルが追撃していれば、その一閃で足を斬り飛ばされていたであろう。片膝立ち、腕の動きだけでの剣閃とは思えないほどの鋭さ。

『大戦』において、千人を斬ったというのは、誇張されても嘘ではないらしい。

炎帝はゆっくりと立ち上がる。

その間も、アベルは、隙あらば攻撃しようと考えていたが……文字通り、一分の隙も無かった。

どう攻撃しても、防御され、反撃される絵まで見えてしまうのだ。相手の剣筋を知ったがゆえのことだ。

それは、すくみに繋がり、攻めるべき時に攻められなくなるという弊害を生む。

だが、同時に、反撃されて試合終了という、悲劇的結末を避けることもある……。

戦闘とは、かくも難しいもの。

立ち上がり、剣を構える炎帝。

攻撃できず、剣を構えたままのアベル。

戦いは、膠着状態へと陥っていった。


一方その頃、涼は……魔王プレイに走っていた。

「クハハハハ、愚かなる人間どもよ、全力でかかってくるがいい！」

飛び交う魔法。

乱舞する対消滅の光。

「な、なんなんだ、こいつは！」

「全ての攻撃が迎撃されます！」

「ホントに魔王なんじゃ……」

広場をきっちりと〈アイスウォール〉で二分割し、アベルと炎帝が戦う側は〈アイスウォールパッケージ〉で完全に囲い、誰も邪魔できないようにしてある。広さも十分に確保してあるため、二人が走り回っても大丈夫なはず！

その上で涼は、広場の残り半分において、炎帝が連れてきた部下と戦っていた。魔王風に。

「この程度か？　どうした？　そんなものなのか？　我は失望したぞ！」

ノリノリである。

炎帝の部下七人の中には、魔法使いだけではなく剣士と槍士もいるのだが、涼の先を丸めた〈アイシクルランス〉の連続攻撃に、苦戦していた。

「くそっ、斬っても斬っても、氷の槍が飛んできやがる」

「こいつ、魔力は尽きないのか」

防ぐのに精いっぱいで、涼に近付けない。

そんな中、一人の魔法使いが決断した。

「大技を放ちます！　私を盾で守って」

「おうっ」

女性の魔法使いが叫び、盾使いがその前に移動して、盾で涼の魔法を防ぐ体勢をとった。

「ほぉ～。我を楽しませてくれそうだな、期待して待つとしよう」

「なめるな！」

涼が魔王っぽいセリフを吐き、剣士と槍士が異口同音に叫んで、一気に突っ込んだ。

多少の被弾は覚悟のうえでの特攻。

こういう相手に、油断してなめた対応をしていると足元をすくわれる。涼は知っている。

だから……。

「〈アイスバーン〉」

「ぐはっ」

「ずうぉっ」

突如、地面に氷が張られ、剣士と槍士は滑って転んだ。

そう、足元をすくわれたかのように。

その間も、長い詠唱を行っている女魔法使いと、それを守る盾使い以外、三人の魔法使いたちは攻撃を続けている。なんとしても、女魔法使いの詠唱を完成させるために、間断なく攻撃を加えているのだ。

魔力は無限ではないため、いつかは魔力切れを起こし、戦線は破綻する。だが、女魔法使いの魔法さえ完成すればいい……全員がそう信じ、それに全てを賭ける。

涼は、そんな熱い展開は大好きだ。

実際、女魔法使いがどんな魔法を繰り出そうとしているのかは、非常に興味があった。

女魔法使いが詠唱を始めて、何分経ったであろうか。

間断なく攻撃を加えていた他の魔法使いたちは……どう見ても、限界を迎えようとしている。

ロンドの森にいた頃は、限界まで魔法を使って、何度も魔力切れを起こしていた涼であるが、他の人が魔力切れとなるのを見たことはない。

それでも、目の前の魔法使いたちが限界に近いのは分かる。

さらに、〈アイスバーン〉で転がされても、何度も何度も突撃してきた剣士と槍士も、体力の限界が近いことは分かる。

そんな中、ついに……。

「できた！　離れて！」

ついに、女魔法使いが叫んだ。

それに合わせて、盾使いが横にどき、涼までの射線が開く。そして唱えた。

「〈バレットレイン〉」

「そう来たか！」

思わず、涼が歓喜の声を上げる。

涼でも知っている、風属性の最上級攻撃魔法。

『赤き剣』のリンが、この〈バレットレイン〉で大海嘯の時にゴブリンキングを穴だらけにして倒したはずだ。

およそ実用的とは思えない長大な呪文の詠唱が必要なうえ、かなり上級の風属性の魔法使いでなければ使うことができない。

だが、その攻撃力は強力無比。

「〈積層アイスウォール10層〉」

涼の前に、次々と氷の壁が生成されていく。その壁は分厚さを増し……そして、不可視の風の弾丸とぶつかった。

風の弾丸と氷の壁が衝突し、何十もの対消滅の光が乱舞する。

それは、幻想的ですらあった。

七人が、その幻想的な光景に意識を奪われたとしても、仕方なかったであろう。

彼女たちはやり遂げたのだ。戦場で放つなど不可能と言われた〈バレットレイン〉を、仲間全員で時間を稼ぐことによって成功させた。

本当に魔王ではないかと思えるほどに強力な相手……ようやくその相手を倒せたのだ。そのご褒美として、この幻想的な光景くらい、堪能してもいいではないか。

そう、堪能してもいい。

本当に、倒せたのであれば……。

「そんな……」

「馬鹿な……」

「魔王……」

光の乱舞が収まり、衝突の衝撃で舞っていた土煙も静まった先に……赤い仮面をつけた男は立っていた……。

絶望で、膝から崩れ落ちる魔法使いたち。剣と槍で、ようやく体を支えているが、気持ちは完全に折れてしまった剣士と槍士。

傲然と立つ赤仮面の男。

崩れ落ちる七人。

その光景そのものが、魔王と、挑み敗れた者たちであった。

「クハハハハハ、なかなかの攻撃だったぞ。噂の〈バレットレイン〉、弾丸の雨がまさかこれほどまでとはな。想像以上であったわ」

やはり、ノリノリで魔王ロールプレイを続ける涼。

もちろん、言っていることに嘘はない。

風属性最上級攻撃魔法〈バレットレイン〉は、確かに、かなりの攻撃力だった。積層で重なっていく〈アイスウォール10層〉を、かなり削ったのだから。

だが、涼が戦ってきた人外とも言える者たち……悪魔レオノールはもちろん、爆炎の魔法使いの攻撃魔法も……もっと凄かった……。

「そなたらの健闘を評価し、命をとるのだけはやめておいてやろう。氷の中から、これから先に起きることを見ているがいい。〈氷棺7〉」

炎帝の部下七人は、氷漬けにされた。

それに満足すると、涼は広場の入口の方に視線を向けた。

彼の〈パッシブソナー〉は捉えている。政庁の方から走ってくる百人を超える者たちを。

おそらく、街の守備隊。エレメエヴナ商会が襲撃されたという連絡が行き、やってくるのだろう。

「ククク、まだまだ楽しみは尽きぬようだ」

その言葉は、氷漬けにされた七人にも聞こえていた。

そして、〈バレットレイン〉を放った女魔法使いは、心の中で思ったのだ。

あの赤い仮面の男は……赤の魔王だと。


涼が、水属性の魔法使いなのに、赤い仮面と赤地のマントから、赤の魔王と名付けられ、連合西部ならびに王国東部において、一部有名になっていく素地が作られた……。


一方……広場の反対側では、膠着状態が終わろうとしていた。

口火を切ったのは、炎帝フラム・ディープロード。

「アベルと言ったな。ムカつく相手だが、お前が強いことは認めてやる」

「そうか、それは感謝しよう。炎帝フラム・ディープロード、お前さんが強いことも認めてやるぞ」

炎帝の言葉に、挑発を交えて答えるアベル。『大戦』の裏英雄なのだ。強いのは当たり前なのだが。

「だから死ね。モラルタ、炎帝解放」

その瞬間、炎帝の魔剣がひときわ強く光り、真っ赤に染まった。

「まあ、そう来るわな」

今回は、想定していたため、驚きはない。驚きはないが、純粋な絶望を感じていた。

なぜか、あの状態になった魔剣モラルタは、こちらの剣をすり抜ける。しかし、こちらから攻撃を加える時には、しっかり受け止める。

これは、炎帝の攻撃を剣で受ける、あるいは流すという防御法をとれないということだ。

つまり……。

「あの剣を、全てよけろと……」

有象無象《うぞうむぞう》が振るう剣ではない。

力も速さも技術さえも、アベルと同レベルの相手の剣を、全てよけなければならないのだ。

現実的に言って、それは不可能。

「だが、やるしかない……」

アベルがそう呟いた瞬間、炎帝が一気に踏み込み、打ち下ろした。

左足を半歩斜め前に出して、かわす。

炎帝は、打ち下ろした剣を、逆袈裟に切り上げる。

アベルは前方の地面に体を投げ出すようにして飛び込み、一回転、そして片膝立ちのまま剣を薙ぐ。

カキンッ。

炎帝は剣を下げて、それを防いだ。

アベルは、やられた技をやり返したのだ……炎帝は自分の連続技だからであろう、アベルが最後に剣を薙ぐのを読んでいた。

だが……。

「それは、俺の技だ」

怒っている。

炎帝が放った後は、片膝立ちからゆっくり立ち上がった。その時は、お互いの距離が離れていたからそれが可能だった。しかし、今は剣が接しているほどの至近距離。

どちらも、下手には動けない。

その時、アベルの左手が閃いた。

頭を振って、飛んできたコインをかわす炎帝。

その瞬間、アベルは片膝立ちのまま体を左に一回転させて、立ち上がりながら、炎帝の左側から逆袈裟気味に薙いだ。

だが、危なげなく剣で弾く炎帝。

アベルとしてはそれでいい。

さすがに、片膝立ちのままでは戦えないのだから、まずは立ち上がる必要があった。だが、立ち上がるには二人の距離は近すぎた。それで、とっさにコインを指で弾いたのだ。

「ふん、正統派のヒューム流のくせに、小癪なことをするじゃないか、アベル」

「冒険者を長くやっていると、いろんなことを覚えるんだよ、炎帝」

会話しているが、当然、どちらも隙は無い。

この二人は、そんなことで隙ができるようなレベルではない。

先に動いたのは、炎帝であった。

突く、突く、そのまま横薙ぎ。

よける、よける、バックステップしてかわして……

勢いをつけてアベルが突き返す。

カキンッ。

魔剣モラルタが実体化して受ける。

そのまま、アベルの連撃。だが、全て弾き返される。

時々振るわれる、炎帝の反撃。それは、アベルの剣をすり抜ける……。

ここまでくると、アベルの中に一つの仮説が組み上がる。

(仕組みは分からんが、魔剣モラルタが硬くなったりすり抜けたりするのは、モラルタ自身が判断して行っている……)

そう、炎帝が魔力などで操っているわけではなく、魔剣モラルタ自身が意思を持っているかのように……。

そうでなければ、これほど高速の、そして正確な切り替えは不可能だ。

(これは非常に厄介だが……)

人間の反応速度は、自然界において、それほど速いわけではない。

人間より反応がいい生物はたくさんいる。

それが『生物』でないとなれば、なおさらだ。

（勝つためには、仕方ないか……）

ここで、アベルは腹をくくった。

表情などに出したつもりはないのだが、おそらくそのわずかな変化を、炎帝フラム・ディープロードは認識した。

もちろん、アベルが何を仕掛けようとしているのかは分からないが、何かをしようとしているのは感じ取ったのであろう。先ほどまでより、腰を落としている。

重心が低い方が、反応しやすい。

（さすが千人斬り……俺が腹をくくったという、そんなわずかな変化すら感じ取るのかよ）

舌を巻くアベル。

だが、今さら変える気はない。

アベルは一気に飛び込み、打ち込む。

左右袈裟懸けの連続。もちろん、全て受けられる。

想定内。

袈裟懸けから右薙ぎ……ほんの僅か、本当に僅かだけぬるい剣閃。

炎帝はそれを受けずにかわす。

アベルの剣が抜けきったところで、炎帝はカウンターで打ち下ろした。

アベルは、たまらず左腕を上げて防ごうとするが、魔剣モラルタはアベルの腕をすり抜けて、一気にアベルの体本体を狙う。

その瞬間……。

噴血を撒いて吹き飛ぶ炎帝の右腕。さらに返す剣で左腕も斬り落とされた。


「うぐっ……」

「ふぅ……ふぅ……ふぅ……」

炎帝のくぐもった声と、アベルの荒れた呼吸だけが聞こえる。

パチパチパチ。

そこに重なる拍手の音。

「アベル、お見事です」

広場を分けていた〈アイスウォール〉を解除し、涼が拍手をしながらアベルの元へやってきた。もちろん、赤い仮面と赤地に黒い刺繍のあるマントを着けたままだ。

「ああ」

アベルも、ようやく呼吸が整ったのだろう。それだけ答えた。

「それにしても凄かったですね。左腕で防ぐとみせて、すり抜けさせる……それを見越して、カウンターを合わせて、右手一本での逆袈裟というか切上げというか……。しかも、その前の横薙ぎで左足に重心がかかったところから、一気に右足に重心を移し、右腕一本では斬り飛ばせないであろう力を補いましたね。さらに返す刀で炎帝の左腕まで斬って捨てる……。いやあ、いいものを見ました」

最後の場面を涼は見ていたらしく、嬉しそうにそう解説してみせた。

その説明を聞いて顔をしかめるアベル。

「全部見えたのかよ……」

「だいたいは。炎帝の、魔剣の特性を利用したんですね……。凄いですね」

涼は何度も頷き、手放しで褒めた。

そこで、アベルを睨む、もの凄い形相の男が目に入った。

「殺せ！」

炎帝が叫ぶ。

だが、アベルは小さく首を振るだけ。

「とどめを刺さなくて、いいんですか？」

涼が問う。

それにも、アベルは首を振って答えた。

「必要ない」

「この手の人たちって、ここで倒しておかないと、もっと強くなって戻って来ますよ？」

涼が心配そうに言う。

その言葉は、炎帝にも聞こえている。

アベルは、一度涼の方を見てから、炎帝に向き直りはっきりと言いきった。

「いつでも受けて立つ」

アベルは、ふと広場の反対側に目をやった。

そこは、控えめに言って、地獄であった。いや、正確には、かつて地獄であった光景の成れの果てと言うべきか……。

七つの氷の柱が建ち、百人ほどの兵たちが、起き上がれずにいる。立ち上がっている者は皆無。四つん這いの者が数名。ほとんどが、諦めて寝転がるか座っているか。等しく全員が、疲れ果て絶望感に苛まれていた……。

「あれは……」

「ええ、七つの氷の柱は、そこの炎帝の部下たちです」

その言葉に、炎帝は氷の柱を見た。閉じ込められた部下たちを確認したのだろう。怒りに満ちた表情に、さらに怒りが……。

「大丈夫、彼らは生きています。僕たちが去ったら氷は消えて、解放されます」

涼がきちんと説明をした。

説明をしたのだが、どうも炎帝は怒りを抱いたままらしい。

「アベルが、こてんぱんにし過ぎたからですね」

「なんだよ、コテンパンって……」

「で、〈アイスバーン〉で寝転がっている人たちは、守備隊です。お仕事もせずにいい身分ですよね」

「うん、それは、リョウのせいだろう？」

見た目だけで判断してはいけない。どうしてそうったのかを理解してこそ、誤解を避けることに繋がる……。世界は、実は複雑な構造をしているものらしい。

「さて、国境封鎖も解除されたみたいですし、謎も全て解けました。あの『暁の国境団』の、ミルクとサイコロステーキをこよなく愛する人は、大公の娘さんだったんですね」

「それも、聞こえていたのか」

「もちろんです。クライマックスですからね、一言一句聞き逃したりはしていませんよ！」

「そ、そうか……」

「とにかく、街を出ましょうか」

「それはそうなんだが……出られるのか？」

涼が提案し、アベルも同意したが現実的な問題がある。これだけの騒ぎを起こしたのだ、簡単には脱出できまい。

実際、広場全体を〈アイスウォール〉で区切ってあるが、その外には、追加でやってきた守備隊もいる。開いたばかりの城門にも、かなりの守備隊が配置されている。

彼らを倒しながら脱出してもいいのだが……死人はともかく、けが人は多数出るであろう。それはあまりスマートな解決法ではない。

だが、涼にはいい案があるようだ。

「アベル、任せてください！」

自信満々に言う涼。それを見て、若干不安に思ったアベルであるが、そんなアベルにいい案があるわけでもなく……仕方なく頷いた。


涼は少しだけ状況を整理する。

〈アクティブソナー〉で、城壁上にはすでに守備隊がいないことは、確認してある。

気を付けるのは、角度。切り裂く角度には注意だ。

とはいえ、全く難しくはない。


むしろ、封鎖が解かれ、城壁上に誰もいないタイミングであるのが、まさに僥倖。

「ではいきます！　〈アブレシブジェット〉」

涼が唱えた一瞬後……。

ガン。

ドゴッ。

ガジァン。

ゴゴゴゴゴ……。

轟音の連鎖が始まった。

驚く守備隊。当然だ。広場に、全方向から轟音が響いてくるのだから。

しばらくすると轟音は収まったが……住民たちの声が聞こえてきた。

「城壁が崩れたぞ！」

広場の周りに集まっていた守備隊員たちは、慌てて街の外周に向かって走った。

そして、到着して見たのだ。

崩れ落ち、なくなってしまった城壁……その跡を。

「リョウ……やり過ぎだろう……」

「でも、おかげで、僕たち逃げられたじゃないですか！」

混乱に乗じて、ジマリーノの街を抜け出すことに成功した二人は、ようやく、レッドポストに帰還することができたのであった。

国境越え

国境封鎖が解除された翌朝、ゲッコー商隊は宿で朝食を食べていた。

「それにしても、巷で話題の『暁の国境団』がジマリーノの街にいたのは驚きました」

ゲッコーが、正面に座る涼に話題を振った。涼とアベルは、ジマリーノの街で遭遇したことを、きちんと報告してある。

「そんなに有名なのですか？」

涼は、これまで全く聞いたことがなかったために、そう問うた。基本、王国どころか南部のルンの街に引きこもっているため、王国東部国境や連合の情勢は全く知らない。

「はい。ここ数カ月、連合西部、特にヴォルトゥリーノ大公国を中心に活動しています。まあ、中心人物がその方であるのなら、納得です」

「確かに」

ゲッコーの説明に、頷く涼。

少しだけ微笑みながら、ゲッコーはここにいないB級剣士について言った。

「アベルさんも、これから大変かもしれませんね」

「え？　ああ、やっぱりゲッコーさんも、あのフラムなんとかさん、この先もアベルに関わってくるって思いますよね……」

ゲッコーの言葉に、涼は小さく首を振りながら答えた。やっぱりあの時、とどめを刺しておけばよかったのに……とは、ちょっと思ったが、いちおう言わないでおいた。

「かの炎帝と、そんな因縁ができてしまったのですから……ねぇ」

ゲッコーは、苦笑しながら言うのであった。

◆

ゲッコー商隊は朝食を食べ終えると、国境の街レッドポストを出立した。レッドポストは、ナイトレイ王国東部における国境の街で、南東に、インベリー公国との国境がある。商隊はその国境を越え、インベリー公国の公都アバディーンに向かう。

レッドポストを出る時から、隊列に少しだけ変化があった。

先頭の荷馬車は、御者台にゲッコーがおり、歩きながらの護衛にマックスがいる。涼とシャーフィーが、その先頭の荷馬車脇に配置が換わった。要は、約束通り命を救ったシャーフィーから、ゲッコーが情報を貰うための配置転換であった。

涼は、そんなシャーフィーのお目付け役なのだ。

「リョウ……さんが、お目付け役ってのが……なんか……」

シャーフィーが、横を歩く涼を見ながら言う。

「シャーフィーは、何か文句があるみたいですね」

涼は、気にすることなく歩いている。

「俺の心臓って、まだ氷の膜があるんだろ？　それって、リョウ……さんがその気になれば、すぐに心臓を握りつぶしたりとか、できるんじゃないのか？」

「さあ？　試したことが無いから分かりませんね。ちょっと試してみますか？」

「いや、それは勘弁してくれ」

シャーフィーの確認に、涼も確認してみようかと提案する……ただし交渉は上手くいかず。

「シャーフィー、人間の体というのは、六割以上は水です。その水は、体の隅々にまで浸透しています。ですから、水属性の魔法使いにとってみれば、わざわざ心臓を潰さなくても、腱を凍らせるだけで、簡単に動きを止めることができるんですよ？」

「う……指が動かない……」

涼が言った瞬間に、シャーフィーは指を動かすことができなくなった。

「これなら、シャーフィーが突然暗殺者に戻っても、他の人に危害を加える前に制圧することが可能ですね」

涼は満足したかのように、何度も頷いた。

シャーフィーは、そんな涼を、人ではない何かを見るような目で見ている。

それを御者台から聞いていたゲッコーが、助け舟を出した。

「シャーフィーが悪いことをしなければ、リョウさんは何もしませんよ。そうでしょう、リョウさん」

「もちろんです」

涼は大きく頷いた。

「よかったですね、シャーフィー」

「ゲッコーさんに感謝しましょうね、シャーフィー」

ゲッコーの笑顔、涼の笑顔。

どちらもシャーフィーには不気味な笑顔に見えるのであった。

移動している間は、常にシャーフィーへの尋問、もとい情報共有の時間である。

もちろんシャーフィーも、タトゥーを剥ぎ取り、命を救ってもらった恩義に報いるために、積極的に情報共有に協力している。

その辺りは、悪い奴ではなさそうだ。

元暗殺者だが。

そもそも、シャーフィーに教団本部から与えられた主目的は、王国東部第二の都市スランゼウイの破壊活動であった。そのため、このゲッコー商隊を襲ったのも、そのスランゼウイでの襲撃が初めてであり、その前に襲った部隊があるという話は聞いていなかった。

「スランゼウイの破壊活動と、ロー大橋の崩落は関係があるのだと思いますが、何が目的なのでしょうか」

「ああ、詳しいことは俺も分からな……いや、リョウさん、待て、マジで知らないんだってば。その、手をニギニギするのは、文字通り心臓に悪いからやめてくれ……。ただ、その二つを含めて、この先も王国東部への破壊活動を増やすって話はあった」

ゲッコーの質問に、素直に答えるシャーフィー。

「それは、どこかからの依頼ですか？」

「もちろんそうだ。まあ、内容からも分かると思うが、かなり大口の依頼で、支払われる金額も莫大なものだと言っていたな。そんなことができる組織となると、そう多くは無いだろ？」

「連合か帝国……」

「デブヒ帝国！」

シャーフィーの説明に、考えられる現実的な候補をあげるゲッコー。

そして、一部の語句に過剰に反応する涼。

「インベリー公国にも、教団の拠点はありますよね？」

ゲッコーのこの問いに、シャーフィーは渋い顔をした。

「そう……だな……」

仲間を売る、とまで言わなくとも、やはり気が引けるであろう。自分の手で、先日まで味方だった者たちを危地に追いやるのは。

「言いづらいですか？」

「そんなことはない！　問題ない！」

ゲッコーが優しく問いかけるが、それに対するシャーフィーの反応は、何かを割り切ったものであった。

自分が、元の仲間たちからすれば裏切り者と呼ばれる立場になったのは、受け入れていた。

「公国内の主要な街には拠点がある。たいてい、詰めているのは三人だ。ただ、公都アバディーンだけはそれなりに大きくて、二部隊、二十人ほどがいるはずだ。場所については、公都に着いてから言う」

その答えを聞いて、ゲッコーは深く頷いた。

シャーフィーを味方にして、最も欲しいと思っていた情報の一つが、教団の本部だったからだ。

「ちなみに、教団の本部は、公国内の教団アジトだったのですか？」

「本部は、ナイトレイ王国内にある」

ゲッコーの問いに、シャーフィーはなんでもないかのように答えた。だが、その答えは、王国に住む涼には、聞き捨てならないものであった。

「王国のどこですか!?」

「いや、言うから、答えるから、リョウさん、その、手を握り締める動作はやめて……」

涼の激した質問と、それに伴う動作に、涙目になるシャーフィー。

「王国東部の小さな村だ。東部最大都市ウイングストンから、北に徒歩で一日。山の上にあり、アバンの村と呼ばれている。その村に住むのは、全員教団の人間だ」

「王国東部……まさか、そんな近くにいたなんて……」

シャーフィーの答えに、愕然《がくぜん》とする涼。

王国東部と言えば、それこそ、今日まで通ってきた場所。

ウィットナッシュで『十号室』のニルス、エト、アモンと戦い、この護衛の最中にも何度も襲ってきた暗殺教団。また襲ってくる前に叩くべきではないか？

「依頼中じゃなければ、今から行って潰してくるのに！　暗殺教団、運がよかったですね！」

涼が悔しがる姿を見て、シャーフィーは呟いた。

「ホントにやりそうだから怖い」

ふと思い出したように、シャーフィーは涼に言った。

「リョウさん、あんたの水属性魔法は確かにとんでもない。だが、教団の首領も規格外だ。もし対峙することになったら気を付けなよ」

「シャーフィー、ちょっと確認したいのですけど、あなたの胸に彫り込んだタトゥー、あれって錬金術だって言ったじゃないですか？」

「ああ、言ったな」

「その錬金術は、教団の首領が？」

「そうだ。錬金術と土属性魔法に秀でている」

「それはどっちも欲しいスキルですね！」

もちろん、倒したからといって、スキルを手に入れることなどできない。『ファイ』にはそんな仕様はない。

倒しても手に入れることはできないが、錬金術関連の資料とか、あるのではないだろうか……。少なくとも、あのタトゥーに使われた錬金術は、涼が図書館で調べた中には存在しなかった。セーラに少し教えてもらった、エルフに伝わる錬金術にも、あの系統のものは無かった。

ちなみに、剥ぎ取ったタトゥーは、〈氷棺〉で氷漬けにして、いつもの肩掛け鞄に入れてある。涼が研究材料にと、ゲッコーに頼んで譲り受けたのだ。

今回の『手術』における、特別報酬であった。

そんな、いろいろな想像を膨らませてニヤニヤしている涼を、シャーフィーは横目に見ながら再び呟いた。

「倒しても……魔法とか手に入らないよな？　だよな？　リョウさんは別、とかそんなこと、ないよな？」

疑心暗鬼に陥った、元暗殺者が一人……。


ゲッコー商隊は、特に問題なくインベリー公国への入国手続きを終えた。

ゲッコー自身、公国で最も有名な商人であり、非公式に公爵の貿易顧問とすら言われているほどの立場だ。

その商隊なのだから、ほとんどフリーパスである。

「元暗殺者が国境フリーパス……」

「あくまで、元だからな、元」

涼の呟きというには大きすぎる独り言に、激しく反論するシャーフィー。

それを御者台から微笑みながら見ているゲッコーと、しかめっつらで首を横に振りながら歩き続ける護衛隊長マックス。


「あ、そうだ、シャーフィーに聞きたいことがあったのですけど……ゲッコーさん、今聞いてもいいですか？」

「いいですよ。私は、とりあえず聞いておきたいことは、だいたい聞きましたので」

ゲッコーの質問がやはり最優先。それくらいのことは理解している涼。雇い主の意向は大切。

「リョウさんの質問とか、恐怖しか感じないんだが……」

シャーフィーのそんな言葉を聞いて、劇画調の顔風に愕然とする涼。

「今まで、めっちゃシャーフィーのために尽くしてきたのに……なんという言い草。やっぱり一度心臓を潰した方が……」

「ほら、それ！　それが怖いっつーの！　そもそも、なんでタトゥーを剥ぎ取ったのに、心臓の周りに氷の膜が張ったままなのさ」

「裏切った時に、すぐ対応できるように」

「あ、はい……信用されてないとは思っていたけど……リョウさんが、俺を全く信用していないということは嫌というほど理解しました」

うなだれるシャーフィー。

「で、質問なんですが？」

「ああ、はいはい、俺が沈んでいるのに空気読まないで質問、どうぞ！」

涼の問いかけに、半分やけになって答えるシャーフィー。

「暗殺教団って、どうしてウィットナッシュであんな襲撃を行ったの？」

「え？」

涼の問いに、演技ではなく顔の表情が抜け落ちるシャーフィー。

その変化は、マックスもゲッコーも驚くほどのものであった。

「り、リョウさん……なんでウィットナッシュの件、教団がやったことだと知っているんだ？」

「あれ？　なんか変なこと聞いた？」

「あれは、教団でも、実行した奴ら以外だと、俺ら幹部じゃないと知らないはずなんだよ。それを、なんで、リョウさんが知っているんだ？」

シャーフィーの表情が、畏怖と怒りがない交ぜになったものに変わっていた。

畏怖は、知られるはずのないことを知られていることから。

怒りは、それを誰かが漏らしたのか……漏らした者への怒りだろうか。

「なんで知ってるかというと、現場にいたから。帝国の皇女様を狙ってたでしょ。おかげで僕のルームメイトが巻き込まれてしまって……。まあ、暗殺者、倒してましたけどね」

涼がなんでもないという感じで答えを披露する。

「皇女様を狙ったことまで知ってるのかよ。だがすまんが、俺は詳しくは知らないんだ。あれは、首領側近の『黒』が中心になってやった作戦だ。かなり大規模なやつだったが、結局どれくらい成功したのか、俺らには知らされなかった……」

シャーフィーは申し訳なさそうに答えた。涼が見たところ、嘘をついているようには見えないが……。

（ウィットナッシュで帝国の皇女様含め各国要人を襲撃し、王国東部で破壊活動……めちゃくちゃなことをやってるようにしか思えないや……）

その後、十日間かけて、一行はインベリー公国の公都アバディーンにたどり着いた。

不思議なことに、インベリー公国に入ってからは、一度も襲撃されなかった。まるで、別の優先目標でもできたかのように。

とはいえ、涼、ラーたちにとって、二十二日間にも及ぶ護衛依頼は、終わりを迎えようとしていた。

公都アバディーン、ゲッコー商会本館前。

「無事、辿り着くことができました。リョウさん、『スイッチバック』の皆さん、本当にありがとうございました」

そういうと、ゲッコーは丁寧に頭を下げた。

雇い主に、そんなに頭を下げられては、涼もラーたちも若干困ってしまう。

「私共は、このまま公城に荷物をお届けに上がります。そのため、たいしたおもてなしもできませんが、商会の方に、わずかばかりの心づけを準備しておりますので、お受け取りください」

そういうと、ゲッコーは、マックスと、なんとかその部下に収まったシャーフィーを率いて、公城へと向かっていった。

ちなみにシャーフィーの心臓周りの氷の膜が、きちんと消去されたことはここに明記しておく。

消去された時、シャーフィーが喜んだのは言うまでもない。

涼と『スイッチバック』の面々は、ゲッコー商会で心づけ、つまりちょっとした臨時の報酬を貰い、ホクホク顔であった。

「よかったわね、ラー。あんたリーダーのくせに、ギルド口座からお金下ろさないで国外に出ようとしてたでしょ。危なかったわぁ。あのままだったら、私たち、この心づけだけで王国まで戻る羽目になってたんだからね。そんなの絶対無理じゃん、ねぇ」

「悪かったよ。ギルド口座の金は、国内でしか下ろせない……つい忘れちまうんだよな。あぶないあぶない」

スーとラーが喋っている声が涼の耳に入り、涼はその内容を理解すると、まるでギギギギギギという音でも立てるかのように、二人の方を見た……。

その目は大きく見開いている。

「リョウ……まさかその表情は……下ろし忘れたのか？」

「ソ、ソンナワケナイデスヨー」

涼の表情は無表情になっていた……。

「リョウ、手持ちのお金は？」

「金貨一枚と大銅貨二枚……」

「一万二十フロリン……。国境、越えられないわね」

ラーが問い、涼が答え、スーが結論を下す。

だが、そこでラーが思い出して問うた。

「あれ？　リョウ、ゲッコーさんから、『よくやった』って、特別報酬貰ったって言ってなかったか？」

ラーが思い出したのは、涼が最初に暗殺者を〈氷棺〉に捕らえ、マックスがその胸のタトゥーをえぐり取った件である。

「はい……大金貨一枚……」

「おぉ、十万フロリン！　で、それは……？」

涼が答え、スーが感心して問う。

「……次の街ですぐに口座へ」

「ああ……」

うな垂れて答える涼。異口同音に、悲しみの言葉を発するスイッチバックの面々。

十万フロリンもの大金を持ったまま、護衛依頼なんて怖すぎる！　涼のその気持ちは、冒険者なら誰しも分かった……。だから、誰も責めない。

「す、少し貸してやろ……」

「いいえ！　それはダメです！　お金の貸し借りは、良好な関係性を破綻させる毒物です！」

「お、おう……」

ラーが貸してやろうとするのを、涼は止めた。

そのあまりの剣幕に、ラーも引き下がる。

「まあ、借りないで国境を越える一番現実的な方法は、王国への護衛依頼を受けることよね」

「なるほど！」

スーが、涼が最も求めていた答えを示してくれた。

「公国は、王国との関係は良好だし、この二国間は交易も盛んだから、護衛依頼はあると思う。ただ、行先が……」

「まさかデブヒ帝国？」

「そんなわけないでしょ。前から思ってたけど、リョウってかなりな帝国嫌いよね。まあ、行先は多分、王国東部最大都市ウイングストン。私らが通って来た東街道よりも、少し北の方にあるの。だから、そこから南部のルンの街に帰るのも、また少し厄介だけど……」

「ええ、背に腹は代えられません。王国内に入れるのなら、なんの問題もないです！」

スーは、少し申し訳なさそうな顔であったが、涼としては多少の地理的な問題など、たいしたことはない。王国内に入りさえすれば、お金はどうにかなるのだから！

「でも、一つ大きな問題があるわ」

「なんですか？」

「それは、国境を越える護衛依頼が、D級でも受けれるかということよ」

スーの言葉に、完全に言葉を失う涼。

「私たちや、ルンの街であればリョウの実力は知ってる……いや、正確には実は知らないけど、C級以上あるというのは知っているから、いろいろ口を利いてもらえる。今回みたいにね。でも、他国であるインベリー公国だと、そういうのはないと思うのよ」

スーは顔をしかめて言う。

スーだって、こんなことは言いたくないのだ。だが、事実は事実である。

「スー、ありがとう。とりあえず、ギルドに行ってみます。D級で受けられる、国境を越える護衛依頼を探しに」

涼はそう言うと、歩き出そうとした……が……歩き出せなかった。

「……そうよね、ギルドの場所知らないもんね。私たちも知らないもん」

そう、ここにいる誰もが、公都アバディーンの冒険者ギルドの場所は知らなかった。

この後、涼と『スイッチバック』の面々は、ゲッコー商会でギルドの場所を聞いてから、ギルドに向かうのであった……。

◆

アベルをリーダーとする『赤き剣』は、王国東部国境の街レッドポストでゲッコー商隊と別れてから、西の方角へと歩を進めていた。向かう先は、ナイトレイ王国王都クリスタルパレス。

「ねえ、やっぱりおかしくない？　なんであの手紙、ルンの街じゃなくてレッドポストに届いたの？　あの手紙のせいで、レッドポストから直接王都に行く羽目になってるし」

四人の中で、自他ともに認める、最も体力に自信のない魔法使いリンは、レッドポストを発って以来何度目かのボヤキを始める。

「知らないわ。それこそ、王都に着いたらイラリオン様に問いただしなさいよ」

リンの次に体力のない神官リーヒャが、適当に答える。

「ハッ、内部情報が漏れている可能性があるわ！　この中に裏切り者がいるに違いない……」

「リン、最近リョウに似てきているぞ」

「なんでよ！」

リンのボケにアベルがつっこんだ。

赤き剣の四人は、レッドポストから出発しようとした時に、冒険者ギルド経由で届いた手紙によって、行先をルンから王都に変更することになった。

手紙の差出人は、いつものようにイラリオン。

イラリオンが、冒険者ギルドのコネクションから、『赤き剣』がレッドポストにいるということを知ったからであるが……そのことは、四人にはあえて知らされていない。

「イラリオン様のお手紙はいつものことだけど、今回のは珍しい内容よね」

リーヒャが傍らを歩くアベルに言う。

「ああ。兄上に会え、か……」

アベルの表情は決して明るくない。

それは兄との関係性の問題ではなく、急遽、そんな内容であったために訝しんでである。

何度か小さく首を振り、忘れることにした。

「今ごろは、もうリョウたちも、公都に着いているかしらね」

それを察してか、リーヒャから話題を変える。

「さあ、どうだろうな」

「無事に着けばいいんだけど」

「少なくとも、リョウは辿り着くだろ。というか、ちょっかい出した暗殺教団が壊滅させられないかの方が、気になるんだが……」

「そう言えば宿の会議室で、こっちに向かって来ていた暗殺者、凍らせていたわね」

リーヒャが、シャーフィーの手術中に襲ってきた賊たちのことを思い出しながら話す。

「いつの間にか氷漬けになっていたな」


アベルが答える。

「ああ、それそれ！　私、以前、魔法研究所で聞いたことあるんだけど、水属性魔法で生きた人を氷漬けにすることはできないって。でも、リョウって氷漬けにしたから、なんでだろうって……」

リンが二人の会話に割り込む。

「ん？　普通は、氷漬けにできないのか？」

「当然でしょ。そんなことができるなら、その魔法に特化するだけで対人戦最強じゃない」

アベルの疑問にリンが即答する。

「人間ってのは、体の表面十センチくらいまで、他人の魔法の侵入を受け付けない特性みたいなのがあるらしいの。〈魔法障壁〉も、その特性を拡張したものらしいし」

「そう言えば神殿でも習ったわね、それ。だから光属性の回復も、対象の体に触れながらが一番効果があるって」

リンの説明に、リーヒャも聞いたことがあると乗っかった。

「その表面十センチってのは、魔法が使えない俺みたいなのでも?」

魔法が使えない剣士のアベルはどうなのかと。

「うん。魔法が使えない人でもそうらしいよ」

リンが大きく頷きながら答えた。

「それなのにリョウは凍らせることができると……しかも生きたまま」

「考えてみると恐ろしいよね……」

アベルがぼそりと言い、リンが首を横に振りながら言う。

「以前は、帝国の皇女を凍らせようとしたからな……」

「うん、アベル、王国と帝国の戦争がもし起きるとしたら、原因を作るのは、きっとリョウだね」

アベルの呟きに、リンが重々しく頷きながら、恐ろしいことを言うのであった。

「勘弁してくれ……」

◆

デブヒ帝国帝都マルクドルフから南へ約一千キロ。

七人のパーティーが、街道を南下していた。

「なあローマン、本当にナイトレイ王国に行くのか?」

「はい。オスカーさんが言っていた『水属性の魔法使い』がとても気になります」

「ゴードン、あんたそれ、何日言ってるのよ……もう王国国境、目の前よ?」

勇者パーティー火属性魔法使いのゴードンは、さすがに、そろそろ西方諸国に戻りたいと思っているのだ。だが、勇者ローマンはもっと強くなりたいと思っていて、斥候のモーリスはゴードンに呆れている。

「寒いところは苦手じゃったから、南に向かうのは賛成じゃ」

「そうね、寒いよりは暖かい方がはるかにいいわね」

ドワーフ族でもある土属性魔法使いのベルロックと、風属性魔法使いのアリシアは、どちらも寒いのは苦手なため、帝国の南にあるナイトレイ王国に移動するのは、賛成であった。

そしてずっと無言のエンチャンター、アッシュカーンと、いろんな理由から心の中でため息をついている、折衛役の最年長グラハム。

勇者パーティーは、あれ以来、ずっと帝国の魔法演習場にいた。もちろん、訓練して強くなるために……主に勇者ローマンの希望であるが。

そもそも、勇者パーティーの目的は、『魔王を倒すこと』である。そのため、主に西方諸国からの資金などの援助を受けて、活動している。そして、魔王出現の報告は、西方諸国東部地域から、多く寄せられていた。だから以前、人工の『祭壇』を作るなどして罠を張ったりもしたのだ。

結果、かかったものは魔王ではなく、悪魔レオノールというものであったが。そこから、いろいろな歯車が狂い、現在勇者パーティーは、中央諸国のデブヒ帝国にいる。

「まあ、あの師団で訓練したことで、確かに俺らは強くなったけど……」

「ですよね！　強い人と訓練すれば、もっと強くなれるということですよね！」

ゴードンの言葉に、すぐに乗っかる勇者ローマン。

彼の行動原理は、現在のところ、強くなりたい一心であった。

「けど、王国の『水属性の魔法使い』って、名前も分からないんでしょ？」

「はい……オスカーさんは結局、教えてくれませんでした……」

斥候モーリスの言葉に、勇者ローマンはうなだれる。

「王都で、有力な情報が得られればいいのですが……」

正直、これ以上時間をかけるのは好ましくないと思っている最年長グラハムであるが、ローマンがやる気になっているのは好ましいことなので、なかなかに難しい舵取りだと感じている。

少なくとも、情報収集で時間をとりたくはないと思っていた……。

護衛依頼

公都アバディーン、冒険者ギルド。

「いらっしゃいませ。どのようなご用件でしょうか」

涼は空いている受付に顔を出した。

「すいません、僕はナイトレイ王国の冒険者なのですが……」

そう言いながら、涼は受付にギルドカードを出す。

「ナイトレイ王国のD級冒険者、リョウ様ですね。それで、ご用件は？」

「実は、王国に向かう商隊などの護衛依頼を探しています」

「なるほど。確かに、いくつかございますが……全てC級以上となっています……申し訳ございません」

「ですよね……」

受付嬢は、申し訳なさそうな顔をしながら、希望に沿えないことを告げた。

そして、それは涼の予想通りであった。正確には、スーの予想通りであった。

落ち込む涼。

（ラーさんにお金を借りるしかないか……。元はと言えば、僕が迂闊だったわけだし……仕方ない……）

信条に反するが、それで、更に他の人に迷惑をかけるよりはいいか、自分さえ我慢すればいいんだし……と涼が考えていると。

後ろから声をかける者があった。

「その若さでD級なら、それなりの腕だろ？　ナイトレイ王国王都までの護衛依頼を受けないか？」

涼が驚いて振り向くと、そこには三十代半ばくらいの、いかにも冒険者な風体の男がいた。

「コーンさん？」

受付嬢がもの問いたげな顔を向けて言う。コーンという名前の男らしい。

「ああ、例の依頼のやつだ。背格好が完璧に近い。正直、もう無理だろうと思っていたんだが、これはきっと神様のおぼしめしとかそういうのに違いない」

「えぇ～っと……？」

涼は全く理解していない。

何か変な依頼とか、怪しい雇用主などではないだろうか？

そう思っていると、受付嬢が小さい声で教えてくれた。

「この依頼自体は、冒険者ギルドを通した正式なものです。ギルドマスターからも、できる限りの協力をするようにと、受付に通達されています。それで、そちらのコーンさんが、護衛冒険者の取りまとめ役をされている方です」

涼はその説明を聞くと、コーンの方を見た。

コーンは、説明している内容が聞こえていたのだろう。うんうんと、何度も頷いている。

そして、一言付け加えた。

「ただ、護衛依頼ではあるが、『護衛される依頼』なんだがな」

「……はい？」

最後の一言で、余計に訳が分からなくなる涼であった。


詳しいことは移動しながら、ということで馬車に乗せられる涼。見送る『スイッチバック』の面々……。

自分は、涼で完璧だと思うが、依頼主が認めないと成立しない。だから、今から一緒に依頼主の元に行ってもらいたい。なにせ、出発は明日の朝だから、時間はもう今日しかないのだ。

コーンがそう言って、涼は一緒に馬車に乗って移動しているのだ。

「つまり、その、やんごとなき御方の影武者として、一緒に王都まで行ってほしいと」

「そういうことだ。食事付きだし、移動は馬車の中で歩く必要なし。王都に着けば、成功報酬として五十万フロリン。どうだ、いい依頼だろ？」

確かに素晴らしい依頼である……だが、そんな美味しい依頼なら、他にも引き受けたがる人は多いだろうに……。

「まず、そのやんごとなき御方に、少なくとも遠目からは区別がつかない者でないといけない。で、いわゆる冒険者ってやつらはみんなガタイがよくてな……」

「ああ、確かに、僕は冒険者の中ではかなり華奢な方ですからね」

「そうなんだよ。あ、いや、侮辱してるわけじゃないからな？　見たところ魔法使いだろ？　魔法使いはそういう感じなのが多いし、見た目と実力は関係ないからな」

涼が頷くと、慌てて否定する辺り、コーンは悪い人ではなさそうだ。

そんな会話をしているうちに、馬車はひときわ大きな門の前に着いた。

「ここは？」

「公城だ。依頼主は、ここに滞在されている。な？　まともな依頼だろ？」

確かに、公城と言えば、インベリー公の居城。そこに滞在しているということは、どこかの王族や上級貴族の関係者などであろう。

馬車は、特に中を見られることもなく公城の中へ入っていった。


いくつかの門をくぐり、公邸やゲストハウスが立ち並ぶ一角で、二人は馬車を降りた。

「あのゲストハウスの二階だ」

そういうと、コーンは先に立って歩き出した。

それに付いていく涼。


だが、建物に入る前に、涼は驚くべき人に出会った。

「あれ、リョウさん？」

「あ、ゲッコーさん、こんにちは」

先ほど、依頼を完了させて別れたばかりのゲッコーがいたのだ。

「どうして、リョウさんがこんなところに？」

「王国への帰りの依頼の件で……」

「もうお帰りになられるのですか？　もう少し公国を堪能していただければよろしいのに」

「もうしわけありません、こちらにもいろいろと事情が」

（主に金銭的な事情が……）

涼は心の中で泣きながらゲッコーと話した。


ゲッコーと別れた涼は、コーンと共にゲストハウスに入った。

「リョウは、ゲッコー殿と知り合いなのか？」

コーンが先ほどの光景から、興味深げに聞いてきた。

「はい。王国のルンから、ゲッコーさんの商隊の護衛依頼で、先ほどこの街に着いたのです」

涼がそう話すと、コーンはなるほどと、何度も頷いた。自分の見る目は間違っていなかった……そういう感じだ。

二階に上がった二人は、一番奥の部屋の前に着いた。

「コーンです」

コーンが扉をノックする。

「どうぞ」

中から声が聞こえ、二人は部屋の中に入った。

そこは二間続きの部屋で、手前の部屋には応接セットがしつらえてあった。現代地球で言うと、高級ホテルのスイートルームといった感じだ。

そこにいたのは、椅子に座った十六歳ほどの少年と、その斜め後ろに控えた、いかにも爺やという感じの、六十歳を優に超えた男性の二人。

十六歳ほどの少年が、コーンの言う、やんごとなき御方なのだろう。

確かに、華奢というほどではないが、線の細い感じであり、涼と雰囲気も似ている。優しく、柔らかな印象を与える顔立ち、栗色の髪、黒に近い濃い灰色の目。

年上の女性などであれば、庇護欲を掻き立てられるに違いない。

「ウィリー殿下、ロドリゴ殿、例の依頼にまさにうってつけの人材が見つかりましたぞ。こちら、ナイトレイ王国のD級冒険者、リョウ殿。ちょうど、王国に向かう依頼を、ギルドで探しているところでした。しかも、今すれ違ったのですが、この国の大商人ゲッコー殿とも知り合いで、護衛依頼をしてきたとか。そういう意味でも信頼できる人材です。あと、依頼については、簡単な説明は行いました」

「涼です」

そういうと、涼はお辞儀をした。

「ふむ」

一言そういうと、爺や、おそらくロドリゴ殿は、涼を上から下まで見て、大きく頷いた。

「まさに適材。明日出発ということで、正直、半ば諦めていましたが見つかりましたな。では、改めまして。リョウ殿、こちらはジュー王国の王子、ウィリー殿下です。この度、ナイトレイ王国に御留学されるために、王都に向かわれます。その際の護衛の一人として、あなたを雇いたいというのが今回の依頼です。引き受けていただけますでしょうか」

「分かり……」

「待て爺」

ロドリゴ殿の説明を受け、涼が依頼を引き受けようとした時、当のウィリー殿下自身が口を挟んだ。

「それでは説明が足らぬ。きちんと、この依頼の危険な部分を説明すべきだ」

「しかし殿下……」

ロドリゴ殿は顔をしかめ、コーンを見る。

コーンも顔をしかめている。何か問題があるらしい。

「二人が説明せぬというのならば、私がする。リョウ殿と言ったな。この依頼は、はっきり言って、極めて危険なものだ。実は私の影武者として雇われたのは、リョウ殿が初めてではない。国を出る際に、冒険者ギルドが、私に背格好の似た冒険者を斡旋してくれた。だが、我らは賊に襲撃され、その冒険者は連れ去られ……数日後に死体となって見つかった……」

ウィリー殿下は、悔しそうに、本当に悔しそうに話した。自分のせいで、自分の身代わりとして人ひとり死なせてしまった、そう思っているのだろう。

「彼の犠牲で、我らは距離を稼ぎ、なんとかこの公都アバディーンにたどり着くことができたが……また襲撃されないという保証はどこにもない。だから、この依頼は危険なものなのだ」

「なるほど……」

ウィリー殿下の説明を聞き、涼は頷いた。

コーンもロドリゴ殿も、説明で嘘はついていない。

ただ、最も困難な箇所を伝えなかっただけだ。伝えれば、せっかく見つけた適材の涼が、依頼を受けてくれないと思ったからだろう。酷い話ではあるが、逆によくある話でもある。

それだけ、目の前の王子さまの影武者を、なんとしても手に入れたいということだ。

「一つ質問があるのですが……」

涼は疑問をぶつけてみることにした。

「うむ、なんでも質問してくれ」

ウィリー殿下は、一つ頷き、涼に質問を促した。

「殿下は、王都に御留学されるために向かう、ということでしたが……そのように危険な道中というのであれば、御留学を中止されてはいかがでしょうか」

涼の質問を聞いて、ウィリー殿下の顔には、一瞬、皮肉めいた表情が浮かんだ。

「そういうわけにもいかんのだ。名目は留学なのだが、実質はナイトレイ王国に人質として向かう。私が向かわねば、国にとって非常に難しい状況が発生するのでな……命の危険があるからといって、旅を止めるというわけにはいかない」

人質として送られる者を、道中で拉致。

（まるで徳川家康……）

話を聞いて真っ先に涼が思ったのは、そのことであった。

竹千代（のちの徳川家康）は、今川家に人質として送られたのだが、途中で拉致され、尾張の織田家に送られてしまった。そんな話。

とはいえ、その織田家で、まだ若かった織田信長と親交を結び、それが後に天下を動かすことになるのだから、歴史とは不思議なものだ。

現状、このウィリー殿下を襲撃している者の目的は分からないため、また襲撃されるかもしれない、そう考えるのは当然であろう。

だが……。

「殿下、ご説明ありがとうございます。ですが、私は私で、なんとしてもナイトレイ王国に戻らなければなりません。D級ですと、国をまたぐ護衛依頼は、なかなかないのも事実です。そんな中、この依頼に出会えましたのは、まさに僥倖。危険であることは承知いたしました。ですがそれを含めて、この依頼、お受けしようと思います」

「おぉ！」

涼が依頼受諾を告げると、ロドリゴ殿とコーンは同時に声を出した。

「そうか。ではリョウ殿、よろしく頼む」

ウィリー殿下はそういうと、涼の手を握って微笑んだ。

その後、一度ギルドに戻った涼は、ラーたちに依頼が見つかったことを報告した。

ただ、王都まで行くため、ルンの街に戻るのが、だいぶ先になりそうで、そのことをルンの冒険者ギルドに伝えてほしいということと、領主館にいるセーラに手紙を届けてほしいと告げた。

ラーは驚いていたが、横からスーが手紙を受け取り、自分が責任を持って手紙を届けると約束した。その際に、スーが大きく頷いていたのが印象的であった。

涼には、その理由は分からなかったが……何かを大きく誤解したのかもしれない。


かくして、ウィリー殿下を王都まで護衛する依頼が始まるのであった。

◆

昨夜は、公城のゲストハウス、ウィリー殿下のお隣の部屋に宿泊した涼。

「服は、この服を着てください。殿下の物と似た仕立てになっております。あと、馬車の外に出る際には、フード付きのローブなどで顔を隠していただきたいのですが……」

「ああ、でしたら、いつも着ているこのローブで隠しましょうか」

ロドリゴ殿の提案に、涼はいつもの、デュラハンから貰ったローブを見せる。

「いいですね、ではそれで顔を隠してから。移動中は、基本的に馬車の中。野営では天幕を張りますので、そこでウィリー殿下と過ごしていただきます」

「分かりました」

箱馬車一台、荷馬車三台、ジュー王国からの護衛四人、インベリー公国の冒険者六人、そしてウィリー殿下とロドリゴ殿に涼。

これが、一行の全てであった。

（一国の王子の移動にしては少ない気が……いや、まあ、たいして知ってるわけでもないけど）

「少ないでしょう？」

突然、後ろから声をかけられ、しかも思っていたことを言われたために、涼はビクッとした。

「い、いえ……」

「いいんです。実際、王族の移動としては、非常に少ないのです。ですが、我が国は決して裕福でも強国でもありませんし、しかも私、八男ですからね」

「八男……」

苦笑しながら、ウィリー殿下は言い、それを聞いた涼は、なんとも言えなくなってしまった。

「王家の血筋を残すためには、子だくさんの方がいいのは確かなのですが……さすがに第八王子ともなると、成人した後は騎士団に入るか、魔法団に入るかして、働かなければなりません。領地もあるのですが、そちらはあくまで、王室荘園の管理を任されているだけですので……少ない部下たちに荘園管理を任せ、私個人の食い扶持《ぶち》は自分で稼がないといけないのです……」

「世知辛い世の中ですね」

ウィリー殿下は苦笑し、涼は世の不幸を嘆いた。

王子様なのに、自分で稼がないといけないとか……いろいろ大変である。


「あ、でも、インベリー公国の国境までは、公国騎士団から二個小隊、二十人が護衛をしてくださることになっているのです」

公国内での襲撃の可能性は、極めて低そうであった。


移動を開始した馬車の中で、ウィリー殿下と涼は、いろいろ話をすることになった。

馬車には、他にロドリゴ殿がいるだけであり、彼は基本的に、余計なことは喋らない。そうなると、ウィリー殿下もやはり暇なのだ。

その間に、ウィリー殿下から涼への呼び方も、「リョウ殿」から「リョウさん」へと変わっていった。

同じ馬車の中で、ずっと一緒だ。自然と打ち解けようというものだ。


ウィリー殿下は現在十五歳であり、ナイトレイ王国の王立高等学院というところに留学するらしい。王族、貴族向けの学院で、ウィリー殿下以外にも他国からの王族が留学している。

（十五歳の殿下と背格好が似ている僕って……やっぱり、モンゴロイドは若く見えるんですかね）

涼はそう思うのであった。

実際のところ、涼は、見た目はほっそりしているが、触ると筋肉はしっかりついている。そうでなければ、剣を振るうことなどできないのだから、当たり前と言えば当たり前であるが。

ウィリー殿下は、剣はあまり得意ではないらしい。

「魔法は、少しだけ使えるのですが……それでも、あまり素質があるとはいえないみたいです。そもそも、ジュー王国は、魔法に関しては、特に後進国でして……」

ウィリー殿下は、俯きながら言った。

「でも、少しでも使えるのなら、毎日練習すると使える魔力が増え、魔法制御も上達していきますよ」

「本当ですか！」

涼のアドバイスに、ウィリー殿下は目を輝かせて答えた。

「はい。僕も、最初は全然でしたけど、毎日練習しました」

涼はそういうと、懐かしいロンドの森の時代を思い出し、遠い目をするのであった。

実際は、森を出てまだ半年程度なのだが。

「才能があまりないと言われた私でも、大丈夫でしょうか……」

「殿下……才能など関係ありません。努力が全てです。昔、ぐんそーと呼ばれたキシがそんなことを言っていました。彼は努力を続け、複数タイトルを取るほどのキシになったのです」

「なんだか凄いですね……」

ウィリー殿下は、タイトルがよく分からなかったが、努力で何か凄いものを掴み取ったのであろうことは理解したのだ。

（でも、魔法が使える、というだけでも才能がある部類になると思うんだけど……なぁ……）

涼は、心の中でそんなことを考えた。

「ちなみに、殿下は何属性ですか？」

「水なのです……」

涼の問いに、ウィリー殿下は伏し目がちに答えた。戦闘に役に立ちにくいというイメージから、国に貢献できないとの思いからであった。

だが、もう一人の水属性の魔法使いのシンパシーを刺激した。

「おぉ！　僕も水属性の魔法使いなんですよ！　水属性は、鍛えれば凄くなりますよ！」

「本当ですか！」

本当にうれしそうな笑顔で、ウィリー殿下は答えた。

それを見るロドリゴ殿も、嬉しそうだ。

「実は、僕も、水属性だと言われた時にはちょっとショックでした。こう、やっぱり派手な火属性とか、便利そうな風属性、あるいは家や城壁とか作り出せそうな土属性には劣るのではないかと」

涼の話を聞きながら、ウィリー殿下もうんうんと頷いている。

「ですが、そんなことはありませんでした。ええ、決して、他の属性に劣ってなどいなかったのです。かなり鍛える必要はありましたが、正直言って、これほど便利な属性は無いのではないか、今ではそう思っています。自信を持って断言できます。水属性の魔法使いは凄いと！」

「おぉ～！」

扇動家涼。

「野営で天幕ができたら、そこでいろいろやってみましょう」

「はい！」

その夜、一行の野営地中央の天幕の中では、ウィリー殿下の練習が行われた。

現状、ウィリー殿下が使える水魔法は、〈水の生成〉だけである。

「命の源たる水よ　出でよ〈水の生成〉」

そういうと、ウィリー殿下の右手から水が生じ、床に置いた手桶に落ちていった。

（詠唱が違う……気がする……）

「殿下、その詠唱は……？」

「我が国独自のものらしいです」

「なるほど……」

ゲッコー商隊にいた子たちが使っていた、『公国の詠唱』とは違うようだ。

「もし、王国の詠唱を教えていただければ、それで一生懸命練習します！」

ウィリー殿下の顔は、決意に満ちていた。

だが……。

「殿下、詠唱など飾りです。あんなものは必要ありません」

「え……」

決意に満ちていた顔の表情が、凍り付いた。

〈水〉

涼が心の中で唱えると、右手から水が生成され、手桶に落ちた。

「何も唱えなくても水が……」

「そうです。かつて、私に魔法の根源を教えてくれた存在に問うたことがあります。彼は、こう答えました。

『魔法のキモはイメージです。明確なイメージを描く。そして経験を積んでいく』と」

「イメージ……」

「そう、イメージです。心の中に、どれだけ明確な絵を描けるか。そうすれば、黙っていても魔法が生成されるのです」

涼は、あえて重々しくそう言ってみた。

なんとなくその方が、カッコいいから。

「やってみます！」

ウィリー殿下はそう言うと、右手を前に出し、目を閉じ、心の中で何かを念じているように見える。

だが、何も起きない。

「殿下、一度目を開けて、自分の手を見てください。掌から水が落ちるイメージです」

涼がそういうと、ウィリー殿下は素直に目を開け、自分の右手を見た。

そして、今度は目を開いたまま、右手を前に突き出す。

しばらくすると……手の先から水が出た。

「出ました！」

「うん、よくできました！」

できたら褒める。これは教育の王道。

その後、何度も何度もウィリー殿下は手から水を出し……魔力切れとなって、ダウンした。

公都アバディーンを出立して八日後の夜、インベリー公国における国境の街レッドナルの宿に一行は宿泊していた。

涼は、影武者という職務上、ウィリー殿下と同部屋である。これ幸いと、ウィリー殿下は、今夜も魔法の練習に余念がなかった。とはいえ、涼式魔法練習法(仮)に取り組んでわずか八日。それほど大きな進歩があるわけではない。

水の生成の次に涼が教えたのは、氷の壁、〈アイスウォール〉であった。

八男とはいえ王子であり、しかも他国でしばらく過ごすのであるから、自分の身を自分で守ることができるようには、なっておいた方がいいであろう。

しかも、剣術はそれほどではないらしいし。

ただ、実のところは、それほどではないとは言っても、一通りは剣を使えるようだ。もちろん、城の騎士などと打ち合えば数合で負かされるが、その辺の盗賊の輩程度であれば勝てそうなほどには使える。

涼は、見せてもらった剣術を見て、そう判断していた。

なにはともあれ、水属性魔法使いの弟子として、涼は厳しく指導しているのである。

「殿下、そろそろ、お休みになった方が……」

「あともう少しだけ！　もう少しで、また何か掴めそうなのです」

「しかし昨晩もそうおっしゃって、魔力切れで倒れて……」

「もう少し……あっ」

そういうと、ウィリー殿下は膝から崩れ落ちた。

「殿下……言わんこっちゃないです」

水属性魔法使いの弟子は、とてもやる気に満ちているため、師匠がストップをかけなければいけないくらいで……。

わざわざ厳しく指導する必要はなかった……。

ウィリー殿下をベッドに横たえ、涼は隣のリビングに移動した。

そこには、地図を広げた護衛のコーンと、ロドリゴ殿がいた。

「リョウ殿、殿下は？」

「はい、魔力切れで眠られました」

「そうですか」

ロドリゴ殿は笑顔でそういうと、涼のお茶を淹れ始めた。

仕える主人を、魔力切れでダウンさせるような影武者に対して、ロドリゴ殿は怒ったりはしない。

「殿下がこれほど一生懸命に打ち込まれるのを見るのは、実に久しぶりで……。爺は嬉しいのです」

過日、ウィリー殿下を魔力切れでダウンさせたことを涼が謝った時に、ロドリゴ殿が言った言葉である。

城では、八男ということで、いろいろと鬱屈した部分もあったらしい。しかも優しすぎるために、余計に周りに迷惑をかけたくないから、おとなしくしておこうというのもあったらしい。

そんな過去を考えると、この留学は、もしかしたら良かったのかもしれない。良い転機になるのかもしれない。

ロドリゴ殿は、そう考えることができるようになったと、話してくれたのだ。

地図を見ていたコーンが、涼の方を見て話し始めた。

「リョウ、明日の昼に国境を越える。インベリー公国の騎士団が護衛してくれるのはそこまでだ」

「つまり、明日からがこの旅の本番、ということですね」

涼も一つ頷いた。

今夜のように、夜寝る時に、ギリギリまで魔力を使い切ってダウン、そんな状態は明日からは許されないということ。

襲撃される可能性がある以上、常に余力を残しておかねばならない。

不幸は、一番弱った時にやってくるのだ。

「明日の夜は、街に泊まれるのですよね？」

「明日の夜というか、この先は、必ず夜は街泊まりだぞ？」

「え、そうなんですか？」

涼は驚いた。

涼の持つ勝手なイメージとして、旅のほとんどは野営、というのが頭にあったからだ。実際、これまでの護衛依頼などでは、野営することの方が圧倒的に多かった気がするし。

「国境を越えたら、ナイトレイ王国の第二街道が王都まで続いている。それこそ、東街道をしのぐ、王国東部で最もよく使われる交易路だ。そんな街道沿いだから、街や大きな村が点在している。こう言っちゃなんだが、公国とは違う。さすが三大国の一つだよ」

コーンはそう言うと、宿泊予定にしている街の名前をあげていったが、涼の知っている街は一つも無かった。

当然だ。

ゲッコー商隊で通った東街道ならともかく、第二街道沿いで知っているのは、第二街道、東街道共通の国境の街、レッドポストくらいなのだから。

そのレッドポストは、明日の午前中、早い時間帯には通り過ぎる。

「街に泊まれるのであれば、襲撃される可能性も低くなりますかね」

涼は、お茶を淹れてくれたロドリゴ殿にお礼を言って、誰とはなしにそう言った。

「まあ、夜営するよりは、はるかに低いわな。だが、昼間襲撃される可能性もある。よく使われる街道といっても、常に人で溢れているわけでもない。それどころか、すれ違いざまに襲ってこられたりしたら厄介だしな」

コーンが地図を睨みつけながら、そう答えた。

そう、シャーフィーがゲッコー商隊を襲った時のように、普通の商隊を装ってすれ違いざま、というのは襲撃する側にとっては有利な展開になる。

シャーフィーの時は、襲撃者の中に発信機的な物を仕込んだままの者がいたために、涼は遠くから気付くことができたが、普通はそうはいかない。

そもそも、襲撃者が誰なのかも分からない以上、常に気を張っておかなければいけないわけだ。仕事とはいえ、護衛は大変だ。

「以前、父上に、冒険者になりたいと言ったことがあるんです」

「……え」

翌日、無事に国境を越え、ナイトレイ王国内に入ってから、ウィリー殿下は、涼に言った。

「自由に生きることができる……冒険者って、その象徴みたいなイメージを持っていたんです。だからそう言ったのですが、父上はとても悲しそうな、申し訳なさそうな顔をしておっしゃいました。王家に生まれた者は、そこに生まれたという、ただそれだけの理由で、背負わねばならない責任が生じる。それを投げ出すことはできない。だから、私が冒険者になることは許可できないと。言われた時には、正直よく分かりませんでした。ただ、父上の悲しそうな顔を前にして、それ以上駄々をこねることはできず……」

「そこに生まれただけで、背負わねばならない責任……」

涼の場合には、勝手に背負った責任であったが、少しだけ、ほんの少しだけ理解できる気がした。

「部下や、その家族、あるいは国に生きる人々全て、そんな人々と関係を持って生きている他国の人たちの家族にいたるまで……多くの人への責任が生じるんですね、その行動一つひとつで」

涼のそんな呟きにも似た小さな声に、ウィリー殿下は驚いて涼を見た。

「そう、そうなんです！　リョウさん、冒険者ですよね？　すいません、ちょっと驚きました。以前、別の冒険者さんからは『嫌ならそんな身分なんて放り出しちゃいましょう』って言われたりしたのです。苦笑いするしかなかったのですが……リョウさんは何か違いますね」

かつて、日本にいた頃、投げ出せなかった涼だからこそ、少しだけ……本当に少しだけ、分かる気がしたのだ……。

◆

ウィリー殿下一行はナイトレイ王国に入って三日目、バーシャムの街を出て、王国第二街道を王都に向かって進んでいた。

「昨夜のあの料理……ハンバーグと言いましたか。あれは絶品でしたね。初めて食べましたが、あふれる肉汁と上にかかったソースの絶妙なマッチング……さすが大国の料理だと感服いたしました」

「そうでしょうそうでしょう」

箱馬車の中では、昨夜、宿の食堂で食べたハンバーグについて、ウィリー殿下が熱く語っていた。

そして涼が、我が事のように、嬉しそうに頷いている。

「リョウさんが勧めてくれて良かったです。もし食べていなかったら、私は長い間、後悔し続けたに違いありません」

「さすがは殿下です。食は王族の嗜みと申します。美味しいものは正義です。ぜひこれからも、王国で美味しいものを食してください」

ウィリー殿下の感激に、涼も調子に乗ってうんうん頷きながら話していた。


だが、そんな平和な光景は、突如として破られる。

涼の〈パッシブソナー〉に反応があった。

涼は馬車の窓を開け、すぐ傍らを馬に乗って護衛しているコーンに言う。今回、護衛、冒険者、全員騎乗している。もしもの場合に、速度を上げて逃げ切れるようにだ。

だが今回の相手は……。

「コーンさん、全方向からの襲撃です」

全員騎乗していることを知っているとでも言わんばかりに、逃げ道を断ってからの包囲網の収縮が始まっていた。

「くそっ。人数が分かるか？」

コーンは小さく悪態をついて問う。

「包囲は十人。それ以外に奥の森に五人進出してきました。そっちの別動隊は伏兵か予備戦力か……包囲には加わっていません」

「合計十五人か……多いな」

涼の報告に、苦々しい顔をして考えるコーン。

涼は五人の別動隊が気になっていた。全体の動きを指揮しているかのような場所に……。

こういう所に、指揮官がいることが多い。

「リョウ、すまんが、敵を少し引き離してもらえるか。倒す必要はない。再合流できなそうなら、そのまま去ってもらってもいい。国境は越えたからな」

「大丈夫です。襲撃されたらタイミングを見て、殿下のふりをして離脱します、敵を引き連れて。そのまま森の五人も……。その時は、合図をお願いします。敵が減ったら、速度を上げてウイングストンの街に逃げ込んでください」

コーンは、自分の提案もあんまりだと思っていたが、涼からの再提案はさらにハードなものであった。

「いや、それはさすがに……」

「僕は大丈夫です。絶対に止まらずに、ウイングストンまで行ってください」

「……分かった」

しばらくすると馬車列の左側から、「敵襲！」との声が聞こえてきた。

涼はいつものローブの、フードも被る。一見、誰かは分からないはずだ。

ウィリー殿下もロドリゴ殿も、もはや何も言わない。この後の展開は、先ほどの涼とコーンの会話で分かっているから。

涼は窓から、ちらりと外を確認する。

襲ってきた者たちの格好になんとなく見覚えがある……。

「暗殺教団？」

そう、例の暗殺教団の黒ずくめの服装に見えたのだ。

だが……世の中、襲撃者みんながみんな、暗殺教団だとは思えない……他にも襲撃を生業《なりわい》としている者たちはいるだろうと。

「リョウさん……」

そう呼びかけるウィリー殿下の目には、涙がたまっていた。

死なせてしまった、前の影武者とだぶっているのかもしれない。

「殿下、僕は大丈夫ですから。ウイングストンまで走り切ってください」

そして、ついにコーンの声が聞こえる。

「殿下、お逃げください」

「では、行ってきます。ご武運を！」

涼はそう言うと、馬車の扉を開けて外に飛び出る。その際に、後ろ手に扉は閉め、中は見えないようにした。

そしてそのまま街道を外れ、森の方へ走る。〈パッシブソナー〉で、追ってきている人数を確認する。

（七人か……）

十人の襲撃者のうち、半数以上を引き離した。

ウィリー殿下の護衛は四人、冒険者はC級六人。十人で暗殺者三人相手なら、十分に勝算はあるだろう。

ウィリー殿下を逃がすのがメインであるし。

あとは、森の中にいる五人の動きがどうか……。

この時、涼はそう判断した……。

馬車から、二キロほどは離れただろうか。

追ってきている人数は十二人……森の中の五人もこちらに食いついていた。

これは、馬車で確認した時に、森の中にいた五人の傍らを、あえて涼は逃げるルートに選んだというのもあるかもしれない。

それで五人も、涼を追ってきた。やはり別動隊であったらしい……。

（ここまで引き離せば十分でしょう）

涼はそう判断すると、森の中の少し開けた場所で、足元をとられて転んだ風を装い立ち止まった。

そこに追いつく十二人の襲撃者。

途中から追ってきた五人の中の指揮官らしき男が、涼の正面に立つ。おそらく、最も腕がたつのであろう。雰囲気が、他とは少し違う。

半包囲に涼を囲み、そこからじりじりと両翼を拡げ、全包囲で涼を囲むように動き始める。涼を拉致しようとするのであれば、退路を断つのは当然の動き。

（〈アイスアーマー〉）

極薄の氷の鎧をまとう。そうしながら、涼は襲撃者たちをしっかり観察した。

（やはり暗殺教団の一味……）

襲撃者たちの格好は黒ずくめであるが、その黒ずくめな格好も、シャーフィーたち暗殺教団に共通の『格好』だ。

（ロー大橋を落としたり、街を壊滅させたり、ゲッコーさんを襲ったり、挙句の果てには王子様の拉致……暗殺教団、手広く活動してるなぁ）

涼は状況にふさわしくない、のんびりとした思考を展開していた。

そうこうしているうちに、襲撃者たちの全包囲が完成した。

（よし。〈アイスウォール〉）

心の中で〈アイスウォール〉を唱える。透明な氷の壁が、襲撃者たちの外に生成された。

「これで逃亡できませんね」

襲撃者十二人は、袋のネズミ。ここまで引っ張ってきて、逃がしてしまっては元も子もない。

涼は村雨を抜き、氷の刀身を生成する。

「いざ参る」

涼は、正面にいる指揮官らしき男に突っ込んだ。

男は、氷の剣をナイフで受けるのは危険と見たのか、体ごと避ける。

涼が振り降ろした村雨は、地面に当たる寸前に方向転換し、ほぼ左手一本で左斜め上に斬り上がる。

「ぐほっ」

男は一合も受けることなく、左脇腹に村雨の峰打ちを食らい、悶絶した。

いわば、燕返し（未熟）である。

「スピード足りないよね……こんなのを、物干し竿でやっていた佐々木小次郎、凄い」

最初は、斬り捨てるつもりだったのだが、ちょっと確認したいことがあったので、全員殺さないことにした涼。暗殺者相手であるため、多分殺したとしても、それほど気にはならないのではないかと思っているが……。

「多分、あの片目のアサシンホークを倒した時の方が、いろいろ感じた……」

涼がそんな独り言を言っている間、残り十一人の襲撃者たちは動くことができなかった。

完全に、気圧されているのだ。

想定外の凄まじい剣。

剣はからっきし、魔法は使えるが水を出せるだけ。

それがウィリー殿下に関する情報。そういう情報だったはずなのに、一合も合わせずに仲間を打ち倒した手並み。

気圧されるには十分であった。

その状況のまま、涼は次の襲撃者の元へ駆け寄り、突く。

首、胸、また首への三連突き。

三連目の突きでは刃を横に向けて突き、相手がかわした方向にそのまま横薙ぎ。

もちろん、再びの峰打ちであるため、襲撃者は死なず……だが呼吸が変になったのだろう、うつ伏せに倒れたまま、ゲホゲホやっている。

「ダメだね……新選組の人って、ホントにこんな突きをやっていたのかな……」

涼の、適当知識に基づく剣だ。

新選組で知られる天然理心流といえば、三段突きが有名であるが、実際は四段、五段といくつも技が連続していく。

だが、涼がそんなことを知るはずもない……。

「やはり付け焼刃はダメと」

そう呟くと、唱えた。

「一旦、全員捕虜にしましょう。〈氷棺12〉」

そう言うと、襲撃者十二人は、たちまち氷漬けとなった。

「それで……」

いちおう、男性襲撃者を選び、氷の中で左胸を露出させる。その数、九人。

「確かに……全員、剣の刺さった双頭の鷲の紋章があるね」

なんとなく、それを確認しておきたかったのだ。特に、深い意味はない。

今後、この部分を確認すれば、暗殺教団の人間かどうか見分けがつく。そんな確証は、手に入れることができた。

こういう小さな積み重ねが、どこかで役に立つかもしれない。

「さて、では戻りましょう。あなたたち、生きてはいるから……忘れなかったらそのうち解凍するよ……二週間後くらいにね」

二週間後なら、さすがに王都に着いているであろうし。


涼は襲撃者を倒し、あるいは氷漬けにした後、とりあえず馬車のあった場所に戻ることにした。おそらくは上手く逃げており、誰も残っていないだろうとは思いつつも、確認は必要だ。

だが、ある程度近付いたところで、異変に気付いた。涼の〈パッシブソナー〉は、動かないものは読み取れない。時間によって変化する、動くものを捉えるからだ。それによると、ほとんど動かないのだが……そう、ほとんどだ。

襲撃者たちは、死体すら焼却して始末する者たちだ。襲撃者の生き残りが残っているはずがない。

ではウィリー一行は？


無事に走り去ったのであれば、誰もいないだろうし、ごくわずかな可能性として、とりあえずウィリー殿下の箱馬車だけでも先に逃がし、負傷者はそのまま道に置き去り……。

もちろん、ウィリー殿下の性格には合致しないが、緊急事態であった以上、ままならないこともある。

そもそも東部一と言われる第二街道沿いだ。他の商隊なども通るのではと思うのだが……。

現実には、誰ももめ事には首をつっこみたくないだろうから、見て見ぬふりをされるかもしれない。それも、利益を最優先するような商人であれば、なおさらだ……。


涼が辿り着き、見たのは、ウィリー一行の護衛、冒険者たちが倒れている光景であった。

見回し、街道に倒れている老人を見つけて駆け寄る。

「ロドリゴ殿！」

「リョウ殿……殿下が……殿下が……」

涼の呼びかけに、ロドリゴ殿がうわ言のように繰り返す。

「ちょっと待ってて」

涼はそう言うと、箱馬車に乗り込み、いつもの肩掛け鞄を持ってきた。

この中には、涼が錬金術の練習で作った高性能なポーションや、空き時間に買い込んでおいた店売り標準ポーションなどが入っている。

とりあえず、涼が持つ中でも最も効果の高いポーションをロドリゴ殿に飲ませる。苦労しながらも嚥下《えんげ》し、切り裂かれた腹部にも直接ポーションをかけ、なんとか命はとりとめた。

もう少しすれば動けるようになるはず。

だがその時間も惜しいのであろう、ロドリゴ殿は涼に頼み込む。

「リョウ殿……殿下が連れ去られてしまいました……リョウ殿が……賊の多くを引き連れていって……くださったのですが、その後……増援があり……」

「増援！」

迂闊であった。


別動隊は、森の中の五人だけではなかったのだ。涼の〈パッシブソナー〉でも探知しきれないほど離れた場所にも、配置されていた……。

素直に、この場で賊を倒すべきであったのだ。

コーンらと連携して。

ウィリー殿下の身を守りながら。

涼なら、それは十分にできたのだから。

あるいは、敵を引き離すにしても、極端な話、馬車を〈アイスウォール〉で囲んだまま森に入る、などでも良かったのだ。そうしておけば、少なくともウィリー殿下が拉致されることはなかったのだから……。

森の中にいた別動隊が気になり、それを倒すために離れた……結果がこれである。

はっきり言って、悔やんでも悔やみきれなかった。

涼は、己の愚かさに唇を噛んだ。

護衛依頼なのだ……護衛対象者の傍を離れるのは、最も愚かな行動であった……。

だが、今はもっと大切なことがある。

後悔は後で！

まずは、ウィリー殿下を助け出さねばならない。

「リョウ殿……どうか助けを呼んできて、殿下の救出を……」

そこまで言って、ロドリゴ殿は意識を失った。

息はある。脈も正常。大丈夫。

涼は辺りを見回す。護衛四人、冒険者……六人、全員動いてはいる。とどめを刺すよりも、ウィリー殿下の拉致を優先したのか？　前回の影武者の時も、皆殺しにはなっていなかったらしいし……。

涼は倒れているコーンに駆け寄り、上級ポーションを飲ませ、胸と首の傷にもポーションを振りかけた。

「うぐっ……」

わずかにコーンが呻く。

「コーンさん、分かりますか？　涼です」

ようやくコーンがわずかに目を開き、涼を視界におさめる。

「リョウ……すまん、殿下が……」

「ええ、ロドリゴ殿から聞きました。見たところ、全員息はあります。ポーションを置いていきますので、コーンさんが皆に飲ませてください。僕は殿下を救出に行きます」

「お、おう……」

涼の剣幕に押され、いろいろ疑問もありながらも頷くコーン。

「ウイングストンは、この街道をそのまま進めばたどり着けますよね？」

「ああ」

「では行ってきます」

そういうと、涼は街道を西に走り出した。

ロドリゴ殿もコーンも、おそらく、ウィリー殿下が連れ去られた先がどこかは知らない。

だが、涼にはその当てがあった。

暗殺教団本部。

暗殺教団の幹部であったシャーフィーは言っていた。

「王国東部の小さな村だ。東部最大都市ウイングストンから、北に徒歩で一日。山の上にあり、アバンの村と呼ばれている」と。

もし教団本部にいなかったとしても、本部の人間に聞けばいい。涼は、そう割り切ることにした。

そもそも、小国の王子でしかも八男であり、正直、それほど人質としての価値があるとも思えないウィリー殿下が、今回を含めて二度も襲撃される……しかもあの暗殺教団から。

徳川家康のようにどこかの国が横取りしようとして暗殺教団に依頼したか、あるいはウィリー殿下自身の体になんらかの価値があって、しかも生きたまま確保する必要があるのか……。

相当に特殊な理由である以上、それなりに高位の幹部の元に送られると考えた方がいいであろう。

そしてこの周辺で、幹部が集まる場所……涼は教団本部しか思いつかなかった。

暗殺教団本部

アバンの村。暗殺教団本部。

二人の幹部が会話を交わしていた。

「シッカー、首領は何と？」

「ナターリアか。いや、まだ何も……」

ジュー王国のウィリー王子拉致の実行部隊を率いた者たちだ。

「前回拉致した時は偽者で、大目玉をくらったんだよね」

「それは言わないでくれ」

ナターリアが、シッカーの前回の失敗をあげつらう。

「だから今回は、バガビスの部隊に襲撃させて、飛び出した奴はバガビスの部下にだけ追わせた。俺たちは追わずにな。そしたら案の定、本物らしき奴がいやがったわけだし」

「でも、それだって私が合流しなかったら、あの護衛たちを倒しきれなかったでしょ」

「合流してくれると信じていたさ」

ナターリアが押しつけがましく指摘し、シッカーは心の内では渋面を作りながらも、表面上は感謝の言葉を口にする。

今回の襲撃には、最終的に三十人以上が動員された。

王子の身柄確保は、それだけ重要だったのだ。

だが、そんなシッカーには、気になることがあった。

馬車を飛び出した影武者を追った、バガビスの部隊など十二人が、未だに戻ってこないのだ。

確かに、任務の関係上、必要なタイミングだけ駆り出され、それが終わったらそのまま次の任務へということはままある。バガビスは、シッカーやナターリアに比べればまだ低位幹部なため、本部に戻らないであちこち回されることも多い。

それにしても、である。

（森で魔物にでもやられたか？　バガビスを含む十二人全員が？　あり得ない……）

魔物にすらやられないであろう、幹部を含む十二人。影武者ごときに後れを取るなどというのは、頭の片隅にも思い浮かばないのは当然であった。

そこへ、首領の近侍が近付いてきて報告した。

「シッカー様、ナターリア様、首領がお呼びです」

◆

「首領、お呼びでしょうか」

シッカーとナターリアが、首領の前に片膝をつく。

首領の後方にある石の台座の上には、拉致したウィリー殿下が横たえられている。

「うむ。今回は本物であったぞ。二人ともよくやった」

身長百九十センチ、長い白髪と髭、だが年齢を感じさせない爛々と輝く黒い瞳。齢九十を超えると言われるが、五十歳代と言われても十分通る見た目。

（そして、未だ幹部の誰も敵わぬ化物……）

そう、ナターリアは、心の中で思った。

ナターリアが物心ついて教団に入った時から老人であり、一人前になっても老人であり、そして幹部になった今でも老人。

永遠の老人でありながら、おそらく幹部全員が束になってかかっても……未だに倒せない、それが目の前の首領だ。

表面上の忠誠を誓ってはいるが、ナターリアは、いわば反首領派ともいうべきグループの一員であった。

（さすがに、そろそろ引退してもらいたい）

暗殺教団の創始者にして、最強の男であることは事実だが、半世紀を優に超える期間、トップとして君臨すればさすがに、周りには嫌気がさす者も出てくる。

そんな最強の男が執着したのが、ウィリー王子であった。

なんのためなのかは、知らされていない。隣にいるシッカーは、首領に次いで錬金術に詳しい者であるが、ウィリー王子の血が、何やら錬金術で必要であるらしいと以前言っていたが……。

「わしは、これより儀式の準備に入る。この先、何者もこの長老の間に入ることを禁ずる。よいな」

「かしこまりました」

シッカーとナターリアは頭を下げ、首領の前から下がる。

二人が長老の間から出ると、扉が中から施錠される音がした。

（厳重なことで）

ナターリアは心の中で毒づく。

（この扉に鍵がついていたことすら、今初めて知ったわ）

ナターリアは、もう一度扉を見つめる。

その耳に、シッカーの呟きが聞こえてきた。

「ついに首領様は、長年の悲願を……」

シッカー自身は、感動に打ち震えんばかりである。

「ねえシッカー。首領は、これからなんの儀式を行うの？」

「え……」

シッカーの顔は、誰が見ても「しまった」という表情であった。感動したことで、思わず呟きとして口から洩れたことに、今更ながら気付いたのだ。

「大丈夫よ、誰にも言わないから。どうせもうすぐ完了するのでしょう？」

ナターリアは更にそそのかす。

「あ、ああ……。首領様が発展させた錬金術に『不死』というのがあるのだが、それを行われる」

「不死？　不死って、永遠に生き続けるっていう、不死？」

シッカーの言っていることを、一瞬理解できなかったナターリアであったが、理解すると、顔色は蒼白になっていた。

だがシッカーはナターリアの方は見ておらず、その表情に気付くことはなかった。

「そう、その不死だ。ついに、首領様が、我らを永遠に支配されるのだ！」

(冗談じゃない！)

シッカーと別れたナターリアは、苦虫を噛み潰したような表情で、何度も何度も心の中で叫んでいた。

(そんなことがあってたまるものですか！　どうしよう……私一人で判断できることじゃない。そうなると……できるだけ使うなと言われたけれども、これは指示を仰がないと取り返しがつかないことになる)

ナターリアは急いで自室に戻り、特殊な錬金石を始動する。これで、部屋の盗聴は不可能になった。

そして、鍵のついた引出しから手鏡大の石板を取り出し、右手を置く。それによって石板のロックが解除され、特定の相手への通信が可能になる。

先ほどの盗聴防止の錬金石も、この通信も全て、元は首領が開発した錬金道具だ。それを、この通信相手が改造して、ナターリアとの遠距離会話ができるようにして渡してきたのだ。

「『黒』だ」

「黒様、ナターリアです。至急にお知らせすべきことが発生いたしました」

相手は『黒』と呼ばれる教団ナンバーツー。

また、幹部たちには、ウィットナッシュでの襲撃を主導した人物でもあると知らされていた。

「言え」

「首領がジュー王国の王子に執着していた理由が分かりました。王子の体を用いて、自身が『不死』になるようです」

それまで抑揚なく聞いていた『黒』の雰囲気が変わり、激しく動揺したのが通信機越しでも分かった。

「これからその儀式に入るとのことで、長老の間にこもられました。いかがいたしましょう」

ナターリアは指示を仰いだ。

これは、反首領派とも言うべき者たちにとって、悪夢とも言える状況だ。

正直、『不死』というのがどれほど『不死』になるのかは分からない。普通に生きていれば死なない状態なのか、あるいは殺しても生き返るのか……。

それら不確定要素も含めて、自分はどうすればいいのか、ナターリアには判断がつかなかった。

だが……。

「ナターリア、その儀式、全力をもって阻止せよ。準備すらも簡単な儀式ではない。儀式そのものに入るまでに十二時間はかかる。だが、儀式が終わってしまえば、我らの未来も終わるぞ。そなたに与えた全ての力の使用を許可する。よいな、必ず阻止せよ」

「はっ。かしこまりました」

ナターリアがそういうと、石板はただの石板に戻り、通信が終了した。

(黒様は『不死』の儀式をご存じだった……。その上で、必ず阻止せよと……。十二時間以内にか)

ナターリアは、作戦を考えるために思考の井戸に落ちていくのであった……。


数時間後。

(準備は整えた。だがどうしても、もう一手足らない……)

ナターリアは、自室を歩き回りながら頭をかきむしった。

(あと一人、誰か高い戦闘力を持つ幹部でもいれば……そいつが首領と戦っている間に私がやれるのに……。ああ、もう! なんでこんな時にシャーフィーがいないのよ! あいつがいれば、捨て駒にできるのに!)

とてもひどいことを平然と考えることができる、それがナターリア。

(うちの部下じゃ、時間稼ぎにもなりゃしないし……)

もちろん部下すらも捨て駒。

ナターリアがそんなことを考えながら歩き回っている時、扉を乱暴に叩く音と「ナターリア様!」という、叫びにも近い部下の声が廊下から聞こえてきた。

「なに？　入りなさい」

ナターリアの声で、部下が転げるように部屋に入ってくる。

「大変です！　村が襲撃されています」

「……は？」

ナターリアは、意味が分からなかった。

襲撃……襲撃の意味は分かる。

だが、そんなものは簡単に排除できるであろう？

村には百人を超える者たちがいるのだ……しかも全員暗殺者。たとえ十倍の騎士団を相手にしても、この村で戦う限り問題なく撃退できる。

これが例えば、何の遮蔽物も無い砂漠であるとか、平原などであれば別だが、この村は防御戦も考え抜かれた地形、構造物の配置となっている。

いつ、どこから、誰が攻めてくるか知れたものではない以上、できる限りの備えがしてあるのは当然であった。

まあ、そもそも、騎士団のような者たちが、村に易々と近付いてくることが不可能なのであるが。なんといっても、暗殺者の村なのだから。


だが、この部下は「襲撃されています」と言った。

現在進行中なのだ、この村への襲撃が。近付くことすら難しいであろう村が、襲撃されています？

「襲撃者は何者か。その規模は？」

ナターリアのその問いに、部下は一瞬答えるのを逡巡したが、意を決して答える。

「一人です」

「一人……だと？」

部下の返答を、繰り返すしかできないナターリア。

「水属性の魔法使いが一人。正面から突っ込んできています」

「馬鹿な！　迎撃はどうした!?」

「全員凍らされています。あいつです。ゲッコー商隊にいた、あの水属性魔法使いです。ゲーを氷漬けにしたあの魔法使い。あいつが襲撃者です！」

「なぜそんな奴が、ここに……」

◆

山道を登り切ると、そこには村が広がっていた。

山道を登っている間も、涼は、監視されているのは分かっていたのだが、特に何もせず一本道を普通に歩いた。

中身はどうあれ、いちおう村である以上、旅人が訪れることもある。

街でなんらかの依頼を受けた冒険者たちが、情報収集や道に迷って村に寄ることもある。

騎士団のような、見るからに武装した集団が近付いてくるのであれば警戒、あるいは山道での迎撃というのもあったのかもしれないが、涼を監視していた暗殺者たちも、まさかたった一人で襲撃を敢行するとは想定していなかった。

村を視界におさめたところで、涼は頭の中でイメージする。

それは全てが凍りついた世界。

そして唱える。

「〈パーマフロスト〉」

『永久凍土』と名付けられた、広域凍結魔法。

単純な魔法だ。

見える範囲の、水分子の分子振動を低下させ、凍りつかせる。

ただそれだけ。

範囲と効果が尋常ではないが……。

もし、この光景をアベルが見たら、こう言うであろう。「いや、リョウ、人を救出しに来たんじゃないのか？　そいつまで凍るんじゃないか？」と。

ウィリー殿下は、きっと奥まったところにいるはず。〈パーマフロスト〉で凍りついてはいないだろう……涼は勝手にそう思っている。

まあ、人間が凍りついても、生きてはいるはずだし……。

村で、屋外に出ていた者たちは全員凍りついていた。

「シャーフィーは、村にいるのは全員暗殺者って言ってたから、民間人虐殺にはあたらないでしょう」

暗殺者が、戦闘員なのか民間人なのか……涼は詳しくは知らないのだが。それに、凍りついてはいるが死んではいないから、虐殺でもない……。

「〈アイスアーマー〉〈アイスウォール10層パッケー

ジ〉」

涼が唱え終えたところで、五本の矢が飛んできた。

もちろん、〈アイスウォール〉に弾かれる。

「〈アイシクルランス5〉」

矢が飛んできた軌道に、そのまま逆進攻で〈アイシクルランス〉を飛ばす。

「ぎゃあああああ」

「うぐ……」

飛んでいった先から、いくつかの悲鳴と呻き声が聞こえた。

更に飛んできた攻撃魔法に対しても、同様に〈アイシクルランス〉でのカウンターが炸裂する。

「〈アクティブソナー〉」

脳に入ってくる情報量が多すぎて処理に困るため、普段はあまり使わない〈アクティブソナー〉を発動。

〈パッシブソナー〉と違い、涼自身から『刺激』を発し、それが何かに当たって反射してくる情報を分析することによって、周囲の状況を掴むことができる。動きがないものすら掴むことができる点が秀逸で、非常に優秀な魔法なのだ。

そんな〈アクティブソナー〉で多くの情報を得ながら、村の入口正面から堂々と進んでいく涼。

村中央にある、ひときわ大きな館前に辿り着く頃には、涼に向けての遠距離攻撃は、完全に止んでいた。

代わりに、館前に残存兵力が潜伏している。

「最後は近接戦、ですよね」

わずかに口角を上げ、まっとうな戦闘の流れを喜ぶ涼。

涼が近付くと、潜伏した暗殺者たちから一斉に何かが投げられた。投げられた物が地面に落ちると、多量の白煙が立ち上る。

「またそれですか！」

正直、もう少しオリジナリティーが欲しい、などと勝手なことを頭の中で考えた涼。

だが、これがただの煙ではなく、毒などが混じっている可能性もあるため、手を抜くことはもちろんしない。

「〈スコール〉」

一帯に、瞬間的な大雨が降り注ぎ、宙に舞った煙を全て地面に叩き落す。

いつもならその瞬間に、涼は走り出して敵との距離を詰め、相手が驚いている間に無力化するのであるが……今回は〈スコール〉で煙を消し去っただけで、そのまま歩き続ける。

一歩ずつ館に近付く涼。

（防御側の理想は、散って、もう一度別の方法での攻撃、とかをやるべきだと思うのですが、暗殺者たちがそれをしないということは……やはりこの館が最重要拠点ということ……）

〈アクティブソナー〉でも、ウィリー殿下の反応はみつからない。

どこにいるか分からないが、重要拠点内に確保しているのではないかと、涼は考えていた。もし、そこにいなかったとしても、重要拠点にいる一番偉い人間に聞けばいいかな、とも考えたのだ。

そして、暗殺者たちの行動から、目の前の館が最重要拠点であることが確信できた。

「よし。それでは全員氷漬けにしましょう。〈氷棺13〉」

結局、近接戦は発生しなかった……。


一度村の外に出て、そこから襲撃者の戦闘を見ていたナターリアは驚愕した。

（なんだ、あの化物は！）

全ての攻撃を防ぐ見えない氷の壁。

その氷の壁の外側から放たれる氷の槍。

（この二つだけで無敵じゃないか！）

しかも煙幕を張って接近戦を挑もうとしたら、一瞬でその煙幕を無効化される……。

悪夢でしかない。

「あれが、ゲッコーのところにいた魔法使いなのかい」

ナターリアは、横にいる自分の部下に尋ねる。部下の半数は、ゲッコー襲撃を行い、その時失敗した。

「ええ。遠くからでしたが、確かにあのローブ男、いやした」

部下は頷いて答えた。

（ウィリー王子とゲッコーが繋がっていたってことか……あるいは、インベリー公がウィリー王子の救出を頼み、ゲッコーがあの男を派遣した……？）

ウィリー王子一行は、確かにインベリー公国を経由してナイトレイ王国に向かった。

公国では、元首たるインベリー公にも謁見している。

「いや、今はそれどころじゃない」

あえて、ナタ－リアは声に出して言いきる。

「あの水属性魔法使いの狙いは、ウィリー王子の奪還だ。ということは、長老の間に行く。長老の間に設置されている罠で倒すよ！」

「ですが、あの罠は、首領様しか発動できないのでは？」

「私ならできる。半分は準備も終わっている。残りの準備をするから、お前たちはあいつから目を離すんじゃないよ」

(首領からもね)

ナタ－リアは、水属性魔法使いと首領、両方を一網打尽にすることにした。

どちらも、残しておいては厄介なことにしかならない存在。

ならばこのタイミングで消す！

◆

館の中は、非常に静かであった。

外から見た時にも、大きな館だと思ったが、中に入っての感想も同様で、幅の広い廊下もそうだが、何よりも天井が非常に高い。

印象は、領主の館というより、地球における修道院という感じ。涼はそう感じた。

「たいてい、一番奥が一番大切な場所」

建物の設計における、宗教的に基本的な考え。

なんと言っても、暗殺教団なのだ。宗教的、修道院、そういったイメージを抱いたとしても不思議ではない場所。

通路を進んでいくと、正面に、両開きのひときわ大きな扉が現れた。

「あの奥でしょう」

涼の勝手な推測だ。

とはいえ、この造りで、この扉の奥に何もないということは、それこそあり得ないであろう。

「〈アイシクルランス〉」

極太の、直径一メートル以上の氷の槍が発生する。

アイシクル＝つらら、など誰も納得できないほどの太さの〈アイシクルランス〉が、扉をぶち破った。

それと同時に、涼は部屋の中に突入し、中を確認する。中央一番奥に巨大な石の台があり、その上に人が横たえられているのが見えた。

(殿下！〈アイスウォール〉)

ウィリー王子を保護するように〈アイスウォール〉を生成……しようとしたができない。

魔法は発動する。つまり魔法無効化ではない。

生成した後に消されるわけではない。つまり海の魔物たちが使うように、魔法制御を奪われているわけでもない。

魔法は発動するのだが、〈アイスウォール〉が生成されようとすると、生成するそばから消えていくのだ。

「このタイミングで侵入者とは、興味深いな。もちろん、王子様を救いに来たのだろうが、魔法での保護はできぬぞ」

正面の石の台から少し離れた場所で何か作業をしていた、長い白髪と白い髭の男が、涼に向かって言う。

「なぜできないのか教えてもらえますか」

「それは断る」

涼が丁寧に頼むのだが、男は言下に拒絶する。

「そうですか。〈アイスウォールパッケージ〉」

涼は、男の行動を縛るために、男の周りに氷の壁を生成する。

「〈ジャミング〉」

生成される〈アイスウォール〉に砂が混ざり、〈アイスウォール〉の形成に失敗する。

やがて〈アイスウォール〉は、形を成さないまま霧散した。

「相手が生成する魔法に、自分の魔法を混ぜて妨害……その発想は無かった」

涼は本気で感心した。

だが、感心と同時に戦慄も覚えた。

その技法は、恐ろしいほどの速度で魔法の生成ができるから可能になる、ということに気付いたからだ。

涼が唱え終わり、〈アイスウォール〉が生成される時間など、コンマ一秒もかからない。

それほどに涼の魔法は速い。

だが相手は、涼の魔法を認識した後に発動し、それでもなおかつ、涼の〈アイスウォール〉の生成に混ぜてこられる……尋常なスピードではない。

「別に特許はとっておらぬから、お主も使って構わぬぞ」

男は両手を拡げながら好きにしろ、というジェスチャーを示す。

そして決定的な言葉を吐いている……特許。

もちろん『ファイ』に、特許という言葉は……無いと涼は断言しようとしたが、涼が知らないだけの可能性もあることに気付いた。

そう、この世界のことを、涼はまだまだ知らないのだ。

「特許……」

それでも思わず呟く涼。

「ああ、すまぬな。これから死にゆくお主が知る必要のない言葉だ。〈ストーンランス〉」

一瞬のうちに、男の周りに六本の石の槍が生成され、涼に向かって放たれる。

「〈アイスウォール10層〉」

今度は生成を邪魔されることなく、涼の目の前に氷の壁が生成され、六本の石の槍をことごとく弾き返した。

「ほぉ。その氷の壁は、けっこう硬いのじゃな」

男がそう言った瞬間、上方から、巨大な直方体の石が涼の上に落ちて来た。

その光景は、傍から見ている者がいれば、天井が一瞬にして落ちてきたかのように錯覚したかもしれない。

轟く轟音。舞い上がる砂埃。

〈アイスウォール10層〉

砂埃が消える前に、今度は男の上方に氷の壁が床と平行に生成され、自由落下する。

再び轟く轟音。舞い上がる砂埃と……粉々に砕け散る氷。

室内を舞っていたものが全て消え去り、そこには二人の男が何事も無かったかのように立っていた。

一方は、〈アブレシブジェット〉で落ちてくる巨大な石を切り刻み、自分の上方だけ何事も無かったかのようにして。

もう一方は、自分を中心にした超高硬度の石の円錐を生成させ、落ちてきた氷の壁を貫き、割ることによって。

「石に割られたのは、さすがにショックですね」

「水で切り刻まれたのは初めてじゃ」

涼も男も、ニヤリと笑って言った。

「いちおう確認したいのですが、あなたが暗殺教団のトップですよね？」

「うむ。首領として通っておる」

涼の問いに、暗殺教団首領は頷いて答えた。

そして、二人の戦いは、次の段階に進む。

「まずは正面から押しつぶすか。〈石槍連牙〉」

「〈積層アイスウォール10層〉」

首領の両掌から石の槍が連射される。

だがそれだけではなく、首領の周囲に多数の魔法陣が生じ、そこからも石の槍が発射され、涼に向かってきた。

その光景は、まるでアニメやゲームで見られるような魔法戦。

涼は〈アイスウォール〉の連続生成である『積層』で向かってくる石の槍を防ぎつつも、首領の魔法戦に少し感動していた。

（あの爆炎の魔法使いはもちろん、悪魔レオノールも、こんな魔法陣の生成とかやってなかった……。なんか、凄くかっこいいんですけど！）

カッコよさは大切な要素だ。何においても。

「その、氷の壁を連続生成するのは凄いな。わしの〈ジャミング〉でも妨害が間に合わぬわ。お主、魔力切れは大丈夫なのか？」

「問題ないですね。それより、その魔法陣を浮かべての攻撃。カッコいいですね！」

命のやり取りをしている二人なのだが、会話にはそんな雰囲気は微塵もない。

「ほほぉ、この良さが分かるか！　いいじゃないか！　わしの弟子共は、この良さが誰も分からんのじゃ。嘆かわしい……。そうじゃ、お主、弟子にならぬか？　お主なら、この技法を継げるであろう」

「いや、さすがに暗殺教団に入るのはちょっと……」

なぜか教団への勧誘を行う首領。

それに対して、さすがに暗殺者になってまでは、カッコよさを追求する気にはならない涼。

「むぅ……残念じゃ……」

心底残念そうな顔をする首領……。

「では次は、僕から行きます。〈ウォータージェット256〉」

首領の周りに発生した二百五十六本の〈ウォータージェット〉が乱数軌道で動き、全ての物を切り刻む。

「〈浮遊石壁—アクティブ〉」

首領の周りで無数に発生した掌大の石が、恐ろしい速さで動き回り、自ら〈ウォータージェット〉にぶつかっていく。

ぶつかった水と石は、対消滅の光を発して、両方とも消えていった。

数秒の内に、二百五十六本の〈ウォータージェット〉は石による自爆攻撃によって消滅し、首領は無傷のまま立ち続けた。

「そんな方法で防ぐとは……」

涼は、ある種感動していた。

乱数軌道で動く二百五十六本の〈ウォータージェット〉。

正直、涼でもどう防げばいいか思いつかないほどなのだが……首領は無数の石をぶち当てることで、対消滅を引き起こしたのだ。

〈ファイアージャベリン〉に〈アイシクルランス〉をぶつけて消し去るように、〈ウォータージェット〉に小型の石壁をぶつけて消し去った。やられてみれば、これが最も効果的な対処法かもしれないと思える。

「ふふふ、けっこう凄いであろう？　石同士がぶつからないようにするのが、なかなか難しかったのじゃが。これなら飽和攻撃も防ぎきれる、今のようにな。一度身につけた技術は、歳をとってもなくならん。技術は衰えない、じゃな」

首領は自慢げに説明した。

「まさに至言ですね。ですが、それほどの魔法制御、相当な訓練が必要だったでしょうに……」

「確かに、昔は訓練に明け暮れたものじゃ。じゃが、今のはそう難しくはない。あれは、錬金術を使っておるからな。土属性魔法と錬金術の併用じゃよ。お主の水の線は違うのか？」

「あれが錬金術……。僕のは、純粋に水属性魔法だけですね。錬金術、やはり興味がありますね」

「あれだけの制御を魔法だけとは……わしとしては、そっちの方に興味があるわい」

涼の答えに、半ば呆れたように返す首領。

「のぉ、最後に今一度問うが、やはりわしの弟子になる気はないか？　そこの王子を返せと言うのであれば、無傷で返しても良い。わしの寿命を延ばすために必要だったのじゃが、最後にお主を育てられるのであれば、死も受け入れられそうじゃ。どうじゃ？」

「残念ながら、暗殺者になる気はありません」

ほんの少しだけ、この男の錬金術の技術が欲しいとは思いつつも、その思考は一瞬だけであった。

暗殺者になる気はない。

「そうか、残念じゃ。ならば本気で行くぞ」


首領は、一瞬だけ目を閉じ、そして唱えた。

「〈メテオ〉」

だが首領が唱えても、何も起きなかった。

（失敗か？　いや違う、あの男は何と唱えた？　〈メテオ〉……？　〈メテオ〉って、ゲームとかに出てくる、隕石が落ちてくる有名な魔法だよね……まさか！）

涼は上を向いて唱える。

「〈アブレシブジェット128〉」

館の天井を〈アブレシブジェット〉で切り裂き、続けて唱える。

「〈アクティブソナー〉」

上空から迫る物体……隕石は四個。

「ここにきて、純粋な質量攻撃か！」

涼が叫ぶ。

「気付くとはさすがだ」

その声が後ろから聞こえた瞬間、涼は反射的に前方に飛び込み、受け身を取って、すぐに立ち上がった。

同時に腰から村雨を取り出し、刀身を生成して、振り返る。

声が聞こえた瞬間に背中を刺されたが、〈アイスアーマー〉と妖精王のローブが致命傷は防いだようだ。それでも、背中に打撲のような痛みを感じるが、今は無視する。

　涼が立っていた場所には、細く反った片刃の剣を構えた首領がいて、首をひねっていた。

「防がれたか……属性攻撃を付与した剣なのじゃが、そのローブが防いだらしい……。属性の無い普通の剣の方が、良かったのか……興味深い」

「あの四個の質量攻撃は囮で、近接戦が本命……」

「ああ、そうじゃ。もちろん、軍隊相手や都市破壊なら、あれを落とすのも有効じゃが、ここに落とすと王子様まで巻き込みかねんじゃろ。だから近接戦でと思ったのじゃが……やりおる。まあ、そうよのう、魔法使いだから近接戦はできませんでは、話にならんわな」

　そう言うと、首領はククと笑った。

「そういうあなたは、暗殺者のトップなのだから、当然近接戦もできると」

　涼は話しながらも、油断なく村雨を正眼に構える。

「当然じゃ。あやつらはわしが育てたのじゃからな。どれ、第二ラウンドといってみるか」

　首領はそう言うと、大きく剣を振りかぶって、涼に打ちかかった。

　村雨で、首領の打ち込みをしっかりと受け止める涼。

　だが、その瞬間……。

「ぐはっ」

　背中に走る激痛。

　すぐに首領の剣を弾いて、横っ飛び、バレーの回転レシーブのごとく一回転して立ち上がる。飛んだ瞬間、涼は見た。自分の背中に走った激痛の原因を。

「浮いた魔法陣……」

　首領が、〈石槍連牙〉なる魔法を放った際に現れた、宙に浮く魔法陣が、いつの間にか涼の背後に生じていたのだ。おそらくそこから、石の槍が生じて涼の背中を襲った……。

「完全に串刺しじゃと思ったのじゃが……ローブだけではなく、氷の鎧もなかなか硬いのお……」

　首領が面白そうに論評する。

そう、〈アイスアーマー〉の背部装甲。〈アイスアーマー〉は、〈アイスウォール〉ほど硬くはないが、何度も涼の命を救ってきた。緑の下の力持ち。達人たちが振るう剣の前ではあっけなく切り裂かれてしまうが、対魔法ならば、かなり頑張ってくれるのだ。

だが、涼が最も気にしたのは、緑の下の力持ちよりも、そして自分の命よりも……。

「その魔法陣は……まさか、好きなように操れる……？」

「うむ」

涼の問いに首領は答えると、浮かぶ魔法陣を右に左に、さらに宙返りさせたりして見せた。

「なんと……」

驚く涼。どこかのアニメの、脳波コントロール誘導兵器ではないか。もし、あれを数基、あるいは数十基、宙に浮かべて戦ったら……。

「めちゃくちゃかっこいい……」

自分を殺しそうになった攻撃に対して、目を輝かせる……しかも欲しがっているのは、首領にも理解できた。

さすがに首領も苦笑する。

「かっこいいのは同意じゃが……お主を殺そうとした技ぞ？」

「殺されそうになるのがいけないのです。僕の修行不足ですから、もっと修行すればいい話です。その宙に浮かぶ……誘導兵器の罪ではありません！」

「そ、そうか……」

涼の力説に、少し気圧される首領。

だが、力説しつつも、涼は現実に直面する問題を解決する必要性に迫られているのは理解していた。

（この男、首領の剣閃は鋭い。そして、驚くほど剣が重い……。受けているのが村雨だから、多分、折れることはないけど……。できれば、前でさばきたい、力が乗り切る前のタイミングで。けど、剣閃が鋭いからそれも難しい。つまり、剣戟で有利に展開することは不可能。それなのに、後背からあの魔法陣が攻撃してくる……うん、これは反則）

涼は心の中でため息を吐き、首を振る。魔法陣からの攻撃を、意識する必要が無い状況、あるいはそんな状態に持ち込まねばならない。

（体さばきでも剣でも、それは不可能……となれば、魔法でどうにかするしかないよね）

基にする魔法は〈アイスシールド〉……テニスラケット大の氷の盾が動いて、敵の攻撃を迎撃してくれる魔法だ。最近は、〈アイスウォール〉ばかり使っていたのであまり出番はなかったが……何がどこで役に立つのか、誰にも分からないのだ。

（多分、大丈夫……とりあえず、やってみよう。まず、壊されたものの再構築。〈アイスアーマー〉）

心の中で〈アイスアーマー〉の背部装甲を再構築する。

「ふむ……背中は見えんからな……〈ジャミング〉できんかったわい」

「そうだろうと思いました」

背部装甲の再構築を邪魔しようとしていた首領は、ニヤリと笑いながら失敗したことを告白する。

そして、してやったりの涼。

このレベルの戦いになると、魔法の構築段階から、駆け引きが始まっている。

そして再び……ほとんどための無い状態から、首領が剣を打ち下ろす。それを再び涼ががっちりと受ける。

前回同様に……。

「うごっ」

涼の背後の魔法陣から再び石の槍が発射され、涼の〈アイスアーマー〉の背部装甲が砕け散った。

〈アイスシールド改〉とも言うべき魔法での迎撃は、失敗したのだ。だが、前回の不意打ちに比べれば、背中へのダメージはかなり軽減されている。

（威力が弱かった？　ならば、出力をアップして、数を増やす！　氷である必要性は全くないから、空気中の水蒸気状態のままでオッケー。……よし、〈アイスシールド改二〉完成）

「どうした？　また背中の装甲が割れたぞ？」

首を傾げてわざとらしく言う首領。完全に楽しんでいる。

「想定が甘かっただけです。次はいけます。背部装甲すら必要ないですね！」

「ほう、たいした自信だな」

〈アイスアーマー〉

心の中で唱え、再び〈アイスアーマー〉の背部装甲を構築した。

「……今、必要ないと言わんだか？」

「もちろん嘘に決まっています！　兵は詭道《きどう》なりと、昔の偉い人も言っていました」

「そ、そうか……」

首領は小さく首を振って、気を取り直した。

そして三度《みたび》……ほとんどための無い状態から、今までで一番鋭い剣閃の打ち下ろし。

それを三度、受け止める涼。

涼の背後で、対消滅の光が発せられたのが分かった。

ほぼ同じ威力の魔法どうしが衝突すると、両方の魔法が消滅する。それは、物理用語同様に対消滅と言われる……『ファイ』において、誰が命名したのか涼は知らないが。対消滅は、光を発する。その光が発せられたということは……。

「フフフ、〈アイスシールド改二〉が成功したようです」

「やるではないか。そのネーミングはどうかと思うが……一体何をした？　お主の背中に隠れて見えなかったが……。そうか、正面からやってみればよいか」

首領はそう言うと、後方に大きく飛び、唱えた。

「〈シール〉」

それによって、首領の右側に魔法陣が生まれ、石の槍が発射された。

石の槍は涼に向かって飛び……涼の前、五十センチほどの場所で、対消滅の光を発して消えた。

「見えぬ？　まさか……空気中の水蒸気そのものを？」

「正解です！　よく分かりましたね！」

首領は心底驚いた様子で問い、涼は得意満面の表情で答えた。

しばらく唖然としていた首領であったが、しばらくすると笑い始めた。

「ククククク、アハハハハハ」

なぜ笑っているのか、全く分からない涼は、訝しげに見守る。

ひとしきり笑った後、首領は言葉を続けた。

「いや、面白いな。その柔軟な発想と成長速度、興味深い。魔法の腕前は分かった。では、剣はどう……だっ」

言うが早いか、一気に距離を詰め、打ち下ろす。

涼は丁寧に受ける。魔法陣による攻撃は、心配する必要がない。〈アイスシールド改二〉が機能している以上、目の前の剣戟に集中できる。

そして首領の剣は、集中せざるを得ないほどの剣閃。

しかも、連撃。その連撃の全てが重い！

速い上に重いという、連撃として最高の特性を備えている。普通に考えれば分かるが、その二つを同居させるのは難しい。特に、全身を使う『剣』においては。

だが、首領の剣は同居させている。

(速い上に重い理由は、膝を曲げ、腰を落として重心の移動をスムーズにし、腕や剣の重さだけの打ち込みになっていないから)

そう、基本中の基本。重心を低く。首領の膝など、九十度にまで曲がっている……。そのため、重心の移動がスムーズだ。

バスケットボールの守備練習でよくやる、ステイローに近いだろうか。決して、動き出し、足の運びが速くなるわけではない。だが、左右への重心の移動がスムーズになる。一歩も動くことなく、片側五十センチ先まで手が届くようになる……。

剣戟において、重心の移動は肝の一つと言ってもいい。いわゆる一足一刀の間合いよりも近い、超近接戦においては、最も大切だとすら言えるだろう。剣を大きく振りかぶっての攻撃などできない距離……剣を振り回すよりも、コンパクトに畳んだ腕と腰の動き、そして重心の移動によって、斬る……そんな距離での剣戟。

その、驚くほどスムーズな重心の移動が、首領の剣に速さと重さを同居させる理由となっている。剣の重さ、腕の振りだけではなく、体重もかかってくれれば重くもなろうというものだ。

(セーラの剣も速くて重いけど、あれは風属性魔法を信じられないレベルで制御しているから。でも、この首領の剣は、剣理によって速さと重さ、両方の特性を同居させている。凄い……)

涼は、はっきりと舌を巻いた。「剣を振るう」ということに対する理解の深さが、自分よりも、圧倒的に首領の方が上であることを認識したのだ。

だが……。

(そう、だが……だからと言って、負けるわけにはいかない)

涼は、首領の剣を、丁寧に受け続ける。

一つ一つ。

防御こそ、涼の剣の粋。

それは、ロンドの森で、毎晩、剣の師匠たるデュラハンに打ち倒され……。

ルンの街で、毎日、セーラに模擬戦で負け続け……。

常に劣勢を強いられてきたからこそ身に付いたもの。

負けることによって得られるものも、世の中にはあるのだ。

防御に徹した涼の剣は、デュラハンやセーラですらも、そう簡単には破れない。

そう、驚くほど硬い。

「お主……化物じゃな」

「いや、いったいどんな流れで、そんな言葉が出てくるんですか」

首領が呟くように言い、涼が抗議の気持ちを込めて答える。いきなり、『化物』と言われれば、誰でも抗議すると思うのだ。

「もちろん、褒め言葉じゃ」

「そ、そうですかね……」

首領の言葉に、若干納得いかない感じがしながらも、褒められれば嬉しいのも確か。それも、これほどの剣を振るう男から褒められれば……。

そんな会話中も、二人の剣戟は続いている。

基本的な構図は、首領の攻撃、涼の防御。だが、もちろん涼も攻められっぱなしではない。首領の攻撃に合わせて、カウンターを仕掛けることもある。

仕掛けることもあるのだが……。

(全然届かない……)

圧倒的な差を感じていた。それは、デュラハンやセーラを相手にしている時以上の差。

振る前から剣が届かないと感じさせるほどの差。

首領は、涼の防御を化物と評したが、涼から見ても、首領は化物以外の何者でもない……。

もちろん、綻びはある。

それは持久力。おそらく、このまま剣戟を続けていけば、疲労のたまり具合から、涼は首領をパフォーマンスで上回るようになるであろう。

勝つだけなら、それでいい。それでいいのだが……。

(何か、嫌)

そう……命の懸かったこの場面において、涼はそんなことを考えてしまうのだ。これほどの男、力で、あるいは技で上回りたい。

それは余計な考え。

抱いてはならない思い。

だが、涼は楽しくなっていた。その上で、目の前の男を上回りたいと思ってしまった。

目の前の男に勝ちたいではなく、上回りたい。

その二つは、似て非なるもの。

命のやり取りの場面において、捨てなければならないもの。

そう、それは涼も、頭では分かっている。

そう、それは涼も、理解してはいる。

そう、それは涼も……だが、心に嘘はつけない。

純粋な気持ち。

ある意味、一切の無駄を削ぎ落としたもの。

最終的に、他のことは何も考えなくなる……涼の全てが、一つに収束した。

……目の前の男を、上回りたい。

「むっ……」

首領の呟きも、すでに涼の耳には聞こえない。

首領を上回ることに必要な情報は、全て入ってくる。

そして無意識に処理される。

涼は、ただ、剣を振るう。

より速く。

より力強く。

より的確に。

「霧……?」

涼の剣と腕……体全体が、細かな霧を撒き始めたように、最初は見えた。だが、そうではないことに、首

領はすぐに気付いた。

振るった後に撒かれている。

「水の噴射で、剣速を上げているだと……」

気付いた瞬間、涼が振り下ろす剣の重さも増していることに気付いた。

離れた場所から剣戟を見ている者がいたら、美しいと感じたかもしれない。

割れた天井から降り注ぐ光が、細かな水の微粒子に反射しているからだ。

セーラが、風属性魔法の精緻な魔法制御を剣術に活かす『風装』……涼が至ろうとしているのは、その水属性魔法版とも言えるものであった。

ただし、ベクトルは正反対。

セーラの『風装』は、風属性魔法で剣を押す。

涼の『水装』とも言うべきものは、水属性魔法の反動で剣を弾く。

『風装』が、帆を張ったヨットを風で押して前に進ませるとするなら、『水装』は、ジェットやスクリューで水を後ろに押し出したその反動で前に進む……そんな違いだろうか。

もちろん、涼は、ほとんど無意識だ。

ただ、目の前の男を上回りたい……その一心から、持てるもの全てを総動員した結果。

剣閃の一つ一つの無駄が削ぎ落とされる。

体の動き全ての無駄が削ぎ落とされる。

剣閃の一つ一つが水属性魔法によって加速される。

体の動き全てが水属性魔法によって加速される。

全てが噛み合う瞬間。

ザシュッ。

涼の横薙ぎが、首領の左脇腹を切り裂いた。

「くっ……」

首領は思わず言葉を漏らすと、大きく後方に飛び、距離を空ける。

もちろん、隙などない。

距離を空けさせず、一気に飛び込もうとした涼も、そのタイミングを失うほどの隙の無さ。そして、後方に飛んだ瞬間に、何か奥歯を噛みしめたのが涼からも見えた。

着地した時には、斬ったはずの脇腹の傷は、修復しはじめていた。まるで、高性能なポーションでも飲んだかのように。

「奥歯にポーションを仕込んでいた？」

「正解だ。まさか、これを使う場面が来るとは……ふふふ、人生とは楽しいものじゃな。この歳になっても、全く飽きぬ」

驚く涼に、ニヤリと笑って正解だと返す首領。

「とはいえ……まさかこの短時間で、わしを上回り始めたのは想定外じゃったわい。防御だけじゃなく、全てにおいて化物じゃな」

「……褒め言葉として受け取っておきます」

首領が褒め、涼はそれを受け入れる。受け入れつつも、油断はしていない。最も得意で、最も基本とする正眼に村雨を構えたままだ。

「それに……ずっと思っておったのじゃが……お主……その構えに黒髪じゃと、わしの故郷の人間に似て……しかもその氷の剣、反っておるよの？」

「ようやく指摘しましたか。僕も、あなた同様に異世界から来ました。しかも、どうも日本人みたいですね……さすがにそこまでの確信はなかったのですが」

涼がそう言うと、首領は大きく目を見開き、心底驚いた様子を見せた。

たっぷり十秒ほど、どちらも無言。

先に口を開いたのは、首領であった。

「まず確認じゃ。お主、わしを殺すのが目的か？」

「いいえ、王子の奪還が目的です」

首領が問い、涼が答える。

「わしと戦うことを続けたいか？　さすがにわしも、そろそろ体力が尽きそうなのじゃが」

「……ウィリー殿下の確保が最優先です」

優先順位を間違ってはいけない。これは、全てにおいて、どんな場面においても、最も重要なことだ。ここを間違うと、全てが取り返しのつかないことになってしまう。

もちろん、時には、そんなものを全て忘却の彼方へと捨て去って、勝利の追求も二の次にして、目の前の男を超えることだけを追求した、水属性の魔法使いもいたが……。

首領は一つ頷くと、剣を納めた。

「ならば戦わぬ。王子は持っていくがよかろう」

「え？」

さすがにその展開は涼にとっても意外であった。上回ったうえで、ある程度の交渉は必要になるのではないかと考えていたから。だが、ここまであっさりと戦闘が終結するとは……。

「わしがこの世界に転生する前に、一人の男が先に転生したと聞かされた」

涼が、ウィリー殿下の下に行こうかどうか迷っているうちに、首領は語り始めた。

「聞かせた者は、『ミカエル・カメイ』と名乗る、天使の役割をしている者だと言った」

「ミカエル！　彼は元気でしたか？」

「あの手の存在が、病気などになるとは思えんが」

そういうと首領は笑った。

「もちろん元気だ。先に転生させた男が、自分のことを『ミカエル・カメイ』と呼んでいたので、そう名乗ることにしたと言っていたが……呼んだのが、お主であろう？」

「確かにミカエルとは心の中で言いましたが……カメイは……あ。カメイって、仮名か。ああ、はい、僕が名付け親ですね」

涼は微妙に納得いかない部分を感じつつも、ミカエル自身は気に入ったんだなと、そこは少しだけ嬉しかった。

「わしは、この大陸の西の端に転生したのじゃが……いつの間にか中央諸国に根を下ろしていた。自分は、前々世はハサン・サッバーフであり、前世はその生まれ変わりであったと気付く出来事があり……そして暗殺教団を作った」

「山の長老……」

涼がハサン・サッバーフの別名を言うと、首領は笑った。

「ああ、そうだ。今世は土属性魔法を使えたからな。それを鍛え、錬金術は良き師に出会えたために、それも鍛えた。ああ、そういえばお主は……エルフか何かに転生したのか？」

突然、変な風に話を振られて、涼は意味が分からなかった。

「いえ、人間のはずなのですが……」

「そうか。それにしては、随分若く見えるな。わしがこっちに転生して七十五年、お主はそれよりも前だから……それなりに歳をとっているはずじゃろうに」

「……は？」

この男は何を言っているのだろう。

涼は転生して、二十年ほどのはず……ロンドの森で過ごしていたのは多分そのくらいのはず……そう、多分……しっかりと日数を記録していたわけではないため正確には分からないが……。

いや、それでもさすがに七十五年以上とか……だって、外見はそんなに歳くってはいないよ……？

うん、まあ、転生してから歳とらないよなぁとは、思っていたよ？

そりゃあ、さすがに気付くよ？　なんか普通じゃないよね、とか思ったよ？

でも、でも、七十五年以上とかは、あんまりじゃない？

「ああ、そうであったわ。ミカエルが言っておった。時間軸は変わると」

「……時間軸？」

首領が何か思い出したように言い、それで涼は混乱した思考から引き戻された。

「あの白い世界に後から来た者が、この世界の相当前に転生したりすることもあると」

「……どういうことですか？」

「わしは、お主よりも後にミカエルの元にたどり着いたが、お主が転生したよりも、前の時代に転生したのであろうな」

（どうも、七十五歳以上とかではなさそうってことかな……良かった。いや、まあ、別に百年でも二百年でもいいんですけどね。セーラとか二百歳だし……）

涼の、そんなどうでもいい思考の間も、首領の言葉は続いている。

「……ということはだ、わしらと同じ時代の者が、この世界の何百年も前に転生していることもある、ということだ」

涼の頭に真っ先に思い浮かんだのは、『カフェ・ド・ショコラ』のコーヒーセットだ。

あるいは、もっと前の時代に転生した者が広めたのかもしれない、頭を下げる文化……。多くの者が、まるで現代日本であるかのように、お辞儀をする世界。

転生者の影を感じる！

これが、ラノベ的思考の閃きであろうか。

「まあ、時間軸が変わるというのはそういうことかもしれんな」

首領はそう言って、勝手に結論付けた。

そして、言葉を続ける。

「わしは、地球にいた時、二十五歳で転生したから、合計百歳じゃ。さすがに昔のようには体が動かぬようになってな。寄る年波には勝てぬというか……死が近付いているのも分かっておった。そのために、そこの王子様の血が必要になったのじゃ」

それを聞いて、涼は戦慄した。あれで……あの剣戟で、衰えているって……。

だが問うたのは、別のこと。

「なぜウィリー殿下の血が……あなたの寿命と、いったいどういう関係が？」

涼にとって、それは当然の疑問であり、最も気になるところでもあった。

「うむ。正確にはあの王子様でなくともよいのじゃ。あの国、ジュー王国王家直系の人間の血であればな。あの王家の血を材料の一つとして、錬金術を使うと『不死』になれる薬が生成できるのじゃよ」

「不死？　つまり死なない、と？」

「そうじゃ。しかも致命傷を負っても、安静にしておれば死なずに治る。破格の性能であろう？」

「いや、確かに破格ですけど……そんな理由で殺そうと？」

「うむ、そんな理由じゃ」

そういうと、首領は少しだけ笑った。

首領が笑った瞬間、涼は違和感を覚えた。

首領に対してではない。

首領の向こう側の……壁？

涼は明確に認識する前に、とっさに唱えていた。

「〈ウォータージェット１０２４〉」

頭の先から踵まで、体のいわゆる背面全てから噴き出す水の推進力。今まで、練習では一度も成功しなかった、完全高速機動。

それによって、涼は一瞬でウィリー殿下の下に辿り着く。

涼が感知した違和感は、一瞬で部屋全体に広がり、同時に壁という壁から矢が放たれ、火の槍、石の槍、そして不可視の風の槍が発射される。数百を超える攻撃魔法が部屋全体を切り裂いた。

本来であれば、数百が数千であっても、涼や首領ほどの実力があれば、毛ほどの傷もつくまい。

だが、最初に涼が感じた違和感、それは……。

（魔法無効化だ……）

片目のアサシンホークの時に初めて経験し、アベルの護衛の時に見たベヒちゃんことベヒモスで二度目を目にした、あの魔法無効化。

あの違和感だったのだ。

そして案の定、涼は魔法が使えない。飛んでくる矢や、攻撃魔法を全て村雨で切り伏せる。

運が良かったのは、部屋の真正面の壁、つまりウィリー殿下が寝かせられている台の奥の壁からは、何も飛んでこないことであった。

さすがに涼であっても、これほどの数が四方八方から襲って来れば、全てさばききる自信はない。しかも寝ているウィリー殿下の体も守りながらとなれば、不可能であったろう。

だが、三方向からなら、なんとかなる。

天井が、涼の〈アブレシブジェット〉で破壊されていたのも大きかったかもしれない。これで、天井からも攻撃魔法が降り注いでいたなら、状況は絶望的になっていたであろうから。

だが、天井から来なくとも、厄介な状況ではある。

（これは……四方から降り注ぐのをしのぐのは、さすがにあの男であっても……）

だが、首領はしのいでいた。

魔法が使えないこの状況で、体さばきと剣一本でしのいでいた。

「凄いですね……」

思わず涼の口から洩れる感嘆の言葉。

人の体というのは、極めれば、これほどまでに凄い能力を発揮するのかと。

心の底から、涼は感心した。

だが、しのいでいるというのは、その場にくぎ付けになっていると同義だ。なにより、首領は百歳でありながら、涼との熾烈な戦い後でもある……。さすがに、疲労の極にあった。

ひときわ、攻撃魔法の密度が上がり、涼が自分とウィリー殿下への攻撃を防ぐために集中した瞬間、今までとは異質な、細い、本当に細い石の槍が首領の胸を貫いた。

「ぐふっ」

それによって首領のしのぎに隙ができ、不可視の風属性の攻撃魔法が首領に突き刺さる。

その高密度の攻撃が終わると、嘘のように静かになった。

涼は、違和感が無くなったことに気付いた。

「〈アイスウォール10層パッケージ〉〈アイスウォール10層パッケージ〉」

魔法が再び使えるようになったのを確認して、涼はウィリー殿下を〈アイスウォール〉で囲い、さらに部屋全体も〈アイスウォール〉で囲む。完全な安全を、確保した。

そうしておいて、男の元に駆け寄る。

「おい、しっかりしろ」

心臓を貫いているのは、細い石の槍であった。

涼が駆け寄って声をかけると、その石の槍は消え、消えたところから血が噴き出ている。

涼は男の胸に手を当てて、心臓の穴を塞ぐように水の膜を張る。同様に、風の魔法が突き刺さった数カ所、さらに傷ついた血管も水の膜で覆う。

とはいえ、これらは回復魔法ではない。穴を塞いだり、切れた血管をコーティングしているだけだ。そして、手元にポーションは無い。涼が持っていたものは、全てコーンに預けてきた。首領が口に仕込んでいたものも、先ほど使用した……。

よしんば、ポーションがあったとしても……首領の心臓の傷を治すのは難しいであろう。石の槍で抉られ、複雑に傷ついている。これほどの傷は、〈エクストラヒール〉でなければ厳しい……それも、傷を負ってすぐにだ。なぜなら、すでにかなりの血を流してしまっているから。

「ぬかったわ……自分の部下に殺されるとは……わしも老いぼれたものじゃ」

「血は止めましたけど、おそらく……」

「ふっ、自分の体じゃ、理解しておる。間違いなく致命傷じゃ。この傷は、ポーションでも治らんわい」

石の槍が貫いた胸は、紫色に変色していた。

涼にはその理由は分からないが……槍に塗られた毒か？　錬金術の何かか？

首領には、それが治らない傷であることが分かっているようであった。

「それはよい。今まで数限りない人を殺めてきたのじゃから、その報い……にはまだ全然足らぬか。……が……自らが仕掛けておいた罠を部下に奪われ、その罠で死ぬのは……なんとも情けない」

首領は自嘲した。

「罠？」

「うむ。この広間で、敵を一網打尽にするために仕掛けておいた罠じゃ。二十年以上前の罠じゃが……メンテナンスをきちんとしておいたから、見事に発動したな」

首領はククと笑った。

「でも、あなたの胸に刺さった石の槍だけは、他と違っていたように見えましたけど……？」

「ああ、あれはナターリアの魔法じゃ。どうせ『黒』あたりにほだされて利用されたのであろうよ」

その嘲りはナターリアに向けたものではなく、自分に向けたものに、涼には見えた。

「おお、そうじゃ、お主に一つ頼みがある」

首領は涼を正面から見て、言った。

「わしの錬金術を引き継いでくれぬか？」

「引き継ぐ？」

涼は首を傾げた。

「ああ。とはいえ、地球のアニメやコミックみたいに、スキルの継承みたいなことができるわけではないぞ。わしがまとめた錬金術に関する資料や開発した技術、そういったものをお主に託したい。死の間際の頼みじゃ、引き受けてくれんかの」

「なぜ僕に？」

「決まっておろうが。あの魔法陣を浮かべての攻撃、かっこいいと言うておったろう？　自分の感覚に似た者に継いでほしい、そういうことじゃ」

「あれって……錬金術ですか？」

「うむ。じゃからお主でも使えるぞ……もちろん、習得するのは簡単ではないがな。血にまみれたものとはいえ、術そのものに罪はないであろうさ」

苦しいのか、首領は何度か息を整える。

致命傷を負っているのだから、苦しいのは当然だろう。

「ちなみに、お主、錬金術の腕はどれほどじゃ？」

あのカッコいい魔法戦が行える！

（暗殺者の錬金術だけど、そうだよね、術に罪はない）

都合よく解釈した涼は、心の中でかなり興奮していた。

「ああ……ポーションとマジックポーションは、上級の物が作れるようになりました……」

「なんじゃ、まだ上級ポーションか？　初心者じゃったか……それは、相当長い道のりを歩かねばならぬな」

「えぇ……そうなんですか？」

カッコいい魔法戦が行えると喜んだのに、まだまだ無理と言われれば、やはり落ち込むというものだ。

市井の錬金術師としては、平均以上なはずなのだが……。この男のレベルから見れば初心者らしい。

「まあ仕方あるまい。生きてるうちにどこまで辿り着くか……。して、錬金術に取り組んで、どれほどかかって上級ポーションなんじゃ？」

「ああ……だいたい半年ちょっとですかね」

涼は思い出しながら答える。

「半年か！　本当に初心者じゃったか。じゃが、半年で上級ポーションの生成なら、筋は良さそうじゃ。さぼらずに鍛えれば、ものになろう」

そう言うと、首領は起き上がろうとした。

「いや、その傷では動くのは無理でしょう」

涼は慌てて首領を支える。

「どうせ死ぬのじゃ。お主に資料を渡さねば。ほれ、あの王子が寝かされている台の奥、正面の壁まで肩を貸せ」

そういうと、首領は涼に支えられながら、ウィリー殿下が寝かされた台の向こう側、唯一罠が出てこなかった壁まで歩いた。

そして壁の前で何やら唱えると、二メートル四方、壁にぽっかり穴が空く。

そこから二十段ほどの階段を降りると、書斎兼書庫といった様相の部屋に辿り着いた。首領は机の前の椅子に座ると、机の引出しから三冊の黒いノートを取り出した。

「ノート？」

「さて、この二冊が基本。で、周りを金縁にしたこれが、いわば奥義じゃ」

基本という二冊は、地球における大学ノート三冊分ほどの分厚さであったが、金縁の奥義と呼んだノートは、さらにその三倍ほどの分厚さがある。

「とはいえ……お主の実力では、まだこの基本の二冊にも手が届かぬであろう……。焦らず頑張ることじゃ」

その言葉を受けて、涼は基本の一冊の最初のページを開いてみる。

ほぼ理解不能であった。

生粋の文系人間が、数学のミレニアム懸賞問題に挑むかのような……書いてある内容の理解には、時間がかかりそうだと感じさせるのに十分な内容だ。

「ほれ、そこにある鞄に入れていけ。わしが、かつて陛下に下賜いただいた鞄じゃ……」

そういう首領の顔色は、真っ青であった。

さらに、目も開いておらず……。

「あの時は、ハサン、ようやった、と陛下に褒めていただいた……」

首領は、うっすらと笑う。

意識の混濁が始まっているのかもしれない。

自分は、ハサン・サッバーフであると。

王朝自体は、剣で突き刺した意匠とするくらいに、憎んでいたのかもしれないが……ハサンが仕えたアルプ・アルスラーンのことは、敬愛していたのかもしれない。

だが、しばらくすると、その表情が歪んでいき、苦々しい言葉がその口から漏れた。

「だが、奴だけは……奴だけは絶対に許せぬ。奴を殺すまでは死ねぬ！」

首領は怒りに身を震わせ、目を見開いたが、ここではないどこかを見ているかのようだ。

「まだ死ねぬ……奴を殺すまでは……まだ……」

首領の死期が、もうすぐそこにあるのは、涼にも分かった。

涼は首領に近付き、耳元で囁いた。

「ハサン、ニザーム・アル＝ムルクは、ちゃんと暗殺したではありませんか」

その言葉は落雷のように男を打った。

そして、首領の表情は今までとは打って変わって穏やかなものとなった。

「そうじゃった……暗殺は成功したのじゃ……」

首領の声はそこで途絶え……満足そうな表情を浮かべながら、息を引き取った。

◆

涼とウィリー殿下が襲撃された場所に着いた時、そこには、ほとんど何も残っていなかった。誰かに回収されたらしい。

とりあえず、何も残っていないことを確認した二人は、ウイングストンに向かうことにした。ウイングストンは、王国東部最大の都市であり、この場所から最も近い街でもある。

ロドリゴ殿や、コーンらと合流できれば一番良い。合流できなくとも、最悪、馬車を雇ってウィリー殿下を王都に連れていき、その後で伝えるという方法でもいい。

「いえ、まずなんとしても合流をしましょう。私の到着は、多少遅れてもかまいません」

涼が提案すると、ウィリー殿下はその提案を言下に拒絶し、ロドリゴ殿らとの合流を最優先とした。

雇い主の意向が最優先。それに、部下のことを大切に思う行動は、見ていて、素直に好感が持てた。

「分かりました。そうしましょう」

二人がウイングストンに着いて、最初に向かったのは冒険者ギルドであった。

護衛冒険者リーダーのコーンは、インベリー公国のC級冒険者。涼が王国の冒険者であることは知っているから、連絡を取る手段として冒険者ギルドを介する可能性がある、そう判断したのだ。

身分を隠すつもりでもない限り、冒険者はギルドを積極的に利用する。

「はい、インベリー公国C級冒険者コーン様から、D級冒険者リョウ様宛てに、手紙を預かっております」

受付嬢は、涼のギルドカードを確認した後、そう言って、奥から一通の手紙を持ってきた。中には、一行の宿泊場所が書いてあった。

こうして、涼とウィリー殿下は、ロドリゴ殿とコーン、他の護衛、冒険者たちと、数日ぶりの再会を果たしたのであった。


数日後、ウイングストンを発した一行。

襲撃前と比べて、いくつかの変更点があった。見た目は、元通りであるが……。

襲撃によって、ジュー王国が発行した信用状の類が全て失われたため、ウィリー殿下とロドリゴ殿はお金を自由に下ろせなくなっていた。この、国発行の信用状があれば、各国の商人ギルドで、現地のお金を調達することができるはずだったのだが……。

そのため現在、涼が二人の必要な費用を立て替えている。

「申し訳ありません、リョウさん」

何度目かのウィリー殿下の謝罪。

「いえ殿下、お気になさらずに」

涼に漂うのは、大物の雰囲気。

「王都に着いたら、大使館からお金を出してもらえるのでしょう？　それなら大丈夫ですから。今のところ僕は、お金には困っていませんから」

そう、王国内に入ればこっちのもの！　魔石を売ったお金がある！

インベリー公国公都アバディーンで、お金がなくて絶望の虜となった涼は、すでにそこにはいなかった。

代わりに、自信に満ち溢れた涼がいた……。

◆

デブヒ帝国帝都マルクドルフ。

午後、帝国執政ハンス・キルヒホフ伯爵は、報告を皇帝ルパート六世の下に届けた。

「陛下、昨日の報告通り、ウィットナッシュの件、襲撃者が暗殺教団の者たちであったことが確定いたしました」

「やはりか。だが、あやつらには金を払って、例の計画を遂行させておるであろう？」

ハンスの報告に、ルパートはうなずいて言った。

「はい。王国東部の件ですね。それとは別の仕事として、ウィットナッシュも引き受けていたようです。まあ、金を払えばなんでもする者たちですから……。連合からも金をとり、帝国、連合、両方の仕事を行っている……ということのようです」

「なんとも忙しい奴らだな。だがそうなると、お灸を据えるわけにはいかんか。ウィットナッシュの件は腹立たしいが、王国東部への活動は、まだまだこれからも続けてもらわねばならぬからな」

そう言うと、ルパートは紅茶を一口だけ、口に含む。

「おっしゃる通りです。そのため、昨日提案しました通り、山の長老に直接確認するため、奴らの本拠地アバンの村に人をやりました」

「ああ、そう言っていたな。もし事実であれば、直接首領にことの真偽を問いただすと。奴らも、我らが本拠地を知っておったことに驚いたであろう？」

ルパートがそういうと、なぜかハンスはその後の言葉を言い淀む。それは極めて珍しいことであった。

「どうした？」

ルパートが再度促すと、ハンスは意を決して口を開いた。

「はい。それが……アバンの村なのですが、全て凍りついておりました」

「……なに?」

「村全てが、凍りついておりました」

それを聞いて、ルパートはたっぷり五秒間、無言であった。

最後にカップに残った紅茶を飲み干してから、ゆっくりと口を開いた。

「天変地異か、何か我らの知らぬ魔物の仕業か……そうでなければ、化物じみた魔法使いでもいるのか……。そうか、オスカーが不覚を取った魔法使いがいたな」

それを聞いて、ハンスは驚愕した。

「まさか……村一つを凍りつかせるほどの魔法使いですか……」

「ふん。オスカーも、怒り狂えば街の一つくらいは業火の下に焼き尽くすだろうよ。それの氷版ということだ。しかし……まさかそれほどとはな。オスカーの報告、もっと真剣に聞いておくのであったわ。我の失態か」

後半は、ハンスにもほとんど聞き取れないほどの呟きである。

「ハンス、早急に、その水属性魔法使いについて調べよ。今回の情報、皇帝魔法師団に回し、オスカーからも直接、その水属性魔法使いの情報を取れ。よいな、しかと命ずる」

「ははっ」

エピローグ

そこは、白い世界。

ミカエル(仮名)は、今日もいくつかの世界の管理を行っている。

手元には、いつもの石板《タブレット》。

「いやはや……人の手に余る者たちとの絡みが多すぎるでしょう。生き残ってはいますが、大丈夫ですかね、三原涼さん。お友達のアベルさんも、これは……絡みついた宿命は……ほどけませんよ……はてさて。それにしても、赤の魔王とは……。水属性の魔法使いですのに、青ではなく赤……血まみれとか、赤い水で染まったりとか、そういうことにならなければいいのですけど」

不穏な言葉を、ニコニコ笑いながら口にするミカエル（仮名）……やはり、人とは違う存在ゆえであろうか。

「そういえば、王都に向かっているんでしたね。ご友人のアベルさんも王都に？　おや？　西方の勇者も王都に……向かっていますね。これは、王都で……。あっ……しかも、王都は、これは……大変なことが起きるじゃないですか。ああ、やっぱり三原涼さんの行く道は、こういうことになるのですね……。本人には全く責任は無いのに、常にそういう場に身を置いてしまう……そんな人がたまにいますけど、三原涼さんはそういう人だったのですかね。大変そうですね……」

外伝　火属性の魔法使いⅢ

クルコヴァ侯爵夫人

パーティー『乱射乱撃』とオスカーが、エンペラータイガーを討伐してから一年が経った。

『大戦』は王国の勝利に終わったが、連合、王国共に、その傷跡は深く刻まれた。翻って、両国に物資を供給する立場となった帝国は、好景気に沸いている。

その間に、オスカーは十五歳になり、帝国南東部モールグルント公爵領から、帝都マルクドルフに活動の拠点を移していた。

「侯爵夫人の護衛任務……」

ここは帝都マルクドルフの冒険者ギルド、ギルドマスター執務室。

オスカーの目の前に座っているのは、帝都のギルドマスター、モーリッツ・バッハマン。御歳七十を超える元治癒師だ。

中央諸国においては、ほとんど唯一となってしまった宗教である、光の女神を祀る神殿勢力が力を持っているが、帝国においては例外的に、あまり力が無い。

その理由は、『治癒師』という職業のせいだ。

冒険者にしろ、市井の民にしろ、帝国以外では神殿出身の神官が、怪我や病気の治癒を行う。そのため、必然的に彼らを供給する神殿は尊敬を集めるし、隠然たる力を持つことになる。

だが、帝国では、国が治癒師と呼ばれる、怪我や病気の治癒を行える者たちを育てている。

その結果、神殿勢力の力は弱い。

もちろん、帝国にも神官は存在し、冒険者の中にもいることはいるのだが……。どうしても主流とは成れず、モーリッツのような治癒師が、冒険活動中の治癒を担う体制となっていた。

「ほれ、この前、クルコヴァ侯爵領でグレーターボアの群れ、あれを討伐したであろう。あの時に気に入られたらしいぞ」

「ああ……」

侯爵夫人自身も馬を駆り矢を射る、非常に活動的な女性で、グレーターボアの群れを討伐した際の、オスカーの手際の良さと魔法とを褒めて、いたく気に入られたのは確かだ。

侯爵夫人の領地たるクルコヴァ侯爵領は、領地全体で多くの分野が発達している、帝国内でも最も裕福な領地の一つとして知られている。また、帝国で唯一の学術都市とも呼べる規模の街があり、帝室公認の機密度の高い研究が、そこで数多く進められていると噂されていた。

クルコヴァ侯爵夫人は、教養もあり、美しく、夫の侯爵とも死別しており子供も無く、様々な意味で、帝国上流階級の中でもよく知られた女性である。

「もちろん指名依頼であるし、侯爵家からのということもあり、報酬、評価点共に最高級のものだ。そして、何よりも、お前が欲しい情報が集まりやすい場所だともいえる」

「サロン、ですね」

サロンとは、一般的には、女主人が主宰し、館に教養のある者たちを招き様々なことについて話し合う……そういったものだ。

地球においては、一六〇〇年代初頭に、フランスで始まったと言われ、「宮廷とは別の社交界」とすら言えるものであった。誰のサロンに招かれている、誰のサロンにはもう招かれなくなった……それは、ある種の地位の象徴とすら言えるほど、有力なサロンを主宰する貴族は力を持ったのだ。

ただ、この中央諸国におけるサロンは、未だ一般的なものではない。

クルコヴァ侯爵夫人のサロンは、貴族以外に、学者、芸術家はもちろん、裕福な商人が招かれることもあり、様々な職業、立場の者たちが交流する場所としても知られていた。

逆にそれは、権威を何よりも貴重なものとする一部の大貴族からは好かれておらず、実際、クルコヴァ侯爵夫人のサロンには、大貴族が招かれることはなかった。

「お前さん、欲しいんだろう。傷の男……ボスコナの情報が」

オスカーは、帝都のギルドマスターたるモーリッツには、全てを話していた。

父と母を殺し、育ての親とも慕うご隠居様を殺したボスコナを追って、ここまで来たことを。もちろんそれは、若くして冒険者となり、しかも十五歳にしてC級にまで上ったオスカーに対して、モーリッツが尋ねたからでもある。「何がその原動力なのか」と。

その時に、全てを話した。

当然それは、同情をひくためではなく、話しておいた方が情報を得やすいと考えたからであったが、モーリッツの表情に浮かんだのは悲しみと憐れみであった。

モーリッツにしてみれば、十五歳のオスカーは、孫のような年齢だ。

そんな若く、未来ある人物が、復讐に囚われてしまっているのを見るのは、人生経験を経た者からすれば決して楽しいものではない。

だからといって、モーリッツに、どうにかできるものでもない。

復讐に囚われた人物に、「復讐などやめろ」「復讐しても何も手に入らない」「復讐などして、〇〇が喜ぶとでも思っているのか」などと言っても、無駄だ。

復讐に囚われた者の心を解放できるのは、そんな言葉ではない。

復讐を忘れさせるほどの出会いか、復讐を成し遂げた時……それだけが、復讐に囚われた心を解放してくれる。

モーリッツは、そのことを知っていた。

とはいえ、オスカーも、帝都に来る頃には、かなり表情の変化も見られるようになっていた。喜怒哀楽が、表情に戻ってきたのだ……以前よりは。

未だ、同年代の少年少女に比べれば、表情の変化に乏しいと言えるが、例えば『乱射乱撃』などとの関わりを通して、いくらかは、人としての心を取り戻したのかもしれない。

「侯爵夫人は、確かに中央の政治からは距離を置いておいでだ。お子さんもおらず、しかも養子すらもとる予定はないと明言され、自分が亡くなれば、以後の侯爵の家門は帝室に任せるとまで仰っているしな。政治に関わる気が無いことを明言されていらっしゃるわけだが……だからこそ、様々な情報が侯爵夫人の元には集まる」

そこで、モーリッツは一呼吸を置いて、続けた。

「侯爵夫人は、帝都で半年過ごし、侯爵領で半年過ごすという生活を送っていらっしゃる。お前さんがグレーターボアの討伐を手伝ったのは、侯爵領にいらっしゃった時だ。で、先日帝都に戻ってこられ、その帝都にいる間、護衛依頼を出したいということだ。つまり、サロンが開かれる場合もある。どうだ？」

モーリッツは、最後の情報を補足した。

オスカーは少しだけ考えた後、答えた。

「分かりました。その依頼、お受けします」

様々なことを考えながら、オスカーは侯爵夫人の護衛依頼を引き受けたのだった。

◆

「ああオスカー、よく来てくれた」

「侯爵夫人、このたびはご指名……」

「堅苦しい挨拶は抜きじゃ。知らぬ仲ではあるまい。まずは食堂に行くぞ」

「はい……？」

挨拶も許されず、オスカーは早速食堂へと誘われた。

十五歳になったオスカーは身長も一七〇センチに達しようとしていた。この年齢にしては、それなりの身長と言えるであろう。

筋肉は、まあ、人並みと言ったところであろうか。多少、ほっそりとした印象に見えるのだが、触れてみると、しっかりと筋肉がついていることは分かる。

そんなオスカーであるが、侯爵夫人の身長は、オスカーよりも高い。

僅かではあるが、高い……女性にしては、高身長と言える部類だ。

二十代後半ということであるが、引き締まった腰と、暴力的ともいえる他の箇所のプロポーション……あるいは、コントラストは、男性の目を惹きつけてやまないものであった。

とはいえ、オスカーはその方面には、未だ全く興味が無いため、目の毒にはなっていない。

侯爵夫人にとっても、男としての対象ではなく、年の離れた弟や、場合によっては息子のような感じで、侯爵領にいた時にも接していた。

食堂に着くと、オスカーは椅子に座らされた。

もちろん、侯爵夫人も座る。

すると、一瞬の遅滞も無く、二人のためにケーキとコーヒーが運ばれて来た。

「侯爵夫人、これは……」

たかが冒険者が、しかも護衛依頼を受けた冒険者が、依頼対象と同じテーブルでおやつを食べるのは……そう思い、オスカーは声を出したのだ。

「よい。我が許す」

護衛対象であり、侯爵夫人の地位にある者にそう言われれば、拒否することはできない。

オスカーは仕方なく、ケーキとコーヒーをいただくことにした。

もちろん、侯爵夫人も食べている。同時に、侯爵夫人はオスカーの所作に注視し、一つ頷いて口を開いた。

「やはり、オスカーの所作は洗練されておるな。領地で見た時も思うたが、特にテーブルマナーは完璧じゃ。古風な流儀ではあるのだが、それがまた良い。下手に流行に流されず、基礎、基本をしっかりと身につけ、その全てが洗練されておる」

「お褒めにあずかり光栄です」

侯爵夫人はべた褒めし、オスカーは恐縮して頭を下げる。

もちろん、六歳から十歳まで、ご隠居様によって完璧に身に付けさせられた教養によるものだ。

ご隠居様も、侯爵夫人とテーブルを共にする可能性までを考えていたかは分からないが、少なくともこうは言った。

「帝国の皇帝と食事を共にしても、侮られぬような所作を身につけねばならない」と。

決して、激しく叱責することなどなく、さりとて全く妥協することもなく、オスカーと学友であったコーンに、貴族の前に出ても、あるいは自身が貴族となっても恥ずかしくない所作を身に付けさせた。

小さい頃の教育がいかに大切かということを、ご隠居様は知っていたのだ。

もちろん、テーブルマナーを含め、歳をとってからでも身に付けることはできる。だが、身に付ける労力が全然違う。

小さい頃であれば二十秒で身に付くことが、大人になってからでは二年かかる……それほどの差が出てくる場合もある。

人間の、特に脳の柔軟性なのかどうか……あるいは、付いてしまった知識による様々な硬直性の進行か……はたまた、下手に経験を積んでしまったがための何か……それは分からないが、若い頃の方が身に付きやすいのは、誰しも理解しているであろう。

「オスカーを護衛依頼に指名したのは、そこが理由でもあるのじゃ」

侯爵夫人は一つ頷き、そう続けた。

「我が騎士団は、武、知、教養全てを兼ね備えた者たちばかりじゃ。とはいえ、どうしても……見目麗しいとは言えぬ男たちばかりでもある」

騎士団なのだから、当然であるが、堂々たる体躯の男たちばかりだ。

「サロンの場にはもちろん出せぬし、他の貴族の館を訪問する際にも、馬車の護衛なら良いのじゃが、館の中にまで連れていくとなると、どうしても仰々しくなるのじゃ」

侯爵夫人は小さくため息をついた。そういう経験を、これまでにしてきたのだろう。

「女騎士などがおればよいのかもしれぬが……そんな者はおらぬしな」

そんなものは、物語の中だけだ。

「オスカーならば、そういう場所に連れていっても悪目立ちはせぬであろうと。実は、これは、騎士団のノルベルトのアイデアでな」

「騎士団長の？」

それは、オスカーには意外であった。

確かに、クルコヴァ侯爵家の騎士団は、さすが侯爵夫人の騎士団というだけあって、立派な人物たちばかりなのであるが、それでもやはり騎士は騎士。主人を、身を挺して守ることこそ、至上の役割と考えている……だから、そこは他の者には譲れない。オスカーは勝手にそう考えていたのだ。

だが、その中のトップ、騎士団長がオスカーを推薦したというのは……。

「ノルベルトは、我が侯爵家に代々仕える騎士の家門じゃ。それだけに所作に厳しいのじゃが……、そのノルベルトが、オスカーの所作を絶賛しておった」

「それは……恐縮してしまいます」

「部下たちの不調法さの修正にいつも悩んでおるノルベルトが、帝都で雇うのならぜひにと。あれは、オスカーの所作を部下たちに見せて、部下をさらに鍛えようとしておると我は見た」

侯爵夫人は、うっすら微笑んだ。

オスカーは小さくため息をつく。まさか、自分が騎士たちから所作を見られる羽目になるとは……。

だが……。

「オスカーにそれらを仕込まれたご隠居様も、喜んでおられるであろうよ」

侯爵夫人のその言葉は、素直に、オスカーにとって嬉しいものであった。

オスカーは、すぐにクルコヴァ侯爵邸に住込みとなった。

外出時など、基本的に侯爵夫人について回るため、服なども新しく仕立てられたのは当然であったろう。

食事は、いつも侯爵夫人と共にとること。

サロンにも、共に出ること。

侯爵夫人が館にいる時は、自由に過ごしてよい……ただし、いつ急な外出が入るか分からないため、館の中で過ごすこと。

それらが、オスカーの生活となった。

様々な不自由を強制する代わりに、オスカーが欲しがっている『傷の男』の情報などを、優先的に集めるという約束を侯爵夫人はした。

また、敷地内にある鍛冶場を自由に使う権利も与えた。

「鍛冶場……ですか？」

「うむ。一昨年までは鍛冶師がおったのじゃ。長く我が侯爵家に仕えてくれていた者が。じゃが、ついに寿命で亡くなってしまって……。それ以来、誰も使っておらぬ鍛冶場がある」

どこかで聞いた話だ……そう、ご隠居様の所でも確か……。

(貴族は、鍛冶師を抱えているのが普通なのかな?)

そんな疑問を持ちつつも、ヘムレーベンにいた頃も、そして帝都に移ってきてからも、オスカーは時々、街の鍛冶師の下で手伝いをし、昔、身に付けた鍛冶の感覚を再び取り戻しつつあった。

もちろん、侯爵夫人が鍛冶場の件を言ったのは、オスカーのそういった状況を知っていたからでもある。

オスカーは、一人になり、ただ鉄と槌《つち》とだけに向き合う時間を手に入れた。

それは、決して嫌いな時間ではなかった。

侯爵夫人の開くサロンは、教養のある者だけが招かれる。侯爵夫人が招く者しか来ないため、敵対的な者はいない。

数人の貴族……男性も女性も、そこは様々。

毎回、二人ほどの商人。

毎回、三人ほどの芸術家や錬金術師。

二十人に達することはない人数が集まり、特に何かテーマを決めて話し合うというわけでもなく、お茶会的な会話が交わされることが多かった。

その時々で入れ替わる、芸術家や錬金術師枠の者たちの専門分野について、会話が交わされることも多かった。逆に言えば、サロンに招かれる貴族や商人たちは、そんな専門的な分野についても会話できる、教養を持ちあわせた者が招かれているということでもある。

オスカーには、芸術や錬金術に関しての知識は多くない。

ご隠居様の下で教養を身に付けたとは言っても、あくまでそれは貴族にとっては常識的な知識。所作は貴族の中に入っても、非常に洗練されたレベルにあるが、貴族レベルの教養と呼べるほどのものは、持ち合わせていない。

だから、基本的に静かに座って、他の人たちの話を聞く側に回っていた。

「興味深いですね」「なるほど」「それは、つまり○○ということですか？」

ただ頷くだけでは、話している相手を不快にさせてしまう場合がある。

本当に聞いているのかと、疑問に思うのだ。

そんな時に、上記のような簡単な相槌を打つだけで、相手は安心して、そして嬉しそうに話を続ける。相槌を打ちながら、何度か頷くのがポイントだ。

そうやって、相手をいい気持ちにさせながら、オスカーは様々な分野の、様々な情報に触れていった。

侯爵夫人のサロンは、間違いなく、当時の帝国におけるトップクラスの教養が集まる場であり、そこで飛び交う会話は、オスカーの知的成長を、かなり促したのであった。

◆

クルコヴァ侯爵夫人を厭わしく思っている貴族は、帝国内にもいる。

本人が、どれほど人格的に素晴らしかろうと、多くの人に好かれていようと、そんなことは関係ないものなのだ。ただ、資産を持っているだけで、妬まれ、羨ましがられ……そして奪おうとするものが出てくる。

人の性《さが》とは恐ろしいものだ。

「新たな鉱山の採掘許可が下りそうだと？　まことか？」

「はい。開発省の官僚から回ってきた確かな情報です、父上」

ここは、帝都のラティモア伯爵邸。

「まずいぞ、それは。あの鉄鉱山を我が領地の物と認めさせるために、どれほどの金をばらまいたか……すべて無駄になるではないか！」

「官僚どもが言うには、このままですと、クルコヴァ侯爵夫人の出した所有権認証と開発許可の手続きが、この一カ月以内に通るのは間違いないと」

「むぅ……」

息子がつかんできた情報に、ラティモア伯爵は焦っていた。

隣接する領地であるクルコヴァ侯爵領内で新たに見つかった鉄鉱石の鉱山……だが、地下で鉄鉱石が自分の領地内に広がってきているのは当然であるため、自分こそが正当な所有者になるべきだ……伯爵はそう考えていた。

鉄鉱石は、鉄を作るために絶対に必要な物であり、帝国全土は元より、中央諸国のどこにいっても需要の多いものだ。

もちろん、金鉱山、銀鉱山は価値が高いが、そもそも産出量が少ないうえに、帝国内で発見された場合、基本的に帝室のものとなってしまう……。

それに比べて、鉄鉱山はそれなりに数が多いため、領地貴族のものとなることがほとんど。ましてや、侯爵や伯爵であれば、よほどのことが無い限りは、発見された領地貴族のものとなるのだが……問題となるのは今回のように、境界近くで見つかった場合だ。

ほぼ、クルコヴァ侯爵領内にあるのだが、確かに可能性としては……ラティモア伯爵領内にまで鉱床が拡がっている可能性はある。

そのため、ラティモア伯爵が鉱山の採掘権と主張するのも、完全に否定されるものではないが……。

「今回の件、皇帝陛下の裁可によるものらしいです」

「むぅ……またしてもか……」

現皇帝ルパート六世は、即位以来、多くの貴族を取り潰してきた。

これまでの皇帝も、貴族との確執の深い者は多かったが、それらと比べても、ルパートの改易は過酷と言ってもいいほどのものであった。

もちろん、貴族たちとしては反発を覚えるのだが、覚えるだけだ。なんの行動にも移せない。

なぜなら、皇帝が抱える軍事力が圧倒的だから。

結局、要求が通るかどうかなどというのは、『力』を持っているか否かに依存する。

軍事力という名の力でもよし。

経済力という名の力でもよし。

あるいは、謀略という名の力でも、またよし。

机を挟んでの交渉などというものは、最後の署名をする場でしかなく、「話し合い」などで何かが決することなど無い。丁々発止の交渉、などというものは、『力』が同等の場合にのみ生じる、極めて希少なケースでしかないのだ。

そして、皇帝は、巨大な軍事力を持ち、それを背景に莫大な富という経済力を手にし、あまつさえ影軍と呼ばれる謀略をこなす組織すら有している……。

そんな存在に対して、誰が盾突くことができると言うのか……。

「侯爵夫人は、中央の政治から距離を置き、その上で、明確に皇帝を支持しております。侯爵家か我らか、どちらに帰属させるかとなれば、皇帝の立場的には……」

「うむ、侯爵家になるであろうな」

ラティモア伯爵は、まさに苦虫を噛み潰したような表情で認めた。

「ですが、侯爵夫人には夫がおらず、子供もおりません」

「うん？」

息子が話し始めた内容に、伯爵は微妙についていきかねた。夫も子供もおらぬのは事実であるし、誰しもが知っていることだ。

「帝国の法においては、後継者が定められていない状態で当主が亡くなった場合、帰属を争っている案件があれば、その権利を放棄することになるそうです」

「つまり……今、侯爵夫人が死……いや、何かあれば、例の鉄鉱山の帰属先がクルコヴァ侯爵家になることはないと」

「はい。当然、もう一方の、我がラティモア伯爵家の帰属となるでしょう」

そこまで聞いて、伯爵はニヤリと笑った。

「侯爵夫人ともなれば、装飾品も一流の物をつけているであろう……ということは、賊がそれを狙って襲うこともあり得るな？」

「もちろん、あり得るでしょう。帝都といえど、昼間はともかく、夜は何が起きるか分かりませんから」

そういうと、親子は軽薄な嗤いを交わした。


いつの時代、どんな世界においても、救いがたい人間というものは存在する。

本人たちには何が起ころうが、それは自業自得なのであるが、巻き込まれた者にとってはたまったものではない。

そして、オスカーは、巻き込まれる側であった。

◆

「かなり遅くなってしまったな」

侯爵夫人は、馬車の中でぼやいた。

知り合いの子爵夫人のお見舞いからの帰り道。馬車の中には、侯爵夫人とオスカーがおり、外に騎馬の侯爵領騎士四人という、帝都内の移動のいつもの状態であった。

「しかし、子爵夫人も、行く前に聞いていた状態に比べれば、顔色も良いように見受けられました」

「うむ。あれなら、早晩回復するじゃろう」

伝え聞いた話では、ひと月ももたないかも、という話であったことを考えると、拍子抜けするほど悪くなかった。

そうでもなければ、わざわざ夕方から見舞いに出かけたりはしなかったであろう。

「さすがに帝都も、この時間、人も少ないか」

侯爵夫人のその言葉が、何かの引き金になったわけでないであろうが……。

ヒュッ。

ヒヒーンッ。

どこからともなく飛んできた矢が、騎士たちの馬に突き立った。騎士たちが地面に落ちる。その音は、馬車の中にいる侯爵夫人とオスカーにも聞こえた。

「なにごとっ」

侯爵夫人が叫ぶ。

馬車の窓から外を確認したオスカーは、屋根の上で弓を構えた男を確認する。

「〈ピアッシングファイア〉」

以前に比べさらに細くなった、白く輝く炎の矢が、弓の男の額に突き刺さった。なんの抵抗も無く額から入り、後頭部に抜けて消える。男は屋根から滑り落ち、地面に叩きつけられた。

「もう一人。〈ピアッシングファイア〉」

さらに、少し離れた屋根にいる男の額も、〈ピアッシングファイア〉で射貫く。

「くそっ、取り付け！」

これほど簡単に、弓士が倒されるのは想定外だったのだろう。馬車への直接攻撃を命じる声には、若干の焦りが含まれていた。

脇道から出てきて、馬車への直接攻撃を仕掛け始めた賊の数は五人。

騎士よりも数は多い……が……。

「ノルベルト、全員は殺すな。一人生かして捕らえよ」

侯爵夫人の、すでに冷静になった声が響く。

侯爵家騎士団長ノルベルト自身が率いる精鋭四人だ。賊五人程度に遅れはとらない、そう見切っての指示。

オスカーも、すでに手控えている。別の弓矢や、魔法での遠距離攻撃にだけ意識を集中し、馬車の中で侯爵夫人の身を守る態勢であった。

激烈ながらも、短い戦闘の後、賊の中でも、号令を出していたリーダーらしき男ともう一人を、想定通りに気絶させて捕らえた。


「なんというか……こう言うとあれなのだが……あっけなかったな」

なんとも釈然としない表情で、侯爵夫人はそう呟いた。

オスカーは何も言葉を発しなかった。感情面では同意するのだが、かといって完璧な襲撃をされても困るわけで。

「そうだ、オスカー」

「はい、侯爵夫人」

「そう、それじゃ。その、侯爵夫人」

「は？」

侯爵夫人は右手の人差し指を一本立てて、続けた。

「オスカーに、我をマリアと呼ぶことを許す」

「……は？」

「おぉ、オスカー、おめでとう」

祝福したのは、騎士団長ノルベルトだ。

「え～っと……どういう……」

オスカーには、よく理解できていなかった。

「騎士団はもとより、館の者も、そして領民も、我のことをマリアと呼ぶ。ファーストネームがマリアじゃからな。じゃが、オスカーにはあえて言っていなかったゆえ、ずっと『侯爵夫人』と呼んでおったろう？」

「はい」

「それゆえ、これから先……公式の場では難しいが、それ以外、もちろんサロンでも、マリアと呼ぶように」

「か、かしこまりました……マリア様」

オスカーがそう呼ぶと、クルコヴァ侯爵夫人マリアは、満足したように頷いた。

そして、二人を見守る騎士団長ノルベルトも、嬉しそうに頷いた。オスカーが、名実ともに、館の仲間になったと感じたからであった。

「ではノルベルト、捕らえた賊二人、連れ帰って尋問せよ」

「かしこまりました」

こうして、捕らえられた賊二人は、侯爵邸の離れで、尋問されることになったのであった。


翌朝。

「マリア様、昨夜の賊に関しまして、ご報告が」

「うむ、申せ」

朝食後、コーヒーを飲みながら、侯爵夫人は騎士団長ノルベルトからの報告を受けた。

「あっけなく口を割りまして……ラティモア伯爵から金が出ているそうです」

「予想通りではあるのじゃが……そんなに簡単に、依頼主が誰か分かってよいのか？」

マリアは、小さく首を振りながらそう答えた。

貴族相手の襲撃依頼など、いくつも仲介役を介して、誰が依頼を出したか第三者はもちろん、引き受けた者たちも分からない状態にしてあるのが普通だ。

それなのに、襲撃者たちは、依頼主が分かっているという……。

「依頼を引き受けた後、依頼した者の後をつけたとか……」

「そ、そうか……それでばれるとか、なんというか……な……」

しまいには、マリアはこめかみを指でぐりぐりし始めた。なんともお粗末な襲撃に、同程度にお粗末な依頼主がついていたことに関して、頭痛を覚えたのかもしれない。

「帝都内で起きた騒ぎに関しては、どこかに届ける必要があったな?」

「はい。帝都守備隊です」

マリアの問いに、ノルベルトは答えた。

帝都内での騒動、もめ事は、貴族、平民を問わず、帝都守備隊がいったんの窓口になると決まっている。その後、貴族が関わっている場合などは、貴族院や枢密院、あるいは帝城が出てくることになる。

「すまんがノルベルト、私の名代として、午前中のうちに届け出てくれ。捕まえた二人を連れていってな」

「かしこまりました」

◆

帝都某所。

「あまりにもお粗末だな……」

「ラティモア伯では、あの程度かと……」

「いや、それにしても、もう少し、なんとかやれるであろう、普通……」

公爵の言葉には、怒りや苦々しさを通り越して、心底呆れたという感じだけが残っていた。

「奴が、せめて手傷でも負わせて、侯爵夫人を館の中にとどめ置けば……いくらでも方法があったのだが。例えば、教団を使って毒殺など……まったく、役に立たん」

その公爵のぼやきに、補佐官は苦笑した。

「ラティモア伯は、我々が狙っておることを知りませぬゆえ、致し方ないかと」

「当たり前だ。最も恐るべきは無能な味方ぞ。あんなのと組んだのでは、どれほど完璧な計画であっても失敗するわ」

そう言うと、公爵は大きなため息をついた。

「仕方ない……あの計画に組み込むか……」

その小さな呟きは、傍らの補佐官にすら聞こえないほどのものであった。

襲撃

「新築されたミューゼル侯爵別邸のお披露目会？」

「はい、そのようで」

クルコヴァ侯爵夫人マリアは、届けられた手紙を一読して、首を傾げた。

クルコヴァ侯爵邸執事長であるエッカルトは、恭しく頷く。

ミューゼル侯爵は、帝国でも五指に入る権勢を誇る、大貴族中の大貴族である。特に、皇帝派でも反皇帝派でもない。そのような立ち位置であるため、絶妙な距離感をもって、多くの貴族との関係を持っていた。

だが、はっきり言って、クルコヴァ侯爵家との関係は希薄だ。

マリアも、特に帝国の大貴族家とは深い繋がりを持たないようにしているため、ミューゼル侯爵とも親しいわけではない。もちろん、帝室主催の夜会などで挨拶することはあるが……逆に言えばその程度の関係。

そんな自分の下に、なぜお披露目会への案内状が？

「ミューゼル侯が、帝都郊外に壮麗な別荘を建てておいでになるのは有名なお話でございます」

「うむ、それは聞いておる」

「これは噂にございますが、その別荘、帝室に献上なさるとか。そのため、このお披露目には皇帝陛下もご臨幸《りんこう》されると聞き及んでおります」

「皇帝陛下がお見えになられるか……そのお姿を多くの貴族に見せるために、普段は関わらない我のような者にも案内状を出してきたと。なるほど、それなら納得じゃな」

そういうと、マリアは笑った。

別に、マリアは、ミューゼル侯爵が嫌いなわけではない。ただ、ミューゼル侯爵を含め、帝国中枢に関わる大貴族らと関わりたくないだけだ。

もっとも、抱える資産と爵位で言えば、クルコヴァ侯爵家は間違いなく大貴族、それも帝国有数の、に含まれるのであるが……。

その日の午後、クルコヴァ侯爵邸では、いつもより小さめのサロンが開かれていた。

いつもは、十五名前後の者が集まるのであるが、その日は貴族の奥方二人が招かれただけであった。サロンというよりも、お茶会というべきであろうか。

ひとしきり話した後、マリアは切り出した。

「そう言えば、ミューゼル侯爵別荘のお披露目、皇帝陛下が臨幸されるとか？」

「さすがマリアさん、お耳が早い」

そう応じたのは、ションドラ子爵夫人ベルタ・イルクナー。

若く、活発であるが、きちんとした教養を身につけたサロンのメンバーであり、マリアの気が置けない女友達だ。

「お披露目する別荘、帝室に献上するのは本当らしいですよ。そのために皇帝陛下がご臨幸されるのも本決まりしているとか。その情報が流れてから、多くの貴族が、お披露目会になんとか出席できないか、様々な人脈に当たっているらしいです」

「我が家にも、そういう問い合わせが来ました」

ベルタの情報に、深いため息をつきながら小さな声で補足したのはロイター男爵夫人エラ・ケッテラーであった。

「エラのところは、帝国書記官ですものね。以前、ミューゼル侯爵が書記官長をされていたからなんとかならないか、とかね？」

「はい……」

ベルタが何度も頷きながら、エラの所への問い合わせ理由を推測した。

「うちに、そんな力があるはずもないですのに……」

「あはは……」

小さくため息をついてぼやくエラに、苦笑するベルタ。

二人のやり取りを、マリアは微笑みながら見ていた。

マリアにとって、二人は気が置けない仲間であり、大切な友達でもある。そのため、これまでにもこうして、たまにお茶会を開いたり、相談に乗ったりしていた。

◆

オスカーは、帝室に献上される別荘から、壮麗というより華美というべき印象を受けた。石造りの三層構造、非常に窓の多い建物で、それが華美な印象を与えたのかもしれない。

だが、美しいのは事実。そして、オスカーが、その巨大さに驚いたのも、また事実であった。

「大きいですね……」

「うむ。聞いてはいたが、これほどとはな……」

オスカーだけではなく、マリアもその巨大さには驚いていた。

帝国貴族の基準から見ても、巨大な建造物らしい。

「マリア様、なぜミューゼル侯爵は、こんなものを帝室に献上なさるのでしょうか。ご自身でお使いになればよろしいのに」

オスカーの素朴な疑問を微笑ましく思ったらしく、答えるマリアは笑っていた。

「オスカーのその感覚は正常じゃ。まあ、なんというか……自分の力と権勢を皆に示したいというか……帝室に、自分を軽く見るなとアピールしたいのか……。正確には我にも分からぬ」

「そういうものですか……」

オスカーには、一生かかっても分からない気がする……。

「では入るか。オスカー、エスコートをしてくれ」

「はい、マリア様」

お披露目会……つまりパーティーに男女で訪れる際には、男性が女性をエスコートするのが礼儀である。

もちろん、女性が「エスコートさせる」「エスコートすることを許す」であるから、主導権がどちらにあるかは言うまでもない。

男性など、女性の従僕に過ぎないのだ。

オスカーは、その辺りをもちろん理解しているため、クルコヴァ侯爵夫人マリアを花と見立てて、自分は額縁であると自覚してエスコートしていた。

それは、所作すべてに表れる。そのため、オスカーにエスコートされたマリアは、ひときわ美しく見える。

「これはクルコヴァ侯爵夫人、よくおいでくださいました」

「ミューゼル侯爵、本日はお招きにあずかり感謝いたします」

入口では、ミューゼル侯爵自ら、入ってきた客人たちを迎えていた。侯爵ほどの高位貴族であれば、このような接遇は珍しいことである。

だが、ミューゼル侯爵は、奥で大仰に構えているよりも、気さくに接することを好む貴族であった。

もちろん、人がいいというわけではない……人がいい大貴族など、帝国では生き残れない。

標準以上に狡猾であり、様々な手練手管を用いることもいとわない人物ではあるが……「あえて言うなら気さくなタイプ」という話だ。

マリアが、ひとしきり別荘の美しさを褒めていると、次の客が入り口から入ってきたのが見えた。

「ああ、公爵様が見えられたようですので、私は中に」

マリアはそう言い、オスカーにエスコートされて奥に入った。

ミューゼル侯爵はマリアを送り出した後、新たに別荘に入って来た人物の出迎えに向かった。

それは、帝国貴族の中でも名門中の名門、モールグルント公爵であった。


マリアとオスカー、二人が入った広間は、ダンスホールとでも言うほどの広さであった。二階まで吹き抜けになっており、非常に高い天井には、いくつものきらびやかなシャンデリアが下がっている。

「ほら、オスカー。グリフォンとベヒモスが相打っている」

ミューゼル侯爵とモールグルント公爵の、表面上はにこやかな会話を見ながら、マリアがオスカーに、伝説上の生物にたとえて囁いた。

「お二人は、仲がお悪いのですか？」

「そう……良くはないじゃろう」

オスカーの問いに、マリアは、少し微笑みながらそう答えた。

「どちらも、大貴族として、多くの貴族を派閥に抱える領袖……。隙あらば、相手の陣営からめぼしい貴族の引き抜きなどを行っているのじゃよ」

「お二人がグリフォンとベヒモスなら、皇帝陛下は……」

「そう、陛下は……ドラゴン？」

「なるほど……」

二人に比べても、一段上らしい……。

もちろん、いずれも、すでに伝説上の生き物であるため、強さの比較はできないが、オスカーの抱く印象的に、ドラゴンはやはり、最強のイメージを持っている。

「お、いよいよ、皇帝陛下のご臨幸じゃ」

マリアがそう言うと、外に、ひときわ大きな馬車と、近衛兵たちが現れたのが見えた。

オスカーが初めて見た皇帝は、圧倒的な存在感を放っていた。

誰しもが目を離せない魅力と、同時に近寄り難い威圧感、その二つが同居するという感じを、オスカーは初めて経験していた。

夜に灯る火に近寄る蛾、であろうか……火に惹かれるが、近寄れば自らの身を燃やしてしまう。

あくまで別荘のお披露目会であり、皇帝もお忍びで訪れたという態であるため、正式な謁見などは当然ない。

もちろん、ここにいる者たちで、皇帝ルパート六世の顔を知らない者はいないため、率先して皇帝に挨拶している。皇帝ルパートも、僅かに微笑みを浮かべながら、多くの貴族たちと挨拶を交わしていた。

そんなルパートの目に、マリアが映った。ルパートは少しだけ目を見張り、マリアの所に寄って来た。

「マリア、久しいな」

「ルパート陛下、ご無沙汰しております」

マリアは、カーテシーで優雅に挨拶をする。

その右後方で、オスカーも最敬礼でかしこまった。

「いつ以来だ……あれが亡くなって、一度、会ったか？」

「はい。お妃様には、生前良くしていただきました」

「マリアの成長の早さを、楽しそうに話しておったのが懐かしいな。そういえば、侯爵領の発展は目覚ましいようだな。誰もが学ぶことができる学術都市として、帝国中から優秀な人材が集まってきておるとか」

「帝室のご支援のおかげです」

「こちらは、例の船の研究を進めるためだ。気にするな」

ルパートはそう言って笑うと、マリアの後ろにかしこまっているオスカーに目を留めた。

「ほぉ……護衛にしては、所作が完璧だな。どこで見つけた？　サロンか？」

ルパートは、優雅に、それでいて気品のある佇まいで控えるオスカーを見て、マリアを褒めた。

傍らにいる者によって、主人が評価される……その辺りは、いつの時代、どんな世界においても変わらない。

「いえ、以前、領地の問題解決を手伝ってもらった冒険者のオスカーです。こう見えても、C級冒険者のやり手ですわよ」

「まだ年若かろうに。オスカーとやら、歳はいくつだ？」

「はい、今年十五になりましてございます、陛下」

「十五歳でC級とは凄いな！　しかもその振る舞い……さすが、マリアはいいものを見抜く目を持っておる」

「お褒めいただき……」

そこで、ルパートは少しだけ顎に手をやって考えた後、切り出した。

「マリア、すぐにではないのだが……いずれフィオナに、サロンを経験させてやることはできぬか？」

「フィオナ皇女を？」

フィオナ皇女は、現在九歳。

ルパートの末の娘で、第十一皇女。

そして、正妃であったフレデリカ妃が産んだ最後の子供であり、フレデリカはフィオナの産後、時を経ずして亡くなっていた。

〈ヒール〉や〈キュア〉といった、神の奇跡とも言える治癒魔法があるこの世界においても、若くして亡くなることはあるのだ……しかも皇帝の第一皇妃が。

「フィオナは、フレデリカの人となりを知らぬ。マリアは、いわばフレデリカの最後の弟子……みたいなものだ。お主らが接することによって、何かフィオナも得るものがあるのではないかと思ってな。なにぶん、剣の道だけに専心して、女の子らしいことは何もせぬ……無論、それはそれで問題はないのだ……。フィオナにはやりたいことをやりたいだけやらせてやると、俺はそう決めているからな」

　こう語ったルパートの顔は、皇帝の顔ではなく、父親の顔であった。

　フィオナ皇女が、剣を振るうことが好きであるのは、有名な話らしい。

　マリアも頷きながら答えた。

「わたくしも、おてんばでしたから……フィオナ様とはお話が合うかもしれません。ただ、よろしいのですか？　わたくしのサロンに出入りしたとなれば、いろいろと……」

「よい。フィオナに何かする者がいれば、俺が全力で叩き潰す。文句を言う奴もな。まあ、すぐにではない。十歳になってからの話だ。考えておいてくれ」

「かしこまりました」

　その瞬間であった。

　地面が大きく揺れた。


　そして、ミシミシッという音が上から聞こえてきた。

　オスカーが上を向くと……別荘が崩れ落ちた。


　人は、死を覚悟する状況に追い込まれると、思考が加速する。

　一種の『ゾーン』に入った状態だ。

　もちろん『ファイ』にだけある特別な事象ではなく、地球に住む人類でも経験することのある、ごく普通の、ありふれたもの。

　一流のアスリートになると、意識的にこの『ゾーン』に入れるらしい……だが、アスリートでなく、普通の一般人であっても、死を覚悟する状況に陥れば思考は加速する。とはいえ、思考が加速し、時間の流れはゆっくりと感じはするが、自分の体の動きが速くなるわけではない。

　自分の体の動きは、いつも通りのため、思考だけが加速する。

　具体的には、自分の置かれた状況を瞬時に理解する。

　なぜ、死にそうになっているのかが分かる。

どうすれば、その状況から脱することができるかを考えることができる。

人によって、瞬時に答えにたどり着く者もいれば、これはダメ、こっちもダメ、これならいける？　そんな問答をしながら考える者もいる……それは人それぞれ。

どちらにしろ、思考は加速する。


オスカーの思考も、加速していた。

どうみても、このままでは落下してくる屋根に押しつぶされて死ぬ。

瞬時に外に逃げるか……いや、間に合わない。

〈物理障壁〉なら間に合うか……間に合うが、三階と天井まで全てが落ちてくれば、あまりにも重すぎて潰される。

ならば火属性魔法で焼き払うか……焼くのに時間がかかり、落ちてくるまでにすべて焼き払うには相手が大きすぎる。

必要なのは、一瞬で融かすような……触れた瞬間、対象を蒸発させてしまうような……そんな魔法だ。

「〈ピアッシングファイア　拡散　連射〉」

〈ピアッシングファイア〉は、超高温、プラズマ状態なため摂氏一億度弱……大抵のものを、一瞬で蒸発させてしまう。

だが、普段使う場合には、極細の針のようにして使用している。今回は、そうではなく、できるだけ広い範囲に放つ。

拡散させた分、威力が落ちるというのなら連射すればいい！

目を焼くような光が何度も生み出され、落ちてくる三階部分を焼き払う。

まさに、地上に太陽が顕現したかのような……そんな光景が、離れた場所からなら見られただろう。

時間にすると、ほんの五秒程度。

「くっ」

全てが終わった後、オスカーは思わず片膝をついた。

「オスカー！」

マリアが叫び、オスカーに駆け寄る。

「大丈夫です。魔力を使い過ぎただけですから。マリア様、お怪我は？」

「ああ、大丈夫じゃ。陛下も問題ない。このホール中央付近は、けが人はおらぬ」

そう言いながら、マリアは、ホールの端の方や、建物の外を見た。そこは、かなりひどい有様だ。だが、オスカーがいなければ、ホール中央もあんな状況になっていたことに考えが至ると、さすがに血の気が引いていた。

オスカーもマリアの視線を辿って、周囲の状況を把握した。

「私の力では、この辺りしか……」

「いや、よくやったぞオスカー。命を救ってくれたこと、感謝する」

オスカーの弱々しい言葉を否定し、感謝の言葉を告げたのは皇帝ルパートであった。

だが、未だ混乱は終わっていなかった。

「ぎゃあああああああ」

「貴様ら、なに……ぐあ」

建物の外からそんな声が聞こえてくる。

「まだ終わっておらぬらしい」

その呟きは、ルパート。

そして、扉が開き、あるいは窓を破って、賊が侵入してきた。

「祖国の仇！」

そう叫びながら、賊は建物内の貴族たちに襲い掛かる。

ホール中央にいた者たちは無傷ではあっても、扉付近にいた者たちは、怪我をした者たちが多い。賊の襲撃への抵抗が、弱いものとなったのは仕方あるまい。

「祖国？」

ルパートは小さくそう呟く。

「陛下、あの者たちがつけているマントの紋章は、モンティ公国の紋章です」

「なるほど」

マリアが、賊の紋章を見て告げると、ルパートは何事か納得したようであった。

「モンティ公国？」

三人のうちで理解していないのは、オスカーだけだ。

「三年前、我が帝国が併合した国だ。祖国を滅ぼした復讐……よくあることだ」

「え……」

「祖国を滅ぼされたのだ、復讐するのは当たり前だ。できるなら、そのまっすぐな熱量を、帝国の中で生かしてもらえれば一番良かったのだが……なかなかそうはいかん。人には感情というものがあるからな。時には、新たに帝国の力となってくれる者たちもいるが、彼らのように、復讐に駆られる者たちもいる。仕方あるまい」

ルパートの表情は、少し寂しそうであった。

ルパートが即位して以降でも、帝国は大小十を超える国を武力によって占領してきた。

武力によらずに併合した国も同じほどある。

無論、新たに占領した地域も、これまでの地域同様に扱われる。法も税もその他のことも、差別されはしない。

だが、滅ぼされた国に仕えた者たちにとっては、そういう問題ではないのだ。

理屈ではないのだ。

戦い、死んでいった者たちへの手向け……彼らの無念の継承……あるいは、自暴自棄。

様々な理由で、戦わざるを得ない者たちがいる……国が亡びるということは、そういうことなのである。

ルパートは、理解していた。

そんな者たちがいることを。

避けては通れないことを。

それが、ある種の通過儀礼となることも。

「とはいえ、討たれてやる道理はないがな」

ルパートはそう言い放つと、腰の剣を抜く。そして、最も接近していたモンティ公国残党の一人を斬り、その者が持っていた剣を奪い取って、マリアに投げて渡した。

「マリア、それを使え」

「はい！」

マリアは、お披露目会ということでドレスを着用しており、武器を身に着けてきていなかったからだ。

こういう場合、男性は帯剣が許される……多くの貴族は、儀礼剣なのだが、ルパートはいつもの愛剣だ。

宝剣レイヴン。

代々の皇帝が腰に佩いてきた、帝国が誇る二振りの伝説の剣の一つ。その刃は、『レイヴン』の名の通り、漆黒。

ルパートは、レイヴンを操り、斬りかかってくるモンティ公国の残党を、次から次へと斬り捨てていく。

それは、マリアを守りながら、同じように残党を斬り捨てていたオスカーの目をも引きつけた。

「なんという剣……」

「しかもルパート陛下は、火属性の魔法も使われる」

オスカーが思わず呟き、マリアはルパートが魔法使いでもあることを告げた。

しかし、ルパートのあまりの剣さばきは、残党たちの目をも引きつけた。

「いたぞ！　皇帝だ！」

「おう、皇帝だ。かかってこい！」

いっそ清々しいと言うべきだろうか。

ルパートはニヤリと笑って、さらに剣戟の速度を上げる。

その凄まじさは、残党の目を引きつけたが、同時に、皇帝を探し求めていた味方の目も引きつけた。

「陛下、ご助力いたします！」

「おう、ハルトムートか。珍しいところで会うな。父親の代理出席か」

「そんなところです」

話ながらも、二人の剣は止まらない。

加勢に加わったハルトムートと呼ばれた青年の剣も、ルパートに負けず劣らず凄まじい剣であった。

「あの人も凄い……」

「先ほど、陛下がハルトムートと言っていたか。おそらく、ハルトムート・バルテル……バルテル伯爵の長男じゃ。現在二席の空きがある皇帝十二騎士に、最も近いと言われる剣士じゃからな。初めて見たが、確かに凄い剣じゃな」

ルパートの剣が剛なら、ハルトムートの剣は柔。

相手の剣を、受け止めずに流して体勢を崩し、自分は出した剣の動きを止めずに相手を斬り裂く。

ルパートとハルトムートの剣は対極でありながら、美しい対比を成していた。

対極であればこそ、美しさが際立つのかもしれない。

ルパートの元にハルトムートが合流し、さらに、生き残った近衛兵たちもルパートの周りで戦い始めると、急速に場が収束していった。

狂気に満ちた勢いとでも言うべきであろうか……そんな流れを止められたモンティ公国の残党たちの剣からは、勢いが消え去り、狂気も消え去り、残ったのは絶望だけ。

だが、誰も投降しようとはしない。

それも当然であろう。

これほどのことを、三年かけて計画して実行したのだ。そんな者たちが、この期に及んで命を永らえようなどと考えるはずがない。

それからほどなくして、全ての残党が斬り捨てられた。


「背後関係を聞きたかったが、仕方ないか」

「やはり陛下は、裏で糸を引く者がいると」

「当たり前だ。亡国の残党が、仮にも侯爵の別荘の設計を変えて、崩落しやすくするなどできるわけがない」

「そして、ミューゼル侯爵が主犯でもないと」

「さすがに、そんな分かりやすいことはせぬであろう……。まあ、死んだ者もおるし、主催者としてお咎めなしとはいかぬだろうが、本当に罰するべきは主犯だからな」

マリアとルパートの会話は、本当に小さい声で、すぐそばに控えるオスカーやハルトムートにすら、聞き取れないほどのもの。

「その犯罪によって利益の出るものを疑え、だな。そして、オスカーのあれがなければ、建物内にいた者はほぼ全滅だったことを考えると、ここに来ている者の中には主犯はいなさそうだな……」

「なるほど」

皇帝のご臨幸ということで、力のある貴族の多くが集まっている。

ここに来ておらず、なおかつ皇帝の死を望む大貴族となると、そう多くはない。

「まあ、ここで結論は出せまい。ハンスに任せるとしよう。あいつは、こういうのは得意だ」

「ハンス・キルヒホフ伯爵ですか。かなり優秀なお方とか」

「ああ。特に、この手の情報戦は、俺など足元にも及ばん」

そういうと、ルパートは豪快に笑った。

もちろんマリアは、ルパートの言葉が謙遜であることを知っている。

豪放磊落《ごうほうらいらく》であり、見た目も豪快な雰囲気を纏うルパートであるが、謀略の才も備えている。

だが、本人は、才は備えているが好きではないらしく、あえて正面から力で粉砕する手法を選択することが多い……故フレデリカ妃の言葉であった。

◆

「陛下、例の別荘襲撃事件、黒幕が分かりました」

「やけに早いな。まだ三日しか経っていないだろう」

皇帝執務室。

皇帝ルパート六世の右腕たるハンス・キルヒホフ伯爵が、書類を携えて報告した。

「結論から申しますと、黒幕は、ウィルヘルムスタール公爵でした」

「ああ……ありそうなことだな、確かに」

ルパートはそういうと、苦笑しながら小さく首を振った。

ウィルヘルムスタール公爵家は、帝室につながる名門であり、現在の第一公爵夫人は、ルパートの従妹である。

そして、現公爵シュテファンは三十六歳、上昇志向の強い男だとルパートは認識している。

とはいえ、公爵でさらに上昇志向が強いとなれば……目指す場所は、もう、皇帝しかないわけで……。

ウィルヘルムスタール公爵家は、巨大な資産と軍事力を抱えており、皇帝としても、そう簡単にどうにかできる相手ではない。

それを理解しているがための、今回の行動なのかもしれない。

「狙いはもちろん、陛下を弑《しい》することだったわけですが、どうも途中から別の目的も加わったようで……。実はそちらの線から、黒幕として辿ることに成功しました」

「途中で目的の追加などすると、ろくなことはないな」

「左様で。その別の目的というのが、クルコヴァ侯爵領とラティモア伯爵領の併合です」

「両方ともか？　それは欲をかいたものだ……」

ウィルヘルムスタール公爵領は広大だ。その一部は、ラティモア伯爵領と境を接している。もちろん、ラティモア伯爵領を飲み込めば、その先のクルコヴァ侯爵領にも接することになる。

「そういえば、マリアが先日、襲われたと聞いたが」

「はい、ラティモア伯の手の者です。ただ、それをそそのかしたのが……」

「ウィルヘルムスタール公と……。なるほどな、だから、お披露目の場にマリアが呼ばれていたのか。俺と一緒に殺し、ラティモア伯もマリア襲撃の責を追及して取り潰し、伯爵領も侯爵領も、公爵が手に入れると……。なかなか面白い」

そういうと、ルパートはうっすらと笑った。

「それで、ハンス。証拠はどれほどある？」

「いいえ、全くございません」

「おい……」

さすがに、ハンスがはっきりと言い切ったのを聞いて、ルパートはつっこんだ。

証拠がなければ、いくら皇帝と雖も、簡単には動けない。しかも、相手は帝国でも屈指の大貴族、ウィルヘルムスタール公爵なのだ。

「証拠があれば、宮廷裁判にかけることも可能なのでしょうが……このあたりはさすが公爵です。物証は、全く残されておりません。状況証拠のみとなりますが……」

「状況証拠では、宮廷裁判にかけることはできん」

宮廷裁判とは、簡単に言えば、帝国貴族用の裁判だ。

貴族どうし、あるいは帝室が絡んだ場合に開かれる裁判であり、平民が関わっている場合には開かれない。

また、開くだけでも、かなりの証拠が揃っている必要があり、物証が絶対に必要となる。

「ですので、今回の件は、表のルートからでは追及できません」

「なるほど。なら、表以外のルートからやるとして……どうする？」

ルパートは、すでにハンスに腹案があることは理解している。

そもそも、腹案も無しに上司の元にやってくるような無能は、現在の帝国政府にはいない。

「求める結果としては、現ウィルヘルムスタール公爵、すなわちシュテファン殿の隠棲。ご子息である公子ジークハルト殿に公爵位を譲る。そして、シュテファン殿の奥方であるクリスティーネ様を、そのジークハルト殿の後見人とする。と言ったところでしょうか」

「ほぉ……」

極めて妥当……というよりも、皇帝弑逆を謀った者に対する処罰としては、かなり甘い気もするのだが、相手は帝国屈指の大貴族。もしも、その手に持つ軍事力で帝室に反旗を翻せば、帝国を二分しての内乱になる可能性もある。

ルパートは、ハンスの顔をじっと見つめる。そこから何かを探り出そうとするかのような。

「よかろう。任せる」

「ありがとうございます。つきましては、陛下にお借りしたいものがいくつかございます」

「好きにしろ。十二騎士を連れていくことも許可する」

すでに、ルパートには、この後の展開がほとんど読めている。そうであるなら、完璧に遂行するであろうハンスに、全てを任せるのは当然であった。

「御意」

ハンスは恭しく頭を下げた。

◆

帝都、ウィルヘルムスタール公爵邸応接室。

「公爵閣下には、お時間を割いていただき感謝いたします」

「なんの。皇帝陛下の右腕たるキルヒホフ伯爵が見えられたのだ。時間を作るのは当然であろう。しかも、皇帝十二騎士を二人も引き連れて」

ハンスの後ろには、二人の男性が立っている。

一人は、皇帝十二騎士第三席、アルノー・エルツベルガー。一言も発せず、表情も変えずに立っている。

もう一人は、皇帝十二騎士第六席、フェリクス・プロイ・リスト。こちらは、公爵の言葉に応じて、にっこり笑った。

「最近、帝都も物騒ですので」

ハンスは微笑みながら、コーヒーに手を伸ばし、そう言った。

「いくら物騒とはいえ、わが屋敷の周りを、帝国第一軍が囲むほどのことがあるとは思えぬがな」

「最近、どこも物騒ですので」

再び、ハンスは微笑みながら、そう言った。

「では、用件を伺おうか」

「公爵閣下、あえて言わせないでください。私が、あれから、たった三日でここに来た。それだけで、十分理解されているでしょう？」

ウィルヘルムスタール公爵シュテファンの問いに、ハンスは微笑みを崩さずにそう答えた。

だが、ハンスの答えにも、シュテファンは全く表情を変えずに問い返す。

「いや、全く意味が分からんな」

これには、ハンスも驚いた。

見る限り、シュテファンは眉一つ動かさずに、そう言ったのだ。

屋敷を大軍に囲まれ、帝国の頂点に君臨する個体戦力たる皇帝十二騎士、二人と対峙しながら。さすが、帝国屈指の名門貴族の当主であった。

「陛下は、ミューゼル侯爵別荘のお披露目における騒乱、あれは公爵閣下が後ろで糸を引いているとお考えです」

「ほぉ……」

ハンスは笑顔のまま表情を変えずに言い、シュテファンも表情を変えずに答える。

「そのため、責任をとっていただきたいということで、私をこちらに送られました」

「責任と言われてもな。身に覚えのないことには、責任の取りようがないが？」

「それは困りましたな」

全く困った様子を見せず、微笑んだままハンスは言う。

しばらく無言が続いた後、先に口を開いたのはシュテファンであった。

「ウィルヘルムスタール公爵家としては、いかな皇帝陛下と雖も、あらぬ疑いをかけられるのは受け入れられぬ」

「さようですか」

「そもそも、私が糸を引いていたとかいう確たる証拠でもあるのかな？」

「いいえ、全くございません」

ハンスは、はっきりと言い切った。

これには、さすがのシュテファンも驚いたらしく、初めて表情が動いた。

「証拠もなく、このような……」

「ええ、そうですね。証拠もなく……ですが、公爵閣下が糸を引いておいでであることは、確かであると分かっております。諦めになるのがよろしいかと」

「……自分が言っていることがどういうことか、分かっているのか」

「もちろん」

さすがに、シュテファンの表情も怒りをはらんだものに変わってきている。

もちろん、ハンスは微笑んだままであるが。

「貴様は、帝国随一の公爵を、証拠もなく皇帝弑逆未遂犯であると言っておるのだぞ」

「ウィルヘルムスタール公爵は、皇帝陛下を弑しようとした……そう言っておりますな」

「そんなことを言われて、我が公爵家が黙っていることなどできないのは分かっておろう」

「私は、皇帝陛下より、この件に関する全権をお預かりしております」

完全に怒りに満ちたシュテファンと、未だに微笑んだままのハンス。

「このままだと、公爵家は全戦力でもって、戦ってでも無実を晴らさざるを得ん」

「さようですか」

「貴様は、内戦になる責任をとれるとでも言うのか」

「もちろんです」

顔色一つ変えずにハンスはそう答えた。

驚いたのは、後ろに立っていた十二騎士第六席フェリクスであったが……そこには誰も触れなかった。ちなみに、隣の第三席アルノーは、無表情のままだ。

「とはいえ、皇帝陛下は一つのご提案をされました。シュテファン殿が公爵位をジークハルト殿に譲り、その後見人にクリスティーネ様がおつきになるならば、全て水に流そうと」

「なんだと……」

その提案は、さすがのシュテファンにとっても想定外であった。

「それだけ、か？」

「それだけです。領土割譲も無く、追加徴税も無く、新たな賦役もありません。シュテファン殿には、公爵領内のどこかに移っていただいて余生をお送りいただければ、それでよろしいと」

シュテファンは考えた。ジークハルトは、まだ十歳だ。そのために、妻のクリスティーネが後見人になる……とはいえ、実質的にシュテファンが領内を取り仕切ることに変わりはないであろう。

いわゆる院政を敷けばいいだけだ……。

公爵領内の、どこか静かな場所に移り、そこを新たな領内統治の中心にすればいい。

いや、この際、多少早いがジークハルトに統治を学ばせるのも、ありかもしれない。いずれ、公爵位はジークハルトに継がせるつもりだったのだから……。

そしてシュテファン自身は、本気で皇帝位を狙う……悪くない。

「確かに、我が公爵家は内戦も辞さない。だが、領民ならびに国民のことを考えれば、国を乱すのは愚策。我一人が身を退くことによって、民を幸せにできると言うのなら、それもいいのかもしれぬ」

シュテファンは、そう言った。

もちろん、心の中では、全く思ってなどいないことであるが……。

「さすがは賢明なる公爵として名高いウィルヘルムスタール公。国民のため、国のためを思うそのお心、感服いたしました」

ハンスは、そう言った。

もちろん、心の中では、全く思ってなどいないことであるが……。

こうして、お披露目会の騒乱は、人知れず手打ちとなった。

◆

ウィルヘルムスタール公爵シュテファンが、突如隠棲し、息子ジークハルトが公爵位を継いでから一カ月が経った。

十歳のジークハルトの後見人として、ジークハルトの母であり、シュテファンの妻であるクリスティーネが就任し、若すぎる新公爵を補佐していた。


シュテファンは、公爵領内にある静かな湖畔の街シュンの別荘に移り住み、表向きは静かに暮らしている。

その夜、シュテファンの寝室に忍ぶ影が一つ。

「何奴！」

シュテファンの誰何《すいか》する声。

本当に、なんのためにいるのか分からないため、誰何する声は大きくはない。

もしそれが、自分を暗殺するためのものだと頭から思っていれば、大声だっただろうが……。

「さすがウィルヘルムスタール公爵閣下……いや、失礼、前公爵閣下」

暗がりから出てきたのは……。

「貴様……ハンス……」

皇帝ルパート六世の右腕として知られる、ハンス・キルヒホフ伯爵であった。

「いったい、何をしている」

「状況が整いましたので、次の状況に進む手続きに」

「いったい何を……」

「簡単に言うと、クリスティーネ様が、あなたを排除することに同意なされました」

「なんだと……」

文字通り、シュテファンは絶句した。

クリスティーネは、息子ジークハルトの後見人であり、シュテファンの妻だ。これまで、決して夫婦仲が悪かったわけではない……むしろ、大貴族の中で比べるなら、当主と正室の仲としては、最も良い部類だったはず。

それなのに……。

「ジークハルト殿がきちんとした公爵となるためには、あなたが院政を敷かれていては邪魔ということらしいです」

「貴様……謀《はか》ったな！」

ハンス、あるいは皇帝がそそのかしたと見たのだ。

ジークハルトのために、シュテファンを排除するべきだと。

いくら夫婦仲は悪くないとはいえ、母にとって最も愛すべきは我が子だ。

悲しいことに、この場合、夫よりも……。

古来、どんな家庭にもある関係が、ウィルヘルムスタール公爵家にもあった……ただ、それだけの話。

「大丈夫です。あなたが亡くなったとしても、ジークハルト殿の、ウィルヘルムスタール公爵としての地位は保証するという書面を、クリスティーネ様と私との間で交わしてございます」

「馬鹿な……」

シュテファンの言葉は、一体何に対してであったろうか……。

自分を躊躇なく捨てた女性に対してであったか……それとも、そんな約束事を書面に残してしまったというその行為の愚かしさに対してであったか。

そんな書面を残したら、今後、いくらでも脅しに使えるではないか……。

「ええ。少しずつ、ウィルヘルムスタール公爵家の資産は削り取っていきますよ？　ジークハルト殿を公爵位から引きずり下ろされたくないでしょうから、クリスティーネ様も同意なされるでしょうね」

「貴様……」

激怒したシュテファンの表情は、修羅と言ってもおかしくないものであった。

「今のままでは、ウィルヘルムスタール公爵家の力は大きすぎますからね。少しずつ削って、陛下に対抗できないくらいになったら、取り潰すか……まあ、そこまでいけばどうとでもなります。逆にそうなれば、取り潰す必要がなくなっているかもしれませんね」

ハンスは、そううそぶいた。

「許さぬぞ……絶対に、そんなことは許さぬ」

怒りに満ちたシュテファンは、傍らに立て掛けてあった剣を持ち、ハンスに対峙し……。

ザシュッ。

「ぐっ」

一太刀であった。

剣閃どころか、ハンスの体の動きすら、シュテファンは捉えることができなかった。

ハンスは剣についた血を払い、鞘に納める。

「元々、あなたが馬鹿なことをしたのが原因でしょうに」

ハンスは小さく呟いた。

その時、後ろに一つの影が寄って来て報告した。

「完了いたしました」

「よし、館に火を放て。一切を焼き払って撤収する」

翌日、前ウィルヘルムスタール公爵シュテファンの死が、現ウィルヘルムスタール公爵の後見人たるクリスティーネより発表された。

「陛下、全て完了いたしました」

「うむ、ご苦労」

この件に関して、ハンスとルパートの間で交わされた会話は、それだけであった。

あとがき

お久しぶりです。久宝　忠です。

このたび、「水属性の魔法使い　第一部　中央諸国編Ⅲ」をお手に取っていただき、ありがとうございます。

「水属性の魔法使い」というこの物語は、構想全体を通して見ると、それなりに長いものとなっています。作者の感覚としては、この第三巻で、ようやく「序章に速度がつき始めたかな」といった感じです。

物語を通して、水属性の魔法使いたる涼の世界が少しずつ広がっていくわけですが、この第三巻で、ついに外国に出かけました。完結する数百万字先では、涼の世界はいったいどこまで広がっているのか……。地理的に世界が広がり、人との繋がりでも世界が広がり、それによって涼が少しずつ変化しつつ……でも変化しない部分もあり……。

三月に第一巻を発売させていただいてから、多くの感想をいただきました。その中には、「子どもにも読ませたい」という類のものが、いくつかありました。これは、物語の作者としては、最も嬉しい部類の感想であり、名誉な事だとさえ感じております。

親御さんが、子どもに読ませたいと思える作品……最上級の評価ですよね。本当に良いもので、子どものためになると思うものだからこそ、読ませたいと思ってもらえたわけですから。本当にありがたいです。

そんな親御さんたちの感想に共通している点が、「読んでいると努力したくなる」という事のようです。

もちろん本作の中に「努力、努力、努力こそが全てだ！」といった表現や、それに類する部分があるわけではありません。目指しているのは、楽しい本格ファンタジーですから。でも、涼は努力することを苦にしていませんし、他のキャラクターたちも、何かしら頑張っていますよね。そして、何かしらの結果を出す。

楽しく面白く読めて、努力しようという気にもさせる。確かに……自分で書いておいて手前味噌の限りですが、けっこう凄い物語かもしれません……。

私が目にしたデータといただく感想から、本作は、幅広い年代の方々に読んでいただけており、男女比もあまり差がないようです。多くの読者に、楽しく読んでもらえる作品になればいいなと思っておりましたので、ありがたい限りです。

そんな、多くの読者の皆様に支持されて、第三巻を刊行できましたことを、この場を借りてお礼申し上げます。

どうかこれからも、応援よろしくお願いいたします。

Character References

デザインラフ

【名前】セーラ
【年齢】およそ200歳
【身長】170cm
【プロフィール】「西の森」出身のエルフにして、ルン所属のB級冒険者。パーティ『風』の唯一のメンバー。剣と風属性魔法の両方を扱えるが、特に剣の腕はピカイチで、騎士団の剣術指南役になるほど。読書家で錬金術もある程度できたりと博識。長命であるがゆえに色々と因縁があるようで……？
【特性】風属性魔法の適性
【持ち物】《剣》……パーティ『風』の元メンバーが打ってくれた剣。レイピアのような細身だが両刃で、うっすら緑に光っている。／《イヤリング》……風の魔石でできたイヤリング。

セーラの剣は、見るからに業物だよな。

昔パーティーを組んでいた、
女性ドワーフ鍛冶師が打った最後の一振りだそうです。

人に歴史ありだな。

なんでも、その前にセーラが使っていた剣が折れて、既に寿命が尽きかけて
死の床にあったその鍛冶師さんが、起き上がって、絶対折れない剣を打ったのだそうです。

……剣にも歴史ありだな。

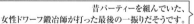

Character References

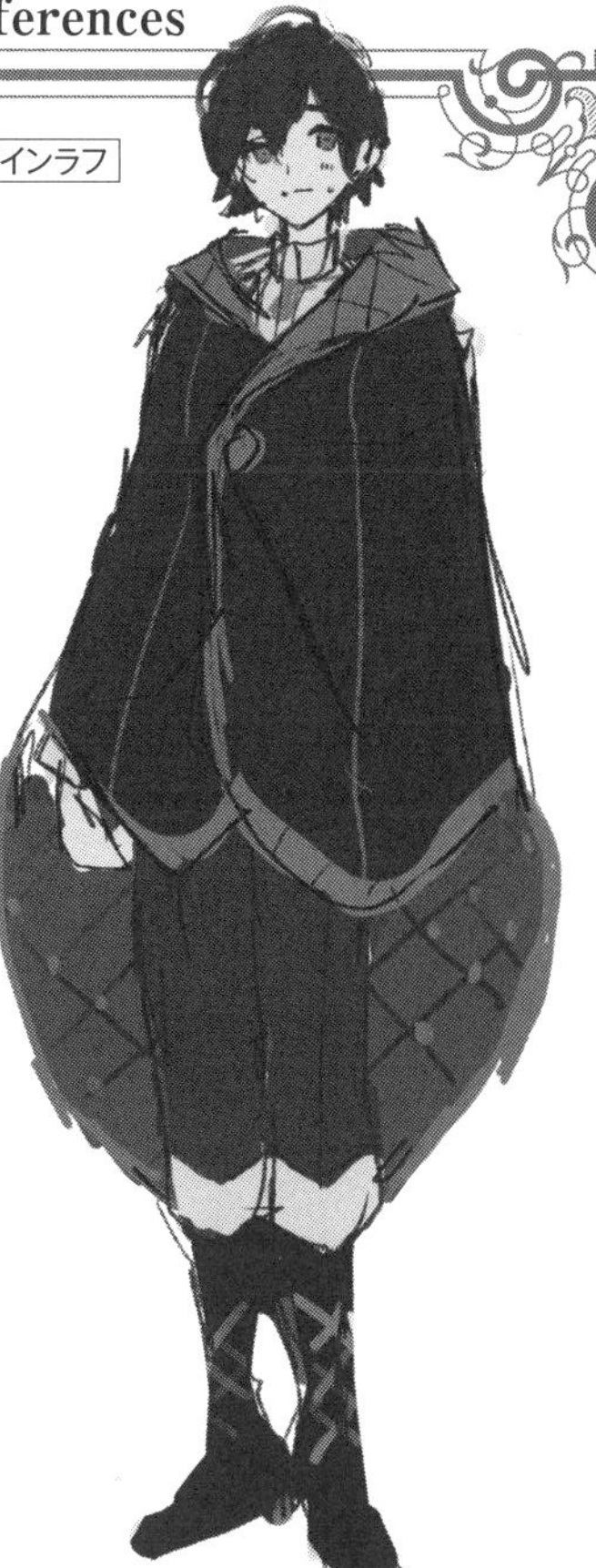

【名前】ウィリー
【年齢】15歳
【身長】170cm
【プロフィール】ジュー王国の第八王子。素直で真面目、他人には優しいが自分には厳しいなど、誠実で芯の通った人柄。自国とナイトレイ王国との関係を深めるため、ある種の人質として王都に留学している。水属性魔法の適性があり、道中では涼の愛弟子として可愛がられていた。
【特性】水属性魔法の適性
【服装】小国の第八王子という身分ゆえに、豪奢ではないが仕立て・センスのいい服。
【持ち物】《身分証明プレート》……王族としての身分を証明できる錬金術で作られたプレート。常に首から下げている。プレートは親指くらいの大きさで、普段は服の下に隠れている。

各国の王族や貴族は、身分を証明するプレートを常に身に付けているそうです。

ああ、錬金術のやつな。リチャード王の頃に広がったと聞いたことがある。

アベル、あれは他人のを奪い取っても、使う事はできないですよ?

……なぜ、それを俺に言う?

アベルが悪い事をする前に止めるのが、僕の役目かなと思いまして。

うん、俺はそんなことしないから!

コミカライズ一話試し読み

漫画——墨天業
原作——久宝 忠

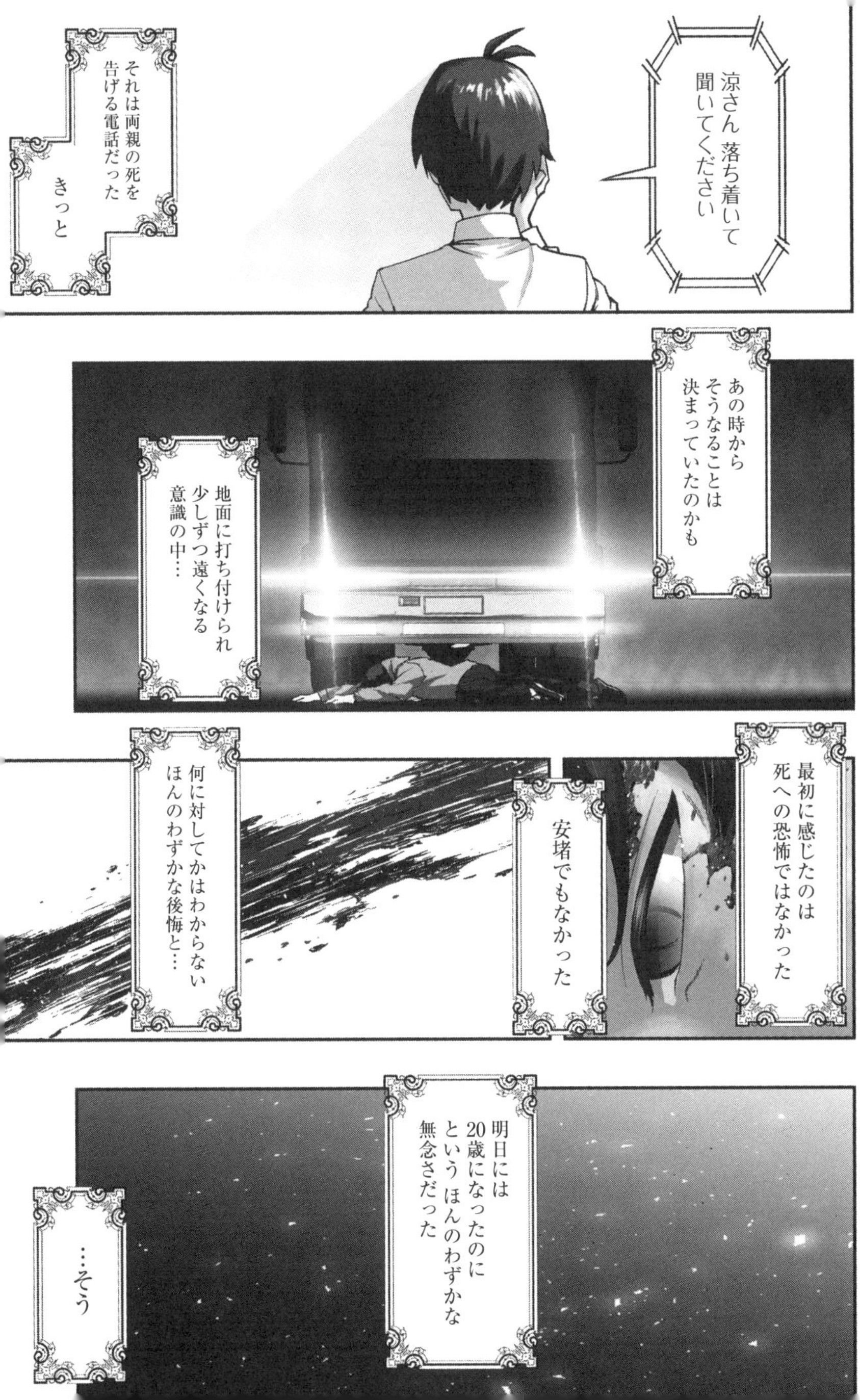
涼さん 落ち着いて 聞いてください
それは両親の死を 告げる電話だった きっと
あの時から そうなることは 決まっていたのかも
地面に打ち付けられ 少しずつ遠くなる 意識の中…
最初に感じたのは 死への恐怖ではなかった
安堵でもなかった
何に対してかはわからない ほんのわずかな後悔と…
明日には 20歳になったのに という ほんのわずかな 無念さだった
…そう

ほんのわずか…
コチラに来てからは
それどころではなくて…

〝魔法〟という
新しい楽しみも
さることながら

女性と剣を
交えることに
なったり…

そうでないモノと
戦ったり…

どちらかというと
そっちのほうが多いかも…
しれないけど…
とにかく
細かいことはおいおい
話そうと思うけれど

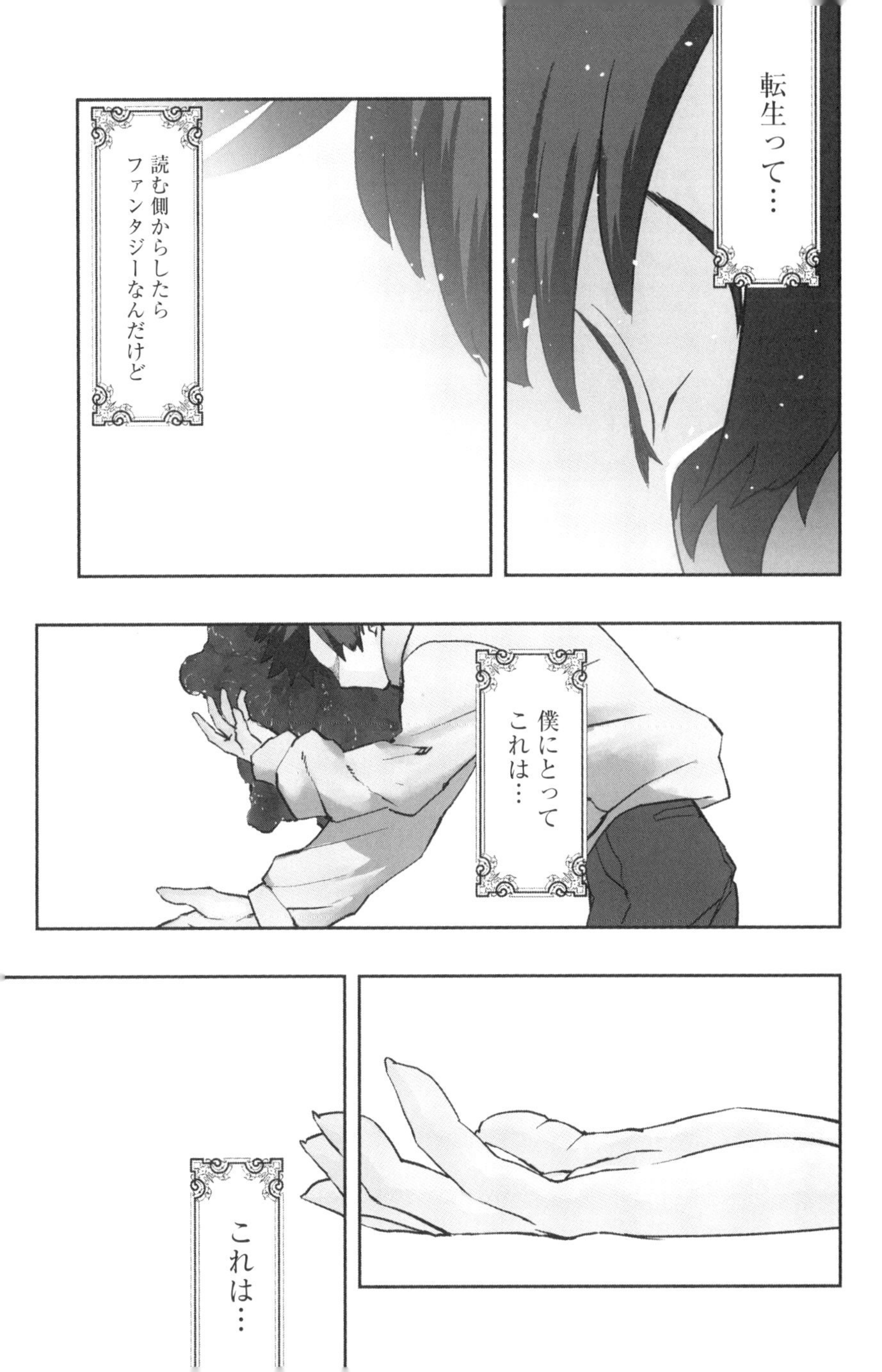

転生って…
読む側からしたら
ファンタジーなんだけど
僕にとって
これは…
これは…

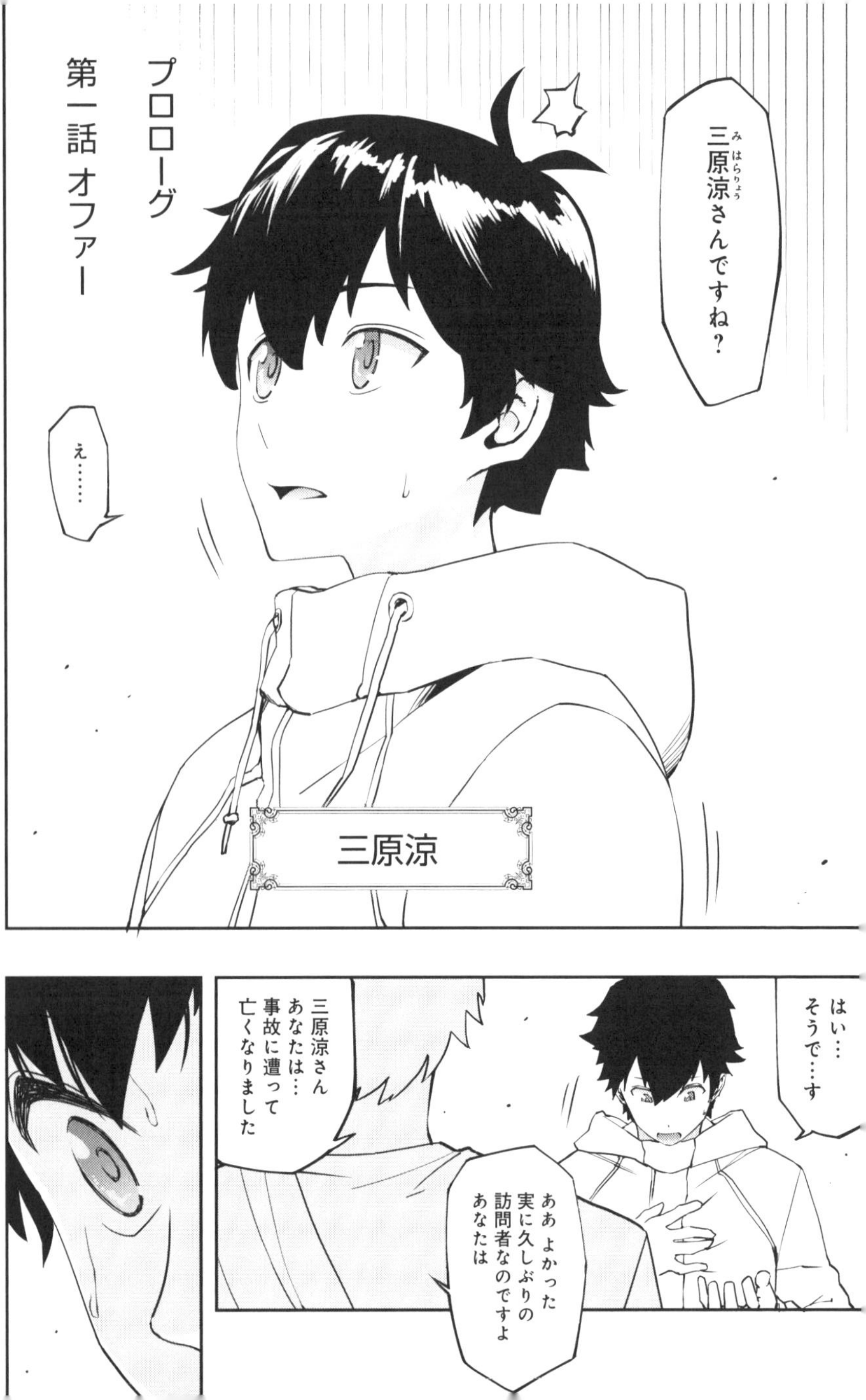
三《み》原《はら》涼《りょう》さんですね？
え……
プロローグ
第一話 オファー
三原涼
はい…そうで…す
ああよかった 実に久しぶりの 訪問者なのですよ あなたは
三原涼さん あなたは… 事故に遭って 亡くなりました

ええ 覚えています
あなたの地球がある 七七七〇七七七世界線で あなたは亡くなったのですが たまには世界線を超えて転生 または転移してもらう 場合があるのですね
あなた方の世界で 言うところの 輪《りん》廻《ね》転生《てんしょう》の システムの一部です
今回 三原涼さんが それに選ばれました
？？？
……
……はい？
そうですよね よくわかりませんよね まあ簡単に言うと
地球とは違う世界に 今までの記憶を持ったまま 転生してもらえませんか？ というオファーです

ああ 異世界転生…… まるで小説……
ええ ええ それです 最近は地球でも 流行《はや》っているみたいで… そういう説明は しやすくなりましたね
……
いくつか 質問があります
ええ どうぞ
あなたは神ですか？
いいえ 神ではありません
あなた方の知識に 近い形で答えると 天使が近いでしょうか
なるほど 天使 天使と言えば…… ミカエルとでも 認識しておこう
心の中が 読めるのかな？

私を転生させる目的はなんですか
あなたを転生させる決定をしたのは我々ではありません
?
先ほど涼さんが言った『神』にあたる者たちが決めたことなので目的は知らされていません
しかしそうなると
私は転生先で何をすればいいのでしょうか?

好きなように生きてください
特に何かをしてもらうとか使命が与えられるとかそういう話は聞いておりませんので
好きなように生きろ…か素晴らしい言葉だ！うん それならスローライフを送ろう
わかりました転生のオファーを受け入れます
切り替えは早い

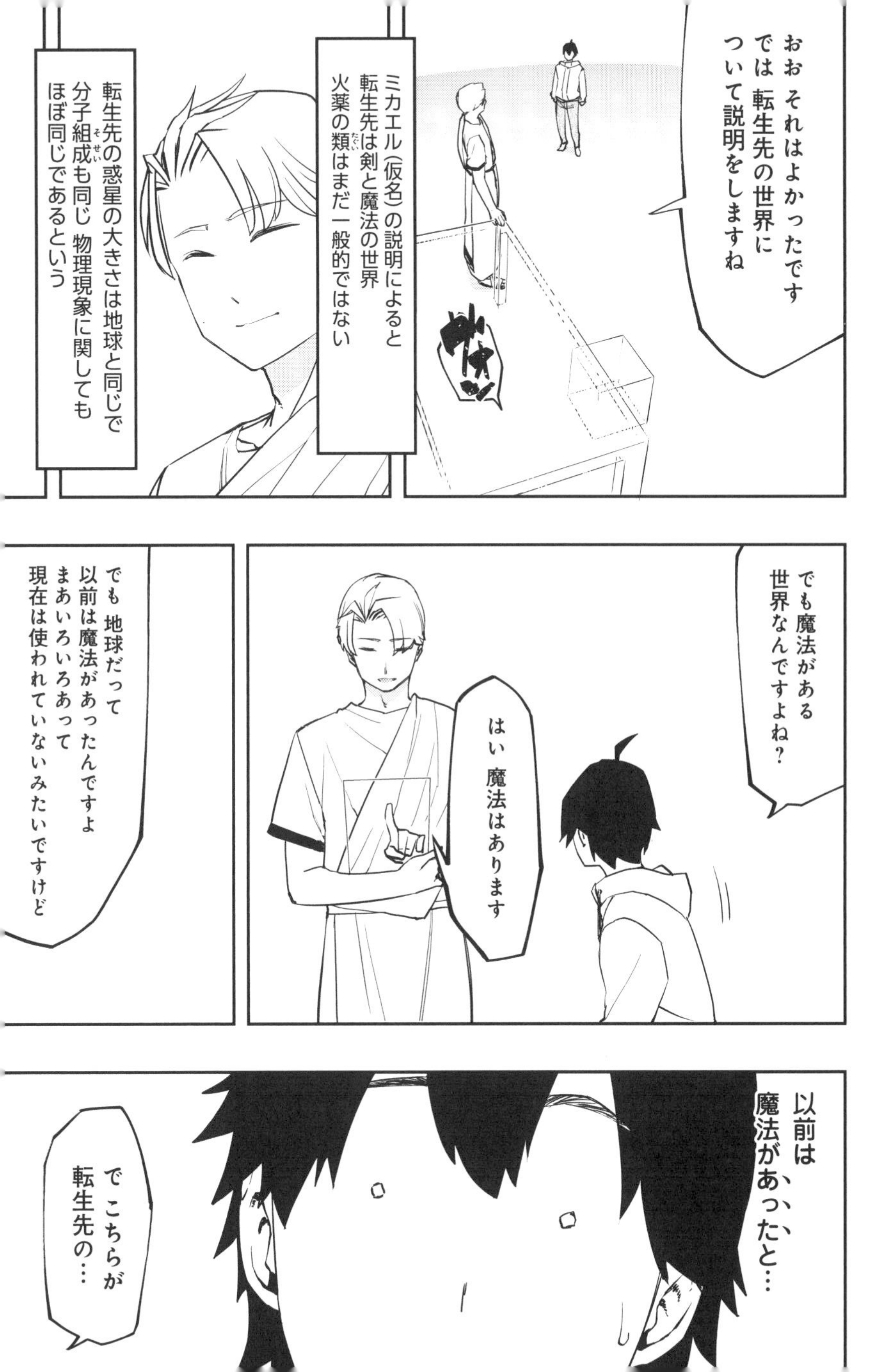
おお それはよかったです
では 転生先の世界について説明をしますね
ミカエル(仮名)の説明によると
転生先は剣と魔法の世界
火薬の類《たぐい》はまだ一般的ではない
転生先の惑星の大きさは地球と同じで
分子組成《そせい》も同じ 物理現象に関しても
ほぼ同じであるという
でも魔法がある世界なんですよね？
はい 魔法はあります
でも 地球だって以前は魔法があったんですよ まあいろいろあって
現在は使われていないみたいですけど
以前は魔法があ、っ、たと…
で こちらが転生先の…

ッオォ…
お…
『ファイ』と呼んでいます
『ファイ』においてはだいたい5分の1の人間が魔法を使えます
涼さんの適性は水属性です
水……
あの できれば火とか土とかに変更は…
申し訳ありません変更はできないのですよ

涼さんの適性魔法は創造の範囲内…なので いわゆる『神』たちの領分 我々が担当する管理の範囲外なのです
神達
それから『ファイ』においては 魔法適性は生まれた時に付与されるもので 後天的に手に入れることはできません
つまり…僕は… ずっと…
水属性だけで生きていけと？
確かにそうですが 水属性の適性は 人間の場合は とてもいいことですよ？
どこに生きていくにしても 水は必要です その水の調達に 困ることがないのですから
それに『ファイ』の人間の8割は 魔法が使えないのです
その点からも 三原涼さんは かなり恵まれているのですから
……

確かに 人が生きていくのに
水と塩は絶対に必要か
剣と魔法の世界といえば
都市ですら上下水道など
通っていないのが定番
水の心配をしなくていいのは
大きいかもしれない
三原涼は基本的に
前向きである
ふむ
あ
ガタッ
もしかして
水魔法は回復魔法も
兼ねているとか
回復系の特質も
持っているとか
そういうことは……
『ファイ』においては
回復は光属性魔法の領分です
……
あ はい……

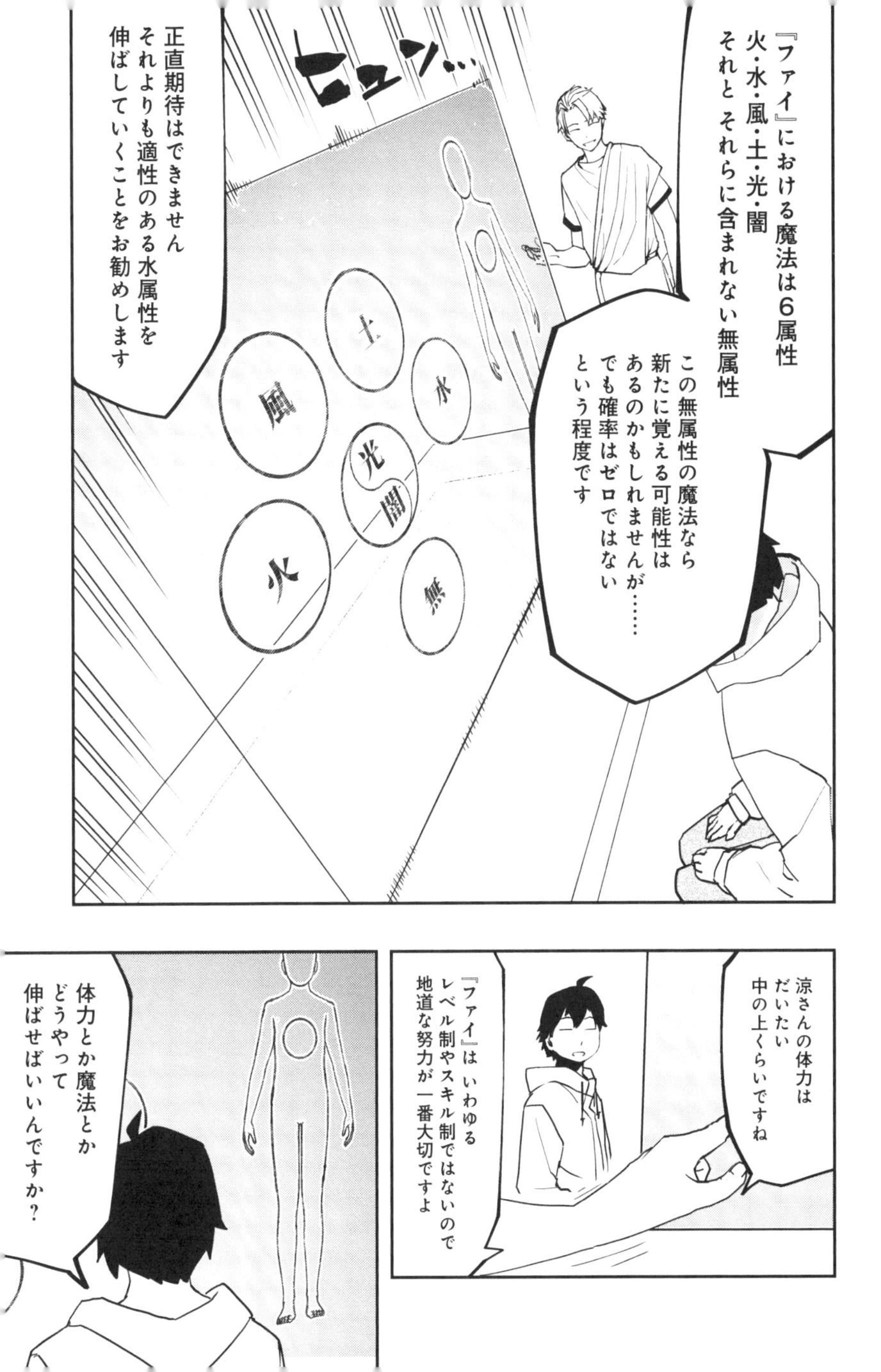
『ファイ』における魔法は6属性
火・水・風・土・光・闇
それと それらに含まれない無属性
ヒュン…
土
水
風
光
闇
火
無
この無属性の魔法なら
新たに覚える可能性は
あるのかもしれませんが……
でも確率はゼロではない
という程度です
正直期待はできません
それよりも適性のある水属性を
伸ばしていくことをお勧めします
涼さんの体力は
だいたい
中の上くらいですね
『ファイ』は いわゆる
レベル制やスキル制ではないので
地道な努力が一番大切ですよ
体力とか魔法とか
どうやって
伸ばせばいいんですか？

基本的には地球の人間と変わりませんそのため能力を伸ばす方法も同じです筋トレをすれば筋肉がつくし走り続ければ心肺能力が向上しますよね
あるいはアフリカで小さな頃から遠くのものを見続ける種族の人たちは全員視力が５．０以上になりますし
逆に目が見えなくなり情報収集を聴力だけに頼らざるを得なくなった人たちは皆耳がよくなりますよね？
同じですひたすら使えばいいのですそれで成長します
…これはすごく努力しないとすぐ死んじゃうんじゃ…

その他にもいくつか説明を受け…
最後に 涼の希望を聞く段階となった
僕は
人の来ない場所でスローライフを送りたいです！

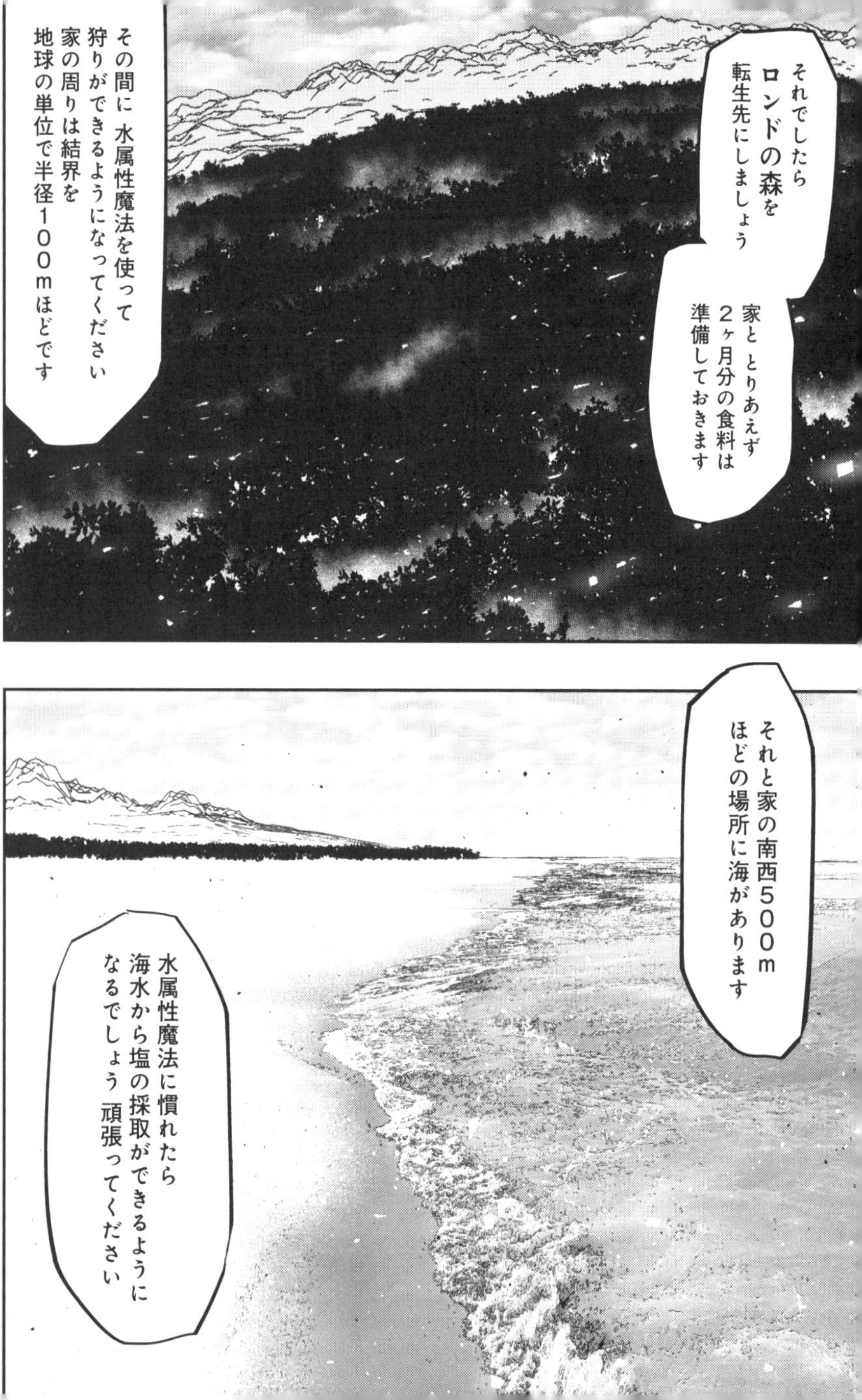
それでしたらロンドの森を転生先にしましょう
家と とりあえず2ヶ月分の食料は準備しておきます
その間に 水属性魔法を使って狩りができるようになってください家の周りは結界を地球の単位で半径100mほどです
それと家の南西500mほどの場所に海があります
水属性魔法に慣れたら海水から塩の採取ができるようになるでしょう 頑張ってください

わかりました
あ 最後に
魔法ってどうやったら
使えるのでしょうか
最後の最後で
一番大切なことを尋ねる男
魔法のキモはイメージです
明確なイメージを描く
そして経験を積んでいく
なんでもそうですが
いきなりは上手くいかなくとも
何度かトライすれば
上手くいくようになりますよね
魔法も同じです
やってみます
色々ありがとう
ございました
イ
ド
ド

……
ザザ…
やっぱり
中世の古民家的な…
新築ってわけでも
なさそうだけど…
……

お風呂!?
まあ ローマ時代には大浴場もあったし ありと言えばありなのかな 日本人としてはすごくありがたい……
※中世ヨーロッパにも公衆浴場は存在している
ああ 僕が日本人だから ミカエル(仮名)は作ってくれたのかな できる男ですね！
※ミカエル(仮名)が男性かどうかは不明である
……

植物大全
初級編
魔物大全
初級編
食料は、外の貯蔵庫の中にあります。
冷凍室になっていますので、保存が効きます。
by ミカエル(仮名)
やっぱり心が読まれていたか…
これは…
魔物大全
初級編

つまり転生ものの定番ともいえる鑑定スキルのようなものはなし…
確かにレベル制スキル制じゃないとは言っていたけど……
それと～…
ナイフか…
他～…には何もなさげですね…
グッ…
さて…

ヒュオオオ

オオ
ああいうところにドラゴンとか
いたりするんでしょうね
うん 近寄らないようにしよう

ふう…
ほんとに来ちゃった…
異世界

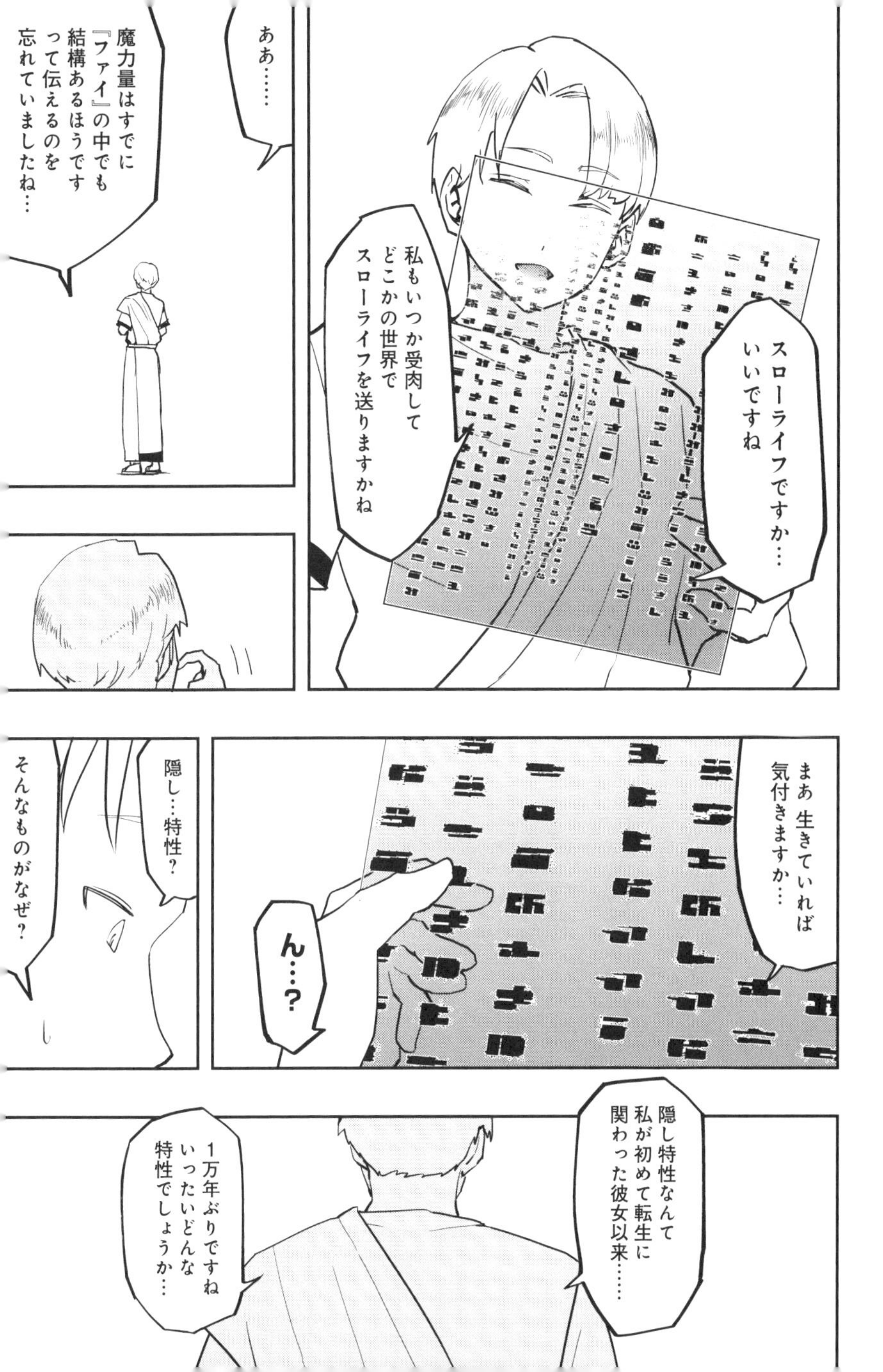
スローライフですか…いいですね
私もいつか受肉してどこかの世界でスローライフを送りますかね
ああ……

魔力量はすでに『ファイ』の中でも結構あるほうですって伝えるのを忘れていましたね…

まあ 生きていれば気付きますか…

ん…？

隠し…特性？

そんなものがなぜ？

隠し特性なんて私が初めて転生に関わった彼女以来……

1万年ぶりですね いったいどんな特性でしょうか…

隠し特性：不老

水属性の魔法使い
@COMIC
漫画：墨天業
著：久宝 忠
秘境にて命懸けのスローライフ開幕！
コミックス①巻
3月15日発売!!!
TOブックスオンラインストアなら
書き下ろしSSが付いてくる!!!
TOブックス
オンラインストア

セーラ、
後は僕に
何者かの陰謀により
魔物の大群に襲われた王都。
仲間のエルフ達を守るため
孤軍奮闘するセーラに、
アークデビルが迫り……!?
第4巻
3月10日
発売!!!
5巻も
制作決定
!!!
予約受付中!

任せてください!!
涼……!
著：久宝 忠
イラスト：めばる
水属性の魔法使い
第一部 中央諸国編Ⅳ

[著]
イスラーフィール
[絵]
碧風羽《みどりふう》
最新第十三巻
2022年発売予定!
続報は作品公式HPをチェック! tobooks.jp/afumi/

原作小説
わたしに……?
どうゆうことだよ!?
ルミに婚約《プロポーズ》の話が浮上!?
第20巻2022年春発売!
くおいしい「おかしな転生」世界!

コミックス

漫画：飯田せりこ
原作：古流 望
キャラクター原案：珠梨やすゆき
脚本：富沢みどり

おかしな転生 最強パティシエ異世界降臨
コミックス①～⑦巻好評発売中！

TREAT OF REINCARNATION

グッズ

ポストカードセット好評発売中！

ドラマCD

ドラマCD
Audible
配信中！
詳しくはこちら

コミカライズ

COMIC コロナ CORONA TOcomics
にて連載中！

65万部突破！
シリーズ累計(電子書籍含む)

広が

いざ、騎馬王国へ！
アベルとの美味しいグルメデートのためですわ！
ミーアおばあさま盗賊団です！

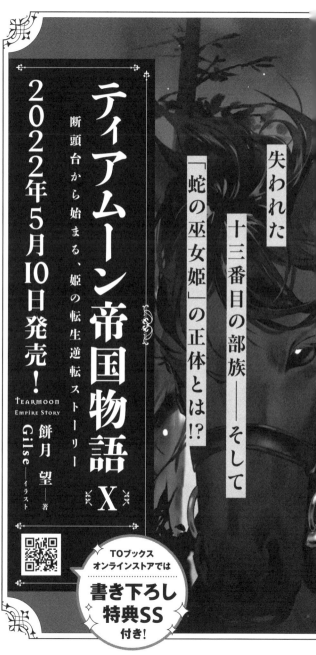

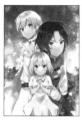

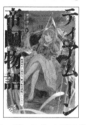

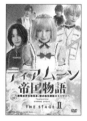

水属性の魔法使い　第一部　中央諸国編Ⅲ

2021年12月1日　第1刷発行
2022年1月10日　第2刷発行

著　者　久宝 忠

発行者　本田武市

発行所　TOブックス
〒150-0002
東京都渋谷区渋谷三丁目1番1号　PMO渋谷Ⅱ　11階
TEL 0120-933-772（営業フリーダイヤル）
FAX 050-3156-0508

印刷・製本　中央精版印刷株式会社

ISBN978-4-86699-371-3